Gabriella Sant
Moments So Blue

forever?

GABRIELLA
SANTOS DE LIMA

moments so blue like our love

Roman

Forever

Forever by Ullstein

forever.ullstein.de

Wir verpflichten uns zu Nachhaltigkeit
- Papiere aus nachhaltiger Waldwirtschaft und anderen kontrollierten Quellen
- Druckfarben auf pflanzlicher Basis
- ullstein.de/nachhaltigkeit

MIX
Papier
FSC FSC® C083411

Originalausgabe bei Forever

Forever ist ein Verlag der Ullstein Buchverlage GmbH Berlin

1. Auflage April 2025

© Ullstein Buchverlage GmbH, Friedrichstraße 126, 10117 Berlin 2024

Wir behalten uns die Nutzung unserer Inhalte für Text- und Data-Mining im Sinne von § 44b UrhG ausdrücklich vor.

Umschlaggestaltung: Favoritbuero GbR - Bettina Arlt

Titelabbildung: © shutterstock/ AlexZaitsev; © shutterstock/ Ittikorn_Ch; © shutterstock/ Rudchenko Liliia; © shutterstock/ hamzaaslam1991; © shutterstock/ Ihnatovich Maryia

Line Art im Innenteil: © Jule Bürgi

Gesetzt aus der Albertina powered by *pepyrus*

Druck- und Bindearbeiten: CPI books GmbH, Leck

ISBN 978-3-95818-823-5

TRIGGERWARNUNG

Liebe Leser*innen,

Emmies und Sams Geschichte ist eine herzzerreißende Liebesgeschichte und enthält potenziell triggernde Elemente. Deshalb findet
ihr auf Seite 429 eine Triggerwarnung.

Achtung: Diese beinhaltet Spoiler für die gesamte Geschichte!

Ich wünsche euch das bestmögliche Leseerlebnis.

Eure Gabriella

Für K
Unendlich

PLAYLIST

How Did It End? – Taylor Swift

gloria – Blumengarten

champagne Problems – Taylor Swift

emma – Casper

Master of None – Beach House

Pazifik – Provinz

Sailor Song – Gigi Perez

Atlantis – Paula Hartmann & Trettmann

What Was I Made For? – Billie Eilish

paris syndrom (dach session) – Blumengarten & Paula Hartmann

Fresh Out The Slammer – Taylor Swift

neue welt – Blumengarten

Robin – Taylor Swift

engel – Blumengarten

welcome and goodbye – Dream, Ivory

Die Erde dreht sich (ohne mich) – ENNIO

The Funeral – Band of Horses

Fade Into You – Inhaler

Ich liebe dich für immer – Blumengarten

Wir versprechen uns die Ewigkeit
Obwohl uns nur ein Leben bleibt

Blumengarten

Prolog

AUS »VIDEOS, UM MEINEN ALLERLETZTEN SOMMER ZU ÜBERBRÜCKEN, BEVOR ALLES ANDERS SEIN WIRD«, NUMMER 11:

»Ich hoffe, du bekommst alles, was du willst, und es ist noch besser, als du es dir vor-gestellt hast. Das ... das wär's auch schon für heute.«

LONDON

I

Emmie

INVISIBLE STRING

Würde ich es ganz genau nehmen, müsste ich sagen: Alles begann mit Sam.

Sogar meine Trennung.

Immerhin war es ausgerechnet sein Dokumentarfilm, für den ich an diesem Donnerstagnachmittag das Kino am anderen Ende des Campus ansteuerte. Der kühle Februarwind blies mir die dunklen Strähnen nach hinten, während mir die retromodernen roten Leuchtbuchstaben bereits entgegenstrahlten.

Regent Street Cinema.

Als Filmstudentin der FSOL konnte ich mir wöchentlich eine Vorstellung kostenfrei ansehen, ich wäre aber auch ohne diesen Rabatt Stammbesucherin gewesen. Das Kino war keine zehn Minuten Fußweg von meinem Wohnheimzimmer entfernt, veraltet und renovierungsbedürftig, aber irgendwie trotzdem charmant – auf diese nostalgische Weise, mit Kronleuchtern im Foyer und roten Samtsesseln im Saal. Als wäre die Zeit an diesem Ort stehen geblieben, was natürlich nicht wirklich der Fall war. Das bewiesen die verglasten Filmplakate an der Fassade neben mir: Indie-Streifen, Projekte erfolgreicher Alumni und preisgekrönte Filme aus Frankreich. Anspruchsvolle und intellektuelle Geschichten mit widersprüchlichen Charakteren und Szenen, in denen nichts gesagt wurde, weil damit alles gesagt war. Das behauptete ich zumindest in meinen Essays, um eine gute Note zu bekommen.

Ich stieß gerade die Tür auf und kramte mein Handy hervor, um das digitale Freiticket zu öffnen, da erstarrte ich.

Mein Handy hatte vibriert, und für einen winzigen Moment rechnete ich mit einer Nachricht von Maisie, die mir mitteilte, dass sie es überraschenderweise doch zur Vorstellung schaffte. Schließlich hatten wir uns eigentlich für den Film von Samson Alderidge verabredet, weil wir ihn beide noch nicht im Ganzen angeschaut hatten. Nur immer die Ausschnitte, die aktuell im Seminar behandelt wurden. Es wäre laut unserer Fachbereichsleiterin ein Verbrechen, den Film nicht komplett zu sehen.

Maisie hatte jedoch kurzfristig abgesagt, geschrieben, dass sie es leider nicht schaffen würde, einen traurigen Smiley angehängt und in einer neuen Nachricht gefragt, ob wir uns auf der Alumniparty nachher treffen wollten.

Jetzt blieb ich mit diesem verräterischen Kloß im Hals stehen, meine Augen wie hypnotisiert vom Bildschirm. Von der Benachrichtigung mit *seinem* Namen, um genau zu sein. Instinktiv begann mein Puls zu rasen.

Noch vor fünf Monaten hatte ein Smiley von ihm gereicht, damit alles in mir auf die beste Weise in Hochspannung geraten war. Wenn er mir nicht geschrieben hatte, hatte ich stumm auf mein Handy gestarrt und heimlich versucht, es zu beschwören, nur damit eine Nachricht von ihm aufleuchtete. Und wenn er mir dann endlich – *endlich!* – getextet hatte, hatte ich seine Nachricht gar nicht schnell genug lesen können.

In diesem Augenblick hätte ich seine Nachricht allerdings am liebsten gar nicht angeklickt.

> Können wir reden?

Ethan

Drei Worte, ein Fragezeichen, und alles in mir randalierte. Ich schluckte einmal heftig, ehe ich zum Tippen ansetzte.

Ich setzte Smileys, als wäre alles in bester Ordnung. Als wüsste ich nicht, wieso er reden wollte und warum ich ernsten Gesprächen in den letzten Wochen ausgewichen war. Einen Moment verharrte ich noch, das Handy zwischen meinen Fingern so fest umklammert, dass meine Fingerknöchel weiß hervorstachen. Ich registrierte, dass Ethan online war. Zwei, drei, fünf, sieben Sekunden, die ich im Kopf mitzählte. Anschließend verschwand das Wort unter seinem Namen einfach so, ohne dass er mir geantwortet hatte.

Es ist okay. Alles ist okay, Braun.

Tief durchatmend zwang ich mich dazu, den Griff um mein iPhone zu lockern, das Ticket einzuscannen und den Saal anzusteuern. Und dennoch sah ich dabei jede Sekunde auf meinen Bildschirm.

Wie gemein war es bitte, jemandem *Können wir reden?* zu schreiben und dann nicht mehr zu antworten?

Als ich in den Saal trat, ermahnte ich mich trotzdem dazu, mich auf das Hier und Jetzt zu konzentrieren. Auf die weiß strahlenden Sitzreihenanzeigen. Den Geruch nach zu fettigem Popcorn, vermischt mit Deo aus dem Discounter. Auf die noch schwarze Leinwand, auf der nach dem Werbeblock das Intro von *Meermüll* aufleuchten müsste – dem Film, der heute gezeigt wurde, weil Samson Alderidge später Ehrengast auf Clarks Alumnifeier war.

Es handelte sich um eine Dokumentation über die Verschmutzung unserer Ozeane, die er in fast völliger Eigenregie mit seinem Freund Connor Rutherford – ebenfalls ehemaliger Student der Film School of London – produziert hatte. Als Sohn von Rosie Campwell und Paul Alderidge, zwei von Großbritanniens hochkarätigsten Schauspielern, wäre es für Samson Alderidge höchstwahrscheinlich ein Kinderspiel gewesen, Fuß in der glamourösen Filmbranche zu fassen. Er hätte die nächste international gefeierte Netflixserie produzieren, den Ruhm genießen, all die roten Teppiche entlangflanieren und einen millionenschweren Vertrag nach dem nächsten unterzeichnen können.

Doch wofür hatte er sich entschieden?

Dafür, einen Unterschied zu machen.

Er hatte einen Indie-Dokumentarfilm mit Fokus auf die globale Ozeanverschmutzung produziert, hatte sich in Südostasien rumgetrieben und bestimmte Teile vlogmäßig festgehalten, während er für andere Sequenzen Meeresbiologen interviewt hatte. Für seine Arbeit hatte er etliche Preise und Fördergelder eingeheimst und war wie nebenbei Liebling der Medien geworden. Er hatte sogar letztes Jahr diesen angesehenen Filmpreis in Dublin erhalten und würde im September sicherlich den Gewinner dieses Jahres anmoderieren.

Ich war nicht besessen von ihm.

Es war nur so, dass es unmöglich war, diese ganzen Fakten über Samson Alderidge *nicht* zu kennen, wenn jeder unserer Dozenten sich als sein größter Fan outete.

Es liegt nicht an seinen Eltern. Er ist einfach gut.

Ethans Stimme echote in mir nach, während ich auf meinen Platz in der drittletzten Reihe huschte und auch direkt an dem Hier-und-Jetzt-Leben scheiterte.

Wieder betätigte ich den seitlichen Knopf an meinem Handy. Wieder hatte Ethan mir nicht geantwortet.

Nicht, als ich mich auf wackeligen Beinen in den roten Samtstoff sinken ließ. Nicht, als der Raum sich fast bis zur Hälfte füllte. Und auch dann nicht, als die Tür geschlossen wurde und der Vorhang aufging.

Ich kämpfte mich durch den Werbeblock, ohne mein Handy zu checken. Ausnahmsweise hatte ich heute nicht auf Flugmodus geklickt, obwohl ich das sonst stets tat. Ganz egal, wie gut oder schlecht ein Film war, ich schenkte ihm *immer* meine volle Aufmerksamkeit. Selbst in diesen elenden Nachmittagsstunden am Donnerstag, in denen meine Dozentin Filme in zweieinhalb Stunden Länge zeigte und wir anschließend die Aussagen auf verschiedenen Metaebenen auseinandernahmen. Immerhin wollte ich alles in mich einsaugen und nichts verpassen, lernen, lernen und noch mehr lernen, um irgendwann ganz klischeehaft meinen eigenen Namen unter dem Filmtitel lesen zu können.

Doch jetzt konnte ich mich einfach nicht konzentrieren.

Ich musste wissen, was Ethan mir schrieb.

Nur dass er es immer noch nicht tat, wie ich nach einem Blick aufs Display feststellen durfte.

»Wehe, es ist nicht so krass, wie Clark sagte«, hörte ich von weiter vorn, während die Beleuchtung weiter gedimmt wurde.

Kurz meinte ich sogar, die Stimme zuordnen zu können. Vielleicht jemand aus dem Jahrgang unter mir? Doch für einen Moment, für einen unendlich winzigen Moment, dachte ich an nichts, als seine Stimme im Raum ertönte.

»Hey.«

Hey.

Wie konnte jemand nur so tief klingen und mir eine derartig heftige Gänsehaut verursachen? Und das bei einer Begrüßung mit drei Buchstaben? Schlagartig stellten sich alle Härchen an meinem Körper auf. Dabei war die Leinwand immer noch schwarz, seine Stimme allerdings reichte.

»Ich bin Samson Alderidge. Und das hier ist die Geschichte darüber, wie wir die Meere zerstören.«

Sobald er verstummte, flackerten etliche Szenen im Schnelldurchlauf über den Bildschirm. Strände, Ozeane, Plastikinseln, Fische, Fischer, Boote, Blut. Anschließend wurde alles erneut dunkel. Zwei, drei Sekunden. Es war derselbe Moment, in dem ich mein Handy vibrieren spürte.

Sofort checkte ich den Bildschirm, wobei es mir für einen winzigen Moment egal war, dass ich die anderen mit dem Licht störte. Dann atmete ich erleichtert aus, weil Ethan mir endlich zurückgeschrieben hatte.

Ich dachte nicht mal darüber nach, sitzen zu bleiben. Heimlich, still und entschlossen schnappte ich mir meinen Jutebeutel vom Boden, während Meeresrauschen durch die Lautsprecher tönte und Samson Alderidge mit seiner Hörbuchstimme zu erklären begann, was für ein Monster der Mensch war.

2

Emmie

HOW DID IT END?

Während ich die letzten Stufen zu seinem winzigen Apartment in der allerletzten Etage nahm, wartete er bereits im Türrahmen auf mich. Ethan füllte ihn mit seiner gesamten Statur aus.

Kaum zu glauben, dass du dir diese Treppenstufen immer wieder antust. Du musst ihn wirklich gernhaben, Em-Em.

Maisies Stimme erklang in meinem Kopf, als ich atemlos auf seiner Türmatte verharrte und Ethan seine vollen Lippen zu einem Lächeln verzog. Es war schief und ein bisschen schüchtern. Ein wenig zu zurückhaltend dafür, dass wir seit viereinhalb Monaten offiziell ein Paar waren.

»Hey«, sagte er, und ich wünschte, seine Stimme hätte rauer geklungen, kratziger, angeschlagen … irgendetwas eben. Doch da war nichts.

Er klang ganz normal, als er mich begrüßte und anschließend hereinbat. In seine hart erkämpfte Schuhkartonwohnung, in die wir während unserer Anfangszeit nicht schnell genug hatten stolpern können. Wenn er mich noch in seiner Jacke und der Wintermütze gegen die geschlossene Tür gedrückt und geküsst hatte, hatte ich mich wie in einer klischeehaften romantischen Komödie gefühlt. Die, die meine Kommilitoninnen stirnrunzelnd als trivial, banal und massentauglich betitelten, als wäre Letzteres ein Verbrechen. Aber es hatte sich wirklich so angefühlt: so dringlich, so heftig und hitzig, dass ich schwor, ich wäre in diesem kalten November beinahe vor lauter Gefühlen geschmolzen.

Fast fünf Monate und eine ganze Gefühlswelt später verharrte ich vor seiner Türmatte, ohne dass ich einen Schritt weiterging. Ich wusste, was passierte, wenn Ethan und ich uns an seinen kleinen runden Tisch setzen und reden würden. Reden, wie zwei erwachsene Personen nun einmal reden würden, die sich verliebt hatten und jetzt irgendwie nicht mehr verliebt waren.

Wieso das so war?

Keine Ahnung.

Es war einfach so passiert.

Was für eine lächerliche Ausrede, die allerdings dennoch stimmte.

Kurz vor dem Eintreten atmete ich so tief ein, wie ich es tat, wenn eine neue Mail in mein Postfach flatterte und ich bereits befürchtete, dass es sich um die nächste Absage handelte, die Maisie und ich für unser gemeinsames Projekt BOYS DON'T CRY entgegengeschmettert bekamen.

Dann machte ich einen Schritt über die Türschwelle und stolperte fast über die Menge an Sneakers im Eingangsbereich, ehe ich ihm zu dem besagten Tisch folgte, wo wir uns niederließen. Von meinem Platz aus erkannte ich, dass er sein Bett auf der anderen Seite des Raums gemacht hatte. Etwas Aufregendes gab es in seiner Wohnung nicht zu entdecken. Da waren ein Bett, ein Fernseher, die Kochnische und der kleine Schreibtisch, weil ein normal großer keinen Platz gefunden hätte. Alles an seiner Einrichtung war praktisch. Ein Platz zum Studieren, kein Zuhause.

Und dann saßen wir also da, Ethan und ich, in seiner Studentenwohnung in New Cross, in unmittelbarer Nähe des Campus. Er hatte die Bude nur bekommen, weil er sich acht Monate im Voraus darauf beworben hatte. Ohne zu wissen, ob er zum Masterstudiengang an der Filmschule überhaupt zugelassen werden würde. Verrückt, nicht wahr? Vielleicht genauso verrückt wie die Tatsache, sich zu verlieben, um sich ein paar Monate später nicht mehr zu lieben. Glich das nicht eigentlich einer Tragödie, die bei IMDb im besten Fall eine Bewertung von 4,8 erhalten würde, weil unsere Geschichte das komplette Gegenteil von außergewöhnlich war?

»Du, Emmie, ich ...«

Du, Emmie, ich ...

Wie unterwältigend würden Rezensenten schreiben, aber es war nicht unterwältigend, sondern schlicht mein ganz normales Leben, in dem Ethan gerade ratlos die Wangen aufblies.

»Ich weiß nicht, wie ich anfangen soll, aber …«

Er wich meinem Blick nicht aus, während er immer wieder zum Sprechen ansetzte, all seine Sätze allerdings wie Luftblasen im Raum schweben ließ. Nur diesen einen nicht.

»Ich glaube, wir sollten Schluss machen.«

Er erklärte mir, dass es irgendwie nicht mehr passe, dass etwas fehle, ein Funken, die Gefühle, eben dieses unbestreitbare gewisse Etwas.

Dabei betrachtete ich sein Gesicht und konnte nicht anders, als mich daran zu erinnern, wie wir vor eineinhalb Jahren gemeinsam unseren Masterstudiengang begonnen hatten. Ethan im Screenwriting-Programm, ich in Film und Regie. Wir hatten durch meine Freundin Maisie zufällig jedes Wochenende miteinander verbracht und waren uns in einer stürmischen Oktobernacht auf dem Weg vom Pub nähergekommen. *Ha,* hatte sie am Tag danach gerufen. *Ich hab's gewusst.*

Keine Ahnung, ob meine Gefühle für ihn tatsächlich derart offensichtlich gewesen waren. Doch ich wusste, wie es sich angefühlt hatte, als Ethan, der gut aussehende, beliebte, so unfassbar talentierte Ethan, mich unerwartet in dieser bitterkalten Nacht geküsst hatte – *richtig.* Als wäre ich in diesem Moment komplett in London angekommen gewesen und völlig eins mit meinem neuen Leben. Nicht nur seinetwegen natürlich. Doch in ihm hatte ich mein schönstes i-Tüpfelchen von allen gefunden.

Jetzt war das nicht mehr der Fall.

»Es tut mir leid«, flüsterte er, während er seine Finger über den Tisch hinweg nach meinen ausstreckte.

Mit einem mitfühlenden Lächeln auf den Lippen tätschelte er meinen Handrücken, als wären wir flüchtige Freunde. Als hätte ich ihm nicht indirekt den Film gewidmet, den ich mit Maisie gemeinsam produziert hatte.

Schaut her, hatte ich immer gedacht. *Ich, Emmeline Braun, habe einen von den guten Typen gefunden. Die, die nicht auf einer Datingplattform lustlos nach*

deinem Tag fragen und dich später ghosten, weil sie emotional beschädigt und so-
wieso unerreichbar sind, selbst wenn unter ihren Namen online steht.

Dabei war es doch tatsächlich gut gewesen.

Nur jetzt eben nicht mehr.

»Emmie?«, sagte Ethan plötzlich.

»Ja?«

»Wieso sagst du nichts?«

Weil du recht hast.

Weil ich der Wahrheit aus dem Weg gegangen bin.

Weil ich ein Feigling bin, der Angst vor Veränderung hat, obwohl Veränderun-
gen der Grund sind, wieso ich überhaupt von Deutschland nach London gezogen
bin. Weil ich ganz klischeehaft die gesamte Filmwelt verändern will und annahm,
ich könnte das mit einem Abschluss der renommierten FSOL besser.

Ich musste heftig schlucken, ehe ich den einen Satz sagte: »Weil ich
es genauso sehe wie du.«

3

Emmie

HITS DIFFERENT

»H-hey«, stotterte ich atemlos in mein Handy, während ich den Campus in Richtung Westflügel überquerte, wo die Wohnheime lagen. »Ich hab dich angerufen, aber du bist nicht drangegangen. Ich muss mit dir reden. Ich bin auf dem Weg zu dir.«

Ich beendete die Sprachnachricht, wobei ich ein Brennen hinter den Augen spürte. Keine Ahnung, ob meine vorbeiziehenden Kommilitonen mich musterten. Allerdings hatte ich ebenfalls keine Ahnung, wie ich die letzten Minuten überlebt hatte. Obwohl ich wusste, dass die Trennung notwendig war, musste ich trotzdem mit jemandem reden, der mir genau das versichern würde. Der mir sagen würde: *Hey, Emmie, es ist normal, dass du so aufgewühlt bist. So würde sich jeder nach einer Trennung fühlen. Aber es war die richtige Entscheidung. Es hat einfach nicht mehr gepasst, und es ist okay, deshalb traurig zu sein.*

Natürlich hätte ich auch meine beste Freundin Leah in Deutschland anrufen können, aber wir wohnten seit meinem Umzug knappe tausend Kilometer voneinander entfernt. Ich brauchte jemanden, der *wirklich* hier war und Ethan kannte. Genau deshalb musste ich mit Maisie reden.

Nur noch die letzten hundert Meter zum Wohnheimkomplex, dann hätte ich es geschafft.

Instinktiv beschleunigte ich, während unter meinen Schritten kahle Zweige knirschten. In verglasten Kästen hingen etliche Poster, die für die letzten Veranstaltungen in diesem Semester warben. Es verging kein Tag, an dem ich nicht irgendeine Ausstellung, einen Kinofilm oder ein Theaterstück in New Cross besuchen konnte. Das Universitätsviertel pulsierte vor Leben, zwischen den alten viktorianischen Häusern und den Neubauten vibrierte alles vor Inspiration und neuen Möglichkeiten. Selbst in der vorletzten Semesterwoche, in der der Großteil meiner Mitstudierenden gedanklich schon nicht mehr am Campus weilte. *Einfach nur krass hier,* hatte Ethan einmal gesagt.

Ethan.

Er war kein guter Gedanke.

Ich hätte klüger sein sollen und mich nicht in einen Kommilitonen verlieben dürfen. Diese Straße hier? Schon zigmal mit ihm entlanggelaufen, meine Hand in seiner. Der Kiosk weiter vorn? Der Besitzer nannte uns *Lovebirds.* Die Bordsteinrillen auf der gegenüberliegenden Straßenseite? Im Oktober haben wir dort betrunken *Wer über die Linien läuft, verliert* gespielt, mit roten Wangen und von der Kälte zerrissenen Lippen, aber die waren sowieso vom Küssen taub gewesen.

Mit zitternden Fingern zog ich die Tür zu unserem Wohnheim auf, erhaschte dabei jedoch einen Blick auf mein Spiegelbild. Mein heller Pullover ließ mich unförmig erscheinen. Die dunklen Ponyfransen fielen mir einen Hauch zu zerzaust in die Stirn, während meine langen Haare mir fast bis zur Taille reichten. Eigentlich sah ich aus wie immer. Eine durchschnittlich große Studentin mit einem durchschnittlich guten Aussehen, die ihren Master in England machte. Was nicht zu mir passte, war der aufgewühlte Blick in meinen grünen Augen.

Hastig eilte ich die Treppe nach oben. Nur noch ein paar Schritte.

Nicht weinen, Braun. Jetzt. Bloß. Nicht. Weinen.

Meine innere Stimme klang zu hart, allerdings war es genau diese Härte, die ich brauchte, um nicht in diesem Flur zusammenzubrechen.

Keine zwei Minuten später stoppte ich endlich vor Maisies Tür und klopfte. Während ich darauf wartete, dass mir geöffnet wurde, verwandelten sich Sekunden in Jahre. Nach einer halben Ewigkeit drückte endlich jemand die Klinke nach unten.

»Emmie?«

Ich blinzelte ruckartig. Das war nicht Maisie, sondern ihre Zimmergenossin Bridget, die mich verwundert musterte.

»Ist Maisie da?«, fragte ich sofort.

»Sorry.« Bridget schüttelte den Kopf, wobei sie sich eine blonde Strähne hinters Ohr schob. »Sie ist auf dieser Alumniparty im Ruby's. Ist ungefähr vor einer halben Stunde weg. Ich glaube, mit Ben?«

Scheiße. Natürlich war sie bei Ms Clarks Veranstaltung.

»Danke trotzdem«, murmelte ich und war schon halb am Gehen, da ertönte ihre Stimme noch mal.

Bridget, die schüchterne und vorsichtige Bridget, die sogar fürs Chipsessen den Raum verließ, um Maisie nicht zu stören, hielt mich auf, obwohl ich eigentlich schon auf dem Weg war. »Ist alles in Ordnung?«

Ich hätte lügen können, abwinken oder das Ganze hastig belächeln können. Ich tat nichts davon. »Ethan und ich, wir …«

Ich musste nicht weitersprechen, damit Maisies Mitbewohnerin verstand. Mein Gesicht, die Erwähnung seines Namens und der Blick in meinen Augen – wahrscheinlich hätte jeder meine Worte gehört, ohne dass ich sie aussprechen musste.

»O Gott«, flüsterte Bridget mitfühlend. »Es tut mir so leid. Das muss schrecklich für dich sein. Vor allem, weil das mit dieser anderen Studentin doch schon ganz schön lange ging. Er ist so ein Wichser.«

Ich blinzelte aus zwei Gründen. Erstens: Seit wann fluchte Bridget? Und zweitens: *Was?*

»Was?« Ich musste so verwirrt klingen, wie ich mich fühlte, denn mit einem Mal wich alle Farbe aus ihrem Gesicht. »Bridget?« Meine Stimme kratzte. »Was meinst du damit?«

»Mist … ich … ich … ich dachte, du wüsstest davon. Ich meine, Maisie … sie … und die Trennung, ich dachte …«

»Bridget«, wiederholte ich unsicher. »Wovon redest du?«

Sie schüttelte allerdings nur den Kopf, krallte die Finger in die Kante des Türrahmens und sah mich an.

Ihr Blick war nicht leer. Ihr Blick war voll von Mitleid.

»Es tut mir so, so leid.«

4

Emmie

QUESTION …?

Es kann nicht stimmen.

Das war mein einziger Gedanke, als ich aus dem Gebäude lief. Instinktiv steuerte ich den Hauptcampus an. Vorbei an mit Efeu bewachsenen alten Gemäuern, in Richtung des roten viktorianischen Backsteingebäudes, des Herzstücks, in dem der Großteil unserer Seminare stattfand. Ich musste Maisie einfach finden und sie darauf ansprechen, damit sie mir lachend erklären konnte, dass das alles bloß Bullshit sei.

»Hey, Emmie!«

»Bist du auch auf dem Weg zur Alumniparty?«

»Sehen wir uns später noch bei Rouben?«

Bekannte grüßten, sprachen und lächelten mich an. Unser Campus mit der üppigen Grünfläche vor dem Hauptgebäude war nicht besonders groß. Die Film School of London war für ihre Exklusivität und ihre herausragenden Studenten bekannt. Jährlich wurden nur bis zu fünfzig neue Leute angenommen, meistens eher weniger. Und es war tatsächlich ein Wunder, dass eine unbedeutende Filmstudentin aus Berlin, wie ich sie gewesen war, einen Platz erhalten hatte. Wenn man meinen Dozenten in Berlin glaubte, war das noch nie passiert. Aber worauf ich eigentlich hinauswollte, war, dass wir uns hier fast alle kannten. Und wahrscheinlich hielten mich diese Bekannten genau jetzt für unfreundlich und schräg, denn ich antwortete nicht. Wie besessen rauschte ich an ihnen vorbei. Am Himmel kämpfte sich die Wintersonne sogar für einen kurzen Moment durch die Wolkendecke, als wäre alles vollkommen in Ordnung. Als hätte mein Freund nicht gerade mit mir Schluss gemacht. Als hätte die Mitbewohnerin meiner Freundin mir nicht indirekt zu verstehen gegeben, dass Ethan mich betrogen hatte.

Aber nein. *Stopp.*

Es konnte nicht stimmen. Es war nur ein Missverständnis. Eine Verwirrung. Alles, bloß nicht die Wahrheit.

Ich nickte mir so lange Mut zu, bis ich mein Ziel erreicht hatte. Dort hatte sich eine Traube von Menschen im Außenbereich gesammelt. Das Ruby's war eigentlich ein beliebtes Café, um dort gemeinsam zu arbeiten, doch für geschlossene Veranstaltungen außerhalb unserer Stundenpläne war es ebenfalls buchbar. Je nach Wunsch wurden die Tische verschoben und eine Leinwand und Stühle aufgebaut. Die Erstsemester zum Beispiel präsentierten hier im Dezember ihre Kurzfilme. Jetzt hielten Gäste im Außenbereich Sektflöten und Bierflaschen in den Händen, während sie ihre Gesichter den frühabendlichen Sonnenstrahlen entgegenreckten. Hätte ich nicht auf Autopilot funktioniert, wäre jetzt der Moment gekommen, in dem ich eine Kehrtwende gemacht hätte.

Ich konnte diese Veranstaltung nicht besuchen. Nicht in meinem Zustand, nicht in meinem verschwitzten Pullover und nicht mit meinem stark pochenden Herzen, das jede Sekunde in Tausende Einzelteile zerbersten könnte.

Wie gut, dass meine Beine mich dennoch ins Innere lenkten, wo irgendein Song von MGMT aus den Lautsprechern tönte. Etliche Menschen unterhielten sich an den Tischen, lachten und genossen einen völlig normalen Donnerstagnachmittag in einer völlig normalen Woche. Sie schienen so zufrieden, so entspannt. Wieso auch nicht? Es war der letzte Februartag, und die Sonne warf ihre letzten Strahlen für den heutigen Tag auf uns. Bald hatten wir Semesterferien. Außerdem erinnerten uns die Plakate an den Wänden ringsum daran, dass hier tatsächlich alles möglich war. Filmprojekte besagter Alumni hingen auf Augenhöhe, ihre fett gedruckten Namen unter denen der Produktionsstudios, von denen wir träumten. Wie zum Beispiel Golden Pictures, bei denen ich im März mein sechsmonatiges Praktikum antreten würde. Morgen früh hatte ich einen Termin mit meiner Ansprechpartnerin Marigold, bei dem wir die letzten organisatorischen Details besprechen würden.

Doch für einen Moment war mir das egal. Manisch schweifte mein Blick durch den Raum, da erkannte ich meine Mitbewohnerin Zoe links in der Ecke. Sie studierte wie ich Film und Regie und winkte mir zu, als sie mich entdeckte. Neben ihr deutete ihr Freund Finlay ebenfalls ein Winken an. Ein rothaariger Physikstudent, den sie in unserer Erstiwoche in Covent Garden kennengelernt hatte. Seitdem es zwischen ihnen ernster geworden war, verbrachte sie eigentlich jede freie Minute bei ihm in Peckham. Maisie meinte, ich stünde deshalb für immer in seiner Schuld. Immerhin hätte ich seinetwegen ein heiß begehrtes So-gut-wie-Einzelzimmer abbekommen, was eine tägliche Erwähnung in einem Dankbarkeitstagebuch wert wäre, hätte ich eins besessen.

Maisie.

Bei dem Gedanken schloss ich die letzten Meter zu Zoe und Finlay auf.

»Hey, Leute«, sagte ich, nachdem ich auf die beiden zugegangen war. »Habt ihr Maisie gesehen?«

»Sie stand gerade mit Ben bei uns, aber jetzt sind sie irgendwie weg.« Besorgt verzog Zoe die dunklen Brauen. »Ist alles okay mit dir? Du wirkst irgendwie so, als wärst du dazu gezwungen worden, dir hundertmal hintereinander Americas Monolog in *Barbie* anzuhören, ohne dabei heulen zu dürfen.«

»So hätte ich es jetzt nicht ausgedrückt, aber der Vergleich passt eigentlich ganz gut«, murmelte ihr Freund.

»Ist irgendetwas passiert, Em?«, fragte Zoe sofort.

»Ich …«, kopfschüttelnd brach ich ab, »ich muss nur Maisie finden. Wisst ihr echt nicht, wo sie ist?«

Zoe überlegte kurz. »Ich meine, sie wollte auf die Toilette.«

»Danke«, flüsterte ich, bevor ich ihnen den Rücken zukehrte und dabei ignorierte, dass meine Mitbewohnerin mir nachrief, mich aufhalten und herausfinden wollte, was mit mir los war. Sobald ich mit Maisie ge-

32

klärt hätte, dass die Situation nur ein riesengroßes Missverständnis war, würde ich ihr alles erzählen.

Sorry, würde ich vielleicht sagen. *Ich war gerade total durch den Wind, weil meine beste Freundin angeblich gewusst haben soll, dass Ethan mich betrügt. Und das schon eine ganze Weile. Natürlich war das alles nur ein Missverständnis. Ein Glück, nicht wahr? Ich meine, ich bin immer noch getrennt, aber im Internet geht doch dieses Zitat viral, das besagt, man lerne am besten durch seine Freundschaften, was wahre Liebe wirklich sei. Also alles in bester Ordnung.*

Mit wankenden Beinen steuerte ich das Ende des Raumes an, wo eine Treppe nach unten zu den Waschräumen führte. Ich bemühte mich darum, im Gehen nicht die Schultern der anderen zu streifen, allerdings war Letzteres unmöglich. Der Raum war zu überfüllt, deshalb hielt ich absichtlich das Gesicht gesenkt.

Jetzt bloß nicht angesprochen werden.

Ich hatte es fast geschafft. Die Treppe war nur noch einige Schritte entfernt, da erstarrte ich.

»Ah, da ist ja die Stipendiatin aus Deutschland, von der ich dir erzählt habe«, hörte ich plötzlich eine viel zu bekannte Stimme sagen. Dann rief sie meinen Namen. »Ms Brown!«

Ich wollte nichts weiter, als schnellstmöglich nach unten zu laufen, Maisie zu finden und dieses Missverständnis aufzuklären. Allerdings hatte ausgerechnet meine Professorin nach mir gerufen. Virginia Clark, die berühmt-berüchtigte Leiterin meines Fachbereichs. Ich hatte vier Kurse bei ihr. Außerdem war sie diejenige, die meine Thesis und meinen Abschlussfilm bewerten würde. Ich konnte mir bei ihr also keinen Fehltritt erlauben.

»Ms Clark«, begrüßte ich sie, nachdem ich mich umgedreht hatte.

Unter schummriger Beleuchtung stand sie mit diesem großen dunkelhaarigen Typen an einem Bartisch, während sie mir mit einer Kopfbewegung zu verstehen gab, dass ich mich zu ihnen gesellen sollte.

Hastig warf ich einen Blick hinter mich. Keine Spur von Maisie.

Mit einem Kloß im Hals tat ich, was meine Dozentin erwartete. Je näher ich allerdings kam, desto weiter wollte ich mich eigentlich von ihnen entfernen. Schließlich war der Mann neben ihr nicht einfach nur irgendein Mann.

Verfluchte. Scheiße.

»Ms Brown«, wiederholte sie eine Spur zu laut, wobei ich geflissentlich ignorierte, dass sie meinen Nachnamen wohl niemals deutsch aussprechen würde. »Das ist Mr Samson Alderidge. Wie Sie bestimmt wissen, hat er vor vier Jahren denselben Masterstudiengang wie Sie absolviert. Und danach diesen völlig unbekannten Film produziert. *Meermüll.* Vielleicht haben Sie ja schon mal davon gehört.«

In meinem Hals schwoll der Kloß weiter an, während Clark über ihren eigenen Witz lachte und Samson Alderidge mir die Hand entgegenstreckte.

Ich hatte gewusst, dass er hier sein würde. Alle hatten es gewusst. Es war auf den Plakaten zur Feier groß angekündigt worden. Samson Alderidge, Teil der Alumnifeier, wahrscheinlich sogar der eigentliche Hauptakt. Immerhin war er *das* Aushängeschild unserer Hochschule. Genau aus diesem Grund sah ich nun die Schlagzeilen vor meinem inneren Auge, als ich seinen Händedruck erwiderte.

Unfassbar talentiert.

Meine Handinnenfläche presste sich an seine.

Herrlich bodenständig.

Sein Blick verhakte sich mit meinem.

Der vielleicht interessanteste Newcomer der britischen Filmbranche.

Doch die Wörter passten nicht mit dem zusammen, das mir durch den Kopf schoss, als er mich immer noch ansah.

Intensiv.

Stechend blaue Augen, dunkelbraunes Haar, an den Seiten kurz geschoren, in der Mitte leicht verwuschelt. Samson Alderidge besaß keines dieser perfekten Modelgesichter. Dafür war sein Mund einen Ticken zu breit und seine Nase etwas zu schief. Seine dunklen Brauen bildeten mit seinen hellen Augen beinahe einen zu starken Kontrast. Er war groß, viel größer als ich, bestimmt über eins fünfundachtzig. Außerdem erkannte ich, dass sein linker Arm vollständig mit einem losen Wellenmuster tätowiert war. Alles in allem war Samson Alderidge nicht klassisch schön.

Er war heiß.

»Sam«, sagte er.

Und, o Gott, natürlich hatte er diese unglaublich tiefe Stimme, mit der Indie-Sänger normalerweise ihre Liebe in lakonisch geschriebenen Liedern beschworen. Aber Sam war kein Sänger, nicht mal Schauspieler. Er bescherte seinem Publikum bloß eine Gänsehaut, indem er aus dem Off seinen Dokumentarfilm kommentierte. Ich mochte es nicht, dass die Härchen an meinem Arm sich jetzt aufstellten.

»Emmie«, erwiderte ich viel zu leise, denn ich wurde mir unter seinem Blick schlagartig wieder bewusst, dass meine Haare zu zerzaust waren und mein Aussehen nicht zu dem der anderen Gäste passte.

»Die Arbeitsweise von Ms Brown erinnert mich an deine«, sagte Ms Clark, was ihn dazu brachte, seine Aufmerksamkeit von mir abzuziehen. »Sie hat sogar ein Praktikum bei Golden Pictures in der Tasche. Fantastisch, nicht wahr?«

Ich nickte zögerlich, während sie an ihrer Sektflöte nippte. Ich fragte mich, das wievielte Glas es wohl war.

»Besonders in Erinnerung geblieben ist mir Ihr Kurzfilm über toxische Männlichkeit im letzten Semester, den Sie gemeinsam mit Ms Culter abgegeben hatten. Damit haben Sie sich doch auch an den gängigen Sommerfestivals beworben, oder?«

Natürlich hatten wir das getan. Immerhin hatte unsere Professorin uns die Bewerbung ausdrücklich empfohlen. Was sie dabei nicht gewusst hatte, war, dass Ethan mich zu diesem Projekt inspiriert hatte, weil er bei Hunde-aus-Griechenland-Videos weinte, aber die Tränen so schnell wegwischte, als wären sie nie da gewesen. Weil er ein Mann war, groß, dunkelhaarig und muskulös. Wie konnte er es auch nur wagen, wegen so etwas wie misshandelten Hundewelpen zu weinen? Als ich ihm im Herbst von dem Projekt erzählt hatte, hatte er mir leise und lächelnd gesagt, wie großartig er die Idee finde.

Aber jetzt war fast Frühling. Jetzt berührte mich meine Professorin bloß an der Schulter, als wäre sie stolz auf mich. Professorin Virginia Clark, die Furcht einflößendste und anspruchsvollste Diva in Londons Filmwelt. Die, die letztes Jahr bloß zweiundvierzig Studierende angenommen hatte, obwohl fünfzig Plätze für die Mastergänge angedacht gewesen wären. *Die Bewerber müssen mich zu hundertundeinem Prozent überzeugen*, hatte sie später in einem Interview verraten. *Wenn sie das nicht tun, haben sie in meinen Seminaren nichts verloren.*

»Oh, okay«, sagte Sam. »Ein Film über toxische Männlichkeit also?«

»Ja, ähm.« Die Hitze schoss mir nun sogar in die Wangen. »Er heißt BOYS DON'T CRY. Es geht darum …«

»… dass Männer auf gar keinen Fall weinen dürfen, weil sie dafür viel zu stark und *männlich* sind?« Sam hob die Brauen, wobei ich mir einbildete, dass sein linker Mundwinkel ganz leicht zuckte. Wenn er gelächelt hätte, wäre es jetzt schief geraten. Ich wusste das, weil ich ihn bereits so in den Ausschnitten von *Meermüll* gesehen hatte. Schief lächelnd, mit seinem schwarzen Shirt und den Tattoos, die Mädchen im Internet dazu brachten, die Videos mit blauen Herzen und Wellen-Emojis zu kommentieren.

»Sehr einfallsreicher Titel, was?« Ich lachte nervös, während ich mich selbst schlechtmachte. Eine meiner stärksten schwachen Angewohnheiten. Doch ich konnte in dem Moment nichts dafür. Ich sprach mit Samson fucking Alderidge. Als ob ihn Maisies und mein kleiner Amateurfilm wirklich interessieren könnte. Er, der preisgekrönte Star, dessen Filmtitel wirklich einfallsreich *und* einprägsam war. Und mein gewöhnlicher Kurzfilm, zu dem mich mein Freund – ich meine natürlich Ex-Freund – inspiriert hatte.

»Ach, kommen Sie, stapeln Sie nicht so klein«, tadelte meine Professorin mich. »Der Film ist wirklich gut gedreht, vor allem im Hinblick auf die Kameraeinstellungen. Ich finde es großartig, dass wir den Protagonisten anfangs nur in Nahaufnahmen sehen können, die sich in immer weitere Long Shots verwandeln, bis er am Ende gar nicht mehr zu erkennen ist.«

»Klingt interessant.« Wieder landete Sams Blick auf mir. Flüchtig, nicht so lange diesmal.

Aber es reichte.

Warm, wärmer, ich spürte, wie alles in mir ganz heiß wurde.

Ich hasste es, dass ich so schnell in Verlegenheit zu bringen war, nur weil mich ein Mann ansah. Weil Samson Alderidge *mich* ansah, während wir über mein letztes Filmprojekt redeten.

Aus den Lautsprechern schallte ein Chartsong, dessen Name mir nicht einfiel. Rings um mich registrierte ich andere Gespräche, bemerkte, dass die Gäste immer wieder mit ihren alkoholischen Getränken anstießen. Mittendrin immer noch Samson Alderidge, der mich für eine weitere Länge eines Wimpernschlags einfach nur betrachtete, bis …

Bis etwas Rotes in meinem Sichtfeld aufblitzte.

Bis *sie* aufblitzte.

Mit pochendem Herzen drehte ich mich um, und endlich entdeckte ich Maisie mit ihren feuerroten Haaren, die meinen Blick vom gegenüberliegenden Tisch erwiderte. Spitzbübisch lächelnd wackelte sie mit den Brauen, als wollte sie mich neckend fragen: *Was machst du an einem Tisch mit der Chefdozentin und Samson Alderidge?*

»… genau deshalb finde ich es so großartig, dass du dich …«

»Ich, ähm, Entschuldigung. Vielen Dank für das Gespräch. Aber da ist jemand, der auf mich wartet.«

Ich unterbrach meine Professorin mitten in ihrem Satz, redete dabei so schnell, dass ich mich fast selbst nicht verstand. Aber es war mir egal. Alles war mir egal. Selbst ihre und Sams leicht irritierten Blicke.

Ich konnte hier nicht stehen bleiben, lächeln, zuhören, Sam lauschen und dabei Gänsehaut auf meinen Armen bekommen, nur weil er er war. Ich konnte nicht ganz normal weiterleben, als wären die letzten eineinhalb Stunden gar nicht passiert.

Ich verabschiedete mich nicht richtig, deutete nur ein Winken an und sah Sam nicht mehr ins Gesicht.

Ich war schrecklich unhöflich und unprofessionell.

Ebenfalls egal.

Doch gerade dann, als ich den ersten Schritt in Maisies Richtung machte, die mich weiterhin neugierig beobachtete, stieß ich gegen etwas Hartes. Einen Partygast. Der wegen mir die Kontrolle über die Sektflöte verlor, die er umklammert hielt. Ich konnte zeitlupenartig beobachten, wie ihr sprudelnder Inhalt sich auf Alderidges Shirt ergoss.

»Fuck!«, stieß er aus.

»Tutmirleidtutmirleidtutmirleid«, stammelte ich.

Sein Shirt war durchnässt, und es war meine gottverdammte Schuld. Allerdings war da auch dieses seltsame Gefühl, das dafür sorgte, dass alles in mir noch eine Spur wärmer wurde – und dafür war Sam verantwortlich. Womöglich weil er ein äußerst gut aussehender Mann war, dessen Präsenz mir bewusst machte, was alles nicht gut an mir war.

Maisies Blick lag noch immer auf mir.

»Tut mir *wirklich* leid, aber ich … ich muss gehen.«

Dann drehte ich ihm den Rücken zu. Ich bot nicht an, ein Taschentuch oder Handtuch zu organisieren. Einfach so ließ ich ihn stehen und ging in Richtung Maisie. Innerlich war mir bewusst, dass ich mein Verhalten bereuen und mich gedanklich dafür zerfetzen würde, einfach abgehauen zu sein.

Eigentlich war ich so nicht.

Aber *eigentlich* wurde mir auch nicht gesagt, dass meine Freundin gewusst haben sollte, dass Ethan mich betrogen hatte.

Keine Ahnung, ob meine Professorin mir verwirrt und Sam mir womöglich angepisst hinterherblickten. Sicher war ich mir nur darüber, dass Maisies Mund vor Schock aufklappte. Doch auch das – Überraschung! – war mir im Moment egal. Entschlossen ging ich auf sie zu, während sie sich automatisch aus dem Gespräch schlängelte, an dem sie gerade teilgenommen hatte.

»O mein Gott«, sagte sie, als sie mich gleichzeitig zur Seite zog. »Hast du Samson Alderidge gerade ernsthaft …«

»Sag, dass das nicht wahr ist«, unterbrach ich sie.

»Was?« Ehrlich verwirrt sah sie mich an. Bis ich seinen Namen sagte. Dann konnte sie meinem Blick nicht mehr standhalten.

»Ethan«, erklärte ich. »Und diese Studentin.«

Sie öffnete den Mund, ohne dass Worte ihn verließen.

Nichts.

Nichts.

Nichts.

»Sag es«, flüsterte ich, weil Maisie rein gar nichts von sich gab, weil ihre Augen weit aufgerissen waren und sie mein Handgelenk panisch umfasste, aber ihre Berührung sich so unglaublich kalt anfühlte. »Sag, dass es nicht stimmt.«

5

Emmie

CHAMPAGNE PROBLEMS

Nicht hier.

Das hatte Maisie nicht erwidert, allerdings hatte ich sie auch so verstanden. Hastig hatte sie nach meinem Handgelenk gegriffen, bevor sie mich aus dem Ruby's rausgelotst hatte und wir in einer kleinen Nebengasse zum Stehen gekommen waren. Von weiter weg heulte ein Motor, während die Gespräche der Veranstaltung immer noch als gedämpftes Rauschen an unsere Ohren drangen.

Ich beobachtete, wie Maisie sich selbst umarmte und die burgunderfarben lackierten Nägel dabei unter ihren Ärmeln hervorblitzten. Die weinrote Farbe harmonierte perfekt mit ihren Haaren und den Lippen, so wie jeden Tag. Rote Haare, rote Nägel, rote Lippen. Die trug sie immer, um sich selbstbewusster zu fühlen.

Die Leute im Internet reden darüber, dass mir die Farbe helfen würde, mich besser in meine weibliche Energie einzufühlen, aber das interessiert mich nicht. Ich fühle mich einfach selbstbewusster damit, verstehst du?

Natürlich hatte ich das verstanden.

Ich hatte Maisie immer verstanden, seit unserem ersten Aufeinandertreffen im Auditorium. Wir hatten beide in der Menge verloren gewirkt, mit zitternden Händen und fragenden Gesichtern. Auf dem Umweg zu unserem ersten Seminarsaal hatten wir uns gefunden. Wie ich konnte sie die Filmschule nur mit einem Stipendium besuchen. Das war das, was uns von den anderen unterschied. Doch es war auch das, was uns verband.

Maisie schwieg immer noch. Suchte nach Worten. Öffnete erneut den Mund. Sagte jedoch nichts.

»Ich verstehe das nicht«, begann ich, weil wir in meiner Vorstellung längst lachen sollten.

Angestrengt holte sie Luft, die Lider fest geschlossen. So als könnte sie bloß ein Wort herausbekommen, wenn sie mir nicht ins Gesicht schaute. »Es tut mir so leid.«

Es tat ihr leid?

Das war nicht das, was sie sagen sollte. Ihre Entschuldigung klang nicht nach einem Missverständnis.

Sie war ein Eingeständnis.

»Es stimmt?«, fragte ich schrill. »Das, was Bridget mir gesagt hat?«

»Emmie.« Ihre Augen glitzerten. »Es ist nicht so, wie es aussieht.«

»Bitte?« Ich lachte so laut, dass ich fürchtete, ich könnte die Aufmerksamkeit der Passanten auf uns lenken. »Glaub mir, dasselbe habe ich mir auch eingeredet, als Bridget mir indirekt verraten hat, dass er mich betrogen hat. Und dass *das*, was auch immer es genau ist, schon länger ging. Und dass du es anscheinend weißt. Ich meine, ich habe dir nicht mal gesagt, worum es geht, aber du weißt genau, wovon ich spreche.«

Sie scheint alles zu wissen.

»Ich wollte es dir erzählen. Wirklich, ich …«

»Es stimmt also?«, unterbrach ich wiederholend, ohne dabei schroff zu klingen. Meine Stimme war leise, zitternd, ängstlich.

Keine Reaktion.

Schließlich schüttelte sie den Kopf. »Ethan ist ein Arschloch«, flüsterte sie belegt. »Er verdient dich nicht.«

Das gab mir den Rest.

Ethan hatte mich betrogen. Und meine Freundin hatte davon gewusst.

Die Erkenntnis traf mich wie ein Tsunami.

Ich konnte nicht mehr atmen. Es fühlte sich so an, als würde mein

Brustkorb sich heben und senken, jedoch keine Luft meinen Körper erreichen. Als würde ich mich mit jeder weiteren Sekunde bloß ein Stückchen mehr auflösen.

Nicht weinen, Braun. Jetzt bloß nicht weinen.

Doch diesmal prallte meine innere Stimme an mir ab. Ich konnte die Träne nicht verhindern, die meine Wange hinunterperlte. Ich wischte sie nicht weg. Konnte mich nicht bewegen. Konnte nicht mal die Hände zu Fäusten ballen.

»Mit wem?«, fragte ich rau. »Mit wem hat er mich betrogen?«

»Emmie, du …«

»Beantworte mir die Frage.« Tränen verschleierten mir die Sicht, doch ich knickte nicht ein. Ich sah meine Freundin so lange an, bis sie es nicht mehr aushielt und auf das Pflaster starrte.

»Mit Charlotte Bennington.«

In meinem Kopf überschlug sich alles. Bilder von Ethan mit Kommilitoninnen und Bekannten zogen an mir vorbei, allerdings wurde ich nicht fündig.

»Sie studiert an der UOL«, erklärte Maisie, als hätte sie meine Gedanken gelesen. »Kunstgeschichte oder so.«

»Wie lange schon?«

»Ich … Keine Ahnung. Aber ich weiß, dass es nicht nur ein Ausrutscher ist. Es muss wohl schon einige Wochen gehen.«

»Nein.« Eine Träne erreichte meinen Mundwinkel. Sie schmeckte nicht salzig, sondern bitter. »Ich meinte, wie lange *du* es schon weißt.«

»Ein paar Wochen.« Sie gab mir keine Gelegenheit, um dazwischenzugrätschen. »Aber du musst mich das erklären lassen. Ich wollte das nicht. Ehrlich. Aber ich wollte dich auch nicht verletzen und …«

»Und *was*?«

»Er hat gesagt, ich soll es dir nicht sagen. Ben, er …«

Ben.

Oh, natürlich. Natürlich hatte Ben es gewusst, weil er Ethans bester Freund war.

Meine Hände ballten sich zu Fäusten. »Du hast es mir wegen Ben nicht gesagt?«

Ich wollte lachen. Ich wollte lachen, bis ich weinte, und dann nie mehr damit aufhören. Ben und Maisie hatten eine von diesen Beziehungen, die keine wirklichen Beziehungen waren. Sie hatten Sex, er ghostete sie, sie hasste ihn, er schrieb sie doch wieder an, und sie liebte ihn wieder. Wenn toxisch eine Sportart wäre, wäre Ben darin Weltmeister.

»Das kann nicht wahr sein«, flüsterte ich ein allerletztes Mal, weil es sich zu unwirklich anfühlte. Wie eine Filmversion meines Lebens mit viel Lug und Trug, Dramatik und Intrigen. Wäre ich die Regisseurin, würde ich mich von meinem Stuhl erheben, mich dicht hinter die Kameraperson stellen und sagen: *Los, los, los! Halt nah drauf, wir brauchen ein Close-up von ihrem tränenüberschwemmten Gesicht!* Später, im Schnitt, würde ich die Szene verlangsamen, damit auch ja niemand den Moment verpasste, in dem ich realisierte, dass mein Leben eben doch kein Film war. Sondern meine verdammte Wirklichkeit.

»Ich kann das nicht«, stieß ich hervor.

Mit klopfendem Herzen drehte ich mich um. Tränen rannen mir das Gesicht hinab, während Maisie mir nachrief, allerdings nicht versuchte, mich aufzuhalten. Tranceartig lief ich aus der Gasse. Ich dachte nicht nach, als meine Schritte sich instinktiv in Richtung Hauptcampus beschleunigten. Das alles geschah erneut wie auf Autopilot. Vielleicht war es eine Überlebensstrategie. Von Adrenalin berauscht konnte eine einzelne Person mühelos ein Auto hochheben. Womöglich war das hier dasselbe.

Wie besessen rannte ich über das Gelände, vorbei an der Mensa, dem Leuchtschild zur Bibliothek und zurück in Richtung Westflügel. Beinahe erleichtert atmete ich aus, als ich die Tür zu meinem Wohngebäude mit der Karte öffnete.

Sobald ich mein Zimmer betrat, fiel die Tür mit einem lauten Knall zu. Es war mir egal, dass sich Anna von gegenüber morgen wegen des zu hohen Lärmpegels auf unserem Gang beschweren würde. Alles war egal.

Noch immer. Auch Ethan, auch Charlotte Bennington, auch Maisie. *Besonders* Maisie.

Scheiß auf Maisie. Scheiß auf ihre Umarmungen. Scheiß auf ihr gutmütiges Herz.

Sie war meine beste Freundin hier in London. Sie hatte es Bridget verraten. Wieso zur Hölle hatte sie es mir nicht gesagt?

Ich schaffte es gerade noch auf mein Bett, ehe alles in mir – inklusive meines Herzens – zusammenbrach. Dabei fühlte es sich nicht nur so an, als wäre es gebrochen, sondern eher zerbombt. Als wäre es jetzt schwarz und voller Splitter, ein Totalschaden eben. Zusätzlich fühlte ich mich auch noch wie die größte Idiotin. Wie konnte mir so etwas entgangen sein? Was hatte ich übersehen? Waren da Anzeichen gewesen? Es *musste* doch Hinweise gegeben haben. Allerdings waren diese Fragen nichts im Gegensatz zur Frage aller Fragen: *Warum?*

Warum hatte Ethan das getan? War ich etwa zu normal? Zu langweilig? Zu dick oder an den falschen Körperstellen zu dünn? War ich zu viel, war ich zu wenig?

Wieso?

Wieso war ich verflucht noch mal nie genug, sondern immer nur die zweite Wahl? Denn das war doch das Problem. Ich war nicht gut genug. Ich war noch *nie* gut genug gewesen.

Es stimmte.

Irgendwann weinte und schrie ich so heftig in mein Kissen, dass ich fast keine Luft mehr bekam. Panisch setzte ich mich auf, griff mit zitternden Fingern nach der Wasserflasche und meinem Handy. Bevor ich den Bildschirm entsperrte, erkannte ich im Spiegel gegenüber mein eigenes Gesicht. Verweinte Augen, leerer Blick.

Etwas in mir war taub. Tot.

Deshalb fühlte sich alles anders an.

Mein Bildschirm verriet mir, dass es kurz vor neun war. Maisie war mir nicht hinterhergerannt. Sie hatte mich nicht angerufen, sie war nicht vorbeigekommen.

Das hatte sie geschrieben. Als würde das ausreichen. Während ich schluchzte, bebte mein gesamter Körper weiter. Ich umklammerte mein iPhone fester, obwohl mein innerer Kompass mir befahl, es beiseitezulegen. Oder nein, noch besser: es weiter zu umklammern, aber Leah zu schreiben. Sie war meine *wirkliche* Freundin. Wahrscheinlich meine einzige richtige. Doch ich konnte nicht. Es war, als hätten meine Finger ein Eigenleben entwickelt.

Charlotte Bennington.

Ihr Name klang in mir nach, wobei meine weise innere Stimme lauter wurde: *Lass es. Tipp den Chat mit Leah an. Verflucht noch mal, JETZT, Braun!*

Natürlich hatte die Stimme recht, allerdings hatten meine Finger Instagram bereits geöffnet. Ich wusste nicht, wie ihr Username lautete. Ich meine, ich hatte bis vor wenigen Stunden nicht einmal von ihrer Existenz gewusst. Innerlich bereitete ich mich darauf vor, jeden meiner Social-Media-Stalking-Skills hervorzukramen, die ich mir mit Leah gemeinsam in der Mittelstufe angeeignet hatte. Doch das war nicht nötig. Ich fand Charlottes Konto bereits, als ich ihren Klarnamen bei Instagram eingab. Sie wurde mir sogar als Erstes angezeigt, weil wir zwei gemeinsame Verbindungen teilten.

@ethanwllms

Und @maisiedoesthings.

Ein Wimmern brachte meinen Brustkorb zum Vibrieren.

Hatte der Betrug tatsächlich die ganze Zeit vor meiner Nase stattgefunden?

Ich hatte keine Antwort auf diese Frage. Sicher wusste ich bloß, dass Charlotte auf ihren Bildern atemberaubend aussah. Ihr Konto war nicht auf privat gestellt, sodass ich mich problemlos durch ihren Feed scrollen konnte. Bei jedem weiteren Bild blieb mir die Luft ein bisschen mehr weg.

Ein Teil von mir wollte sie hassen. Diese wunderschöne blonde Frau, die verschwommene Spiegel-Selfies in einem Pullover von ZARA schoss, als wäre er nur für sie und nicht für Millionen von anderen Frauen gemacht worden. Charlotte lud Fotos von sich und ihren Freundinnen hoch, teilte Ausschnitte aus ihren liebsten Büchern und hatte scheinbar eine Schwäche für Zitate von Patti Smith. Letztere fand ich nämlich viel zu oft in ihren Bildbeschreibungen. Sie wirkte sympathisch und intelligent, cool und leicht alternativ mit ihrem verwaschenen Shirt, das *Destroy the patriarchy, not the planet* besagte. In einem anderen Leben hätten wir Freundinnen werden können. In diesem ... nicht.

Charlotte nippte an einem Matcha, mitten in einem trendigen Café.

Ich bin nur die zweite Wahl.

Charlotte zeigte ihre perfekt manikürten Nägel – nudefarben, schön, schlicht, sexy.

Ich bin nur die zweite Wahl.

Charlotte tanzte lachend in einem Glitzerrock, das Bild verschwommen.

Ich bin nur die zweite Wahl.

Charlotte teilte ein unterstrichenes Zitat in einem zerlesenen Buch: *For some a prologue, for others an epilogue.*

Und ich begann wieder zu weinen, mit Schluchzern und Schnodder, laut und hässlich, weil die Welt uns sagte, dass wir unsere Gefühle herauslassen mussten. Dass sie da seien, um gefühlt zu werden. Die gesamte Zeit über befürchtete ich, Zoe könnte jede Sekunde die Tür aufschließen, dabei wollte ich allein sein. Weiter zusammenbrechen, ohne dass mich jemand mit gut gemeinten Worten wieder zusammenflickte. Immerhin würden die Wortpflaster nicht halten. Wie könnten sie auch, wenn ich mich nie gut genug fühlte? Immer die zweite Wahl war? Dagegen gab es keine Medizin oder Mantras, die mich heilten.

Ich hatte Glück. Zoe stolperte erst mitten in der Nacht in unser Zimmer. Ich hörte ihre Schritte von der anderen Seite der Tür, drehte mich mit dem Rücken zu ihrem Bett und hielt die Luft an, als sie eintrat und sich ihren Kulturbeutel schnappte.

Zwanzig Minuten schlummerte sie friedlich, während ich ganz lautlos weiter zusammenbrach.

Leise Tränen, lauter Schmerz.

6

Emmie

EPIPHANY

Der Moment nach dem Aufwachen war wunderschön.

Für einige schlaftrunkene Sekunden lang erinnerte ich mich an nichts. Ich war Emmie, studierte Film und Regie an einer der besten Filmschulen Europas und stand kurz vor meinem Abschluss. Ich hatte hart für mein Leben in London gekämpft, Familie und Freunde hinter mir gelassen, um für meinen Master in ein neues Land zu ziehen. Ich hatte Rechtsverkehr gegen Linksverkehr eingetauscht, dm-Eigenmarken gegen schweineteure Produkte von Boots und deutsches Brot gegen Brot, das eigentlich bloß latschiger Toast war und den Namen nicht verdient hatte. Sommernachmittage mit meiner besten Freundin an der Spree gegen Spaziergänge mit Kommilitonen an der Themse. Ich hatte mich daran gewöhnt, Tee mit Milch zu schlürfen und mich nicht mehr in eine überfüllte Straßenbahn quetschen zu müssen, um zwanzig Minuten später Leahs Altbauwohnung im Berliner Wedding anzusteuern. Ich hatte die Sommer, in denen Leah mich zu Festivalauftritten unserer liebsten Indie-Künstler gezerrt hatte, gegen Spotify-Links zu ihren und meinen Lieblingssongs eingetauscht. Lieder von Provinz, Berq und Blumengarten. In London sah ich meine beste Freundin nicht mehr selbst auf den kleinen Bühnen stehen, wo sie ihre selbst geschriebenen und herzzerreißenden Songzeilen in ein Mikrofon sang. Stattdessen schaute ich mir die Videos der ranzigen Locations am Tag danach in ihren Storys an und stellte mir vor, wie schlecht der Sound und wie gut Leah trotzdem gewesen war. In London schrieb Mama mir jedes Wochenende, ob alles okay sei, und ich antwortete ihr sofort. In Berlin waren ihre Nachrichten sporadischer gewesen, und ich hatte mich schuldig gefühlt, dass ich meine Eltern zu wenig besuchte. Ich hatte sogar meine losen Branchenkontakte, die ich mir während meines Filmstudiums aufgebaut hatte, zurückgelassen. Stattdessen hatte ich mich an einer neuen Filmhochschule mit neuen und viel talentierteren Menschen als meiner Wenigkeit zurechtgefunden.

Mein Leben in London war anders, aber es war gut.

Doch dann setzte ich mich in meinem Bett auf und bemerkte augenblicklich dieses Pochen hinter meiner Stirn.

Ich rieb mir die Schläfe, öffnete die Augen und registrierte vage, dass Zoe nicht mehr auf ihrer Matratze lag, ihr Handy allerdings noch ans Ladekabel angeschlossen war. Ich blinzelte gegen ihre pastellfarbene Bettwäsche an, als die Erinnerungen mich innerhalb von Sekunden überrollten.

Ethan. Das Ruby's. Ms Clark. Samson Alderidge. Die Sektflöte. Maisies Es-ist-nicht-so-wie-es-aussieht-Gelaber.

Das Atmen fiel mir schlagartig wieder schwer. Hinter meinen Augen brannte es. Ich schnappte nach Luft, es reichte nicht. Mir wurde übel. *Kotzübel.*

Ich schaffte es gerade so, schnell aufzuspringen, die Tür zu öffnen und in Richtung Toiletten zu rennen.

»Guten Morgen«, hörte ich Zoe, die sich gerade am Waschbecken die Zähne putzte, verwirrt zu mir sagen.

Doch ich ignorierte sie. In letzter Sekunde gelang es mir, die Klobrille anzuheben, bevor ich mich übergab. Tränen quollen aus meinen Augen. In meiner Kehle ätzte es. Als es hinter mir klopfte, spuckte ich allerdings nur noch Magensaft.

»Emmie?« Wieder Zoe. Sie klang unglaublich besorgt. »Ist alles okay bei dir?«

»Klar«, stieß ich angestrengt hervor.

»Sicher? Es hört sich gerade so an, als würdest du dich übergeben.«

»Keine große Sache«, krächzte ich. »Nur was Falsches gegessen.« Oder auch: *Nur mit der falschen Person zusammen gewesen.*

»Kann ich dir irgendwie helfen?«

»Nein«, sagte ich sofort. »Mach dir keine Sorgen!«

Trotzdem hörte ich bloß Stille. Nicht, wie sie sich entfernte oder gar verabschiedete. Zoe würde warten, bis ich fertig war. Natürlich würde sie das. Sie war zwar nicht meine beste Freundin, allerdings wohnten wir zusammen. Ich wusste, dass sie für Milchschokolade von Tesco morden würde, insbesondere wenn sie ihre schmerzhafte Periode hatte, die sie nur mit Ibus und Bettruhe während der ersten zwei Tage überlebte. Ich wusste, dass *Babylon* ihr Lieblingsfilm war und sie sich vorstellen konnte, nach dem Studium junge und feministische Serienformate für die Öffentlichen zu produzieren. Und ich wusste, dass sie ihren dreizehnjährigen Bruder Jaxon über alles liebte, nicht nur weil fünf Fotos von ihm an ihrer Pinnwand hingen, sondern weil ich mitbekommen hatte, wie sie mehrmals die Woche miteinander telefonierten und sich immer mit einem *Love you!* verabschiedeten. Außerdem war ich mir sicher, dass Zoe genauso viele Kleinigkeiten über mich wusste wie ich über sie.

Natürlich würde sie mich nicht allein lassen, wenn sie hörte, wie schlecht es mir ging.

Dreimal holte ich Luft, bevor ich die Spülung betätigte. Dann rappelte ich mich auf und öffnete die Tür. Meine Mitbewohnerin strich sich eine ihrer Locken hinter das Ohr, während sie mich musterte.

»Mann«, sagte sie mitfühlend. »Du siehst echt scheiße aus.«

»Nie wieder Falafel vom Lieferdienst kurz vor Mitternacht«, log ich, was Zoe ein kleines Grinsen entlockte.

Auf wackeligen Beinen stolperte ich in Richtung Waschbecken und hielt meine Hand unter den fließenden Strahl, spürte ihren Blick allerdings trotzdem auf meiner Haut.

»Hast du Maisie gestern eigentlich noch gefunden?«

Ich zuckte zusammen, was ich zu übertünchen versuchte, indem ich ihr hastig antwortete. »Wir mussten nur noch was für BOYS DON'T CRY klären.«

»Gestern Abend? Auf Clarks Veranstaltung? Habt ihr die Bewerbungen nicht schon längst alle weggeschickt und wartet gerade auf Antworten?«

»Es, ähm, ja. Es war dringend. Ein Veranstalter hatte noch Rückfragen.« Ich lachte wenig überzeugend. »Diese ganze Prozedur bringt mich noch irgendwann um.«

»Ach so.«

Als ich mich nach Zoe umdrehte, hörte ich die Ungläubigkeit nicht nur in ihrer Stimme, sondern entdeckte sie auch in ihrem Gesicht. Ich spürte, wie sie weiterbohren wollte. Doch wir respektierten unsere Grenzen, selbst wenn wir uns einen Wäschekorb teilten. Genau deshalb hakte sie nicht weiter nach. Stattdessen trat sie neben mich und richtete sich die voluminösen Haare. Als unsere Blicke sich im Spiegel streiften, weiteten sich ihre Augen. So als hätte sie sich plötzlich an etwas erinnert.

»Was ist eigentlich mit deinem Termin bei Golden Pictures? Hast du den wegen deiner Übelkeit abgesagt? Der stand doch für heute in deinem Kalender, oder?«

7

Emmie

CHANGE

74,23 Euro. Oder eben 63,52 Pfund.

Ich checkte meinen Kontostand auf dem Handy, während der Uber-Fahrer mir versicherte, dass es nur noch fünf Minuten seien. Meine Nervosität musste offensichtlich überoffensichtlich sein. Immerhin hatte ich ihm nicht einmal verraten, dass ich es eilig hatte.

»Keine Sorge, Miss«, beschwichtigte er mich. »Wir werden rechtzeitig ankommen.«

Mit *rechtzeitig* meinte er die Ankunftszeit, die die App mir angezeigt hatte. Ich war so oder so eineinhalb Stunden zu spät.

Zoe hatte recht gehabt.

Das letzte Gespräch bei Golden Pictures in West London *war* heute.

Genau deshalb würde ich knapp zwanzig Pfund von meinem spärlichen Kontostand für diese Fahrt ausgeben. Weil ich einfach alles versuchen musste. Ich wusste nicht mal, ob ich das Gespräch verschlafen, vergessen oder verdrängt hatte. Nach den gestrigen Ereignissen war es wohl eine Mischung aus allem.

Aber es ist deine Zukunft, Braun. Wie konntest du die vergessen?

Gott, ich war so wütend auf mich selbst.

Meine Beine tippelten nervös vor sich hin, während irgendein Remix von Marshmallow aus dem Radio dröhnte.

»Sie haben wohl einen sehr wichtigen Termin, hm?«, fragte mein Fahrer.

52

Mein zögerliches Nicken reichte dafür, dass er mir einen kurzen Blick im Rückspiegel zuwarf, bevor er aufs Gaspedal drückte. Wir rasten an hupenden Autos vorbei und überholten einen Doppeldeckerbus, bis der gute Mann exakt vier Minuten später in der Springfield Road die Handbremse zog.

»Das wird schon«, sagte er zum Abschied, bevor ich mich bedankte und förmlich aus seinem SEAT Ibiza hechtete.

Der Hauptsitz von Golden Pictures jagte mir wie immer einen Schauder über den Rücken. Das moderne Glasgebäude war imposant, gigantisch und der Ursprungsort vieler preisgekrönter Meisterwerke.

Wir haben soooo viele Bewerber, da müssen wir wirklich ganz genau schauen, wen wir nehmen – ich hatte Marigolds Stimme im Ohr, während ich die Eingangstür mit der Schulter aufstieß. Eigentlich konnte ich es immer noch nicht glauben, dass sie mir den Praktikumsplatz als Produktionsassistentin wirklich gegeben hatten. Das Filmstudio in meinem Lebenslauf aufzählen zu können wäre unheimlich wertvoll.

Ich *durfte* diesen Platz nicht verlieren. Wofür sonst hatte ich mich seit meinem Abitur totgearbeitet? Mich an diversen Filmschulen in Deutschland beworben, jeden relevanten Stummfilm, jede Reportage, jeden tiefgründigen französischen Streifen – mit Untertitel! – und nahezu alle glorreichen amerikanischen Klassiker für meine Prüfungen überanalysiert? Hatte gebibbert, gezittert, gebangt – und nur Absagen erhalten? Bis ich in Berlin durch einen Nachrückplatz mein Studium doch hatte beginnen können? Ich hatte zu viele Gratispraktika angenommen, ein schäbiges WG-Zimmer in Spandau bezogen, Bekannte dazu überredet, in meinen Projekten mitzuspielen. Hatte Filme mit meinem besagten spärlichen Konto finanziert, Kommilitonen mit meinen Ideen und Träumen genervt, etliche Anträge auf Stipendien gestellt. War nächtelang an Pitch Decks verzweifelt. Hatte weitere Hunderte von Absagen erhalten und mich nie davon unterkriegen lassen.

Es musste sich einfach gelohnt haben.

»Hallo«, sagte ich deshalb atemlos an der Rezeption, weil ich die letzten Meter gejoggt war. »Ich bin Emmeline Braun. Ich hatte einen Termin mit ...«

»... Marigold.« Der Typ vor mir rückte sich die Brille auf der Nase zurecht. »Der Termin war um Punkt neun Uhr. Es ist jetzt zehn Uhr fünfundvierzig. Marigold ist gerade in einem Call. Tut mir leid.«

»Okay, kein Problem.« Ich deutete mit dem Kinn auf die Metallstühle hinter mir. »Kann ich hier warten?«

»Das wird nicht nötig sein.«

»Wie meinen Sie das?«

Der Typ vor mir zögerte, bevor er sich seufzend erhob.

»Es tut mir sehr leid, aber dein Termin war um neun Uhr. Wir haben keine Nachricht von dir erhalten. Das können wir nicht akzeptieren.«

Ich kräuselte die Brauen. »Nicht akzeptieren?«

»Du bekommst eine Mail von uns. Mehr kann ich dir gerade nicht sagen.«

Er klang so abgeklärt. So nüchtern. Als leierte er die Nebenwirkungen eines Medikaments herunter.

Im Fall einer Verspätung haben Sie es einfach verkackt, ganz egal, ob Sie Ihren Praktikumsvertrag schon unterzeichnet haben. Für weitere Fragen und Nebenwirkungen fragen Sie bitte nicht mich.

»Ich muss wirklich nur kurz mit Marigold reden. Wir wollten nur noch ein paar organisatorische Dinge ... vor meinem Eintritt ...«

»Ich weiß.« Der Rezeptionist schenkte mir ein Lächeln, aber es erreichte seine Augen nicht. »Wie gesagt, du hörst von uns.«

Mein Mund öffnete sich, ohne dass ein Wort ihn verließ.

Ich darf das hier nicht verlieren.

All die Arbeit für meine Bewerbung. Der Zusammenschnitt meiner besten Projekte. Die Aufregung, die Zweifel und das Sichersein, dass ich garantiert nicht zu einem weiteren Gespräch eingeladen werden würde. Dann schließlich die Zusage, bei der ich fast mein Handy geschrottet hätte, als ich es beim Lesen der Mail fallen ließ.

»Hören Sie«, begann ich, während ich die Tränen aufsteigen spürte.

»Das hier ist mein Traum. Ich habe so hart hierfür gearbeitet. Lassen Sie mich bitte einfach mit Marigold reden. Ich kann ihr die Sache erklären.«

»*Die Sache erklären?* Darling, so läuft das hier nicht. Wir arbeiten alle hart. Wir alle haben unsere Probleme. Aber wir schaffen es auch alle, pünktlich zu sein. Ich meine, was machst du, wenn ein knapp getakteter Dreh für die BBC auf dem Plan steht, aber alle auf dich warten müssen, weil du da *diese Sache* hast? Außerdem ist es Marigolds Entscheidung. Wir haben schon andere Bewerber kontaktiert. Tut mir sehr leid. Wie gesagt, du bekommst eine Mail von uns.«

~

57,02 Euro. Oder eben 48,02 Pfund.

Mein Kontostand war um 17,21 Euro leichter. Meine Zukunft hingegen um ein renommiertes Praktikum ärmer, das sogar bezahlt gewesen wäre.

Nicht weinen, Braun. Jetzt bloß nicht weinen.

Nicht schon wieder.

Die Tube war voller Touristen und deren Gepäck. Kein Wunder, denn ich war in die Bahn gestiegen, die von Heathrow kam und zurück in die Innenstadt fuhr. Fremde Sprachen drangen an mein Ohr, dabei hatte ich mich mit Kopfhörern von der Welt abgestöpselt. Taylor Swift sang, dass Karma ihr Freund sei. Der Text passte nicht, und ich hätte den Song ja auch gewechselt, aber mein Handy hatte nur noch sieben Prozent Akku. Ich würde diese Fahrt nicht ohne Musik überleben, deshalb versuchte ich, so viel wie möglich auf die Bildschirmzeit zu verzichten. Stattdessen beobachtete ich die Fremden, wie sie Sehenswürdigkeiten googelten oder in ihren Reiseführern blätterten. Wie aufgeregt die Augen durch die Gegend huschten. Ich hingegen versuchte, die nächsten vierunddreißig Minuten schlicht nur zu überleben. Doch als ich am Piccadilly Circus umstieg, vibrierte mein Handy, und ich konnte nicht widerstehen. Die Fahrt war so gut wie geschafft. Ein paar Prozent Akku konnte ich jetzt verbrauchen. Ein Teil von mir rechnete mit weiteren Nachrichten von

Maisie. Der heuchlerische Part von mir hoffte sogar auf etwas von Ethan. Auf eine Nachricht, mit der er mich um ein weiteres Gespräch bat, weil er mir da noch etwas sagen müsste. Weil er ein guter Mensch mit einem schlechten Gewissen war. Wusste er überhaupt, dass ich es wusste? Doch natürlich hatte er mir nicht geschrieben. Und Maisie auch nicht.

Die Luft blieb mir im Hals stecken, als ich realisierte, dass der Rezeptionist sein Wort gehalten hatte. Ich öffnete die Mail nicht mal ganz. Die Benachrichtigung mit der Vorschau darauf reichte mir.

Von: j.singh@wlfs.uk

Ihre Bewerbung

Sehr geehrte Ms Braun,
wir bedauern, Ihnen mitteilen zu müssen, dass …

Ich war nicht einmal sauer auf den Typen. Nur auf mich selbst. Denn auch wenn er mir einen anderen Termin mit Marigold verschafft hätte, was hätte es gebracht? Was hätte ich erklärt? Dass ich verschlafen hatte, weil ich leider die Affäre meines Ex-Freunds auf Instagram gestalkt und danach still in mein Kissen geheult hatte? Wohl eher nicht.

Also stand ich einfach nur da, im Untergrund Londons, inmitten von Fremden – mit dem Handy in der Hand und einem unsichtbaren Meer ungeweinter Tränen in mir drin.

Denn ich erlaubte mir nur eine einzige, die ich gleich darauf wegwischte.

Entschlossen lief ich in Richtung Bahngleis und suchte dabei scrollend das älteste Video meiner Tagebuchreihe kurz vor meinem Auszug heraus. Die, die ich als Achtzehnjährige nach der Zusage der Filmschule begonnen hatte. Wie eine Irre filmte ich damals Schnipsel meines Alltags, schnitt sie jeden Abend zusammen und hinterlegte sie am Ende mit einem Voiceover. Insgesamt drehte ich knapp sechs Dutzend Einträge.

Vielleicht weil ich endlich Filmstudentin sein würde und mir die Aktion poetisch vorkam. Womöglich weil ich schlicht etwas kreieren musste, sei es nur in Form von verschwommenen Handyvideos. Ganz vielleicht stellte ich mir damals auch einfach nur vor, wie ich irgendwann weltberühmt sein würde und meine Videotagebücher in Dokumentationen ihren wohlverdienten Platz bekämen.

Emmeline Braun war schon damals der Meinung, dass alles in ihrem Leben das Potenzial hatte, für die Nachwelt festgehalten zu werden. Das war und ist ihr Geheimnis. Sie begeistert uns mit maximaler Normalität.

Ich malte mir aus, wie scharfsinnige Kritiker Worte wie diese über meine Arbeit schreiben würden, lange bevor ich wusste, wie es sich anfühlte, wenn ein gesamter Kurs ein Augenrollen unterdrückte, wenn ich einen *klassischen Frauenfilm* als Praxisbeispiel in Diskussionen einbrachte.

Die allererste Videonotiz nahm ich noch in meinem Kinderzimmer auf, in der Mietwohnung meiner Eltern, kurz bevor ich nach Spandau ging. Als die Zusage der Filmschule in Berlin mich überraschenderweise erreichte, aber ich mir noch unklar über die Finanzierung war. Meine Eltern legten von Anfang an ihr Veto ein. Ich könne doch mit meinem sehr guten Abitur Jura studieren. Maschinenbau, BWL, irgendetwas anderes mit Managementambitionen. Hauptsache, eine Führungsposition mit Prestige und einem guten Gehalt.

Du bist wahnsinnig, sagte Papa mir ständig nach meinem Abschluss.

Alle Türen standen mir offen. Und wofür entschied ich mich? Für einen Haufen von Arbeit für sehr wahrscheinlich sehr wenig Geld. Meine Eltern verstanden nie, dass es mein Ding war, andere Welten zu kreieren. Es war das, wofür ich brannte. Ich wollte kein graues Leben in einer grauen Welt mit Bürojobs und Lästereien in der Mitarbeiterküche. Ich wollte mit meiner Arbeit für etwas stehen. Menschen erreichen. Junge Frauen begeistern. Filme drehen, in denen es nicht um die ungeschminkte Schülerin mit der Brille ging, die bloß ein Make-over benötigte, um von dem coolen Typen in ihrer Stufe endlich bemerkt zu werden. *Alle glücklich, Happy End.* Ich wollte Drehbücher schreiben und visualisieren, an denen Mädchen und Frauen sich festhalten konnten, wenn alles ringsum zusammenbrach. Ich wollte meine Version von *Fleabag* oder *Lady Bird* erschaffen. Die Greta Gerwig, Phoebe Waller-Bridge oder Emerald Fennell meiner Generation sein. Ich wollte, dass andere auf einen Fernseher schauten und sich selbst gesehen fühlten. Ich wollte neue Dinge ausprobieren, aus Strukturen ausbrechen. Etwas erschaffen, das echt war.

Also hatte ich die niedersächsische Kleinstadt verlassen, in der ich aufgewachsen war, und hatte in Berlin studiert.

Und jetzt war ich hier. In London.

Meine Bahn fuhr gleich ein. Es war nicht alles gut, aber es war nicht alles verloren.

Oder?

Ich wollte daran glauben, dass es so war. Tief Luft holend drückte ich auf Play, ehe ich meinem achtzehnjährigen Gesicht entgegenstarrte. Verklebte Wimpern, aufgeregt strahlende Augen. Es war derselbe Moment, in dem die Piccadilly Line auf quietschenden Gleisen zum Stehen kam und ich einstieg.

»Hey, Emmie, ich weiß nicht, was du gerade in deinem Leben so tust, aber: *DU WURDEST GERADE WIRKLICH FÜR DEN STUDIENGANG IN BERLIN ANGENOMMEN? DU WIRST FILM STUDIEREN. IN DER HAUPTSTADT!* Obwohl fast niemand an dich geglaubt hat. Obwohl Mama dir gesagt hat, dass du nicht für dieses künstlerische Leben mit all dem Druck und den Schwierigkeiten gemacht bist. Und obwohl dein Vater der Meinung war, du solltest etwas Sicheres mit deinem Leben anfangen. So gut wie alle haben dich belächelt. Dich für verrückt erklärt. Sogar Mamas jüngere Schwester Line. Aber du hast es durchgezogen. Du hast für dich gekämpft. Du bist für dich selbst eingestanden. Du kannst alles schaffen, was du willst. Ich schwöre.«

8

Emmie

IT'S NICE TO HAVE A FRIEND

»Ich bringe ihn um. Nein, warte. Das reicht nicht. Er muss leiden. Sie muss leiden. Ohne Spaß … wie … wie …«

Obwohl sie gerade auf dem Fußboden ihrer winzigen Berliner Einzimmerwohnung saß und ich auf meinem Wohnheimbett, konnte ich auf dem Bildschirm genau erkennen, wie glasig Leahs grüne Augen wurden. Sie wurden es für mich, weil meine beste Freundin so viel Wut und Traurigkeit und Ratlosigkeit und Fassungslosigkeit empfand, dass sie dachte, ich würde all diese Gefühle dafür ein bisschen weniger fühlen. In meiner Brust wurde es eng und warm zugleich. Ich hatte sie vor einer halben Stunde direkt nach meiner Rückkehr von meinem misslungenen Termin angerufen, nun saß ihr der Schock immer noch überall im ungläubigen Gesicht. So als könnten Ethans Betrug und Maisies Verrat einfach nicht stimmen. So als passierte diese Art von Dramatik eigentlich wirklich nur in den Filmen, die ich eigentlich gar nicht produzieren wollte, weil Frauen sich darin auf klischeehafte Weise selbst gegeneinander ausspielten.

»Was machst du da?«, fragte ich, als ich bemerkte, wie Leah nach ihrem iPad griff und entschlossen darauf herumtippte.

»Na, was wohl?« Sie sah nicht mal vom Display auf. »Ich schaue nach Flügen.«

»Du kannst nicht weg. Du bist ab nächster Woche mit ELIAS auf Tour!«

Es stimmte. Sie konnte nicht weg. Es war ihre erste große Deutschlandtour als Supporting Act für eine aufstrebende Band. Zweiundzwanzig Shows, alle wichtigen Städte und namhafte Clubs waren dabei. Leahs Manager erhoffte sich dadurch (endlich) einen großen Schritt in die richtige Richtung.

»Ist mir egal«, sagte Leah trotzdem. »Edgar findet sowieso innerhalb von drei Sekunden einen anderen Supporting Act aus seiner Kartei. Marie würde dafür sogar ihre bezahlbare Wohnung in Mitte aufgeben.«

»Mir aber nicht egal, wenn du diese Chance wegen mir sausen lässt. Das ist es nicht wert.«

Das ist er nicht wert.

Das ist sie nicht wert.

Kopfschüttelnd sah Leah auf. Blonde Strähnen standen ihr wirr vom Kopf ab, während ihr gesamtes Gesicht inklusive ihrer Halspartie von roten Flecken geziert wurde. So wie vor ihren Auftritten, wenn sie hibbelig in ihren engen Tops und den weiten Jeans backstage saß. Oder damals, als Herr Kneip sie im Unterricht aufgefordert hatte, an die Tafel zu kommen, obwohl er ganz genau wusste, dass sie die Gleichung falsch lösen würde. Jeden Dienstag, jeden Donnerstag, immer wieder, so als wollte er ihr damit beweisen, dass sie ihren Abschluss knicken konnte. Aber Leah hatte es geschafft. *Wir* hatten es geschafft. Wir hatten unser Abitur gemacht, unsere Koffer gepackt und waren dann gemeinsam in die Großstadt gezogen. Ich des Films wegen. Leah wegen ihrer Musik. Ich wollte mein Herz in Filme fließen lassen, meine beste Freundin tat dasselbe mit ihren Songs, die sie selbst schrieb und dann mit Synthiepop unterlegte. Sie sang davon, sich gleichzeitig lebendig und leer zu fühlen, davon, sich zu verlieben und am Ende nur verletzt zu sein. Edgar war sich sicher, aus ihr könnte etwas werden. Mehr nur als eine Sängerin, die ab und an von Rappern für eine eingesungene Hook angefragt wurde. Seiner Meinung nach war sie gerade jung, schön, anders, aber nicht zu anders. Selbst geschriebene Texte mit viel Identifikationspotenzial in Kombination mit ihrer einzigartigen Stimme – laut Edgar ein vielversprechendes Erfolgsgeheimnis. Sie brauchte nur ein paar Zehntausend Follower auf TikTok, und ihre Karriere würde abheben. *Wird schon, nur noch ein bisschen mehr Gas geben, okay?* Wenn meine beste Freundin ihren hart erkämpften Manager imitierte, rollte sie stets mit den Augen. Allerdings wusste ich, dass sie sich nichts mehr als den Durchbruch wünschte. Das wirkliche Abheben und anschließende Abgehen auf der Bühne. Das Mikrofon in Richtung Menge halten und mit geschlossenen Augen lauschen, wie sie Leah ihre selbst geschriebene Texte entgegenschrie. Sich dabei denken: *Ich habe es geschafft*, anstatt sich zu fragen, wie viele Lieder sie noch schreiben und anschließend in den sozialen Medien promoten musste, um gehört zu werden. Früher hatten wir uns ausgemalt, wie sie den Soundtrack zu meinen Geschichten liefern würde.

Daran glaubte ich immer noch.

Wenn ich Kinderfotos von uns begutachtete, wie wir mit den mühsam zusammengebastelten Schultüten in der Hand in die Kamera lächelten, konnte ich nicht glauben, was die zwei kleinen Mädchen mit den niedlichen Zöpfen und den großen Zahnlücken alles gemeinsam erlebt hatten. Der erste Schluck Beck's mit dreizehn. Der erste verpasste Bus weit nach Mitternacht. Der erste dramatische Liebeskummer. Egal, was mir passiert war, es war mir immer mit Leah passiert.

Bis ich nach London gezogen war.

»Emmie.« Plötzlich wurde ihr Blick weicher. »Ich kann dich doch so nicht allein lassen.«

»Ich bin nicht allein.« Ich lächelte schwach, bevor ich mein Handy kurz nach links lenkte, sodass sie einen Blick auf Zoes Seite erhaschte. »Ich habe doch sogar eine Mitbewohnerin.«

Sie kräuselte die Stirn und schüttelte gespielt streng den Kopf.

Keine Ahnung, wie lange wir noch telefonierten. Wie oft ich Leah davon überzeugen musste, sich nicht in den nächsten Flieger in Richtung Heathrow zu setzen, weil ich schon allein klarkommen würde.

Leah glaubte mir nicht.

Ehrlicherweise hätte ich mir selbst nicht geglaubt. Aber was blieb mir anderes übrig? Was hätte ich sonst sagen können? Dass ich aufgeben würde? Dass sie sich nicht in einen Flieger zu setzen brauchte, weil ich selbst den nächsten nach Berlin buchen würde? Dass es mir reichte?

»Nur ein Wort, Emmie«, wiederholte sie, »und ich bin da. Scheiß auf die Shows mit ELIAS.«

»Ich weiß«, flüsterte ich, bevor wir uns noch einen letzten Moment über die Bildschirme hinweg schief anlächelten und anschließend auflegten.

Ein Teil von mir wollte die Vorhänge zuziehen und sich für eine Ewigkeit unter der Bettdecke zusammenkrümeln. Doch ich ließ diesen Teil nicht gewinnen.

Obwohl die Wolken sich grau am Himmel übereinanderschoben, rappelte ich mich auf und sprang in meine Sportmontur.

Innerhalb von fünfzehn Minuten war ich wieder draußen, überquerte den Campus und ging die Vesta Road in Richtung Telegraph Hill Park entlang, in dem ich mehrmals in der Woche meine Runden lief.

Fünf Minuten später stemmte ich mich ein letztes Mal in den Ausfallschritt, bevor ich zu joggen begann. Ich lief relativ zügig und hielt das Tempo. So wie in London. So wie in Berlin. So wie zu Hause bei meinen Eltern in dieser sich endlos ziehenden Zeit von meinem Abiball bis zum Beginn meines Studiums. Dabei hatte ich damals ein schwieriges Verhältnis zum Laufen gehabt. Manchmal waren die Runden in der Bezirkssportanlage wie eine Bestrafung dafür gewesen, dass ich die angeblich gesunde und kalorienarme Ernährung nicht durchgezogen hatte. Manchmal hatte ich auch all die perfekten, wunderschönen und dünnen Frauen aus meinen Lieblingsserien im Kopf und mir gewünscht, auch so auszusehen. Aber ich war schon immer schnell gelaufen. Das hatte ich beibehalten, selbst wenn ich mittlerweile nur noch meine Runden drehte, um den Kopf frei zu bekommen, wenn mir alles zu viel wurde.

Ich lief nicht so, als würde ich vor etwas flüchten. Ich lief so, als würde ich etwas hinterherjagen. Als könnte ich gar nicht schnell genug an mein Ziel gelangen. Ich dachte an Ethan. An Maisie. Spürte diesen wilden Gefühlstrubel in mir drin, weil ich so viel fühlte, dass all meine Emotionen sich ineinander verrannten. Ich verspürte Selbsthass, wenn ich daran dachte, dass ich meinen Wunschpraktikumsplatz los war. Scham, wenn ich meine Finger selbst beim Laufen davon abhalten musste, Charlottes Profil ein weiteres Mal aufzurufen. Neid, wenn ich mich mit ihr verglich. Wut und Trauer und Schmerz und dieses ganz bestimmte, aber unbeschreibliche Gefühl, weil ich nicht wusste, ob ich Ethan verfluchen oder ihm dankbar sein sollte. Wenigstens war es jetzt vorbei. Klar, unser Ende war schrecklich und herzzerschmetternd gewesen, allerdings hatte es sich bei ihm nie um meine große Liebe gehandelt. Selbst wenn er mein britischer Freund in London gewesen war, während mein Leben sich aufregend und strahlend angefühlt hatte.

Aber das könnte es wieder tun.

Ich blieb an diesem Gedanken hängen, als ich das Handy in meiner Jackentasche vibrieren spürte. Taylor sang mir ins Ohr, dass sie selbst das Problem sei, als ich es atemlos hervorpfriemelte … und instinktiv mit rasendem Herzen beim Anblick der Nachrichtenvorschau stehen blieb.

Shoreditch Film Festival.

Ich erkannte den Absender und konnte nicht anders, als die Mail sofort zu öffnen. Sie war an mich und Maisie gesendet worden. Hastig überflog ich den Inhalt.

Liebe Ms Culter …

Liebe Ms Braun …

Vielen Dank für Ihre Einsendung …

Wir freuen uns …

Bitte geben Sie uns eine Rückmeldung bis …

Es waren die Sätze, denen Maisie und ich so lange entgegengefiebert hatten. Unsere erste Einladung zu einem Filmfestival. Das, was ich mir für diesen Sommer so unglaublich gewünscht hatte. Ganz egal, ob wir mit BOYS DON'T CRY einen Preis gewinnen würden oder nicht. Ich könnte es in meinen Lebenslauf schreiben. Ich wäre einfach mal gut genug gewesen. Und das mit einem Projekt, zu dem Ethan mich inspiriert hatte.

Ich riss mich schwer zusammen, um nicht verbittert aufzulachen.

9

Emmie

I CAN DO IT WITH A BROKEN HEART

In den Tagen nach der Trennung von Ethan wünschte ich mir, mein Leben wäre ein Film.

In den Kinos wurde nie ausführlich gezeigt, wie beschissen es der Heldin nach einem Rückschlag tatsächlich ging. Nein, die Szenen, in denen sie in ihr Kissen schrie und weinte, wirklich weinte – hässlich und luftraubend mit Schnodder und seltsam klingenden Lauten –, wurden nie präsentiert. Und wenn doch, dann hatte ein Writers' Room in Hollywood diese Traurigkeit so geformt, bis sie ästhetisch genug für die Leinwand war. Der Liebeskummer wurde demnach dramaturgisch zu einer Filmmontage zusammengeschnitten. Mal in Zeitlupe und mal im Schnelldurchlauf, wie es am besten passte. Innerhalb von dreißig Sekunden war die Traurigkeit auserzählt und nicht mehr spürbar, weil es weitergehen musste.

Im richtigen Leben war das nicht so.

Ich konnte dieses unendlich lange Wochenende nicht innerhalb weniger Sekunden abhaken. Ich musste die Tage durchleben. Jeden. Einzelnen. Moment. Auch wenn ich keine Kraft zum Duschen hatte und mich davor drückte, online für Montag einen Termin mit Ms Clark zu buchen. Ich litt nicht an Liebeskummer. Mein Schmerz war tiefer sitzend. Schlimmer. Allumfassender. Ein Ich-wurde-betrogen-weil-ich-nie-gut-genug-bin.

Ich konnte außerdem auch Zoes besorgte Blicke nicht überspringen, die selbst dann auf mich fielen, wenn sie, mit Leuchtstift bewaffnet, für eine Hausarbeit in *Film verstehen* von James Monaco las. Immer wenn sie mich eine Sekunde zu lange ansah, folgte eine ihrer Fragen:

Sicher, dass alles okay ist?

Soll ich vielleicht Maisie anrufen?

Kann ich dir WIRKLICH nichts bringen?

Ich hatte ihr erzählt, dass ich den Praktikumsplatz aufgrund meines Eigenverschuldens los war, aber kein Wort über die Trennung verloren. Ich war betrogen worden. Mein Ex-Freund hatte nicht mal im Nachhinein den Anstand besessen, mir diese »Kleinigkeit« zu erklären. Und meine Freundin hatte es gewusst. Ich schämte mich. Aber das war nicht mein einziges Problem. Ich wollte Maisie zur Hölle jagen, und wenn das nicht ging, wollte ich sie eben aus meinem Leben streichen. Aber wie konnte man jemanden aus seiner Welt verbannen, mit dem man studierte – inklusive Anwesenheitspflicht und Kurse in einer Maximalgröße von zwanzig Leuten? Von dem Filmwettbewerb, bei dem wir unser Projekt gemeinsam eingereicht hatten, mal abgesehen.

Mein Kopf begann zu pochen, wann immer ich an die Nachricht auf meinem Handy dachte.

Ihr müsst über die Einladung reden.

Aber ich wollte nie wieder mit ihr reden.

Am Montagmorgen war ich noch nie glücklicher darüber gewesen, dass Ethan und ich nicht denselben Masterstudiengang belegt hatten. Sicherlich würde ich ihm auf dem Campus begegnen, doch ich musste einen Schritt nach dem nächsten gehen. Nicht den Haufen von Problemen sehen, sondern erst einmal nur ein einziges.

Maisie müsste jede Sekunde unseren Seminarraum betreten. Alle Stühle waren schon besetzt, nur der neben mir war noch frei. Vorn verband Dr. Farell seinen Laptop mit dem Beamer, während meine Augen wie hypnotisiert auf der Tür lagen.

Es wäre gelogen zu behaupten, dass ich nicht daran gedacht hätte, die nächsten Tage zu schwänzen. Aber ich konnte mir keine unentschuldigten Fehltage erlauben. Also saß ich hier, wo ich sein sollte. Im Hauptgebäude, zweite Etage, Seminarraum III – für *Filmgeschichte II*. Dort, wo Maisie eigentlich auch sitzen müsste, nur dass sie, na ja, eben nicht da war, woran sich auch die nächste Stunde nichts änderte.

Nach dem Seminar packte ich meine Unterlagen in Rekordgeschwindigkeit zusammen und erreichte das Büro meiner Fachbereichsleiterin um elf Uhr achtundzwanzig.

Zwei Minuten später bat sie mich hinein.

»Ms Brown.«

Meine Dozentin deutete mir mit einem Nicken an, auf der anderen Seite ihres Schreibtischs Platz zu nehmen.

Das Büro glich seiner Besitzerin: nur aufs Minimum reduziert, doch trotzdem einnehmend. Massive Möbel und die modernste technische Ausstattung, ab und an ein teuer und elegant wirkender Dekorationsgegenstand, wie die schlanke Vase links in der Ecke. Es war immer etwas Furcht einflößend, hier zu sitzen. Ich fühlte mich so unendlich klein auf diesem Sessel.

»Na, haben Sie sich von der Party am Donnerstag erholt?«

Noch bevor sie verstummte, durchfuhr mich ein Ruck.

Samson Alderidge. Die Sektflöte. Wie ich einfach abgehauen war.

Meine Professorin erwähnte den Vorfall mit keinem Wort, doch ihr Blick sagte alles, so wie meiner alles sagte, wenn wir im Unterricht über Marilyn Monroe sprachen und alle nur an das Sexsymbol mit dem weißen Kleid und den roten Lippen dachten. Ohne überhaupt eine Ahnung zu haben, dass sie die erste Frau gewesen war, die eine Produktionsfirma gegründet hatte.

»Ähm, ja«, erwiderte ich bloß. »Danke.«

Einen Moment herrschte Stille. Dann ließ sich die Professorin mit einem Seufzer in ihren Sessel fallen.

»Also, nun schießen Sie schon los. Wie kann ich Ihnen helfen?«

»Es gibt ein Problem mit meinem Praktikumsplatz.«

»Mit Golden Pictures?« Sie runzelte die Stirn. »Wie meinen Sie das?«

Natürlich erzählte ich meiner Professorin nicht die ganze Wahrheit.

Ich verschwieg meinen Termin, zu dem ich zu spät gekommen war. Stattdessen erwähnte ich nur die Mail, die Absage, meine Ratlosigkeit. »Der Praktikumszeitraum beginnt in drei Wochen«, murmelte sie. »Das wissen Sie, oder?«

Sie verzichtete darauf, mich darüber zu belehren, wie begehrt die Praktikumsplätze in der künstlerischen Branche waren, in einer Weltmetropole wie London – *insbesondere* in der Filmindustrie. Die Filmwelt war so unendlich klein, selbst wenn Milliarden von Menschen über die produzierten Filme staunten. Nicht umsonst bettelten unsere Eltern uns an, doch bitte, *bitte* etwas Vernünftiges zu machen.

Die Anzahl der Studierenden an jeder Filmhochschule war begrenzt. Und selbst wenn man einen Studienplatz ergattert hatte, bedeutete die Zusage im Grunde noch gar nichts. Immerhin erinnerte ich mich noch ganz genau daran, was sie uns zu Beginn meines Masters im Auditorium gesagt hatten: *Statistisch gesehen werden es vielleicht drei Personen pro Jahrgang schaffen, vom Filmemachen leben zu können.*

»Genau deshalb bin ich hier«, sagte ich zu meiner Professorin. »Gibt es vielleicht noch eine Möglichkeit, andere Seminare im Sommersemester zu belegen und so das Praktikum hinauszuzögern? Wenn ich keine Leistungsnachweise einschicken kann, verliere ich mein Stipendium.«

Sie faltete die Hände zu einem Dreieck und schwieg. »Tja«, sagte sie nach einem Augenblick. »Ich würde sagen, Sie stecken gerade ziemlich in der Scheiße, Ms Brown.«

Braun. Und ich weiß das. Und es ist meine Schuld.

»Ich kann nicht aufgeben«, flüsterte ich trotzdem. »Verstehen Sie? Das geht nicht. Ich *muss* das irgendwie schaffen.«

Die Professorin neigte den Kopf, als würde sie ernsthaft überlegen. Dann räusperte sie sich. »Vielleicht gäbe es da eine Lösung.«

10

Emmie

WELCOME TO CONNOR'S CLIPS

Connor's Clips – meine Finger verharrten noch eine allerletzte Sekunde über dem Klingelschild, bevor ich es betätigte. Dabei sah das Wohngebäude wie ein gewöhnliches umgebautes Lagerhaus aus, von denen es hier in Shoreditch nur so wimmelte. Nicht unbedingt ein klassisches Produktionsstudio oder ein Firmensitz.

Doch ich war hier richtig.

Nach dem Termin mit meiner Professorin war plötzlich alles ganz schnell gegangen. Was mich gewundert hatte: Sie hatte die Details sehr vage gehalten. Professorin Clark, die über eine nichtige Kameraeinstellung einer aussortierten Szene zwei Vorlesungsstunden lang philosophieren konnte.

Noch während ich in ihrem Büro gesessen hatte, hatte sie sich für ein kurzes, mysteriöses Telefonat nach draußen entschuldigt. Danach hatte sie mir mitgeteilt, dass *er* (wer auch immer das war) interessiert sei, und mir den Namen und die Adresse der Produktionsfirma diktiert.

»Ab sechzehn Uhr können Sie vorbeischauen«, hatte sie erklärt, und ich war schon fast aus der Tür geschlüpft, da hatte sie mich noch einmal aufgehalten. »Das ist eine einmalige Chance, Ms Brown. Nutzen Sie sie.«

Zwei Stunden später hatte ich mich in die Overground Line gesetzt. Dabei hatte ich Connor's Clips ehrlicherweise gar nicht googeln müssen. Ich kannte die Firma und ihren Gründer.

Connor Rutherford, Alumni der Filmhochschule und Co-Produzent von *Meermüll*. Meine Professorin hatte mir also tatsächlich einen Termin mit Samson Alderidges bestem Freund vermittelt.

Fantastisch.

Kurz nachdem der Summer erklungen war, bestätigte sich mein äußerlicher Eindruck des Hauses. Ich betrat ein stinknormales Treppenhaus mit verschmutzten Türmatten, erreichte irgendwann die letzte Etage und erkannte das schwarze Firmenlogo von Connor's Clips.

Obwohl die Tür offen stand, klopfte ich. Ich wartete, allerdings erhielt ich keine Antwort. Dabei hörte ich doch Stimmen? Vorsichtig trat ich ein und schloss die Tür hinter mir.

Oh, wow.

Das hier war kein Filmstudio, sondern tatsächlich ein zweistöckiges Loft. Die gesamte Fläche war lichtdurchflutet und mit hellem Parkett, großen Arbeitstischen und riesigen Fenstern ausgestattet.

»Bitte«, hörte ich eine tiefe Stimme flehen. »Kannst du mir nicht einfach mal ...«

Nein.

Alles in mir erstarrte.

Jedes Härchen an meinen Armen stellte sich auf.

Es war nicht nur irgendeine Stimme. Ich erkannte sie sofort, denn wie könnte ich auch nicht? Sie gehörte Samson Alderidge.

Am liebsten hätte ich mich gleich in Luft aufgelöst, doch gerade da raste eine Frau – wohl seine Gesprächspartnerin – die Treppe herunter. Als sie mich im Eingangsbereich entdeckte, verharrte sie irritiert mitten im Raum. Ihr platinblondes Haar bildete einen starken Kontrast zu den schwarzen Wimperntuschetränen, die an ihren Wangen perlten. Sie sah so aus, wie ich mich die letzten Tage gefühlt hatte. Als hätte ihr jemand brutal das Herz aus der Brust gerissen. Als würde die Luft plötzlich nicht mehr zum Weiterleben reichen.

»Verdammte Scheiße, Blair«, rief Sam. »Du kannst nicht immer gehen, wenn es schwierig wird. Jetzt warte doch ...«

Er war ebenfalls die Treppe heruntergehastet und bekam die Frau noch am Handgelenk zu fassen, bevor sie ihn mit dem mörderischsten Mörderblick anfunkelte.

»Du kannst mir nicht vorschreiben, was ich zu tun oder zu lassen habe.«

Dann riss sie sich aus seinem Griff los und stürmte in Richtung Tür wortlos an mir vorbei. Ich sah ihr verwundert nach, bis ...

»Tut mir leid.«

Ruckartig schoss mein Blick zurück in Sams Richtung. Er stand auf der ersten Treppenstufe, während er die Lippen zusammenpresste. Schlichte Jeans, einfaches Shirt. Sein Bizeps presste sich gegen die weißen Ärmel, wobei mein Blick auf seinen Wellentattoos landete. Wahrscheinlich guckte ich einen Moment zu lange hin, denn als ich ihm wieder ins Gesicht sah, hob er die linke Braue leicht an. So als wollte er mir damit auf provokante Weise sagen: *Ich weiß, dass du mich angestarrt hast.*

Ich schluckte. Die Energie war anders als bei unserem ersten Zusammentreffen. Die Luft wie elektrisiert, alles angespannt. Sams Gesicht, mein gesamter Körper. Ich konnte die verzweifelte Wut der Frau, die gerade hinausgestürmt war, förmlich einatmen.

Heiser räusperte ich mich. »Wenn du mich fragst, glaube ich nicht, dass ich diejenige bin, bei der du dich entschuldigen solltest.« Ich schob ein nervöses Lächeln hinterher, wobei ein Teil von mir wusste, dass ich zu weit gegangen war. Allerdings hatte ich mich nicht beherrschen können. Keine Ahnung, was es gewesen war. Vielleicht seine herausfordernde Mimik. Vielleicht die Tatsache, dass die Frau wirklich so ausgesehen hatte, wie ich mich seit Tagen fühlte. Und das wegen eines Mannes.

Am Zucken von Sams markantem Kiefer erkannte ich, dass er es ebenfalls als Grenzüberschreitung deutete. »Dann ist es ja gut, dass ich dich gar nicht gefragt habe, was?«

Gänsehaut überzog jeden Zentimeter meiner Haut. Ich hasste es. Er hatte die Stimme gesenkt, um sein Ziel nicht zu verfehlen. Sie war mir unter die Haut gekrochen, obwohl sie mit einem Mal vor unterschwelliger Ablehnung troff.

»Emmie, richtig?«

Ich mochte es nicht, wie er meinen Namen aussprach. Tief und rau und kratzig. Und ziemlich genervt. Ehrlicherweise überraschte es mich, dass er sich an meinen Namen überhaupt erinnerte. Andererseits hatte ich dafür gesorgt, dass er mit Sekt überschüttet wurde. Ein Teil von mir fragte sich, was er hier tat, außer natürlich …

O Scheiße.

»Haben wir einen Termin?«

»Termin?«, wiederholte er verwirrt. »Wir …? Welcher …?«

Sam verstummte, als plötzlich Schritte hinter mir erklangen.

»Großartig, dass ihr beide schon da seid. Dann sind wir ja vollzählig. Jemand Kaffee? Es ist sogar der gute von der High Street, wo die Schlange manchmal bis zur Bushaltestelle reicht. Immer diese Influencer, die den besten Kaffeeladen in London ausplaudern. Vielen Dank auch, Zedd_93.«

Ich drehte mich um und starrte einem grinsenden Typen entgegen. Er war in etwa so groß wie Sam, hatte blonde Locken und das wohl breiteste Grinsen auf diesem Planeten. Connor Rutherford.

»Bloß nicht alle auf einmal. Ist ja nicht so, als hätte ich wirklich knapp fünfundzwanzig Minuten für Kaffee angestanden. Nur für euch, natürlich.« Er zwinkerte mir zu, während er die Pappbecher auf dem Tisch abstellte und mir dann die Hand reichte. »Ich bin übrigens Connor. Virginia hatte mich angerufen.«

»Ms Clark?« Ich versuchte, mir nicht anmerken zu lassen, wie erleichtert ich war. »Ich habe den Termin also mit dir?«

»Nein.« Connors Grinsen wurde noch breiter. »Mit uns.«

Aus den Augenwinkeln bemerkte ich, wie Sam erstarrte. Er sagte kein Wort, schwieg jedoch unfassbar laut. Es war seine Präsenz. Sie war einnehmend, auch ohne dass eine Kamera auf ihn gerichtet war.

Dabei sagte er nicht, dass er das hier nicht wollte. *Mich nicht hier wollte.*

Ich registrierte es trotzdem erneut an diesem unbestreitbaren Zucken seines Kiefers, während er sich über das Gesicht fuhr.

»Wenn es euch gerade nicht passt, kann ich auch gern wann anders wiederkommen«, sagte ich sofort.

»Wieso sollte es uns nicht passen?«, fragte Connor verwirrt.

»Blair war bis gerade eben noch da«, murmelte Sam.

»Oh.«

Connors *Oh* war kein *Oh*. Es klang eher nach einem *Oh fuck*. Diese Blair tat mir fast leid. Wahrscheinlich war es einfach, jemandem wie Sam zu verfallen. Wenn er *Fuck* sagte, hörte es sich aufgrund seiner Stimme wie ein Segen an. Das verdrehte alles.

Connor warf Sam einen mitfühlenden Blick zu, bevor wir uns doch an den massiven Tisch in der Mitte des Raumes setzten. Dort versicherte er mir erneut, dass der Zeitpunkt perfekt sei.

Sam sagte nichts.

»Virginia meinte, du suchst nach einem Praktikumsplatz, weil es mit deinem eigentlichen nicht geklappt hat?«

»Genau.«

»Und wieso?«

»Sie haben sich kurzfristig für einen anderen Mitbewerber entschieden.«

Die Antwort verließ meinen Mund so schnell, dass sie mich wahrscheinlich durchschauten. Ich meine, wieso sollte ein renommiertes Filmstudio sich gut eine Woche vor dem Praktikumsbeginn für einen anderen Mitbewerber entscheiden? Allerdings bohrten weder Sam noch Connor weiter nach.

In den nächsten fünf Minuten ratterte ich meinen Lebenslauf herunter, erzählte von meinem Bachelor in Berlin, meinem Praktikum bei zwei Produktionsfirmen in München und von meinem Stipendium, dank dem ich hier in London meinen Master absolvieren durfte. Dabei spürte ich, dass Sam mir gar nicht mehr richtig zuhörte. Eigentlich war es lediglich ein Gespräch zwischen Connor und mir.

Sam war einfach nur da, mit seiner Intensität und seinem ohrenbetäubenden Schweigen, wobei die aufgeladene Stimmung den Raum nicht verließ, selbst wenn das Fenster hinter ihm gekippt war.

»Okay, ich glaube, ich habe so weit alles.« Connor nahm einen kräftigen Schluck von seinem Kaffee. »Nur eine Sache noch.« Er lehnte seinen

Oberkörper ein Stückchen weiter in meine Richtung, während er eine dramatische Sprechpause einlegte. »Wieso willst du überhaupt Filme machen?«

Das ist seine Frage der Fragen?

Ich versuchte, mir meine Verwunderung nicht anmerken zu lassen. Stattdessen richtete ich mich auf. Ich hasste es, dass nicht nur Connor, sondern auch Sam mich dabei ganz genau beobachtete.

»Es ist ein bisschen klischeehaft«, begann ich.

»Na, das macht nichts. Die Wahrheit ist doch immer ein bisschen zu kitschig, wenn man ganz, ganz tief bohrt, findest du nicht?«

»Wie, ähm, wie meinst du das?«

Es überraschte mich, dass Sam plötzlich mit den Augen rollte. »Con hat seine Die-Wahrheit-ist-immer-kitschig-Theorie, weil er findet, dass diese klischeehaften Postkartensprüche à la *Kopf hoch, sonst kannst du die Sterne nicht sehen* wahr sind.«

»Hey, das stimmt wirklich«, erwiderte Connor sofort. »Könntest du die Sterne sehen, wenn du nur nach unten schaust? Nein. Ich kann dir noch Hunderte Beispiele nennen, die das beweisen. Aber ich würde lieber gern wissen, wieso Emmie Filme machen will.«

Sobald er meinen Namen sagte, lagen die Blicke der beiden Männer wieder auf mir.

»Ich war fünfzehn«, begann ich und atmete tief durch, »und hab mir *Lady Bird* zum ersten Mal angeschaut.«

»Von Greta Gerwig?«, hakte Sam nach.

Ich nickte. »Ich hatte bis dahin noch nie so etwas gesehen. Christine war so unverschämt, nervig und ätzend, aber sie war so real. So echt, versteht ihr? Sie hätte meine Freundin sein können. Sie hätte *ich* sein können. Als der Film zu Ende war, habe ich ihn mir gleich noch mal angemacht. Ich habe mich so verstanden gefühlt. Ich wollte das auch für andere erschaffen.«

»Verstehe«, murmelte Connor interessiert.

Für einen Moment herrschte Stille, und da war ein Teil von mir, der die beiden fragen wollte, wie sie zu ihren Karrieren gekommen waren.

Ob sie schon immer davon geträumt hatten. Ob Sam das Gefühl gehabt hatte, das Filmemachen sei ihm in die Wiege gelegt worden, weil er aus einer Schauspielerfamilie kam. Wie Connor es geschafft hatte, mit vierundzwanzig Jahren seine eigene Produktionsfirma zu gründen und damit erfolgreich zu sein.

Doch Sam kommentierte meine Worte nicht mal mit einem veränderten Gesichtsausdruck, und ich traute mich nicht. Das hier war mein Vorstellungsgespräch, bei dem spätestens jetzt allen Beteiligten bewusst wurde, dass ich nicht zu Connor's Clips passte.

Sam und Connor wollten die wirkliche Welt verändern, weil sie daran glaubten, dass Filme nicht nur unsere Gesellschaft widerspiegeln, sondern sie auch verbessern konnten. Ich hingegen wollte »nur«, dass Frauen sich in den Medien tatsächlich gesehen fühlten, statt im Internet zu erzählen, dass sie sich *Anyone but You* nicht mit ihrem Freund ansehen konnten, weil Sydney Sweeney im Bikini einfach zu heiß war.

»Ich glaube, dann erzähle ich mal von Connor's Clips und wieso Sam auch bei dem Gespräch dabei ist. Damit du weißt, worauf du dich einlassen würdest.« Spielerisch zwinkerte Connor mir zu. »Connor's Clips ist meine Produktionsfirma. Ich hab sie vor zwei Jahren gegründet. Sam und ich haben uns im Studium kennengelernt, er hat Film und Regie studiert, ich Produktion. Die gute Ginny war auch unsere Leitung. Hat sie eigentlich immer noch diesen Sessel, in dem man sich so klein fühlt? Ich schwöre, sie wählt extra niedrige Sitze aus, damit sie die Studis einschüchtern kann. Na ja. Wo war ich? Genau. Das ist meine Firma. Wir produzieren Filme und Serienformate für Fernsehen und Streamingdienste. *Meermüll* war unser erster reiner Dokumentarfilm. Dafür haben Sam und ich zusammengearbeitet. Momentan sind wir wieder an einem gemeinsamen Projekt dran, in dem es um die sogenannte blaue Zone auf Sardinien geht.«

Fragend hob ich die Brauen. »Blaue Zone?«

»Meine Lieblingsfrage.« Connor schnipste mit den Fingern. »Die blauen Zonen stehen für die Regionen der Erde, in denen die Menschen am längsten leben. Dazu gehören noch andere Orte, aber für das Projekt wollen wir uns nur auf Sardinien konzentrieren und quasi hinter das Geheimnis der Einwohner kommen. Wir möchten deren Way of Life im Hinblick auf den Lebensstil in einer modernen und digitalisierten Welt durchleuchten. Ein Großteil deines Praktikums würde hier vor Ort in London stattfinden, aber ich brauche noch eine Assistenz auf Sardinien. Meine eigentliche hat vor zwei Wochen leider gekündigt, weil sie ein Angebot von ihrer Traumfirma bekommen hatte. No shade hier. Sie war wirklich großartig, aber der Zeitpunkt war beschissen, weil ... na ja ... weil wir die Produktion spontan vorverlegen mussten.«

... weil wir die Produktion spontan vorverlegen mussten.

Die Art, wie Connor das sagte, ließ mich innehalten. Ich fragte mich, was der Grund war, traute mich aber nicht, ihn zu unterbrechen.

»Jedenfalls«, fuhr er fort, »fehlt uns jetzt jemand im Team. Ginny meint, dass du passen könntest. Reisekosten und Unterkunft für den Sardinien-Dreh würden wir natürlich übernehmen. Über die Vergütung würden wir auch noch reden. Ich kann dir einfach ein PDF mit unseren Vorstellungen zuschicken, dann schaust du dir alles in Ruhe an. So ganz allgemein.« Als Connor verstummte, wirkte er fast nervös. Als stünde hier nicht nur für mich etwas auf dem Spiel, sondern auch für ihn.

»Könntest du dir das vorstellen?«

»Prinzipiell schon«, sagte ich langsam. »Vielleicht sollte ich euch erst mal Arbeitsproben zusenden? Dann könntet ihr schauen, ob meine Arbeitsweise überhaupt etwas für euch ist.«

»Nicht nötig. Virginia hat mir diesen Kurzfilm zugesendet, den du mit einer Kommilitonin zusammen produziert hast. Sie meinte, ihr bewerbt euch damit auch gerade bei Festivals? Ich fand ihn absolut großartig und echt feinfühlig.« Plötzlich warf Connor Sam einen Seitenblick zu. »Ich schick ihn dir. Du musst ihn dir auch ansehen.«

»Klar«, erwiderte dieser.

Eine einsilbige Antwort, eine völlig normale Bestätigung, ausgesprochen mit wenig Begeisterung und viel Gleichgültigkeit.

Trotzdem erstarrte ich.

Plötzlich sah Sam mich wieder an, und ich sah nur ihn.

II

Sam

INNOCENT

Im Grunde hatte ich Emmeline Braun von Anfang an nicht gemocht.

Ich meinte, wie hätte ich sie auch mögen können, wo sie doch Schuld daran hatte, dass mir eine beschissene Sektflöte über das Shirt gekippt worden war? Und dann haute sie einfach ab? Sie war zu deutsch, zu unhöflich und nicht für den Job geeignet, den Con ihr gerade angeboten hatte.

»Und?«, fragte er trotzdem, während wir noch am Tisch saßen. »Was denkst du?«

»Na ja«, begann ich, doch gerade als ich meine Meinung nicht ganz so negativ verpacken wollte, vibrierte sein Handy auf dem Tisch. Der Name seines Ansprechpartners bei WILD leuchtete auf, dem Sender, für den er die meisten Produktionen anfertigte.

»Halt den Gedanken fest.« Er schnipste mit den Fingern, ehe er sich erhob. »Da muss ich rangehen. Bin sofort wieder da.«

In Rekordgeschwindigkeit huschte Con in sein Büro. Ich hingegen blieb sitzen und fuhr mir erschöpft über das Gesicht. Dabei war Emmie mein geringstes Problem. Blair war auf der Liste ganz vorn.

Das Gespräch mit ihr ging mir nicht aus dem Kopf. All ihre verfluchten Worte hatten sich mit tonnenschwerem Gewicht hinter meiner Stirn festgesetzt und machten, dass jeder meiner Gedanken nun schmerzhaft pochte.

Fucking fantastisch.

Wie automatisch griff ich nach meinem eigenen Handy, obwohl ich wusste, dass ich ihr verdammt noch mal nicht schreiben sollte. Ich sollte ihr den Abstand zugestehen. Die Dinge abkühlen lassen, ohne sie weiter aufzuheizen.

Doch ich konnte nicht.

Ich meine, es war *Blair*.

Ihre wütenden Hasstiraden waren nichts gegen den verfickt verzweifelten Ausdruck in ihrem Gesicht gewesen. Ich hasste es, dass ich der Grund dafür war.

Wenn du mich fragst, glaube ich nicht, dass ich diejenige bin, bei der du dich entschuldigen solltest.

Wie verdammt dreist Emmie das gesagt hatte. Wie recht sie leider hatte. Genau deshalb begann ich doch, zu tippen und zu swipen, bis ich Blairs Profilbild bei WhatsApp anklickte und die Tastatur öffnete.

Allerdings kam ich gerade mal ein mickriges Wort weit, als die Klingel ertönte. Seufzend erhob ich mich und verharrte im Türrahmen, rechnete mit der Post oder UPS.

»Du?«, fragte ich jedoch vollkommen verwirrt, als Emmie, keine zehn Minuten nachdem sie Cons Büro verlassen hatte, wieder auf der Matte stand.

»Sorry für die Störung.« Sie klang atemlos, während ihre Stimme sich vor Nervosität fast überschlug. Dabei leuchteten ihre Wangen rot, so als wäre sie die Treppen hochgeflogen. »Ich glaube, ich habe mein Handy hier vergessen. Es liegt bestimmt noch auf dem Tisch oder so. Vielleicht ... vielleicht könntest du nachschauen?«

»Klar.« Ich unterdrückte ein Augenrollen. »Kein Ding.«

Dann kehrte ich Emmie den Rücken zu und fand ihr Handy innerhalb von wenigen Sekunden auf dem Stuhl, auf dem sie gesessen hatte. Aus Cons Büro drang seine zu hohe Businessstimme an meine Ohren, während ich mich wieder der Tür näherte.

»Hier.« Keine zehn Sekunden später streckte ich ihr das Teil entgegen, wobei ich darauf achtete, dass mein Finger auf gar keinen Fall ihre berührte.

Es nützte nichts.

Emmie war mir trotzdem so nah, dass ich nicht vermeiden konnte, sie anzustarren. Wie im Ruby's. Das war noch so eine Sache, die ich an Emmeline Braun nicht mochte.

Wenn ich sie ansah, konnte ich nicht damit aufhören.

Als ergäbe das einen verfickten Sinn.

Sie bekam ihr Handy gerade zu fassen, da leuchtete der Bildschirm auf. Eigentlich wollte ich nicht hinschauen. Aber ich war auch bloß ein Kerl in seinen Zwanzigern, der wie magisch von blinkenden Screens angezogen wurde. Nur dass diese Nachricht definitiv nicht für meine Augen bestimmt war.

> Ich habe in den letzten Stunden einen Deep Dive zu diesem Sam gemacht und OH. MEIN. GOTT.

Leah 🖤

Instinktiv blähte ich die Nasenflügel auf.

»Deep Dive also, hm?«, flüsterte ich und konnte in ihrem Gesicht beobachten, wie sie sich förmlich auflösen wollte.

Wenigstens war es ihr unangenehm, dass diese Leah, die sicherlich eine Freundin von ihr war, mich so genau durchleuchtet hatte. Als wäre ich ein Celebrity und nicht einfach nur ein Filmemacher, der die meiste Zeit mit müden Augen vor seinem MacBook saß. Als wäre ich derart interessant, nur weil meine sich hassenden Eltern wirklich berühmt waren.

»Ich …«

Sie öffnete den Mund, doch ich schnitt ihr das Wort ab. »Spar's dir einfach, Germany.«

Dann ließ ich die Tür vor ihrer Nase ins Schloss fallen.

~

Ich sagte Con noch an diesem Nachmittag, dass ich mir unsicher mit Emmie sei. Doch er fragte mich leider zu Recht, welche andere Wahl wir denn noch hätten.

Ich konnte darauf nichts sagen.

Wir hatten keine andere verfluchte Wahl.

Es war alles so schnell gegangen.

Und es *musste* weiterhin schnell gehen.

Das war noch so ein Gedanke, bei dem nicht nur mein Kopf, sondern alles in mir pochte. Auf diese schmerzhafte, ratlose Weise, die mir eine Nacht nach der nächsten raubte.

Doch daran wollte ich verflucht noch mal nicht denken, als Mum mir noch am selben Abend ein Glas von ihrem heiligen grünen Saft entgegenstreckte, während ich ihr an der edlen Küchentheke gegenübersaß.

»Selleriesaft mit Kurkuma verfeinert«, sagte sie euphorisch. »Heute Morgen frisch von Fiona zubereitet.«

Ich unterdrückte ein Seufzen. Eigentlich hatte ich das Dinner bei ihr absagen wollen. Immerhin hätten Blair und ich gemeinsam kommen sollen, was natürlich so nicht passiert war.

Mum und ich hatten über Blairs Abwesenheit schlicht geschwiegen. Verdrängt, aber nicht vergessen. Das machten wir in unserer Familie seit einem Jahr mit den wichtigen Dingen so. Verdrängen, ohne zu vergessen. Tag für Tag, bis uns die Realität irgendwann einholen würde und wir uns gemeinsam eingestehen müssten, dass es keinen verfickten Ausweg aus dieser Situation gab.

Diese Gedankengänge durfte ich allerdings nicht laut aussprechen, ohne dass Mum mich aus ihren dunklen Augen tadelnd anfunkelte und mir anschließend einen Termin bei ihrem Life Coach buchte. Dem, der sie schon seit Jahren begleitete. Seit der Scheidung von Dad, um genau zu sein. Die war noch so etwas, das wir verdrängten, aber nie vergaßen.

»Komm schon, Darling.« Sie hielt mir das Glas noch ein Stückchen näher entgegen. »Mach nicht so ein Gesicht. Das ist gut für dich.«

Im Grunde war alles hier gut für mich. Angefangen bei ihrer festen Begrüßungsumarmung bis hin zu ihrem selbst zubereiteten fancy Salat mit Grünkohlblättern und Granatapfelkernen, für den Haushälterin Fiona nur schweineteure Biozutaten eingekauft hatte. Rosie Campwell war die Beste darin, gut zu sein, seitdem Dad ihr das Gefühl gegeben hatte, nicht gut genug zu sein. Wieder etwas, das wir verdrängten, allerdings nicht vergaßen. Der hasserfüllte Rosenkrieg zwischen meinen Eltern war auch der Grund dafür, wieso es hier in Mums Primrose-Hill-Stadtvilla keine Familienfotos gab, auf denen er zu sehen war. Nur sie und ihre zwei Kinder. Das dichte Haar, die vollen Lippen. Es war unbestreitbar, dass wir ihre Kinder waren. Insbesondere bei meiner Schwester, die meiner Mutter nur in einer jüngeren und draufgängerischen Version ähnelte.

»Nur weil du es bist«, sagte ich schließlich und nahm dieses ekelhafte Getränk an.

Beim Trinken gab ich alles, um keine verfluchte Miene zu verziehen. Mum hingegen gab sich Mühe, die Stimmung locker-leicht zu halten. Wir unterhielten uns über diesen Female-Rage-Thriller, an dem sie gerade als Produzentin mitwirkte. Und Mum war gut. Wirklich, wirklich gut. Denn selbst wenn sie seit Jahren nicht mehr vor, sondern nur noch hinter der Kamera als Produzentin stand, war ihr Lächeln makellos. Hätte ich nicht so genau hingesehen, hätte ich fast nicht bemerkt, dass es leicht zitterte.

Verdrängt, nicht vergessen.

Kurz vor neun und kurz bevor wir uns verabschiedeten, dachte ich, ich würde heute einfach so davonkommen.

Bis sie schließlich unruhig auf ihrem Stuhl umherrutschte.

»Du und Con zieht das also wirklich mit eurem Film durch?«, fragte sie leise, wobei sie ihr leeres Selleriesaftglas umklammerte.

»Mum«, flüsterte ich eine Spur zu gequält.

Sofort hob sie die Hände. »Ich will dich nicht davon abhalten. Es ist nur ...«

Sie sprach nicht weiter, allerdings verstand ich sie auch ohne ein weiteres Wort.

Es ist nur ...

Ja, verflucht noch mal.

Es war halt nur *das.*

Eine Stunde später lag ich in meinem Bett und wusste, ich hätte es zumindest mit dem Einschlafen versuchen sollen. Doch ich wollte nicht die Lider schließen. Denn wenn ich Letzteres tat, sah ich bloß Blairs neueste Story, die sie vor dreißig Minuten hochgeladen hatte. Das Video zeigte einen Sneak Peek auf ihr neuestes Kunstwerk. Eine gewaltige Leinwand, die sie mit aggressiven und groben Pinselstrichen versehen hatte.

Ich wusste, dass ich der Grund für ihr wütendes Bild und ihr trauriges Gesicht war, das sie der Öffentlichkeit nicht gezeigt hatte.

Fuck.

Um mich abzulenken, wollte ich gerade eine Serie anstellen, da vibrierte mein Handy.

> Hab dir gerade den Kurzfilm von Emmie per Mail geschickt.

Con

> Ich weiß, sie ist nicht deine ideale Wahl.

Con

> Aber ihr Film ist wirklich gut 😌

Con

Statt meiner aktuellen Serie wurde es also Emmies Film, den ich auf meinem MacBook anstellte und ... *Scheiße.*

Der fünfzehnminütige Kurzfilm beeindruckte mich auf überraschende Weise. Es ging darin um einen namenlosen Protagonisten und seinen monotonen Alltag, mit sich immer und immer wiederholenden Monologen. Klar, der Streifen war nicht brandneu und weltbewegend, aber die Art von Kameraführung und die immer weiteren Blickwinkel waren schon klug gemacht. Außerdem war die Schlussszene verflucht eindringlich, in der der schlaksige Mann in der Menge unterging und zu einem unscharfen Menschenpunkt unter vielen Menschenpunkten in der Großstadt verschwamm. In Kombination mit diesem Satz, der in der letzten Sekunde nicht mehr als ein ersticktes Flüstern war.

Nichts fühlen, Mann. Nicht weinen, Mann.

Ich fand den Film so gut, dass ich wissen wollte, wer neben der Person an der Kamera gestanden hatte. So wie ich es bei allen Filmen wissen wollte, die irgendetwas mit mir machten. Und da war diese beschissene Stimme in mir, selbst jetzt, bevor die Dreharbeiten auf Sardinien überhaupt begonnen hatten, die mir zuflüsterte, dass Emmie so ganz generell womöglich einfach etwas mit mir machte.

@londonstories

Samson Alderidge und Connor Rutherford – unser liebstes (und heißestes) Dream-Team – schon wieder an einem neuen Projekt?

Anfang März, fast Frühling, aber immer noch grauer Himmel. London, was machst du nur mit uns? Denselben Gedanken müssen auch unsere preisgekrönten Filmemacher Samson Alderidge (26) und Connor Rutherford (26) gehabt haben. Ein Vögelchen hat uns nämlich gezwitschert, dass die Koffer unserer Filmsternchen so gut wie gepackt sind. Angeblich arbeiten die besten Freunde schon an ihrem nächsten Projekt, das unsere Gehirne etwa *so* zurücklassen wird: 😵 😵 😵!

Woran die beiden genau dran sind, wissen wir noch nicht. Ob das Nachfolgeprojekt wohl genauso gut sein wird wie *Meermüll*? Schwer vorstellbar, aber nicht unmöglich. Immerhin stecken die beiden ehemaligen FSOL-Absolventen jedes Fünkchen Leidenschaft in ihre Filme. Die beiden scheinen einfach zu gut, um echt zu sein, nicht wahr? Unheimlich attraktiv und unglaublich talentiert. Zum Abschied haben wir noch unseren liebsten Sam-Interview-Moment, denn wir lassen euch doch nicht mit leeren Händen gehen! Der Schauspielerspross ist immerhin eine ganz klare Zehn von zehn. Ein tätowierter Bad Boy, der die Welt zum Besseren verändern wird? COUNT US IN!

12

Emmie

NOTHING NEW

Die nächsten vier Wochen zogen wie eine Videomontage an mir vorbei. Bild an Bild an Bild, unterlegt mit den Liedern, die ich in diesen einsamen Märzwochen auf Dauerschleife hörte. »So long, London«, »The Black Dog«, »How Did It End?«

Nachdem Connor mir noch am Abend nach unserem Gespräch das PDF geschickt hatte, sagte ich ihm zu, weil es meine einzige Chance war. Er antwortete mir mit einem Vertragsentwurf. Die Vergütung war nicht ganz so gut wie die von Golden Pictures, aber immer noch völlig in Ordnung. Außerdem vereinbarten wir meinen ersten Arbeitstag. Mein Neuanfang, bei dem ich mich nicht davor fürchten musste, Maisie oder Ethan zu begegnen. Wie Zoe hatten die beiden ihre Praktika schon im vorherigen Semester beendet und konnten über die Ferien ihre Familien in Brighton (Ethan) und Birmingham (Maisie) besuchen. Diese britischen Menschen, für die England ein Zuhause war.

Als Zoe sich am letzten Semestertag von mir verabschiedete, drückte sie mich eine Spur zu fest an ihre Brust, und kurz war ich mir sicher, dass sie alles durchschaute, dass sie *mich* durchschaute. Doch sie hatte ein Zugticket in Richtung Nordirland in der Hand und konnte sich nicht mit meinen Problemen beschäftigen.

»Schreib mir, wenn du in Sardinien bist«, sagte sie. »Und schick mir ganz viele Bilder!«

Mein Praktikum bei Connor's Clips war Glück im Unglück. Das redete ich mir ein, während Connor mir an meinem ersten Arbeitstag den Firmenlaptop überreichte, auf dem er schon ein Postfach für mich eingerichtet hatte.

e.braun@connorsclips.uk.

Die ersten Tage waren hart. Alles passierte zu viel und auf einmal. Connor stellte mir seine Mitarbeitenden vor, die die meiste Zeit von zu Hause aus oder in Gleitzeit arbeiteten. Hailey war die Redakteurin, Mase kümmerte sich um den Schnitt. Connor machte mehr oder minder alles. Von Konzepterstellungen bis hin zur Kameraführung. Für Drehs hatte er einen Pool von freiem Ton- und Lichtpersonal, das er beauftragte.

»Wenn es zu viele Aufträge sind, outsourcen wir die Postproduktion«, erklärte er. »Aber eigentlich versuchen wir alles, so gut es geht, selbst zu machen.«

Natürlich taten sie das. Immerhin war es *seine* Firma, die mit *seiner* Expertise warb. Ich lernte schnell, dass für Connor eigentlich nichts ein Problem war. Keine Deadline eines Auftraggebers, keine nervige Schicht im Editor's Room, nicht mal Regen bei einem geplanten Außenshot, bei dem wir einen Straßenmusiker für einen dokumentarischen Kurzfilm über die finanziellen Herausforderungen von Kreativschaffenden für BBC begleiteten.

Jeden Tag gab es andere Aufgaben, die ich von meiner Liste abarbeitete. Ich erstellte Untertitel für eine noch geheime Streamingserie, in der sechs bekannte Social-Media-Stars in einer Art Wettrennen durch Europa gegeneinander antraten. Ich schrieb Skriptentwürfe für einen potenziellen Kunden, der überlegte, einen Imagefilm für eine Outdoor-Sportmarke bei uns in Auftrag zu geben. Ich filterte eine Unmenge an Projektanfragen, die ich dann an Connor weiterleitete. Ich war Assistenz und Redakteurin und sogar einmal Anglerin, als wir den Straßenkünstler ein weiteres Mal in seinem Alltag begleiteten.

In erster Linie war ich allerdings an der Vorproduktion von BLUE ETERNITY beteiligt. Ich las Bücher über Sardinien und das italienische Lebensgefühl, über die blauen Zonen und Langlebigkeit im Allgemeinen, als würde ich für eine Klausur lernen. Dem BLUE-ETERNITY_TIMETA-

BLE-Sheet hatte ich bereits entnommen, dass wir für eine gute Woche in Cagliari wohnen würden. Sam und Connor würden freitags fliegen, ich am Sonntag. Montag war der Kennenlerntag mit der Familie Marchetti off camera, dann würden unsere Drehs beginnen. Connor war übrigens mithilfe eines Reddit-Beitrags auf Chiara Marchettis Familie gestoßen. Eine Lehramtsstudentin in meinem Alter, die gemeinsam mit ihren Eltern, ihrem Bruder und ihrer sechsundneunzigjährigen Großmutter in der sardischen Hauptstadt wohnte. Besagte Nonna Ambra Marchetti war allerdings erst vor wenigen Jahren nach Cagliari gezogen, denn eigentlich stammte sie aus Seulo, der blauen Zone auf Sardinien.

»Als Chiara uns geschrieben hat, war das wie ein Sechser im Lotto«, erklärte Connor strahlend. »Es vereint genau das, was wir erzählen wollen: Was sind wirklich die Geheimnisse der Langlebigkeit? Und wie lassen sich diese mit der heutigen Zeit in unserer aktuellen digitalen Gesellschaft zusammenbringen? Es ist einfach perfekt.«

Es ist Schicksal, hätte Leah verbessert, aber sie war nicht da, nur auf meinem Handy in Form von Sprachnachrichten und den Fotos, die sie mir von den ersten Tourstopps in Augsburg und München schickte. Nach unserem Cagliari-Aufenthalt würde unser Roadtrip entlang der gesamten sardischen Ostküste folgen. Dabei würden wir atmosphärische Schnittbilder sammeln und die Insel so noch besser kennenlernen. Insgesamt würden wir knapp zweieinhalb Wochen unterwegs sein.

Im Grunde war mein Praktikum so, wie alle meine Praktika gewesen waren. Ich war überfordert, fand mich aber irgendwann zurecht. So wie in meiner Vorstellung verlief es natürlich nie. Ich machte die Vorarbeit und schrieb keinem Auftraggeber zurück, ohne Connor nicht in cc zu setzen. Ich entwarf kein Konzept von Grund auf, und ich schrieb auch keine Skripte, von denen das Team so begeistert war, dass Connor mich direkt beförderte oder mir eine Festanstellung anbot, weil ich so außerordentlich begabt, besonders und brillant war.

Dennoch war ich froh über die Arbeit und die Ablenkung. Selbst wenn ich an Projekten arbeitete, die nichts mit dem zu tun hatten, was ich eigentlich kreieren wollte. Ich wollte Regie bei echten Sexszenen führen, die ich selbst geschrieben hatte, weil ich fand, dass reale Menschen in wirklich wenigen Fällen wirklich so heißen, plötzlichen und perfekten Sex hatten. Und was machte ich stattdessen? Ich erstellte Storyboards zu vorgegebenen Stichpunkten, für moderne und unterhaltende Formate, mit denen ich mich nicht identifizieren konnte. Aber es hätte mich schlimmer treffen können, so wie Maisie, die in ihrem zweiten Semester für einen öffentlichen Sender gearbeitet hatte und ständig Komparsen für kurzfristige Drehs mit einem mickrigen Budget hatte an Land ziehen müssen. Eigentlich wollte ich nicht an sie denken. Ich meine, wir hatten nicht mal über die Einladung vom Shoreditch Film Festival gesprochen. Ich ... ich konnte einfach nicht mit ihr reden. Ethan versuchte ich genauso zu verdrängen wie sie. Nur abends, wenn ich mein aktuelles Skript öffnete, nach meiner täglichen Laufrunde und mit nassen Haaren, erlaubte ich mir, an Ethan und Maisie zu denken.

Woman, running.

Eine Filmidee, in der eine frisch getrennte People Pleaserin unabsichtlich an einem unwillkürlichen Sonntag einen Marathon lief. Und das nur, weil sie so beschäftigt damit war, sich Szenarien in ihrem Kopf auszudenken, in denen sie so handelte, wie sie es eigentlich vorgehabt hatte, und nicht so, wie es dann in der Realität geschehen war. Mein Skript war wütend und traurig und verzweifelt, mit vielen Passagen versehen, die ich nur in Großbuchstaben tippte. Dabei stellte ich mir in meinem Kopf vor, wie diese Protagonistin lief und lief und lief und lief. Ich nannte es mein eigenes Kopfkino, in dem ich meine Filmideen abspielte, die höchstwahrscheinlich nie in den Kinos dieser Welt landen würden.

Alles in allem war es ein einsamer und grauer März, der sich anfühlte wie ein Februar in dreifacher Länge. Selbst wenn die Märzwochen langsam in den April flossen und die Lokale in der New Cross Road ihre Außenbereiche öffneten. Die Tube wurde voller, und Touristen schossen Bilder von den Tulpen in den königlichen Gärten des Kensington Palace. In diesen Wochen dachte ich manchmal an Sam. Nicht nur daran, wie ihm die Sektflöte über das Shirt gekippt worden war oder wie Leahs Nachricht mit dem Deep Dive ausgerechnet dann aufgeleuchtet war, als er mir mein Handy zurückgegeben hatte. Ich schaute mir *Meermüll* endlich im Ganzen an und hatte einen Ohrwurm von seiner Stimme. Manchmal erinnerte ich mich daran, wie er meinen Namen gesagt hatte. An seine Blicke. An seine Wellentattoos. Einfach an ihn als Person, so ganz allgemein. An dem Freitag kurz vor seiner Abreise begegnete ich ihm sogar in Connors Büro.

Es war nicht mal elf, während Regentropfen gegen die Fensterscheiben trommelten. Ich sichtete gerade unser Material für den BBC-Kurzfilm, als es klingelte und Connor höchstpersönlich aus seinem Büro trat. Keine zwei Momente später hörte ich Sams unverkennbare Gänsehautstimme. Erst dann beobachtete ich, wie er mit Regentropfenflecken auf seinem grau verwaschenen Hoodie ins Innere des Bürolofts trat. Mit einem nonchalanten Nicken begrüßte er mich. Dunkles Haar, die blauen Augen. Er ist nur ein gut aussehender Mann, dachte ich. Er beeindruckte mich nicht. Er faszinierte mich nicht. Wenn überhaupt, war ich an seinen filmischen Leistungen interessiert. Das war alles. Genau deshalb versuchte ich, ihm genauso nichtssagend zurückzunicken. Anschließend verschwanden die beiden Männer in Connors Büro. Worüber sie sprachen? Keine Ahnung. Ich wusste nur, dass ich ihre Stimmen gegen die Mittagszeit immer noch gedämpft hörte. Um Punkt zwölf Uhr klappte ich den Laptop zu, schnappte mir meine Tasche und die Jacke, dann raus. Ich bereute, keinen Schirm dabeizuhaben, weil der Regen meine Haare innerhalb weniger Minuten durchnässte, selbst wenn ich versuchte, dicht an den überdachten Fassaden der Häuser entlangzugehen. Im Ozone Coffee Roasters gönnte ich mir ein Sandwich und einen Matcha, während ich mir das Handy so gegen das Ohr hielt, dass ich mir Leahs neuste Sprachnachricht anhören konnte, ohne die anderen Besucher zu stören.

»Edgar redet gerade mit dem Management von ELIAS, weil er will, dass die Band und ich ein Feature miteinander aufnehmen. Er ist der Meinung, dass Arthurs Henning-May-Abklatsch-Stimme und meine perfekt in einem Liebeskummersong harmonieren würden. Er hat sogar schon Pläne für ein Musikvideo. Krass, oder? Ich meine, ganz davon abgesehen, dass ich Anton immer noch ziemlich fragwürdig finde, weil er so ein Fuckboy ist. Aber ich denke, es könnte vielleicht wirklich ganz gut werden?«

Ich schrieb meiner Freundin, ich wäre mir sicher, dass es großartig werden würde, Fuckboy-Feature hin oder her. Zwanzig Minuten später ließ ich mich ein weiteres Mal von dem Regen berieseln, nur um im Treppenhaus zu Connor's Clips nasse Schuhsohlenabdrücke auf den Stufen zu hinterlassen. Als ich dann eintrat, hörte ich ihn wieder, bevor ich ihn sah.

»Nein, nein, gar kein Problem. Es ist gut, dass du mich angerufen hast. Du kannst nichts dafür, okay? Ich … ja. Ja, wir sehen uns nachher. Na ja, ich meine, außer du machst mal wieder einen Rückzieher … Okay.« Pause. »Bis dann, B.«

O Gott.

Sams Stimme klang wie Sams Stimme, aber irgendwie auch nicht. Sie klang rauer, aufgekratzt, angekratzt. Leiser, aber gleichzeitig lauter von all den Gefühlen, die darin mitschwangen.

Was zur Hölle?

Am liebsten wäre ich im Eingangsbereich stehen geblieben, weil ich nicht wollte, dass es erneut so rüberkam, als würde ich eine weitere seiner Unterhaltungen mithören. Doch was blieb mir für eine Wahl? Ich konnte nicht verschwinden. Mit einem Kloß im Hals hängte ich meine Jacke auf, bevor ich mich ins Innere des Büros traute. Dort saß er an dem Tisch, an dem wir uns vor knapp einem Monat unterhalten hatten. Damals hatte er mich viel zu intensiv angesehen, so wie er mich immer zu intensiv ansah.

Nur jetzt nicht.

Samson Alderidge bemerkte nicht einmal, wie ich eintrat. Starr blinzelte er gegen das Handy auf dem Tisch an, mit dem er offensichtlich bis gerade eben telefoniert hatte. Mit B. B wie Blair? Die Frau mit den platinblonden Haaren und dem todtraurigen Gesicht? Wahrscheinlich, dachte ich. Wahrscheinlich sogar seine Freundin, dachte ich auch.

»Hey«, murmelte ich und deutete ein Winken an, weil es komisch ge-

wesen wäre, wortlos an ihm in Richtung meines Arbeitsplatzes vorbei-
zuziehen. Dabei wollte ich gar nicht stehen bleiben und irgendeine Art
von Small Talk führen. Sam allerdings zuckte so zusammen, als würde
er tatsächlich erst jetzt realisieren, dass ich hier war. Sofort hob er den
Blick, wobei meine Kehle sich schlagartig zuschnürte.

Seine Augen.

Sie waren immer noch blau, aber außerdem waren sie rot gerändert.
Und glasig. So als würden ihm Tränen hinter den Lidern brennen, die
er heftig zurückhielt. Die Luft war angespannt. Nicht die zwischen Sam
und mir, sondern so ganz allgemein. Jeder Atemzug, den ich einsog, war
angespannt und schwer und dunkel.

Sam war daran schuld, weil er so intensiv war, dass sich alles ringsum
mit ihm auflud. Ich schluckte hart, während ich einen kurzen Blick hinter mich in Richtung Connors Büro warf. Die Tür stand auf, doch von
Sams bestem Freund fehlte jede Spur.

»Brauchst du was von Con?«, fragte er und klang dabei unendlich belegt.

Mit pochendem Herzen wandte ich mich wieder ihm zu. »W-was?«

»Du hast so auf sein Büro gestarrt.« Er nickte in die Richtung hinter
mir. »Brauchst du was von ihm? Er ist gerade zu Dishoom. Vielleicht in
fünfzehn Minuten oder so wieder da.«

Hastig schüttelte ich den Kopf. »Nein, ist schon gut.«

»Okay«, flüsterte Sam, womit dieses Gespräch eigentlich hätte beendet sein können.

*Mach, dass du von ihm wegkommst, Braun. Er geht dich nichts an. Sein gequäl-
ter Gesichtsausdruck geht dich nichts an. Seine Gefühle gehen dich nichts an. Nichts
an Samson Alderidge geht dich irgendetwas an.*

Obwohl die Worte stimmten, nützten sie mir nichts. Schließlich
drehte ich mich nicht um. Ich konnte Sam nicht ignorieren, wenn es ihm
offensichtlich nicht gut ging. Nicht weil er Sam war, sondern weil ich ich
war. Ich konnte das einfach nicht mit meinem Gewissen ausmachen. Genau deshalb trat ich leicht nervös von einem Fuß auf den anderen, bis die
Frage mir aus dem Mund stolperte.

»Ist alles in Ordnung bei dir? Du, ähm, siehst irgendwie nicht gut aus.«

»Ich seh nicht gut aus?«, wiederholte er ironisch mit toten Augen.

»Autsch, Germany. Das tut ganz schön weh.«

Innerlich verfluchte ich mich selbst, während ich die Lippen aufeinanderpresste. Wieso musste ich auch derart nett sein? Warum konnte ich nicht alles ignorieren und schweigen und über traurige Gesichter hinwegsehen, so wie es die meisten Leute taten?

»Vergiss es«, murmelte ich nur, während ich weitergehen wollte, Sam allerdings seufzen hörte, plötzlich und tief.

»Es war einfach kein gutes Telefonat, okay?«, flüsterte er.

Es ist wegen der Frau, oder?

Die Frage lag mir auf der Zunge, und vielleicht hätte ich sie laut ausgesprochen, hätte ich Connor nicht im selben Moment im Eingang gehört.

SARDINIEN

13

Sam

I KNEW YOU WERE TROUBLE

Verfluchte Scheiße.

Die Kälte bohrte sich wie Tausende verfluchte Nadelstiche in meine Haut. Das Herz klopfte mir bis zum Hals. Ich spürte das Wasser in meiner Nase, während die Wellen mich umherschleuderten. Nach Luft ringend kämpfte ich mich nach oben, während das Salzwasser in meinen Augen brannte. Ich hustete, als ich das Surfbrett mithilfe der Leash zu mir heranzog und für einen Moment im Wasser trieb, das Gesicht der untergehenden Sonne zugewandt.

Diese Welle hatte dann wohl definitiv *nicht* funktioniert.

Keine Ahnung, wann ich das letzte Mal so anfängermäßig umgekippt war. Doch über den Grund war ich mir mehr als bewusst.

Meine Gedanken gaben einfach keine Ruhe.

Dabei spielte es keine Rolle, dass ich über tausendfünfhundert Kilometer Abstand zwischen London und mich gebracht hatte. Ich hatte ein Zimmer in der Pension Poetto bezogen und meinen Koffer nicht mal richtig aufgemacht. Dabei hatte ich mich natürlich – Überraschung – selbst mitgenommen. Und mit mir verflucht noch mal alles, was in den letzten zwölf Monaten passiert war. Jede Erinnerung, die sich tief in meinem Körper festgesetzt hatte. Jede verdammte Sekunde, die ich nie wieder würde löschen können.

Bei dem Gedanken daran schnürte sich mein Brustkorb zu, doch ich wollte diese Gefühle nicht akzeptieren. Ich hatte sie schon so oft gefühlt und gelebt, ohne dass sie an Intensität verloren hatten.

Einen Moment lang atmete ich noch die sardische Mittelmeerluft ein und ließ meinen Blick vom Horizont in Richtung Strand schweifen. Ich betrachtete den gewaltigen Teufelssattel links, einen Felsvorsprung, der am östlichen Strandende ins Meer hineinragte. Den reinweißen Strand, der sich kilometerweit an der Küste entlangstreckte. Die Menschen in dunklen Jacken, die während ihres Spaziergangs Fußspuren im feinen Sand hinterließen. Wenn ich einatmete, sog ich das alles in mich auf. Die salzige Meeresluft, den Frieden, die scheinbare Unendlichkeit.

Und dann sah ich ihn.

Con, der mir vom Strand aus in einem dicken Pullover zuwinkte, während der Wind mir die eiskalten Wassertropfen ins Gesicht peitschte. Ich erkannte ihn mühelos von Weitem. Die große Statur, seinen blonden Lockenkopf. Verwirrt runzelte ich die Stirn, bevor ich mich wieder auf das Board legte, das ich mir gestern im Marina-Piccola-Viertel bei einem Beach Club ausgeliehen hatte. Ich spürte das glatte Material fest unter der Brust, während ich nach hinten sah. *Bingo.* Ich entdeckte meine Welle und paddelte mit voller Kraft voraus, ehe ich mit ihr glitt, spürte, wie sie mich mitzog und einfing.

Wieso musst du gehen?

Kannst du nicht bleiben?

Musst du wirklich fliegen?

Blair hatte mir keinen dieser Sätze bei unserer Verabschiedung in Heathrow ins Ohr geflüstert, doch ihr Blick hatte alles gesagt. Es war verflucht noch mal derselbe gewesen, mit dem Mum mich am Freitag in ihrem Wohnzimmer voller luxuriöser Designerteile vorwurfsvoll angesehen hatte.

Im genau richtigen Moment drückte ich mich nach oben und fühlte mich für einen Moment schwerelos, während der Wind in meinen Ohren pfiff. Ich ritt die Welle. Adrenalin durchflutete meinen Körper. Mein Kopf war endlich leer.

Es war das beste Gefühl.

Dann erreichte ich das Ufer, trat aus dem Wasser, spürte, wie Sand-
körner an meinen Fußballen haften blieben, und registrierte Cons be-
sorgten Blick.

Scheiße.

Ich konnte ihn spielend auf der Besorgte-Blicke-von-Connor-Skala
einordnen. Immerhin war er seit acht Jahren mein bester Freund. Eine
Zwei war der Blick, mit dem er mir begegnete, wenn die Klatschpresse
behauptete, seine langjährige Freundin Elle hätte eine Affäre mit ihrem
aktuellen Co-Star. Eine glatte Zehn hingegen war der Blick, den er draufhatte, wenn seine Mum ihn anrief, weil sie sich urplötzlich daran erinnerte, dass Con und sein jüngerer Bruder existierten. Der jetzige war
wahrscheinlich eine Sieben. Besorgniserregend, doch nicht weltzer-
schmetternd.

»Sorry«, begann er, während er das Handy zwischen seinen Fingern
drehte. »Ich wollte dich eigentlich nicht stören, aber ...«

Statt weiterzuerzählen, blies er die Wangen auf und entsperrte sein
Handy. Noch bevor er mir den Bildschirm vor die Nase hielt, erkannte
ich den Namen der Website, die er aufrief.

@londonstories.

Ich wusste, dass es um Blair gehen musste, bevor ich die Schlagzeile las.

**Blair Alderidge – unser liebstes Nepo-Baby – wieder in
ihrer allzu vertrauten Absturzphase?**

Mein Kopf begann zu pochen, während Wassertropfen von meinen
Haarsträhnen in den Sand fielen. Der Wind blies mir so stark ins Gesicht,
dass ich spürte, wie sich unter dem Neoprenanzug Gänsehaut über
meine Glieder legte. Als ich das Bild von Blair entdeckte, schwoll ein

Kloß in meinem Hals an. Sie, verschwommen und völlig betrunken, auf irgendeiner Party, mit irgendeinem Mann, dessen Namen sie wahrscheinlich schon längst vergessen hatte.

»Was meinst du?«, fragte ich und bemühte mich sogar um einen lockeren Tonfall. »Wird dieselbe PR-Krisenmanagerin wie letztes Mal engagiert, oder probiert man eine neue aus?«

Doch Con hob nicht mal die Mundwinkel an. »Du musst sie anrufen, Mann«, flüsterte er bloß.

Und natürlich hatte mein bester Freund recht. Ich wusste, dass ich den Strand verlassen und mit noch mit Meersalz verklebten Wimpern den Hörer neben Blairs Namen anklicken musste. Doch wie zur Hölle sollte ich sie bitte fragen, was passiert war, wenn ich wusste, wieso es ihr so beschissen ging? Das Ding war: Wenn ich seit einem Jahr an meine Schwester dachte, sah ich sie nicht mit ihren platinblonden Haaren über ihren kunterbunten Leinwänden hocken und genervt die Augen über das verdrehen, was ich sagte. Einfach so aus Prinzip, weil meine Schwester nun mal unverschämt, laut und leidenschaftlich provozierend war. Wenn ich heute an sie dachte, sah ich sie in diesem Krankenhaus, mit tränenüberströmtem Gesicht und so geschwächt, dass sie protestlos zuließ, dass Mum nach ihrer Hand griff. Als wäre sie sechs und nicht nur drei Jahre jünger als ich.

Ich brauchte meine Schwester nicht zu fragen, was mit ihr los war, weil ich es wusste.

Es war derselbe Grund, aus dem sogar Dad mich ebenfalls kurz vor meiner Abreise gefragt hatte, ob ich dieses Projekt denn wirklich machen müsste. In *unserer* jetzigen Situation. Ob ich nicht bleiben könnte.

Bitte, Samson.

Mein Vater hatte mich angefleht, so wie er in seiner Oscarrolle nach einer Schusswunde direkt in sein Herz um Erlösung gebettelt hatte. Aber ich hatte nicht nachgegeben, selbst wenn es mich zu einem Arschloch machte. Ich war für meinen Film in die Maschine in Richtung Cagliari gestiegen. Hatte die dröhnende Taubheit in London gegen das Gefühl von Atemlosigkeit im Meer ausgetauscht, wenn eine Welle mich vollständig verschluckte. Und bereute nichts.

»Sie kommt morgen, oder?«, fragte ich, als Con und ich uns auf den Weg zur Pension machten, das Surfbrett unter meinem rechten Arm.

Ich musste einfach das Thema wechseln. Denn wenn ich weiter über Blair sprach, würde mir vielleicht herausrutschen, dass ihr todtrauriges Gesicht in mir ständig wie eine Neontafel aufleuchtete, und Connor würde nicht wissen, was er darauf sagen sollte. Weil es nichts gab, was man darauf sagen konnte.

»Emmie?«, hakte er nach.

»Ja«, erwiderte ich und dachte an unsere letzte Begegnung in Cons Büro, nachdem ich mit Blair telefoniert hatte. »*Emmie.*«

14

Emmie

THE PROPHECY

Hätte mir jemand vor sechs Wochen gesagt, dass ich als Praktikantin für Connor Rutherford arbeiten würde, hätte ich ihm nicht geglaubt. Hätte mir dieser Jemand zusätzlich verraten, dass ich für ein Dokumentarfilmprojekt von Samson Alderidge nach Sardinien reisen würde, hätte ich gelacht. Wäre mir dann zusätzlich erklärt worden, dass ich noch am selben Tag meiner Anreise das Haus einer italienischen Familie betreten würde, die der Hauptbestandteil ebendieses Films war, hätte ich vor lauter Irritation den Kopf geschüttelt.

Doch genau so stand es für heute auf dem Plan:

Woche 1, Montag:
Besuch bei Familie Marchetti, Off-camera-Kennenlernen + grobe
Ablaufbesprechung

Ich checkte das Sheet auf meinem Handybildschirm zum letzten Mal, bevor das Cockpit den Landeanflug ankündigte. Wir würden pünktlich um kurz nach zehn landen. Zu behaupten, ich sei müde, wäre die Untertreibung des Jahrhunderts gewesen. Trotzdem schloss ich nicht die Lider. Stattdessen wechselte ich zur Kamera-App und filmte den Sinkflug. Wie sich die Insel unter mir mit ihrer Küstenlinie entfaltete. Mit den Buchten und Stränden, den weißen und goldenen Sandflächen, umgeben von grünen Hügeln und zerklüfteten Klippen. Täler mit kleinen Dörfern und die pastellfarbenen Häuser in der Innenstadt rund um den Hafen von Cagliari. Aufgeregt blinzelte ich gegen die Stadt an, bevor wir wenig später landeten. Die Stadt, in der ich auf Connor und Sam treffen würde.

Es war einfach kein gutes Telefonat, okay?

Sams verfluchte Stimme echote in mir nach, während ich mich an den luxuriösen Badekleidungsläden im Gate-Bereich entlangschlängelte und anschließend eine Ewigkeit auf meinen Koffer wartete.

Vierzig Minuten später saß ich in einem Uber, das mich in die Via dei Villini bringen sollte. Der Fahrer telefonierte auf Italienisch, während die mediterrane Fahrtluft ins Auto strömte. Ich begutachtete vorbeiziehende Felder mit Olivenbäumen und blieb an den vereinzelten Häusern mit den terrakottafarbenen Dächern hängen, bis wir uns der sardischen Hauptstadt näherten. Breite Palmenalleen, vorbeisummende Vespas. Menschen flanierten mit Eisbechern in den Händen, während ich sie dabei beobachtete.

»*No, no!*«, sagte der Fahrer energisch in sein Telefon, während er den grünen Schildern in Richtung Poetto Beach folgte.

Er sprach weiter, und ich verstand kein Wort, schenkte ihm aber keine weitere Aufmerksamkeit. Meine Augen waren wie gebannt von dem Meeresstreifen rechts von mir. Der kilometerlange weiße Poetto Beach, flankiert von Promenaden und Palmen. Durch das Fenster wehte sogar eine leichte Brise ins Innere, die salzig und algig und nach Sommer roch, obwohl es erst Anfang April war.

»*Allora, Via dei Villini*«, verkündete mir der Fahrer, bevor er die Handbremse in der Parallelstraße zum Strand anzog und anschließend mein Gepäckstück aus dem Kofferraum hievte.

Mit aufheulendem Motor brauste er wenig später zurück in Richtung Hauptstraße, während ich meinen Koffer über den asphaltierten Boden zur Pension schob. Auf der einen Seite sah ich die charmanten pastellfarbenen Häuser, die *villini* dieser Straße, mit schmiedeeisernen Zäunen, hinter denen leuchtende Drillingsblumen, Oleander und Kakteen blühten.

Ich verharrte genau vor einem dieser Zäune und betätigte die Klingel, ehe ich in die Pension Poetto mit der zitronengelben Fassade gelassen wurde. Dort checkte ich bei einer älteren Dame mit starkem Akzent ein, sie reichte mir den Schlüssel und deutete in Richtung Treppe.

»Einmal nach oben und dann nach links«, erklärte sie mir auf Englisch, bevor ich es in mein Zimmer schaffte und Connor eine Nachricht auf WhatsApp schrieb.

> Hey, ich bin angekommen ☺
>
> Ich

> Großartig, dann in einer Stunde unten, ja? ☺
>
> Connor

Seine Nachricht erreichte mich in Rekordgeschwindigkeit, während ich den Blick kurz durch den Raum schweifen ließ. Das Pensionszimmer war nicht besonders groß, dafür hell und luftig, während die Sonnenstrahlen ungehindert durch die Balkontür auf die polierten Fliesen fielen. Wenig später schlurfte ich barfuß über genau diese in Richtung Bad. Ich duschte, schmiss das iPad in meinen Jutebeutel und warf mir anschließend den grob gestrickten Cardigan über mein knöchellanges Kleid. Dann war ich schon wieder draußen, und als ich im Erdgeschoss die Pensionstür hinter mir zuzog, stand er bereits auf der Straße.

Sam.

Sam, der einen Schlüssel zwischen seinen Fingern drehte, während der Wind sein blaues Shirt nach hinten wehte. Ich musterte ihn, ohne dass er mich bemerkte, weil er mit seiner freien Hand auf seinem Handy herumtippte. Das dunkle Haar, die Tattoos, die heute fast vollständig von den langen Ärmeln bedeckt waren. Nur an seinem Handgelenk war die schwarze Tinte zu erkennen. Ihre Farbe erinnerte mich an die Wimperntuschetränen der Frau, die aus Connors Büro gestürmt war. Ich fragte mich, ob Blair immer noch um ihn weinte und wie viele Wimperntuschetränen ein Mann wie er eine Frau so ganz allgemein kostete. Ob sie dachte, er sei es wert. Ob das Telefonat sie auch so aufgewühlt hatte wie ihn.

Genau in dem Moment schrak ich ertappt zusammen.

»Emmie!« Ich hörte Connors Stimme hinter mir. »Super, dass alles geklappt hat. Dann sind wir ja endlich vollständig.«

Doch er sprach zu laut. So laut, dass Sam den Blick von seinem Handy nahm und dieser über die Entfernung hinweg direkt mit meinem zusammenprallte. Ich bemerkte genau, wie er die Lippen aufeinanderpresste, obwohl er mir höflich britisch und sehr zurückhaltend zuwinkte.

Ich winkte mit einem Kloß im Hals zurück und wünschte, jemand hätte mir erklären können, wieso ein Blick von Samson Alderidge reichte, damit sich alles in mir erwärmte. Von den Zehenspitzen bis zum Scheitel. Gar nicht wohlig warm wie die sardische Frühlingssonne, die bei einundzwanzig Grad auf uns herabschien. Eher so wie kleine, unsichtbare Flammen, die mich hoffen ließen, man würde mir diese verfluchte Sam-Hitze nicht ansehen.

Ein Teil von mir hatte sich gewünscht, ich hätte sie mir im Ruby's und in Connors Büro nur eingebildet. Aber hier war Sam, und hier war ich, und alles in mir war warm.

Ich mochte es nicht. Ich schwöre, es war so.

~

Wir erreichten unser Ziel innerhalb von fünfzehn Minuten, während Connor den Mietwagen mithilfe von Google Maps zum Quartu Sant'Elena durch die schmalen und verwinkelten Gassen manövrierte. Das Dorf lag am Fuße einer imposanten Bergkette, der Sette Fratelli.

Dort parkte Connor den Jeep vor einem kleinen Lokal, das Korbwaren, Keramik und Seifen aus Olivenöl im Schaufenster anbot, bevor Sam den ersten Schritt in Richtung des pfirsichfarbenen Hauses machte.

Innerhalb von Sekunden wurde die Tür von einer Frau mit langen dunklen Haaren geöffnet, die kaum älter als ich sein konnte.

»*Buongiorno.*« Euphorisch grinste sie uns an, ehe sie auf Englisch weitersprach. »Ich bin Chiara. Wir haben geschrieben, richtig?« Händereichend stellten wir uns vor, ehe ihr Lächeln noch ein Stückchen breiter wurde.

»Es freut mich so, euch kennenzulernen«, sagte sie. »Meine Familie ist schon ganz aufgeregt!« Sie winkte uns herein, wobei sie mit dem ausladenden Ärmel ihrer hellen Bluse fast an der Türklinke hängen blieb. »Und bitte, lasst eure Schuhe an. Die Fliesen sind so kalt«, erklärte sie, während mir der Duft von Basilikum und Tomaten in die Nase stieg. »Ihr dürft euch übrigens heute Mittag auf Salsa di Pomodoro nach dem Rezept meiner Nonna freuen.«

Anschließend führte sie uns durch den schlauchförmigen Flur, an dessen Wänden mindestens zwei Dutzend Familienbilder hingen. Schon von hier aus registrierte ich eine Vielzahl von Stimmen. Als wir die Küche betraten, wurden wir gleich begrüßt.

»*Benvenuti!*«

In dem Raum befand sich die sechsköpfige Familie, wobei mein Blick sofort auf die älteste Frau im Raum fiel. Chiaras Nonna – Ambra Marchetti. Sie wirkte nicht wie sechsundneunzig, sondern eher wie eine agile achtzigjährige Dame, die der Mittelpunkt ihrer Familie war.

Ihr reichte Sam zuerst die Hand. »Es freut mich wirklich sehr, Sie kennenzulernen.«

Und obwohl Connor gleich nach der großen Vorstellungsrunde sein iPad entsperren und den Ablauf besprechen wollte, kam er nicht dazu. Chiaras Mutter – Rosa, wie sie sich mir vorgestellt hatte – machte eine abwinkende Handbewegung, bevor sie in etwas gebrochenem Englisch erklärte, dass wir natürlich zuerst essen würden. Dafür setzten wir uns an den gedeckten Holztisch im Garten, der schon viele Sommer gesehen haben musste. In der Luft lag der Geruch von Jasmin und Lavendel, von würzigen Kräutern wie Basilikum, Thymian und Rosmarin. Die laue Mittagssonne warf goldene Lichtpunkte auf den Rasen, während ich den knorrigen Zitronenbaum und die Tomatensträucher musterte, die an langen Holzstangen emporwuchsen.

Während des Essens war Chiara unsere Übersetzerin. Die Familie löcherte uns mit Fragen, wollte wissen, ob wir einen guten Flug gehabt hatten, was wir bereits gesehen hatten und wie Sardinien, vor allem Cagliari, uns gefiel. Wenn Chiara redete und dabei ausladend mit ihren Händen gestikulierte, klimperten die Creolen in ihren Ohren. Alles an ihr war laut. Ihr Schmuck, ihr Lachen, ihre Art, zu reden. Sie erinnerte mich an die Frauen im Internet mit strahlendem Teint, die ihren Lippenstift auch als Blush benutzten und mühelos schön dabei aussahen. Außerdem saß sie zwischen Sam und mir, wofür ich sehr dankbar war. Sobald Sam und ich zu nah beieinander waren, entstand Reibung, selbst wenn wir uns gar nicht berührten. Als wären wir zwei Minuspole, die sich für eine Millisekunde anzogen, nur um sich dann heftig wieder abzustoßen.

»Und du bist Praktikantin?«, fragte Chiara mich, während sie die Spaghetti mit der Gabel aufrollte.

»Ja, genau. Eigentlich hatte ich ein anderes Praktikum geplant, aber dann …«

»… hat unsere ehemalige Professorin Emmie empfohlen, und jetzt ist sie hier«, vollendete Connor für mich.

»Krass.« Chiaras Blick zuckte zwischen den Männern und mir hin und her. »Ihr habt also an derselben Uni studiert?«

»Exakt.« Wehmütig nickte Connor. »Auch wenn es mir ungefähr zweieinhalb Ewigkeiten weit weg vorkommt, selbst wenn ich mich noch ganz genau daran erinnern kann, wie lange ich mir den Kopf über mein Abschlussprojekt zerbrochen habe.«

»Weißt du noch, wie Ginny meinte, du könntest eine Doku über die Filmschule drehen?«, warf Sam plötzlich ein und lächelte dabei fast ein bisschen.

Connor verzog das Gesicht. »Erinnere mich nicht daran.«

»Bist du ihr nicht sogar so sehr in den Arsch gekrochen, dass du meintest, du würdest ihr ein langes Interview-Feature zugestehen?«

»Wenn ich du wäre, würde ich jetzt mal ganz leise sein. Es könnte nämlich passieren, dass ich die Kyle-Geschichte auspacke.«

Kyle-Geschichte.

Zeitlupenartig konnte ich beobachten, wie Sam alle Farbe aus dem Gesicht wich.

»Kyle-Geschichte?«, fragte Chiara.

»Ach, das war gar nichts.« Verschwörerisch nippte Connor an seinem Wasser. »Nur ein paar Wettschulden, die Sam in seinen jungen Jahren begleichen musste.«

»Ich bin sechsundzwanzig. Das war vor vier Jahren.«

»Oh, wir wollen also weiter über das Thema reden?«

»Würde mich auf jeden Fall interessieren. Die Kyle-Geschichte klingt sehr interessant.« Chiara wackelte mit den perfekt nachgezogenen Brauen, während Sam sich bloß räusperte, als würde er das Thema garantiert nicht weiter ausführen.

Kyle-Geschichte.

Automatisch speicherten sich die Worte in meinem Gehirn ab. Ich konnte nichts dafür, so wie ich nichts dafürkonnte, dass ich Sam ansehen musste.

»Apropos Abschlussprojekt.« Plötzlich landete Connors Blick auf mir. »Beendest du deinen Master nicht nächstes Jahr?«

»Ja?«, sagte ich zögerlich.

»Bitte sag mir, du hast ebenfalls noch keine Idee, worüber du deinen Film machen willst, damit ich mich nicht ganz so unfähig fühle.«

»Sorry.« Ich umklammerte mein Glas mit allen fünf Fingern.

»Warte mal«, rief Connor überrascht, während auch Sams Blick sich auf mich legte. »Du hast echt schon eine Idee?«

Instinktiv setzte ich mich auf, unsicher, wie weit ich ausholen sollte. Denn wenn ich einmal mit dem Thema anfing, konnte ich nicht mehr damit aufhören.

»Ja, ähm, ich denke, ich werde etwas über Blickwinkel in der Filmgeschichte machen«, begann ich deshalb vage. »Durch eine feministische Linse.«

Diesen letzten Satz konnte ich mir nicht verkneifen, selbst wenn ich ihn gleich darauf ein bisschen bereute. Innerlich wappnete ich mich gegen irritierte und leicht genervte Blicke, so wie ich ihnen manchmal in meinen Seminaren begegnete.

Muss denn immer alles eine Bedeutung haben? Eine Message? Kann es nicht einmal nur um die Story gehen?

Offensichtlich war ich die Art von Filmstudentin, die wöchentlich einen leisen Monolog mit leicht zittriger Stimme darüber hielt, wie schief das Gleichgewicht zwischen Regisseuren und Regisseurinnen war. Dass wir selbst die Perspektive von Frauen durch die Perspektive eines Mannes zu sehen bekamen. Immerhin waren Frauenfilme – die alten auf jeden Fall – meistens von Männern geschrieben, gefilmt und geschnitten worden. Ganz davon abgesehen, dass in neunzig Prozent der Fälle ein Mann Regie geführt hatte. Keine Ahnung, wie viele Essays ich schon darüber geschrieben hatte, welche Konsequenzen das beinhaltete, insbesondere bei expliziten Szenen. Wie unrealistisch sie eigentlich dargestellt wurden.

»Den Film würde ich mir sofort ansehen«, sagte Chiara. »Hast du schon genauere Vorstellungen?«

»Ein paar wenige«, log ich, während Sams Blick sich keinen Zentimeter von meinem Gesicht wegbewegte. »Die Grundidee besteht darin, dass ich einen Mann in Kameraperspektiven zeigen will, in denen sonst eigentlich nur Frauen gefilmt werden.«

Ich hätte weiter ausholen und die drei fragen können, ob ihnen aufgefallen war, wie viele Zooms es auf Brüste und Frauenhintern gab. Aber ich ließ es bleiben.

»Wow«, flüsterte Sam. »Das klingt wirklich dringend notwendig.«

Es war ausgerechnet er, der als Allererstes etwas dazu sagte. Eigentlich waren es nur ein paar Worte. Worte, die dennoch zu Gänsehaut wurden. Vor allem dann, wenn sie mich eiskalt erwischten, weil ich angenommen hatte, er würde sowieso nichts zu meinem kleinen, eigentlich unwichtigen Abschlussprojekt sagen.

»Absolut.« Connor nickte. »Ich bin mir sicher, Ginny wird es lieben.«

»Ginny?«, fragte Chiara verwirrt, bevor Connor sie über meine derzeitige und ihre ehemalige Fachbereichsleiterin aufklärte.

Nach dem Essen räumten wir gemeinsam ab, bevor wir in die hausgemachte Nachspeise bissen. Seadas, ein typisch sardisches Dessert aus frittiertem Nudelteig, gefüllt mit Ziegenkäse und Honig. Sie schmeckten wirklich köstlich, weich, knusprig und süß zugleich. Anschließend widmeten wir uns dem eigentlichen Grund des heutigen Besuchs. Connor und Sam entsperrten ihre iPads und besprachen den Ablauf unserer Drehtage, betonten dabei stets, wie wichtig es für uns sei, dass alle sich wohlfühlten. Ich saß dabei vor meinem eigenen iPad und notierte alles Wichtige. Trotz der geschäftlich-professionellen Ebene war die Stimmung herzlich und ausgelassen, gefüllt mit viel Gelächter und klirrenden Gläsern, unter anderem deshalb, weil Chiaras Zia Donna uns nach der hausgemachten Nachspeise kräftigen Mirto-Likör auftischte.

Unseren Besuch rundete Chiara mit einer kurzen Hausführung ab, während wir die Lichtverhältnisse und mögliche Interviewspots ausloteten.

Kurz bevor wir gingen, scouteten Sam und Connor den Garten genauer. Ich entschuldigte mich auf die Toilette und wollte gleich wieder zu ihnen stoßen, da entdeckte ich Chiara und ihre Tante in der Küche. Ich beobachtete, wie die ältere Dame gerade drei Tarotkarten vom Tisch aufsammelte, die vor Chiara gelegen hatten.

»*Merda*«, flüsterte sie, und als sie meinen leicht verwunderten Blick auf sich bemerkte, sah sie erschrocken auf. »O Gott, sorry, ich hoffe, ich wirke nicht total verrückt oder so, aber meine Tante ist die Beste im Kartenlegen. Sie muss gleich weg, deshalb musste ich sie schnell abfangen. Ich hatte nämlich ein paar dringende Fragen zu einem Kommilitonen, der die pure Definition von Mixed Signals ist. Leider gilt das auch für meine drei Karten.«

»Das tut mir leid«, sagte ich mitfühlend. »Und keine Sorge, ich halte nichts und niemanden für verrückt. Meine beste Freundin hat drei Jahre lang versucht, mir die Karten zu legen.«

»Und, wie hat sie sich geschlagen?«, fragte Chiara, während ihre Tante mich genauer musterte.

»Ich denke, wir haben immer noch nicht den Unterschied zwischen der Karte mit drei und der mit sechs Stäben verstanden.«

»Fühl ich«, erwiderte sie und wollte weiterreden, wurde allerdings plötzlich von Zia Donna unterbrochen.

»*Se vuole, posso anche fare le carte a Lei.*«

Blitzartig zuckte Chiaras Blick wieder zu mir. »Meine Tante hat gesagt, sie legt dir gern die Karten, wenn du willst.«

Ich wollte abwinken, denn ich musste schnellstmöglich in den Garten. Zu Connor und Sam mit seiner elenden Gänsehautstimme, die mir so unter die Haut ging, dass es unfair war. Aber … ich war zu neugierig.

»Vielleicht, wenn es schnell geht?«

Sofort winkte Chiara mich an den Tisch. »Klar, sie macht nur eine kleine Runde.«

Keine Sekunde später saß ich neben Chiara und gegenüber ihrer Tante, die mir die Karten in die Hand gab.

»*Deve mescolare*«, sagte sie, und ich verstand auch ohne Übersetzung, dass sie mich dazu aufgefordert hatte, das Deck zu mischen. Ich erkannte sofort, dass es sich um ein kompliziertes Deck handelte. Das, welches Leah nie so wirklich durchschaut hatte. Bei dem sich alle Karten ähnelten, mit Münzen und Stäben.

»*Basta così.*«

Lächelnd nickte Zia Donna auf die Karten, die ich ihr zurückgab. Innerhalb von Sekunden legte sie die ersten drei vom Stapel auf dem Tisch aus. Ich erkannte folgende Motive: die Liebenden, das von Schwertern durchstochene Herz und eine Münzkarte. Instinktiv legte Donna die Stirn in Falten.

»Ist alles okay?«, fragte ich.

»*No*«, erwiderte Donna, die meine Frage offensichtlich verstanden hatte. Dann wandte sie sich an Chiara, die mir die Worte anschließend übersetzte. Auch ihr Gesichtsausdruck veränderte sich schlagartig. Instinktiv begann mein Herz zu pochen. Und das nur wegen dieser drei

Karten. Ich war nicht mal abergläubisch. Nicht wirklich. Ich konnte nur nicht mit schlechten Botschaften umgehen, und die Gesichter der beiden Frauen sahen definitiv nach einer solchen aus.

»Meine Tante sagt, dir wird das Herz gebrochen werden und …«

Sie verstummte, weil ich den Kopf schüttelte. Meine innere Stimme ermahnte mich, nicht weiterzusprechen, weil ich Chiaras aufgeregter Verwandten nicht widersprechen wollte, aber …»Das kann nicht sein. Ich habe mich bereits getrennt.« Hastig schob ich ein entschuldigendes Lächeln hinterher, auch wenn ihre Tante mich doch gar nicht verstehen konnte. »Erst vor Kurzem, ehrlicherweise.«

Chiara nickte verstehend, ehe sie für mich übersetzte.

»*Madre mia.*« Zia Donna deutete eine abwinkende Handbewegung an. »*Era un idiota. Non era niente.*«

Energisch schüttelte sie den Kopf, ehe sie weitersprach und auf zwei Karten in der Mitte deutete.

Chiara faltete die Hände nervös in ihrem Schoß. »Das hat meine Tante auch gesehen, aber sie meint, dieser Typ sei nicht der Rede wert. Sie hat auch gesagt, dass du dich noch einmal verlieben wirst. *Bald.* Dass es unausweichlich ist. Sie hat gesagt, du wirst dich verlieben, und dass es gleichzeitig das Schrecklichste und Schönste sein wird, was dir jemals passieren wird.« Zögerlich atmete sie durch. »Und dass es dich fast umbringen wird.«

Chiara wollte weitersprechen, unterbrach sich allerdings selbst, weil unvermittelt ein tiefes Räuspern den gesamten Raum erfüllte.

Ich erkannte ihn allein an diesem tiefen Geräusch.

Großartig.

Ich sah auf. Und tatsächlich. Peinlich berührt stand Sam im Türrahmen und fasste sich in den Nacken.

»Sorry.« Noch ein Räuspern. Noch eine viel zu tiefe Klangwelle, die den gesamten Raum überschwemmte. »Bist du fertig?«

15

Emmie

STAY, STAY, STAY

Von: j.singh@shoreditchfilmfestival.uk
An: emmelinebraun@fsol.com;
maisieculter@fsol.com

Betreff: Ihre Einladung

Liebe Ms Culter, liebe Ms Braun,
wir bedanken uns vielmals für Ihre Zusage, anbei erhalten Sie alle
weiteren Infos als PDF-Datei.
Haben Sie Fragen dazu? Wenn ja, lassen Sie es mich gern wissen.
Wir freuen uns sehr darauf, Sie im Juni als Teilnehmerinnen in
der Kategorie *Best Female Short Film* begrüßen zu dürfen.

Herzlich
Jaspal Singh

Meine Hände krallten sich um das Gehäuse meines Handys, während ich
mitten in meinem Pensionszimmer der Mail blinzelnd entgegenstarrte.
Es war kurz nach halb sieben, wir hatten das Haus der Marchettis vor
nicht einmal zwei Stunden verlassen, und ich hatte Chiaras Worte nicht
vergessen. Trotzdem fühlte ich mich in diesem Moment wie eingefroren,
wobei ich die Mail zum fünften Mal in Folge las.

Ich konnte es nicht glauben.

Gleich darauf fragte ich mich allerdings, wieso ich es eigentlich nicht glauben konnte. Hatte ich tatsächlich angenommen, sie würde die Einladung schlicht wie ich ignorieren? Ich hatte seit Wochen ein Problem mit Maisie, nicht sie mit mir. Natürlich hatte sie der Organisation des Filmfestivals zugesagt, weil wir Filmstudentinnen waren und die Nominierung wiederum eine ziemlich krasse Sache für uns war.

Trotzdem.

Ich. Konnte. Es. Nicht. Glauben.

Sie hatte mir weder geschrieben, noch hatte sie sich nach meinem Einverständnis erkundigt. Andererseits hatte sie mir die Sache mit Charlotte bewusst verschwiegen, und damit war doch alles gesagt, nicht wahr?

Schlagartig begann alles in mir zu pulsieren.

Ehrlicherweise wusste ich nicht, was mein Plan gewesen war. Mir eine Pizza zu besorgen, mich in mein Bett zu verkrümeln, über das nachzudenken, was die Karten gesagt hatten? *Vielleicht. Wahrscheinlich. Keine Ahnung.* Sicher war ich mir bloß darüber, dass ich mich hellwach und aufgekratzt fühlte, aber auf diese schreckliche Weise, die mich trotz Schlafentzug bis vier Uhr nachts wach halten würde.

Ich muss hier raus.

Genau deshalb dachte ich nicht nach, als ich hektisch im Koffer nach meinen Sportsachen wühlte. Urplötzlich konnte nichts schnell genug gehen. So wie in *Woman, Talking*, wo meine Heldin schneller und schneller und schneller um den Block lief, weil sie sich vorstellte, wie sie ihrem Ex-Freund ins Gesicht schrie, wieso er eine andere hatte ficken können. Ich allerdings lief nicht um den Block, sondern ins Erdgeschoss und dann nach draußen, wo der Wind mir nun kühl ins Gesicht blies. Hastig zog ich den Reißverschluss meiner Sportjacke zu, während ich es innerhalb weniger Minuten zum Strand schaffte.

In meinem Zimmer hätte ich es nicht länger ausgehalten. Vielleicht wäre mir die Decke nicht wortwörtlich auf den Kopf gefallen, meine Gedanken allerdings hätten dennoch randaliert. Am Ende wäre es so oder so auf dasselbe Ergebnis hinausgelaufen: Mein Gehirn wäre vor lauter Gedanken schlicht explodiert. An der frischen Meeresluft war das Risiko geringer.

Jetzt atmete ich die salzige Seeluft ein, während ich mich daran erinnerte, dass das Meer doch angeblich alles heilen konnte. Keine Ahnung, wie oft ich pathetisch-poetische Zitate mit genau dieser Aussage als Teenager gelikt und mich anschließend tiefgründig gefühlt hatte. Aber wenn die Aussage stimmte, *wenn* der Ozean alles heilen konnte, dann wäre doch eine Frau Anfang zwanzig, die sich immer noch wie ein Mädchen fühlte, kein Problem für ihn, oder?

Dabei waren meine Probleme so lächerlich, ich hätte nicht mal einen Film über sie geschrieben. Sie waren so verdammt banal. So klischeehaft. Aber hier war ich, unendliche Kilometer von London entfernt, und dachte wieder an Ethan und Maisie, obwohl ich das nicht wollte.

Tief atmete ich ein und aus und ein und aus. Zwei, drei Momente verharrte ich so, in der Hoffnung, mich dann anders, geheilt, nicht mehr betrogen und gebrochen zu fühlen.

Es passierte nicht.

Natürlich nicht.

Ich sparte mir das Dehnen. Mir war schon warm. Also lief ich weiter und rannte wütende Fußspuren in den feinkörnigen Sand, die der Wind innerhalb von Minuten verwehen würde. Letzterer rauschte in meinen Ohren, während die untergehende Sonne das Meer wärmer und goldener erscheinen ließ. In der Ferne warteten sogar einige Surfer auf die perfekte Welle. Ganz weit rechts, am Ende des kilometerlangen Strandes, erkannte ich einen kleinen Jachthafen, dahinter den Teufelssattel. Diese Richtung steuerte ich an.

Haben Sie Fragen dazu? Wenn ja, lassen Sie es mich gern wissen.

Im Grunde hatte ich Tausende Fragen, aber der gute Jaspal würde sie ganz sicher nicht beantworten können. *Wie konnte sie es wagen? Hat sie denn gar kein schlechtes Gewissen? Bereut sie es wenigstens? Tue ich ihr nicht leid?*

Meine Atmung ging viel zu schnell. Jeder Zentimeter meines Körpers war ausgelaugt und benötigte diese Art von Ruhe, die mein Kopf ihm gerade nicht gewähren konnte.

Komm schon.

Das Herz klopfte mir bis zum Hals.

Nur einen Fuß vor den nächsten setzen.

Doch meine Beine entschleunigten automatisch. Sie zitterten, mein Herz bebte.

Scheiße.

Widerwillig blieb ich stehen, die Hände in die Seiten gestemmt. Viel zu heftig hob und senkte sich meine Brust. Salzluft flutete meine Lungenflügel. Alles in mir war immer noch schwer. Schwer und schmerzhaft und so schrecklich, dass es kaum auszuhalten war. Schwarz flackernde Punkte besetzten mein Blickfeld, während das gesamte Blut mir in die Knie sank. Dann gab ich auf.

Niedergeschlagen setzte ich mich in den Sand, zog die Knie an die Brust und versuchte, meinen Atem zu beruhigen.

Ich verstand das nicht. Ich lief mehrmals in der Woche, ohne dass mein Körper zusammenbrach. Es war, als wollte er mich genauso wie Maisie im Stich lassen. Bei diesem Gedanken zog es zusätzlich zu meinen Seiten auch in meinem Herzen. Krampfhaft versuchte ich, die Tränen wegzublinzeln, und fokussierte mich deshalb auf die Umgebung. Ich musterte die weißen Boote, deren Oberflächen die abendlichen Sonnenstrahlen reflektierten. Ein Elternpaar, das ein Selfie mit seinem Kleinkind zu schießen versuchte. Das Meer. Den Horizont. Und dann diesen Surfer, den ich in den Wellen entdeckte.

Er war zu weit weg, um ihn genau zu erkennen. Allerdings konnte ich feststellen, dass die Silhouette definitiv einem Mann gehörte. Groß und athletisch schien er in seinem dunklen Wetsuit über die Wellen zu fliegen. Er nahm die Wellen einfach, wie sie kamen, und ließ das Surfen dabei mühelos wirken. Völlig natürlich. Ein Teil von mir ermahnte mich, nicht so offensichtlich zu starren, aber ich konnte nicht anders. Er war das Einzige, was mich gerade ablenkte. Wahrscheinlich hätte er auch für immer dort im Meer bleiben können, nur er und sein Board. Zumindest schoss mir dieser Gedanke durch den Kopf, als er diesen einen viel zu langen Moment bäuchlings auf Letzterem verharrte, das Gesicht dem blutenden Sonnenuntergang zugewandt. Zwei, drei, vier, fünf Wellen lang, die er nicht aufstand. Dann – ganz plötzlich – setzte er sich auf, paddelte und nahm die letzte Welle.

Wie in Zeitlupe watete er anschließend in Richtung Strand, das Surfbrett unter einen Arm geklemmt. Dunkles Haar, perfekte Muskeln. Er besaß einen Modelkörper wie die Jungs auf den Plakaten für Billabong. Der Fremde war so lange ein Fremder für mich, bis ihm das Wasser nur noch an die Knöchel schwappte und ich erkannte, dass er alles andere als fremd war.

Sam.

Er war es eindeutig – mit nassen Haaren und definierten Oberarmen, die sich unter dem Neoprenanzug abzeichneten.

Großartig.

Ich wollte mitsamt meiner ungeweinten Tränen im Sand versinken und hoffte, hoffte *so* sehr, dass er mich nicht bemerkte. Kurz schien ich sogar Glück zu haben. Langsam löste Sam die Leine von seinem Fuß. Dann fuhr er sich einmal über die Haare und wollte die Richtung ansteuern, aus der ich gekommen war. Allerdings verharrte er im letzten, im allerallerallerallerletzten Moment, weil sein Blick willkürlich auf mir landete.

Im Gegensatz zu mir brauchte er keine halbe Ewigkeit, um mich zu erkennen. Ich kratzte jedes bisschen Selbstbeherrschung zusammen und deutete ein Winken an, in der Hoffnung, er würde vielleicht die Augen verdrehen und mir dann wieder den Rücken zukehren. Allerdings winkte ich schon seit einem viel zu langen Moment, ohne dass er sich einen Zentimeter regte. Seltsamerweise schüttelte er bloß den Kopf und kam anschließend zögerlich in seinem Wetsuit auf mich zu.

Ich starrte ihm dabei stur ins Gesicht und traute mich keinen einzigen Moment, weiter nach unten abzugleiten.

Er war gefährlich in diesem eng anliegenden Neopren-Ding.

Zu definiert und zu perfekt auf diese männliche Weise, die immer funktionierte, wenn ein Typ groß und halbwegs gut aussehend war. Es lag nicht unbedingt daran, dass Sam mich anzog und ich fürchtete, ihn gleich mit meiner Reizunterwäsche zu bewerfen, weil er so unglaublich heiß war. Ich meine, ich saß im Sand, befand mich an einem seelischen Tiefpunkt. Mal wieder. Ich war mir einfach in Sams Gegenwart so meiner selbst bewusst.

Ich mochte das nicht.

»Emmie?«

Mein Name war das einzige Wort, das seinen Mund verließ. Wassertropfen fielen von seinen dunklen Haarsträhnen nach unten. In meine Richtung. Die Nässe machte sie noch dunkler, beinahe schwarz. Sie bildeten einen starken Kontrast zu seinen stechend blauen Augen, mit denen er auf mich herabsah.

»Was zur Hölle tust du hier?«

»Was zur Hölle ich hier tue?« Ich rollte mit den Augen. »Du bist mit Abstand der charmanteste Brite, dem ich jemals begegnet bin, Alderidge.«

»Sorry«, flüsterte er leise. »So war das nicht gemeint.«

»Wie dann?«

»Na ja, was tust du hier wie in Wieso-starrst-du-tiefgründig-in-Richtung-Meer-und-siehst-dabei-so-aus-als-würdest-du-jede-Lebensentscheidung-bereuen?«

»Sehr spezifisch«, flüsterte ich.

»Stimmt es denn?«

»Mir geht's gut«, sagte ich, schaute ihm dabei allerdings nicht in die Augen.

Ich hörte selbst, wie erbärmlich ich klang. Diese Mail hatte mich erreicht, und ich hatte während des Laufens einen Schwächeanfall erlitten. Alles in mir fühlte sich danach an, und alles an mir musste auch danach aussehen.

Sam antwortete nicht. Zumindest nicht sofort.

Ich hörte die Wellen neben mir rauschen, wie sie sich mit der hellen Gischt auftürmten und seltsamerweise mit dem Klang meines Herzschlags vermischten, weil ich seinen blauen Blick tief und tosend auf mir spürte. Wie eine Welle, die mich plötzlich mitriss.

Ich wusste nicht, was er dachte. Keinen Schimmer, ehrlich. Doch als er sein Surfbrett schließlich in den Sand sinken ließ, hätte ich schwören können, er hatte gerade einen Krieg in seinem Kopf geführt.

Soll ich, oder soll ich nicht?

Dann setzte er sich neben mich.

16

Sam

SPARKS FLY

Ich hätte es einfach lassen sollen.

Ihr verflucht noch mal den Rücken kehren und ihr unendlich trauriges Gesicht vergessen sollen. Es wäre doch so leicht gewesen, oder? Ich kannte sie nicht. Sie war nur eine von Ginnys ambitionierten Studentinnen, die mit ihren Filmen die Welt verändern wollten. Sicher war sie zu idealistisch, um den Dozenten zu glauben, wenn sie den Erstsemestern erzählten, wie viele von ihnen wirklich vom Film leben würden. Außerdem war sie nur Connors Praktikantin, die er eingestellt hatte, weil er a) eine Assistenz brauchte und sie ihm b) leidgetan hatte.

Sie ging mich nichts an.

Ich mochte sie nicht mal besonders. Emmeline Braun war mir absolut egal.

Das stimmte zwar alles, aber ... *Scheiße*.

Wie gequält sie jetzt aussah.

Ich konnte nicht gehen, so war das mit Emmie und mir gewesen, von Anfang an. Sie war da, und ich konnte, *wollte* insgeheim gar nicht verschwinden. Selbst nachdem sie in diesen Typ gestolpert war, der mir den Sekt über mein Shirt geschüttet hatte. Selbst dann, als sie und ihre Freundin mich im Netz gestalkt hatten.

Ich setzte mich neben sie in den Sand. Obwohl mir arschkalt war und ich eigentlich nichts anderes als eine warme Dusche brauchte.

»Du hast gelogen«, sagte ich.

»W-was?«

Ihre Stirn kräuselte sich, während ich die Zehen tief in den Sand bohrte und ihr das Gesicht zudrehte. Sie allerdings sah mich nicht an. Stattdessen starrte sie geradeaus, dorthin, wo die Wellen rhythmisch ans Ufer rollten.

Ich räusperte mich. »Du hast gelogen, als du meintest, dir gehe es blendend.«

»Du musst das nicht tun.«

»Was muss ich nicht tun?«

»Vorgeben, es würde dich wirklich interessieren, dass es mir nicht blendend geht.«

»Du gibst es also zu.«

»Im Ernst«, flüsterte sie. »Wir brauchen kein tiefgründiges Gespräch zu führen, in dem ich dir von meinen Erste-Welt-Problemen erzähle. Das ist ein bisschen klischeehaft, findest du nicht?«

»Na, na, na, Germany.« Ich hob eine Braue. »Du vergisst, dass ich mit dem Typen zusammenarbeite, der an Wandtattoos und Kalendersprüche glaubt.«

»Und den du dafür geshamt hast.«

»War nur ein Spaß unter Männern. Du weißt schon, weil wir unsere Liebe nur in Form von zu grobem Schulterklopfen und gemeinen Witzen äußern können.«

Instinktiv presste sie die Lippen zusammen. »Hast du gerade indirekt sogar meinen Kurzfilm geshamt?«

»Nein, was?«, protestierte ich. »Auf gar keinen. Ich hab ihn mir sogar angeschaut.«

Jetzt musterte sie mich doch und schluckte dabei hart. »Wirklich?«

»Wirklich.« Ich nickte. »Er hat mir sogar gefallen.«

»Sagst du das, weil ich gerade so aussehe, als würde ich jede meiner Lebenseinstellungen bereuen, obwohl du eigentlich *Du siehst nicht gut aus* meinst?«

Ich überging ihren Kommentar zu unserem letzten Gespräch. »Nein, ich fand ihn wirklich gut.«

»Okay?«, sagte sie. »Dann … danke, schätze ich?«

»Kein Ding«, erwiderte ich, bevor ich mich im Sitzen aufrichtete. »Da wir also geklärt haben, dass ich deinen Film nicht geshamt habe: Wo drückt denn der Schuh, so ganz hypothetisch gesehen?«

Natürlich war mir bewusst, dass sie die Frage nicht beantworten musste. Ich war ein Fremder für sie, selbst wenn sie im Internet nachlesen konnte, an welchem Wochentag meine Eltern vor Jahren die Scheidung eingereicht hatten und mit welchem Model mein Vater anschließend die Unterzeichnung der Papiere gefeiert hatte. Wir hatten rein gar nichts miteinander zu tun, außer BLUE ETERNITY.

Trotzdem zog sie die Knie fester zu sich heran, während die Abendsonne ihr Gesicht in wärmeres Licht tauchte. Dann blies sie die Wangen auf.

»Warst du schon mal so richtig verliebt?«, fragte sie leise. »Also so richtig, richtig, richtig verliebt, dass du nichts mehr tun konntest, ohne an die andere Person zu denken, weil du sie einfach *so, so, so sehr* geliebt hast?«

Langsam schüttelte ich den Kopf. »Ich glaube, ich verstehe deine Frage nicht.«

»Warst du es, oder warst du es nicht?«

»Keine Ahnung«, sagte ich nach einem sehr langen Moment und dachte an Sage, die einzige Person, die ich nicht als Teenager, sondern in meinen Zwanzigern für eine ziemlich kurze Zeit geliebt hatte … und dann nicht mehr.

»*Keine Ahnung* ist in diesem Fall der Beweis dafür, dass du es nicht warst«, murmelte Emmie. »Denn wenn du es gewesen wärst, dann wüsstest du es. Dann müsstest du nicht nachdenken oder zögern.«

»Worauf willst du hinaus, Germany?«

Germany.

Sie rümpfte die Nase wegen des Spitznamens. Doch sie unterließ es, mich deswegen zu maßregeln. So als wäre ihr das für diesen Moment egal, weil sie verflucht noch mal weitersprechen *musste*. Weil sie sonst fürchtete, innerlich in tausend Einzelteile zu zerspringen, ohne dass es jemals jemand bemerken würde.

»Ich bin in einer monatelangen Beziehung gewesen, und ich war nicht *so* verliebt.« Jetzt umarmte sie ihre Oberschenkel so fest, dass ihre Fingerknöchel weiß hervorstachen. »Vielleicht dachte ich kurz am Anfang, dass es so werden könnte, weil man das doch irgendwie immer denkt, oder? Aber das ist nicht passiert. Meine Liebesgeschichte war nicht filmreif. Sie war einfach einfach. Und bequem. Und dabei irgendwie schön auf diese angenehme Weise, die einen nicht vor lauter Intensität in den Wahnsinn treibt. Weißt du, ich habe mein Leben lang für meine Träume gekämpft. Ich meine, hast du eine Ahnung, wie verdammt schwer es ist, ein Stipendium für einen Masterstudiengang an der Filmhochschule in London zu bekommen? Und das, wenn du aus einem kleinen Kaff in Deutschland kommst und nur an der Berliner Filmschule angenommen wurdest, weil du nachrücken konntest?«

»Ich schätze, ziemlich schwer?«

»Unmöglich.« Sie lächelte schwach. »Das hatte mir mein Studienberater gesagt, aber es war mir egal. Ich … ich wusste, dass ich es schaffen würde. Nicht weil ich arrogant bin und mich selbst für ein außergewöhnliches Genie halte, was ich definitiv nicht tue. Ich wusste einfach, dass ich nicht aufgeben würde. Weil ich nie aufgebe, wenn ich etwas wirklich, wirklich möchte«, erklärte sie und hielt kurz inne. »Worauf ich hinauswill, ist, dass ich nicht damit gerechnet hatte, mich zu verlieben. Aber mein Ex-Freund war einfach überall, wo ich auch war. Wir sind uns automatisch nähergekommen. Ich mochte ihn. Er ist ein echt charmanter Brite. Gott, ich mochte ihn wirklich.«

»Aber du warst nie verliebt-wirklich-wirklich-verliebt in ihn?«

Sie schüttelte den Kopf. »Kann ich gar nicht gewesen sein.«

»Und warum nicht?«, fragte ich, selbst wenn das vielleicht eine Grenze überschritt. Ich konnte einfach nicht anders.

»Na ja«, begann sie zögerlich. »Mein Ex-Freund hat vor knapp zwei Monaten mit mir Schluss gemacht. Keine Stunde später habe ich erfahren, dass er sich von mir getrennt hat, weil er schon längst eine andere hatte. Mit dieser Person hat er mich also betrogen. Und weißt du, was das Allerschlimmste ist? Meine einzige richtige Freundin in London wusste davon. Und hat es mir nicht gesagt.« Bitter lachte sie auf. »Wie kann ich das am schlimmsten finden? Dass es mir meine Freundin nicht gesagt hat? Wieso bin ich nicht am Boden zerstört, weil mein Ex sich anscheinend so wenig um mich geschert hat, dass er mich betrügen konnte? Wieso ist alles, was ich denke, ein *Ich bin nur die zweite Wahl* anstatt *Ich habe die Liebe meines Lebens verloren*? Das kann doch verflucht noch mal nicht richtig sein.«

Spätestens in diesem Moment, als Emmie mich mit riesigen Augen betrachtete und mir dabei so nah war, dass ich mich selbst in ihren Pupillen gespiegelt sah, wusste ich, dass wir zu weit gegangen waren. Dass dieses Gespräch zu tief ging. Aber meine Zehen waren im Sand verbuddelt, und ich steckte schon mittendrin.

»Ich schätze, du hast recht«, hörte ich mich deshalb sagen. »Wahrscheinlich warst du nicht verliebt-wirklich-wirklich-verliebt in ihn. Aber ganz ehrlich? Ist das schlecht? So wie ich das sehe, ist diese Art von Liebe, die du beschrieben hast, superanstrengend und nervtötend. Meistens endet sie doch sowieso in einem Desaster, oder?«

»Keine Ahnung«, flüsterte sie. »Wahrscheinlich.«

»Nein.« Ich lachte laut auf. »Definitiv.«

»Du kennst dich also doch aus?«

Ich zuckte mit den Achseln, während sie den Mund öffnete, nur um ihn wieder zu schließen. So als wollte sie etwas erwidern, würde sich aber nicht trauen.

Herausfordernd hob ich die Brauen. »Sag schon, was du sagen willst, Germany.«

»Hat vielleicht diese blonde Frau in London etwas damit zu tun?«, fragte sie zögerlich.

»Blonde Frau?« Verwirrt zog ich die Brauen zusammen. »Hast du bei deinem Deep Dive etwas über mich herausgefunden, von dem ich selbst nichts weiß?«

»Ich habe nur einen Artikel über dich und Connor gelesen«, sagte sie sofort. »Und es tut mir leid, falls das mit der Nachricht falsch auf dich gewirkt hat, was ich natürlich verstehe.«

»Vergiss es einfach«, murmelte ich, weil ich ihr die Worte seltsamerweise glaubte. Außerdem gab es nicht besonders viel über mich herauszufinden, das nichts mit meinen Filmen zu tun hatte. Ich war nicht wie Blair, über die sich die Leute nie laut genug das Maul zerreißen konnten, nur weil sie eine Frau war, die nicht leise, schüchtern und zurückhaltend war, sondern genauso unverschämt wie fast jeder Mann in der Öffentlichkeit und ...

»Warte mal«, sagte ich plötzlich, während der Wind stärker durch unsere salzigen Haarsträhnen blies. »Du meinst Blair, richtig? Die Frau, die heulend aus Connors Büro gestürmt ist?«

»Ja«, antwortete Emmie, sah mich dabei allerdings nicht an, als wäre es okay, jegliche intimen Details über mich herauszufinden, aber mich dabei nicht anzuschauen. So wie Sex ohne Küsse. Intim, aber eigentlich gar nicht intim.

Ich konnte nicht anders, als rau aufzulachen.

Emmie kräuselte die Stirn, wobei ihre Brauen beinahe ihren dunklen Pony berührten. »Was ist so lustig?«

»Na ja«, sagte ich. »Blair ist nicht irgendeine *blonde Frau in London*. Sie ist meine Schwester.«

»Deine *Schwester*?«

»Du hast also wirklich keinen richtigen Deep Dive gemacht, was?«

»Ich verstehe das nicht.« Emmie schüttelte den Kopf. »Blair, *deine Schwester*, hat so unendlich traurig gewirkt. Als hätte man ihr wortwörtlich das Herz aus der Brust gerissen.«

Es war nicht gut, dass sie das sagte, denn plötzlich sah ich meine Schwester vor mir. Meine Kehle schnürte sich zu.

Fuck.

Ich wollte nicht an Blair denken, aber wie konnte ich es nicht tun? Sie war überall: in London, in meiner Wohnung, wenn sie zu erschöpft war, in ihre eigene zu fahren, in den Schlagzeilen der Klatschpresse und in dieser beschissenen Klinik, von der ich mir wünschte, sie würde sie nie wieder besuchen müssen.

Ich bohrte die Zehen noch ein paar Zentimeter tiefer in den kalten Sand, während ich erkannte, dass der rote Himmel nun violett war. Es war spät geworden. Viel zu spät, wenn man bedachte, dass Emmie und ich dieses Gespräch eigentlich niemals hätten führen dürfen.

Double fuck.

»Wir haben momentan einfach ein paar schwerwiegende Familienprobleme.« Meine Stimme klang viel zu rau. »Deshalb hat sie so ausgesehen.«

»Verstehe«, murmelte sie, aber ich hatte mit einem Mal Angst, dass sie nachbohren könnte. Dass es dabei hinter meinen Augen brennen, sie mich ansehen und dabei verflucht noch mal alles durchschauen würde.

Bloß aus diesem Grund sprach ich schnell weiter. »Meine Eltern waren übrigens auf diese Weise ineinander verliebt.«

Fragend blinzelte Emmie mich an. »Du hast mich gefragt, ob ich mich mit dieser krassen Art von Liebe auskenne. Tue ich leider. Wegen meiner Eltern.«

»Was meinst du mit *leider*?«, hakte sie verwundert nach und dachte bestimmt an Rosie Campwell und Paul Alderidge, das einstige Traumpaar Großbritanniens, das sich vor und dann hinter der Kamera ineinander verliebt hatte. Was für ein kitschiger und doch so unheimlich schöner Klassiker, der das Publikum daran hatte glauben lassen, dass ihre gespielte Traumliebe echt war. Zumindest bis sie sich getrennt hatten, als Blair und ich noch zur Grundschule gingen, und die ganze schreckliche Schlammschlacht zu einem nationalen Spektakel wurde. Dad datete jüngere und blondere Frauen, und Mum verbrachte zu viel Zeit bei ihrem Personal Trainer. Dad hatte einen Oscar gewonnen und Mum sich aus der Öffentlichkeit zurückgezogen. Er hatte erneut geheiratet und war schnell wieder geschieden. Sie hatte Männer getroffen, die sie uns nie vorstellte. Wenn Dad betrunken war, teilte er uns manchmal bedeutungsschwanger mit, dass die Scheidung nicht seine Idee gewesen sei. Während Mum die zweite Weinflasche des Abends öffnete, wollte sie so verflucht oft von Blair wissen, ob Dads neueste Freundin wirklich so glatte Haut wie auf Social Media hatte, obwohl sie *schon* dreiunddreißig war.

Die Jahre waren ins Land gegangen, alles hatte sich geändert, aber irgendwie auch nichts.

»Sagen wir so«, erwiderte ich schließlich. »Diese Art von Liebe ist ziemlich dramatisch.«

»Deine Eltern hätten es bestimmt leidenschaftlich genannt.«

»Du bist also Romantikerin.« Ich tippte mir gegen die Schläfe. »Ist notiert, Germany.«

»Haha«, machte sie trocken.

»Danke für die echte Lache. Da könnte man glatt froh sein, dass du hinter und nicht vor der Kamera stehst, was?«

»Kein Kommentar«, meinte sie.

Einen Moment lang schwieg ich. Dann räusperte ich mich. »Und was willst du jetzt machen?«, flüsterte ich ernst.

»Tja.« Starr blinzelnd beobachtete sie die Wellen, die in der Dämmerung bedrohlicher wirkten als am Tag. »Eigentlich würde ich so lange laufen gehen, bis sich alles besser anfühlt. Oder zumindest ich mich. Aber das scheint momentan nicht zu funktionieren. Wenn du Tipps für mich hast, nur her damit.«

Ich hob die Schultern. »Ich finde, hier ist Surfen eine ganz gute Ablenkung. Damit bekomme ich meinen Kopf frei. Du könntest es auch versuchen.«

»Ich kann nicht surfen.«

Sprich nicht weiter. Sprich jetzt verfickt noch mal nicht weiter, Alderidge.

»Ich könnte es dir mal zeigen, wenn du willst«, sagte ich trotzdem.

Und da war diese Sekunde, dieser winzige Scheißmoment, in dem wir beide nichts sagten und uns einfach nur ansahen. Sie blinzelte, mein Herz geriet aus dem Takt. Ich sollte sie nicht schön finden. Insbesondere nicht aus dieser Nähe, meinte ich. Alles, was man sich zu nah, zu genau ansah, wurde hässlich. Emmie nicht. Die dunklen Augen, der gerade

Pony, die kleinen Perlen in ihren Ohrläppchen, die drei Muttermale in der Nähe ihrer linken Schläfe.

Schön.

Alles an ihr ist schön.

Aber wieso dachte ich überhaupt, dass ich sie schön fand?

Ich wollte das nicht.

Allein ihr Blick fuhr mir verflucht noch mal unter die Haut. Ich konnte nicht anders, als diese Intensität zwischen uns zu entschärfen und hastig aufzustehen.

»Ich glaube, wir sollten gehen, bevor es ganz dunkel wird«, sagte ich rau.

Wen juckte die Dunkelheit? Hier war es nicht gefährlich. Aber mir fiel nichts anderes mehr ein. Irgendwie war es trotzdem okay, denn sie nickte, als stimmte sie mir zu.

Ja, genau, die kommende Dunkelheit ist das Problem. Auf gar keinen Fall dieses seltsame Aussetzen meines Herzens oder die Hitze in meinem Körper. Schön, dass wir uns einig sind.

Im Nachhinein war mein abruptes Aufstehen allerdings ein Fehler gewesen. Denn auch Emmie wollte sich erheben, kippte gleich wieder nach hinten, so als hätten ihre Beine nicht genug Kraft. Automatisch streckte ich den Arm nach ihr aus.

Es war keine richtige Berührung. Eher ein wohlwollendes Stützen.

Doch ich spürte diese Nur-fast-Berührung überall in mir, und sie fühlte sich an wie damals, als ich Holly Graham eine Stufe über mir zum ersten Mal geküsst hatte. Ich hatte gemeint, sterben zu müssen, kurz bevor unsere Lippen sich berührten, nur um mich gleich darauf wie elektrisiert zu fühlen. Eine Empfindung, die mich süchtig gemacht hatte.

Jetzt war es genauso, nur dass ich nicht mehr vierzehn war und Emmie gar nicht küsste. Trotzdem spürte ich, wie mir die Hitze in die Wangen schoss, während sie sich erhob, stabil dastand und ich meine Hand von ihr nehmen konnte.

Sie sagte nichts, aber sie sah mich genauso an wie ich vermutlich sie. So, als spürte sie es auch. Dieses …

Fuck.

Ich wollte den Gedanken nicht zu Ende führen, aber was brachte dieses Verdrängen schon? Das letzte Jahr hatte ich auch nicht aus mir herausbekommen. Dasselbe mit meinen Gefühlen zu versuchen wäre ein Todeskommando.

Ich sah Emmie also so an, als wäre da dieses unbeschreibliche und glühende Etwas zwischen uns.

Und Emmie blickte mir entgegen, als würde sie es ebenfalls spüren.

Dieses unbeschreibliche Etwas war da, seit wir uns über ihren Ex-Freund unterhalten hatten. Eigentlich seit wir das erste Mal aufeinandergetroffen waren. Und das zum beschissensten Zeitpunkt meines Lebens, mitten an einem sardischen Strand, über dem die Sonne gerade vollständig unterging.

Ein Anfang inmitten eines Endes.

17

Emmie

SO IT GOES …

»Ich kann einfach nicht glauben, dass sie diesem Festival zugesagt hat, ohne mich zu fragen. Ich meine, es ist *unser* Film. Wie … wie … wie kann sie nur so dreist sein?«

Ich beendete die Sprachnotiz an Leah, während ich auf dem Pensionsbett lag und alles in mir sich ganz warm anfühlte. Natürlich nicht vor Wut, sondern wegen Sam.

Ich hatte keine Ahnung, was genau gerade am Strand passiert war. Womöglich hatte ich einfach mit jemandem reden müssen, und Sam war da gewesen. Aber vielleicht hatte es sich auch nur so angefühlt, weil Sam und ich zusammen da gesessen hatten. Ich wusste es nicht. Sicher war ich mir nur darüber, wie ich herausgefunden hatte, dass es sich bei der todtraurigen Frau in London um seine Schwester handelte. Natürlich war mir bewusst gewesen, dass Rosie Campwell und Paul Alderidge noch eine Tochter hatten, allerdings hatte sie so anders ausgesehen. Sie hatte viel kürzere und hellere Haare getragen als mein irgendwo abgespeichertes Bild von ihr. Wahrscheinlich hatte ich sie deshalb nicht erkannt. Doch darüber konnte ich aktuell nicht weiter nachdenken, weil ich mit einem Mal das Gefühl hatte, irgendetwas zwischen Sam und mir hätte sich verändert, ohne eine Ahnung zu haben, was genau. Ich wusste unglücklicherweise auch, dass ich ihn für immer hätte ansehen können, in diesem Neo, mit den nassen Haaren, die im Wind getrocknet waren, weil ich ihm derart lang mein Herz ausgeschüttet hatte. Bis die Sonne untergangen war, um genau zu sein, während er mir dabei so ehrlich und verständnisvoll zugehört hatte, als könnte er mich für keinen meiner Gedanken verurteilen. Wie Sam dann noch angeboten hatte, mir das Surfen beizubringen, hatte mir den Rest gegeben. Augenblicklich war dabei das Bild von ihm im Meer in meinem Kopfkino aufgeleuchtet. Freitagabend, Achtuhrvorstellung. Aber nicht nur er war über die meterhohen Wellen auf der Leinwand geglitten, sondern wir. Zusammen. So viel Nähe, so viel Haut, so viel Wasser, so viel mögliche Herztsnuamis. Samson Alderidge. Und ich.

Die Vorstellung war schrecklich.

Schrecklich, weil ich sie mir zu lange antat und ich kein bisschen verstand, warum.

Wahrscheinlich hätte ich schlafen gehen sollen. Morgen war der erste Drehtag, und der war wichtig. Doch ich konnte nicht. Wie automatisch klickten meine Finger die Suchmaschine an.

Tu das nicht, Braun. Tu das nicht.

Meine innere Stimme warnte mich, doch es war bereits zu spät. Das, was Sam vorhin beim Mittagessen gesagt hatte, war mir seltsamerweise nicht aus dem Kopf gegangen, womöglich weil auch er es gerade nicht tat.

Samson Alderidges Kyle-Geschichte.

Google allerdings verstand meine Suchanfrage falsch und strich das Kyle in fast allen Ergebnissen, bis ich auf jenes auf der zweiten Seite stieß. Ich klickte es mit pochendem Herzen an und landete auf einem Reddit-Forum.

Frage: *Gibt es hier Leute, die sich auch hin und wieder die erotischen Hörspiele auf CherrySounds anhören? Wenn ja, bin ich die Einzige, die daran glaubt, dass dieser Kyle-Sprecher eigentlich Samson Alderidge ist, der Macher von* Meermüll? *Oder habe ich mir das nur eingebildet, lol?* 😂

Ein erotisches Hörspiel?

Meine Augen weiteten sich. Doch wie Connor ihn damit aufgezogen hatte, und dann Sams Blick. Es *könnte* stimmen.

Meine Finger wollten die Streamingseite eingeben, doch in genau dem Moment vibrierte mein Handy mit Leahs Antwort. Ich verbrachte den Rest des Abends also damit, mir ihre Updates anzuhören und ihr meine zu geben. Ich sprach Memos ein, während sie mir nur schreiben konnte. Immerhin befand sie sich in einem Tourbus mit ELIAS. Ich erzählte ihr alles, nur nicht von der Begegnung am Strand mit Sam. Womöglich weil ich gar nicht wusste, was ich dazu sagen sollte. Insbesondere dann, wenn ich Sam immer noch auf meiner Kopfkinoleinwand sah. Als ergäbe das irgendeinen Sinn. Jedenfalls war Leah geschockt von den Maisie-Shoreditch-Film-Festival-News. Außerdem würden ELIAS und sie tatsächlich an einem gemeinsamen Lied arbeiten, aber das Songschreiben war aktuell die Hölle.

> Aber ganz ehrlich? Was ist schon nicht die Hölle, wenn man Anfang zwanzig ist und so verflucht naiv-idealistisch ist, dass man denkt, man könnte wirklich von seiner Kunst leben?

Leah♥

> Wenn Edgar das mitlesen würde, würde er jetzt btw *Das wird, das wird* sagen, dieser gute Optimist.

Leah♥

> 😀😀😀😀😀😀😀

Leah ♥

Um kurz nach Mitternacht war meine beste Freundin nicht mehr online, ich allerdings trotz der Anreise immer noch nicht müde. Irgendetwas in mir war rastlos. Ein Teil von mir war weiterhin versucht, die Cherry-

Sounds-Seite zu besuchen, allerdings ließ ich es. Stattdessen schaute ich mir die Videos an, die ich während des Sinkflugs und der Taxifahrt aufgenommen hatte. Dann öffnete ich meine Videobearbeitungs-App und beschloss, dass es Zeit für etwas Neues war. Dass ich irgendetwas tun musste. Etwas Echtes. Etwas nur für mich.

»Hey, ich weiß nicht genau, was das hier wird, und ich will diesen Anfang nicht zerdenken. Ich will einfach mal machen, so wie es uns mein Dozent im ersten Semester empfohlen hat. Also, hier bin ich, auf Sardinien, halbfrisch getrennt und definitiv frisch verwirrt, mit Tausenden Fragen im Kopf, aber nie genug Mut auf der Zunge, sie laut auszusprechen. Oder sie einer Freundin, die eigentlich keine Freundin mehr ist, per Textnachricht zu senden. Im Grunde habe ich keine Ahnung, was ich hier tue. Mit diesem Video und so ganz allgemein. Womöglich wird diesen Zusammenschnitt nie jemand anderes sehen als mein zehn Jahre älteres Ich, aber irgendwie ist es schön, mir das vorzustellen. Dass irgendwo ein Ich existiert, das auf diese Montage zurückblicken kann. Auf diesen Frühling in Italien, der sich wie ein Sommer anfühlen könnte.«

18

Emmie

UNTOUCHABLE

Mir gefiel nicht, dass dieses erotische Hörspiel mir nicht aus dem Kopf ging. Ich meine, wieso dachte ich überhaupt an Sam, wie er schmutzige Dinge in ein Mikrofon flüsterte, während ich am nächsten Morgen im Haus einer italienischen Familie stand und mit Kreppband auf den dunklen Küchenfliesen markierte, wo Chiara oder ihre Mutter sich für unseren Frame positionieren sollten? Pünktlich um elf hatten wir das Haus der Marchettis erreicht, im Gepäck die Stative, die Beleuchtung und die Kamera. Nun verkabelte ich Chiara, ihre Mutter und Großmutter mit Mikrofonen, die sie sich an die Oberteile steckten, wobei Connor die Canon C 300 Mark III einstellte. Sam unterhielt sich dabei lachend im Hintergrund mit Chiaras Bruder.

Sein Lachen klang tief und kehlig.

Ich mochte nicht, wie der Laut mir unter die Haut fuhr. Dabei versuchte ich, ihn nie zu lange anzusehen. Ihm nie zu lange zuzuhören. Aber es war ausgeschlossen, ihn zu ignorieren.

Nicht nach diesem Abend am Strand.

Nicht, wenn Sam nun mal Sam war.

Sardinen, Drehtag 2:
Mittagessen bei der Familie + Gespräch, wie stark die mediterrane
Ernährung wirklich in Verbindung zur Langlebigkeit steht.

Unser Plan besagte, dass ich knappe vier Stunden darauf achten würde, dass alle im Bild standen und jeder notierte Inhaltspunkt abgearbeitet wurde. Wir filmten in sechs Shots, wie Rosa Kräuter aus dem kleinen Garten erntete, mit Schwenkaufnahmen des grünen Geländes. Die angenehm warmen Sonnenstrahlen warfen Schattenspiele auf die abblätternde Fassade, während der Wind durch die Blätter des Zitronenbaums raschelte. Vor Letzterem filmte Connor, wie Ambra erzählte, dass ihnen die Qualität der Produkte äußerst wichtig sei. Chiara stand dabei neben mir, übersetzte off camera die Fragen, die ich ihr nannte, und uns die Antworten. Ich tat das alles, aber wenn ich Sam vor der Kamera erblickte, speicherte mein Hirn automatisch Bilder von ihm in meiner ganz eigenen persönlichen Datenbank ab, die nichts mit der zu tun hatte, in die wir alle unsere gesammelten Bilder hochladen würden.

Ich mochte das nicht.

Jetzt verharrte Sam neben Connor und blickte hoch konzentriert auf den Monitor, um die letzte Aufnahme zu überprüfen. Es war wichtig, dass er nicht direkt neben mir stand. Ich spürte seine Präsenz, weil jeder sie spürte. Aber je näher er mir war, desto stolpernder wurde mein Herzschlag. Diesen Fakt mochte ich auch nicht.

Als die gesamte Familie gute zwei Stunden später die würzige Minestrone löffelte und Connor den Abschluss-Shot für heute drehte, atmete ich beinahe erleichtert auf. Mit der Kamera schlich er sich durch die offene Tür in die Küche und filmte die gesamte Familie, wie sie an dem rechteckigen Tisch mit der bunten Decke saß. Lachend, kauend und sich in ihrer melodischen Sprache unterhaltend.

Ich stellte mir vor, wie wir diese Szene später in der Postproduktion als B-Spur über ein Interview legen würden, in dem Ambra oder Rosa davon erzählte, dass die *famiglia* das Wichtigste sei, und wir die Tonspur mit den rauschenden Gesprächen und dem Besteckklimpern nicht vollständig verstummen lassen würden. Ich sah es ganz genau vor mir, bis ich Sam bemerkte, der mittendrin saß und die Wellen über seinen Armmuskeln tanzen ließ, weil er nach dem Wasserglas griff. Zu meinem Unglück schoss sein Gesicht dabei ruckartig in meine Richtung, so als würde er meine Blicke genauso heftig und heiß auf sich spüren wie ich seine. Ich fragte mich, ob Connor das in der Postproduktion bemerken und dann überlegen würde, warum zur Hölle sein bester Freund seine eigene Praktikantin nur *so* ansah. Aber vielleicht würde er sich auch nichts dabei denken, sondern einfach annehmen, Sam hätte in die Kamera geschaut und ihm so signalisiert, dass für heute alles im Kasten war.

»*Allora*«, sagte Rosa von ihrem Platz aus und winkte uns zum Tisch, während Connor die monströse Canon sinken ließ. »*Viene qui!*«

Obwohl ich nicht direkt neben Sam saß, reichte der Abstand nicht aus.

Die Entfernung war ehrlicherweise auch dann nicht groß genug, als ich gegen fünf endlich mein Pensionszimmer betrat. Womöglich weil ich wusste, dass Sam sich hinter meiner Zimmerwand befand.

Keine Ahnung.

Sicher war ich mir bloß darüber, dass meine Beine vom Drehtag schmerzten. Das viele Stehen, die hohe Konzentration, die Befürchtung, nicht genug zu machen. Die Angst, etwas Falsches zu tun. Es zog in meinen Oberschenkeln und hinter meiner Stirn. Hastig sprang ich deshalb unter die Dusche, bevor der Duft des Orangenblütenduschgels die Luft erfüllte. Meine Haare waren noch nass, als ich mich angezogen mit meinem Laptop auf dem Bett niederließ. Ich begutachtete die Uhrzeitanzeige unten rechts. 17:49 Uhr.

Kurz dachte ich daran, an *Woman, Running* weiterzuschreiben, doch die Idee verflüchtigte sich, weil meine Finger wie von selbst zu tippen begannen. Aber natürlich stimmte das nicht. Meine Finger schrieben nicht von allein. Ich selbst wollte diese drei Worte in die Suchleiste eingeben. Die Neugierde war zu groß. Die Sam-Gedanken waren zu deutlich.

Ich kam nicht gegen sie an.

CherrySounds Kyle.

Auf der entsprechenden Website stellte ich anschließend fest, dass es nur eine einzige Geschichte gab, die Kyle alias Sam eingesprochen hatte. Der logische Teil von mir wollte wissen, wieso ich sie mir anhören sollte. Doch ich hatte keine Zeit, ihm zu erklären, dass ich mich selbst nicht verstand, verwirrt und gespannt war, so sehr, dass ich nicht anders konnte, als hastig auf die Hörprobe zu klicken.

»Hey du.«

Oh.

Scheiße.

Schon bei den ersten zwei Worten erkannte ich Sams Stimme, wie auch nicht? Dabei klang sie *noch* dunkler, *noch* kratziger, *noch* rauer als sonst.

Nach Sex.

Nach einem emotionalen und erstickten *Scheiß drauf*, bevor der Held im Film endlich das Mädchen küsste.

Der Beschreibung hatte ich entnommen, dass es sich bei der Aufnahme um ein gespieltes Telefonat handelte, das mit den Stichworten *intensiv, derb* und *Telefonsex* versehen war.

»Na?«, tönte es durch meinen Laptop. »Was machst du, Baby?«

Es war schlicht unfair, wie jeder Zentimeter meines Körpers sich mit Gänsehaut überzog.

»Verrat mir, was du anhast.«

Sams Sexstimme war eine Sache. Aber zu wissen, wie der Typ hinter dieser Stimme aussah und dass man keine Angst haben musste, ihn zu googeln und dabei herauszufinden, dass es sich um einen über fünfzigjährigen Mann handelte, der logischerweise nicht wie Jacob Elordi aussah, war etwas ganz anderes. Genauso, wie zu wissen, dass Samson Alderidge wie Samson Alderidge aussah und diese Stimme hatte, mit der er *diese* Dinge sagte. Die Erkenntnis war nicht gut. Sie verstärkte dieses heiße Kribbeln in meinem Körper. Ein Schauder nach dem nächsten jagte durch mich hindurch, während Sams Stimme mir in die Ohren kroch und mein Herz nicht das Einzige war, was pulsierte.

Ich verstand nicht, was mit mir los war.

Mach das aus, Braun.

Doch ich konnte die Aufnahme nicht stoppen.

»Du wärst gerade auch gern bei mir, hm? Ja?« Ein heiseres Lachen. »Aber wenn du herkommst, musst du auch für mich kommen.«

Aber wenn du herkommst, musst du auch für mich kommen.

Die Worte klangen in mir nach, während ich in der Bildschirmspiegelung registrierte, wie meine Augen sich weiteten. Hitze schoss mir in die Wangen. Es war dieselbe, die sich unter meiner Haut ausbreitete, wenn Sam mich anblickte. Nur dass sie jetzt brennend heiß war. *Mir* war brennend heiß, obwohl ich ein knöchellanges luftiges Kleid trug. Allerdings war diese Hitze nicht mein eigentliches Problem. Es war vielmehr mein Schritt, der pochte.

Ich kann es mir unmöglich mit Sams Stimme im Hintergrund selbst besorgen.

Der Gedanke schoss durch meinen Kopf, klar und absolut deutlich. Trotzdem war da dieser Moment, in dem Sam weitersprach und das Pochen unerträglich wurde.

»Entspann dich, es sind nur wir zwei.«

»Berühr dich. Ich weiß, dass du es kaum aushältst.«

»Hmm, ist es gut?«

»Komm schon. Komm her und komm für mich.«

Die Worte krochen mir unter die Haut, während ich ganz still dalag, in der Angst, es könnte etwas Schlimmes passieren, selbst wenn ich nur den kleinen Finger bewegte. Es war derselbe Moment, in dem plötzlich jemand anklopfte.

»Fuck. Du machst mich so an, wenn du stöhnst.«

»Emmie?«

O nein.

O nein, nein, nein.

Es war dieselbe Stimme, nur dass eine aus meinem Laptop und die andere von hinter der Tür kam.

»Bist du da?«

»J-ja«, erwiderte ich laut, in der Hoffnung, das Hörspiel zu übertönen, und stellte es hektisch aus. Meine Bewegung war so hastig, dass dabei meine geschlossene Wasserflasche über die Tastatur rollte, allerdings hielt ich mich nicht daran auf. In Rekordgeschwindigkeit erreichte ich die Tür, wobei ich einen Blick in den bodentiefen Spiegel im Eingangsbereich erhaschte. Mein Herz pochte mir bis zum Hals. Innerlich fühlte sich alles rot und heiß und verboten an. Aber ich sah ganz normal aus. *Reiß dich am Riemen, Braun. Alles ist gut. Er hat sich selbst bestimmt nicht durch die Tür gehört.*

»Sam«, sagte ich so nonchalant wie möglich, nachdem ich die Klinke nach unten gedrückt hatte und mich jetzt lässig gegen den Türrahmen lehnte. »Hey.«

Doch er musterte mich bloß und hob dabei eine seiner Brauen im perfekten Winkel, so als hätte er diese Regung geübt. So wie Leah in der Zehnten, als sie das perfekte Bitch Face nachstellen wollte, weil sie gehört hatte, dass Timo aus der Parallelklasse das heiß fände.

»Ähm, hi«, erwiderte er. »Bist du fertig?«

»Fertig?«, wiederholte ich verwirrt.

»Connor meinte, er hätte dir geschrieben, dass wir um sechs essen gehen wollten? In der Altstadt. Ich dachte, ich schaue nach, weil du noch nicht unten warst.«

»W-wirklich?«, stammelte ich. »Hab ich gar nicht gesehen, aber ich bin sofort fertig.«

»Okay«, erwiderte er gedehnt, machte allerdings keine Anstalten, draußen weiter auf mich zu warten. Stattdessen hob er eine Braue. »Ist alles okay bei dir?«

»Natürlich«, sagte ich so normal wie möglich. »Wieso?«

Dieser Mistkerl musterte mich noch eine Spur intensiver. Keine Ahnung, wieso mein Herz immer noch so heftig pochte, während ich Sams Blick auf mir spürte. In meinem Gesicht, unter meinem Kleid, auf meiner Haut. Ehrlicherweise wusste ich nicht, was schlimmer war: sein Blick oder seine Stimme. Dabei war sein Blick eigentlich genau wie seine Stimme. Dunkel, einnehmend und eine Spur zu intensiv.

»Keine Ahnung«, erwiderte er. »Du wirkst irgendwie so …«

Sam sprach den Satz nicht zu Ende, weil er unterbrochen wurde. Von sich selbst.

»Aber wenn du herkommst, musst du auch für mich kommen.«

Ich erstarrte. Schlagartig. Hitzewellen fluteten meinen Körper. Ich hätte mich am liebsten in Luft aufgelöst, musste allerdings gleichzeitig verhindern, dass Kyle-Sam weiter aus meinen Laptop-Lautsprechern sprach.

»… stöhn noch ein bisschen lauter, Baby.«

Sam war gut. Er verzog keine Miene, während er sich selbst hörte, wie er mit erregter Stimme verruchte Sachen murmelte.

»Ich … ich mach das aus«, hauchte ich.

Die Hitze in mir glich Tausenden kleinen Nadelstichen, die meine Beine beinahe betäubten. Trotzdem schaffte ich es, den Laptop mit einem dumpfen Laut zuzuklappen, wobei ich keine Ahnung hatte, wieso das Hörspiel wieder begonnen hatte. Ein zufälliger Einstellungsfehler? Ausgerechnet jetzt? Ausgerechnet mit ihm?

Sams Stimme verstummte.

Aber Sam im Türrahmen war noch nicht verschwunden.

Zitternd drehte ich mich um, und mir war klar, dass er ganz genau wusste, was er tat, indem er nichts tat, mich mit seiner Stille und seinem viel zu intensiven Blick quälte, während ich vor dem Türrahmen verharrte. Außerdem war da dieser Muskel an seinem Kiefer, der heftig zuckte. Als er schließlich doch zum Sprechen ansetzte, geschah es für mich wie in Zeitlupe. Innerlich rechnete ich mit einer herausfordernden Frage, die mich ins Lächerliche ziehen würde. Vielleicht so etwas wie: *Na, wie fühlt es sich an, es dir mit meiner Stimme im Ohr selbst zu besorgen, Germany?*

Wider Erwarten sagte er nichts Derartiges.

»Wir warten dann unten«, meinte er nur und sah mich noch diesen einen Moment zu lange an. Mich, in diesem schwarzen Kleid mit den dünnen Trägern, mit roten Wangen und einem Herzen, das so heftig schlug, dass ich fürchtete, es könnte mir einfach so aus der Brust springen. Seinetwegen.

»Bis gleich«, murmelte er, aber seine Stimme klang zu tief. Zu rau. Zu angekratzt.

So wie seine heiße Kyle-Stimme, die eben noch aus meinem Laptop geschallt war.

19

Sam

ANTI-HERO

Ich hatte keine Ahnung, wie ich dieses anschließende Abendessen überlebte.

Keine. Fucking. Ahnung.

Connor erzählte irgendetwas von wegen, wie großartig unsere heutigen Shots wären, dabei hörte ich ihn eigentlich gar nicht.

Wenn du herkommst, musst du auch für mich kommen.

Meine eigene Stimme geisterte mir im Kopf umher, sobald ich Emmie ansah, die mir in ihrem dunklen Kleid gegenübersaß. Kellner huschten ringsum umher, während die Pizzaioli im hinteren Teil des Lokals
Teigkugeln ausrollten. Aber ich bekam auch das eigentlich nicht mit.
Wieso hatte sie sich auch diese verfickte erotische Kurzgeschichte von
mir anhören müssen? Wie hatte sie Letztere überhaupt gefunden? Und
warum zur Hölle hatte sie gerade in ihrem Zimmer so ausgesehen, als
hätte meine Stimme sie angemacht?

Ich wollte nicht darüber nachdenken, weil mein Hirn sonst eine
zwielichtige Abzweigung nahm und mir einredete, es wäre okay, wenn
es mich anmachte, dass ich sie anmachte. Ergab das überhaupt einen
Sinn? Gott. Wieso war mir überhaupt plötzlich so warm? Es war nicht
mal Sommer, höchstens noch neunzehn Grad.

Ich war so was von am Arsch.

Eine gute Sache hatte der Kyle-Vorfall allerdings. Wenigstens schaute

Emmie mich nicht mehr an. Sie mied mich und meinen Blick, als wäre ich gefährlich. Und das war genau richtig.

Nicht nur an diesem Abend, sondern auch während unserer Drehtage von Mittwoch bis Samstag. Wir führten Interviews mit den Familienmitgliedern, befragten sie zu ihren Traditionen und Gewohnheiten. Ambra filmten wir dabei, wie sie unter der warmen Aprilsonne in Schlappen herumspazierte und bekannte Gesichter in ihrem Viertel begrüßte, Tomaten aus dem Garten pflückte und sie mit ihren fleckigen Händen stolz in die Kamera hielt.

Un pomodoro perfetto.

Wir waren sogar bei einem gemeinsamen Spieleabend zur goldenen Abendstunde und bei friedlichem Rotweintrinken in ihrem Garten dabei. Wir fragten Ambra am Esstisch, wie sich ihr Leben in der sardischen Hauptstadt von dem in ihrem Heimatdorf unterschied. Ob sie Seulo vermisste. Wir wollten von Rosa wissen, wie sie die Unterschiede zwischen ihrem Aufwachsen und dem ihrer Tochter beschreiben würde. Von Donna, ob sie sich vorstellen könnte, zurück nach Seulo zu ziehen. Von Chiara, ob sie dachte, der Lebensstil ihrer Nonna wäre mit unserer heutigen Zeit vereinbar. Mit der Großstadt, den Bürojobs und der allgegenwärtigen Unruhe junger Mensch. Womöglich verursacht durch die sozialen Medien, durch Leistungsdruck und das Gefühl, immer noch besser, schneller, schöner, erfolgreicher sein zu müssen.

Eigentlich verlief alles nach Plan. Genau so, wie es in meiner verfluchten Vorstellung gewesen war, als ich die Idee zu diesem Projekt gehabt hatte. Das Geheimnis der hier herrschenden Langlebigkeit war so simpel, dass es verdammt lächerlich schien. Genügend Bewegung, viel Gemüse, gesunde Fette. Und Gemeinschaft. Alle Befragten berichteten, welche Rolle die Tradition für ihr Leben spiele, am allerwichtigsten jedoch sei die *famiglia*. Die Gemeinschaft.

Im Grunde filmten wir Beweise für unser erarbeitetes Recherchematerial, und alles ging auf. Trotzdem konnte ich mich nicht nur auf den Film konzentrieren, obwohl mir die Umsetzung dafür maximal wichtig gewesen war. Ich war hierhergereist, obwohl beide meiner Elternteile mich unabhängig voneinander angefleht hatten, zu bleiben. Es war mir nicht egal, jedoch war mein Film mir wichtiger gewesen. Wieso zur Hölle dachte ich abends in dem Pensionsbett nun trotzdem nur an Emmie, wie sie mich angesehen hatte oder wie sie aussah, wenn sie mich absichtlich nicht ansah? Warum dachte ich nicht an BLUE ETERNITY? Machte mir Sorgen um den Zeitplan? Um die Wettervorhersage für nächste Woche? Oder zerbrach mir den Kopf, weil ich fürchtete, mit meinem Folgeprojekt niemals an den Erfolg von *Meermüll* anknüpfen zu können?

Dabei kannte ich die Antworten doch eigentlich. Sie waren mir förmlich überbewusst, selbst wenn ich sie nicht wahrhaben wollte.

Für mich war da plötzlich nur noch Emmie.

Morgens, vor dem Frühstück, wenn der Wind noch leicht kühl über den kilometerlangen weißen Sandstrand wehte und ich die letzte Welle nahm, während ich sie am Strand laufen sah. Mittags, wenn wir in unserer kurzen Pause in Panini bissen, mit weichem Mozzarella und pikantem Rucolapesto. Wenn Rosa Emmie kopfschüttelnd vorwarf, dass es eine Schande sei, dass sie sie nie mit Mortadella probiere. Dass die Scheiben auch wirklich sehr dünn seien und dass das ja nichts machen würde. Auch wenn sie ihr schon erklärt hatte, dass sie Vegetarierin war. *Sorry*, erwiderte sie täglich aufs Neue und lächelte dabei fast so schüchtern wie ein verlegenes Schulkind. *Ich kann nicht.*

Dieses Lächeln. Es brannte sich in Form von Slow Motion und Tausenden Nahaufnahmen in mein Gehirn.

Abends, wenn wir die fünfzehn Minuten in dem gemieteten Auto ins Stadtzentrum fuhren und uns in unmittelbarer Nähe der Via Roma durch die verschiedensten Restaurants probierten. In dieser endlos langen Straße, in der sich Restaurants an Bars reihten, wo jedes Lokal mit einem Spritz-Angebot warb und auf jedem zweiten Tisch die bauchigen Gläser mit der orangefarbenen Flüssigkeit standen, selbst in dem verfluchten chinesischen Restaurant. Wo es nur so von Menschen wimmelte, die noch um halb zehn problemlos Tagliatelle mit frischen Kräutern und Pulpo bestellten. Wo wir bei unserem ersten Abend vor den

Holzbänken des Pasta-Restaurants ZioTom saßen und ich die besten Ricotta-Ravioli meines Lebens von einem Pappteller aufspießte. Oder vegane selbst gemachte Spaghetti Carbonara im Außenbereich des Bistro Cavó aß, während Passanten an den klassizistischen Fassaden vorbeischwebten.

Da war immer nur Emmie.

Und das war meine persönliche Katastrophe.

~

»Es ist offiziell.« Con umklammerte sein Handy so fest, dass es jeden Moment auseinanderbrechen könnte. »Die Redaktion von @*londonstories* hat so was von überhaupt keine Ahnung.«

Allein bei der Erwähnung der Klatschpresse begann mein Herz zu rasen, obwohl wir in verfluchtem Schritttempo an diesem Samstagabend in Richtung des Beachclubs schlurften.

»Was ist passiert?«, fragte ich sofort alarmiert und dachte an mögliche Katastrophenschlagzeilen, in denen der Name meiner Schwester fiel.

»Sie haben über Elle geschrieben.« Er presste die Lippen aufeinander, während er mir das Display vor die Nase hielt.

> **Ärger im Paradies bei #Conelle? Elle Hastings mit Co-Star am Themseufer gesichtet – Sind die Trennungsgerüchte mit Connor Rutherford wirklich wahr?**

Ich atmete erleichtert auf, als ich die Schlagzeile in Kombination mit Elles Foto sah. Sie, lächelnd auf der Promotour ihres aktuellen Netflix-Films. Dem Himmel sei Dank ging es nicht um Blair. Doch die Erleichterung war nicht von Dauer, weil ich bemerkte, wie hart Con sich durch die Haare fuhr.

Dann schnaubte er. »Die schreiben auch echt alles, was sie wollen, oder?«

»Du weißt, dass das nicht stimmt.«

»Natürlich«, murmelte er, während er das Handy wegsteckte. Und da war dieser Blick in dem Gesicht meines besten Freundes, den ich nicht deuten konnte. Den, den er seit Monaten draufhatte, wenn wir auf Elle zu sprechen kamen. Dabei wirkte seine Miene derart verschlossen, so als würde er etwas verschweigen. Doch immer wenn ich ihn fragte, ob mit seiner langjährigen Freundin alles in Ordnung sei, setzte er hastig sein makelloses Lächeln auf. Mit diesem beteuerte er mir anschließend, alles sei mehr als bestens. Gerade öffnete ich den Mund und wollte wieder nachhaken, da deutete er allerdings auf die Fassade des Twisted Beach Club. Und ich ließ ihn fürs Erste wieder davonkommen.

»Da ist es, oder?«

Ich nickte, denn, jepp, das war es.

»Wenn ihr Nein sagt, nehme ich das persönlich!«, hatte Chiara vorhin nach Drehschluss gemeint, dabei jedoch mit den markanten Brauen gewackelt. »Es ist noch Nebensaison. Wir müssen diese kostbare Zeit ausnutzen, bevor wir es am Wochenende nicht mal mehr in die Stadt schaffen, weil der Busfahrer vor lauter Touristen keine Leute mehr mitnehmen kann. Es wird bestimmt lustig. Ihr *müsst* kommen.«

Natürlich würde sie es nicht persönlich nehmen, wenn wir ihre Einladung ausschlugen. Offensichtlich würden wir jedoch trotzdem die Party im Twisted Beach Club besuchen, zu der sie uns eingeladen hatte. Ein DJ würde auflegen, ihre Freunde waren sowieso am Start. Außerdem war morgen unser einziger freier Drehtag, was hieß, dass es eigentlich der perfekte Samstagabend werden könnte.

Das Lokal war nur wenige Minuten von unserer Pension entfernt, gleich wären wir da. Wir passierten die überfüllten Lokale, während sich der Duft von frischen Meeresfrüchten über den von verbranntem Gummi legte, sobald ein Motorrad zu draufgängerisch durch die Straßen raste. Etliche Passanten tranken Aperol aus weißen Plastikbechern, während sie die Promenade entlangschlenderten. Musik aus den verschiedenen Bars vermischte sich zu einem lauten Wirrwarr. Das Strandviertel pulsierte und erstrahlte dank der Lichterketten und der lächelnden Gesichter der Besucher.

Sie wirkten alle so ausgelassen. So verfickt glücklich in diesen Stunden mediterraner Gelassenheit. Nur ich nicht, weil in meinem Kopf ständig Krieg herrschte. Und Con womöglich auch nicht, weil er mit seinen Gedanken bei Elle hing und mir dabei etwas Elementares verschwieg.

Ich wusste es einfach.

»Glaubst du, Emmie ist schon da?«, fragte ich einfach so, kurz bevor wir durch die Tür traten. Meine Stimme konnte mich nicht verraten. Ich klang ganz normal, nonchalant und beiläufig.

Mein bester Freund durchschaute mich dennoch.

Mit einem Mal blieb er nämlich vor dem Club stehen, inmitten Zigarettennebels und Meeresluft. Mir gefiel die Art nicht, wie er die Wangen aufblies und mich vielsagend betrachtete. Kurz rechnete ich damit, dass er es bei einem vielsagenden Blick belassen würde.

Tat er nicht.

»Du weißt, dass du sie nicht immer so ansehen kannst, oder?«, flüsterte er, aber wer zur Hölle flüsterte schon an einem Samstagabend, wenn der Partybeat selbst draußen fast unsere Herzschläge bestimmte?

»Wie schaue ich sie denn an?« Ich bemühte mich um einen lockeren Tonfall, als könnte mein Hirn Cons Satz als Witz verbuchen.

Mein bester Freund ging nicht darauf ein. Es war kein Witz, es war sein Ernst. »Komm schon, Sam. Du weißt ganz genau, dass du sie so ansiehst, als würdest du auf sie stehen. Und ich meine nicht, als würdest du sie vögeln wollen. Also ja, das bestimmt auch. Aber du schaust sie so an, als wäre da einfach etwas zwischen euch.«

Die Worte entsprachen der Wahrheit, in meiner Welt allerdings wurde die ja seit einer gewissen Zeit einfach verdrängt.

»Ich habe keine Ahnung, was du meinst«, log ich deshalb.

Con lachte rau auf. »Du weißt genau, was ich meine.«

Doch was zum Teufel konnte ich dazu schon sagen? Es zugeben, obwohl sogar Con ganz genau wusste, dass das mit Emmie einfach nicht ging? Dabei meinte ich das nicht mal auf diese seltsame Ich-bin-ein-Bad-Boy-und-lasse-niemanden-an-mich-heran-weil-ich-ein-paar-Mummy-und-oder-Daddy-Komplexe-habe-die-mich-emotional-unerreichbar-gemacht-haben-Weise.

Diese Sache ging einfach verflucht noch mal nicht.

Ganz davon abgesehen, dass sie Connors Praktikantin war, an meinem Film arbeitete und ich meine vermeintliche Machtposition nicht ausnutzen wollte.

Es ging nicht. Punkt.

In den letzten Tagen war ich gut darin geworden, mir diese Sätze einzureden. Genauso wie ich mir das gesamte letzte Jahr eingeredet hatte, dass das schon wieder werden würde.

Würde es nicht.

Doch darüber konnte ich jetzt nicht nachdenken.

»Ich meine, wieso sollte ich Emmie schon so ansehen?«, erwiderte ich daher. »Sie ist mir egal, Mann. Sie ist deine Praktikantin. Ich wollte sie nicht mal hierhaben, schon vergessen? Du wolltest sie unbedingt mitnehmen. Ich ...«

Ich wollte weitersprechen und hatte keine Ahnung, was genau ich mir aus den Fingern gesogen hätte. Doch ich kam gar nicht so weit.

»Hey, Leute, da seid ihr ja endlich!«

Eine euphorisch-angetrunkene Chiara stellte sich unvermittelt zwischen uns auf, in ihrer rechten Hand ein Drink und an ihrer linken Seite Emmie.

Emmie, die mich zum ersten Mal seit ewig langen Tagen ansah, ohne gleich wieder wegzulinsen. Ihre Augen brannten sich förmlich in meine. Aber es war kein guter Blick.

Es war ein vernichtender.

20

Emmie

FRESH OUT THE SLAMMER

Sie ist mir egal. Ich wollte sie nicht einmal hierhaben.
Sams Worte echoten in mir nach, während Chiara die beiden Männer begrüßte. Laute Musik drang vom Inneren bis nach draußen, während Connor mich angrinste. Doch eigentlich war ich gar nicht hier. Eigentlich war ich in einem vergangenen Seminar. *Dokumentarfilm und Fernsehpublizistik Theorie II,* das ich in meinem zweiten Semester in Berlin belegt hatte.

Viele Menschen, die sich einen Dokumentarfilm anschauen, denken, dass der Film die Wahrheit erzählt. Aber das stimmt nicht. Klar, ein Dokumentarfilm wird durch echte Menschen erzählt und bildet die Realität ab. Nichtsdestotrotz ist der Film eine kohärente Erzählung, die durch subjektive Entscheidungen der Regie bestimmt wird. Durch die Auswahl dessen, was man zeigt und was man eben nicht zeigt. Durch die Reihenfolge, in der man montiert, und durch die Stilmittel, die man einsetzt. Im künstlerisch erzählten Dokumentarfilm halten wir die Wirklichkeit fest, aber die Wirklichkeit ist nicht immer die Wahrheit.

Die Worte meines Dozenten echoten in mir nach, während jetzt auch Sams Blick auf mir lag, den ich die letzten Tage so zu meiden versucht hatte. Wegen Kyle, wegen CherrySounds und wegen meiner Körpersprache, die mich sicherlich verraten hatte. Die Wirklichkeit in diesem jetzigen Moment war, dass wir uns nun anblickten. Die Wahrheit, dass ich Sam betrachtete und am liebsten im Boden versunken wäre.

Sie ist mir egal. Ich wollte sie nicht einmal hierhaben.
Die Worte wiederum waren Sams wirkliche Wahrheit. Sie konnten

keine Überraschung für mich sein. Außerdem konnten sie mir egal sein, nicht wahr? Scheiß auf unser Gespräch. Scheiß darauf, dass seine Stimme heiß war. Scheiß darauf, dass er irgendetwas mit mir machte, ohne eigentlich überhaupt etwas zu machen.

Ich hatte keine Ahnung, worüber sich Chiara und die Männer gut zehn Minuten unterhielten. Vielleicht über den heutigen Drehtag? Über den letzten am Montag? Den Ablauf? Darüber, ob wir noch ein Essen abfilmen sollten, in einem anderen Licht, für eine andere Atmosphäre? Keine Ahnung. Die Worte rauschten an mir vorbei. Sie waren mir egal. Zumindest redete ich mir das so lange ein, bis Chiara mich wieder nach drinnen zu ihren Freunden zog und ich erleichtert ausatmete.

»Ich hab gehört, ihr dreht einen Film?«

»Wie findest du Sardinien?«

»Ich wollte schon immer mal nach London.«

»Warte mal, du bist gar keine Britin?«

»Du hast in Berlin studiert? Wie cool ist das denn, da war ich letzten Sommer!«

Englische Fragen und Erzählungen prasselten auf mich ein, während Chiara mir einen Spritz in die Hand drückte und ich alle schweren Gedanken vergaß. Ich war nur ein dreiundzwanzigjähriges Mädchen in Italien. Auf Sardinien. Das war alles. Ich trank Aperol Spritz, ich tanzte und lachte und fühlte mich schwerelos. Ich vergaß, wie Sam mich ansah und was er über mich gesagt hatte. Hatte keine Ahnung, wie lange ich noch mit Chiara auf der Tanzfläche umherwirbelte, zu Remixes von Liedern, die rausgekommen waren, als ich gerade mein Abi gemacht hatte. Doch irgendwann setzten wir uns wieder an den Tisch, von Connor und Sam keine Spur.

Perfekt.

Ich trank absichtlich nur noch Wasser und hörte zu, wie die anderen sich unterhielten. Immerhin war Chiara Teil von *BLUE*, wie Sam und Connor unser Projekt abkürzten. Ich konnte nicht irgendetwas Peinliches sagen und mich hinterher am Set dafür schämen. Also floss der Alkohol bei den anderen. Die Gespräche wurden lauter und hemmungsloser.

»Okay.« Chiara stützte sich mit den Ellbogen auf der Tischplatte ab und blinzelte mich an. »Wir wissen, dass die beiden London Boys Dokus drehen. Aber welche Filme willst du später machen?«

»Ich … ich will Filme für Frauen machen.«

»Liebesfilme? Und was heißt machen? Regie führen? Drehen? Produzieren?«

Ich schüttelte den Kopf, bevor ich ihr meine Lieblingsserien und Vorbilder nannte, erklärte, dass ich am liebsten Filme schreiben und die Regie dafür übernehmen würde, während sie interessiert zuhörte und nach jedem »Krass« einen weiteren Schluck von ihrem Drink nahm.

»Kennst du *BoJack Horseman*?«, unterbrach sie mich plötzlich, so wie ich Menschen auch unterbrach, wenn mich ein Geistesblitz durchfuhr.

»Die animierte Tragikomödie mit dem Pferd?«

»*Tragikomödie?*« Sie hob die Brauen. »Lernt man solche Begriffe auf eurer fancy Filmschule?«

»Glaub mir.« Ich rollte mit den Augen. »Da, wo die Begriffe herkommen, gibt es noch Tausende mehr.«

»Interessant, aber nicht ganz so interessant wie das, was mir gerade aufgefallen ist: Du bist ein bisschen wie Diane«, erwiderte sie aufgeregt. »Sie will zwar Romane statt Drehbücher schreiben, aber es gibt irgendwann diesen Dialog, wo sie quasi sagt, dass sie ihre Bücher nicht schreiben will, sondern muss, damit andere sich in ihrem Schmerz gesehen fühlen und sie ihn deshalb nicht umsonst gespürt hat. Ich schick dir den Link zu der Folge.«

Ich bedankte mich lächelnd, bevor sie mich wenig später erneut auf die Tanzfläche zog. Wenn ich mich im Nachhinein an diesen Abend erinnerte, spielte er sich wie ein Film mit kurzen und blitzschnell aneinandergereihten Szenen vor meinen Augen ab. Die Tanzfläche. Die schummrige Beleuchtung. Das Gefühl, wenn die nackte Haut von Menschen sich kurz und feucht an meinen Arm presste. Der DJ, der *Sarà Perché Ti Amo* fünfmal an diesem Abend spielte. Das Lachen. Das Glücklichsein. Chiara. Ihre Freunde, bei denen Connor plötzlich wieder saß. Natürlich gemeinsam mit Sam.

Sams Präsenz. Sams Blicke. Mein Herzschlag, der dröhnender war als der Beat.

Sie ist mir egal. Ich wollte sie nicht einmal hierhaben.

Und dann der Moment vor den Waschräumen.

Ich hatte keine Ahnung, wie viel Uhr es war, als ich mich in Richtung der Toiletten entschuldigte. Sicher war ich mir nur darüber, dass ich meine Entscheidung, ausgerechnet *jetzt* auf die Toilette gehen zu müssen, verfluchte. Immerhin erkannte ich sofort, dass Sam gerade die Waschräume verließ. Groß und heiß in seinen schlichten Jeans und dem Shirt, weil er kein penibel genau durchdachtes Outfit einer Kostümbildnerin benötigte, um herauszustechen.

Er fiel jedem auf.

Deshalb überraschte es mich ebenfalls nicht, als er von einer Partybesucherin aus dem Nichts angesprochen wurde. Weil er stehen blieb, tat ich es seltsamerweise auch.

»Nice *tattoos*«, sagte diese Frau in einem blauen Kleid auf Englisch, während sie ihm anzüglich zulächelte. Ich hörte sie bis hierher klar und deutlich. Dabei klang sie viel zu laut, nicht angeheitert, sondern wirklich betrunken.

Ein Teil von mir wollte sie warnen und sagen, dass man bei Sam keine zweite Wahl, sondern überhaupt keine Wahl war.

Sie ist mir egal.

Allerdings war das gar nicht nötig, weil er ein Stück von ihr abrückte.

»Danke«, hörte ich ihn sagen. »Aber …«

Weiter kam er nicht, weil er mit einer Kopfbewegung in meine Richtung nickte und sein Blick automatisch an mir hängen blieb.

Verfluchter Mist.

Selbst aus der Entfernung konnte ich ihn schlucken sehen, während dieser Mistkerl nicht aufhörte, mich anzustarren.

Sie ist mir egal. Ich wollte sie nicht einmal hierhaben.

Sam schwieg, obwohl seine Worte laut in mir widerhallten. Instinktiv umarmte ich mich selbst. Als müsste ich mich schützen, vor ihm und den Gefühlen, die er in mir verursachte. Ich mochte sie nicht. Genauso wenig wie die Tatsache, dass alles filmartig um mich herum verschwamm, ganz ohne eine aufwendige Postproduktion mit Filmeffekten, nur weil ein Mann mich ansah.

Weil der Mann Sam war.

Dabei war er nicht der Einzige, dessen Blick intensiv auf mir ruhte. Diese Tatsache realisierte ich, nachdem ich mich zusammengerissen hatte und feststellte, dass die Frau vor ihm mich ebenfalls musterte.

»Oh«, hörte ich sie seufzen. »Sorry, ich wusste nicht, dass du mit jemandem hier bist.«

Sie sagte das so schnell, wie sie daraufhin verschwand.

Mit jemandem hier.

Ja klar. Ich unterdrückte ein Schnauben, während ich mich zum Weitergehen in Richtung Toilettentür zwang. Hinter mir begann *We Found Love* zu spielen, die Menge randalierte. Als ich Sam passierte, hielt ich den Blick absichtlich gesenkt. Doch es brachte nichts.

»Verdammt, Emmie«, sagte Sam trotzdem gequält und berührte mich leicht an der Schulter. »Warte.«

Ruckartig sah ich auf, ein wellengroßer Kloß in meinem Hals. »Was ist?«, erwiderte ich so gleichgültig wie möglich. »Willst du dich etwa bei mir dafür bedanken, dass ich dich aus dieser Anmache gerettet habe?«

Er schüttelte den Kopf, wobei der Blick in seinen Augen mir einen Schauder durch den gesamten Körper jagte. Blau und dunkel und leicht verzweifelt und irgendwie so voll. Als würde etwas in ihm überlaufen.

»Wegen vorhin«, begann er und überging meine Frage damit schlicht, brach allerdings im selben Moment ab.

Plötzlich torkelte eine betrunkene Gruppe aus den Toilettenräumen an mir vorbei. Sie brachte Sam automatisch dazu, einen Schritt auf mich zuzugehen, bis ich mit dem Rücken gegen die schwarze Wand stieß. Wir waren uns zu nah, und mein Körper spürte es sofort. Ich spürte seinen Atem auf meinem Gesicht. Wie meine Brüste seinen Oberkörper bei diesem ruckartigen Einatmen beinahe streiften. Wie seine Lippen sich teilten und ich daraufstarrte. Wie er schluckte und mein Blick auf seinem Kehlkopf landete. Schlagartig wurde ich mir seiner Körperhitze bewusst, während er sich dieses entscheidende Stück weiter in meine Richtung lehnte.

O Mist.

Ich hatte keine Ahnung, was mit meinem Körper los war. Dieser seltsame Gefühlscocktail in mir drin konnte nicht normal sein, wenn ich doch nur zwei Spritz getrunken hatte.

»Emmie«, wiederholte Sam rau, und alles war zu viel. Mein Name aus seinem Mund. Sein Körper gegen meinen. Wir in diesem Club, in Italien. Insbesondere dann, als er sich noch ein Stückchen weiter in meine Richtung lehnte und …

»Oh, là, là«, rief Chiara pfeifend, während sie die Toilettenräume ansteuerte und er sich instinktiv von mir löste.

Da wusste ich, dass er tatsächlich die Wahrheit gesagt hatte. Ich war Sam egal. Sam war egal, wie er mich ansah und was das mit mir machte.

Alles in mir brannte, aber wie gefrorenes Eis. Heiß und kalt zugleich.

~

Es wurde spät in dieser Nacht.

Weil der Twisted Beach Club um kurz vor fünf schloss, stolperte unsere Gruppe nach draußen, bevor Chiara uns und ihre Freunde dazu überredete, weiter am Strand zu trinken. Erst kurz vor sechs nahmen sie sich ein Uber, während wir zu dritt unsere Pension ansteuerten. Connor, Sam. Und ich. Für den Rest der Nacht hatten wir Sicherheitsabstand gehalten. Es war gut so. Richtig.

Außerdem war mir immer noch kalt und heiß zugleich. Vielleicht war das der Grund dafür, dass alles in mir weiterhin brannte, ich mich allerdings selbst umarmte, als wir in die Via dei Villini abbogen.

In der Pension verabschiedete Connor sich auf der zweiten Etage. Während Sam und ich unser Stockwerk betraten, lag etwas in der Luft. Ich konnte es nicht genau beschreiben. Es war eher so ein Gefühl. Wo-

möglich dasselbe, von dem Erin Wallace, eine meiner Lieblingsregisseu-
rinnen, erzählte, wenn sie gefragt wurde, ob sie gewusst hätte, dass ihr
mit ihrem Spielfilmdebüt *Hannah* der Durchbruch gelingen könnte.

*Haltet mich für verrückt, aber als ich das Skript fertig geschrieben und mich in
meinen Stuhl zurückgelehnt habe, lag etwas in der Luft. Ich hatte dieses tiefe Gefühl
in mir, dass es die Geschichte sein würde. Da wusste ich es.*

Mir passierte genau dasselbe.

Sam kramte seinen Schlüssel heraus, ich steckte meinen schon ins
Schloss. Aber die Luft zwischen uns war aufgeladen. Sie flimmerte regel-
recht vor angefangenen Sätzen, unausgesprochenen Worten und Nicht-
berührungen, die ich auf meiner Haut nachspürte, als ergäbe das einen
Sinn.

Es war nicht auszuhalten, und ich konnte es kaum erwarten, in mein
Zimmer zu kommen. So viel Abstand wie möglich zwischen uns zu
bringen. Doch kurz bevor ich in mein Zimmer treten wollte, räusperte
er sich. Tief und rau und leise, aber in meinen Ohren viel zu laut.

»Wegen vorhin«, begann er noch einmal, während ein Teil von mir
sich wünschte, er würde wieder abbrechen. »Tut mir leid, falls es komisch
rüberkam. Ich meine, ich bin froh, dass du hier bist.«

»Obwohl du mich eigentlich nicht dabeihaben wolltest«, fügte ich
heiser hinzu.

»Das war nicht so gemeint.«

Und wieso hast du es dann so gesagt?

Die Frage hämmerte in meinem Kopf, ohne dass ich mich traute, sie
auszusprechen.

»Okay«, erwiderte ich, bereit, Sam endgültig den Rücken zuzukeh-
ren. Doch er ließ mich nicht.

»Kann ich dich etwas fragen?«

Ich schluckte hart und versuchte zu übertönen, wie nervös mich
diese Frage machte. »Was denn?«

»Wieso hast du dir die Geschichte auf CherrySounds angehört?«

Krampfhaft blinzelte ich vor mich hin.

Großartig.

Er hätte mir alle Fragen dieser Welt stellen können, und er fragte ausgerechnet diese. Mit seinem dunklen Blick und der rauen Stimme, die für Kinosäle und nicht für schummrige Hotelgänge gemacht war.

»Ich hab nur reingehört«, stellte ich klar.

»Und wieso hast du *nur reingehört?*«

»Aus Neugierde«, erwiderte ich. »Wieso denn sonst?«

Doch darauf antwortete mir dieser Mistkerl nicht. Stattdessen sah er mich bloß schweigend an. So lange, bis ich seinen Blick überall in mir spürte. Dann holte er tief Luft.

»Wie geht's deinem Kopf gerade?«

»Was?«, fragte ich verwirrt.

»Na ja, musst du ihn freischaufeln oder so?«

»Sam, ich habe keine Ahnung, worauf du gerade hinauswillst.«

Den winzigsten Moment dieser Welt zögerte er noch. Dann sprach er weiter. »Wenn du deinen Kopf gerade frei bekommen müsstest, könnten wir surfen gehen. Als Entschädigung für das, was ich gesagt habe. Es tut mir wirklich leid. Und es war wirklich nicht so gemeint.«

»Du willst mir als Entschädigung jetzt Surfen beibringen?«, fragte ich verwirrt.

»Wieso nicht?«

»Wieso sollte ich?«

»Weiß nicht.« Sein blauer Blick brannte sich in meinen, aber diesmal wurde mir nur wärmer. »Vielleicht aus Neugierde?«

21

Emmie

GUILTY AS SIN?

Es war kurz vor sieben, als ich mir in meinem Zimmer den Bikini anzog, um mit Samson Alderidge den Poetto Beach anzusteuern.

Diese Aktion war wahnsinnig, und ich hätte mich logisch verhalten und Nein sagen sollen. Ich hatte es sogar in derselben Sekunde gewusst. Trotzdem hatte ich bloß mit den Schultern gezuckt und anschließend genickt, als wäre es keine große Sache. Vielleicht hatte ich aus Neugierde zugestimmt. Vielleicht weil ich mich sonst in dem Pensionsbett gefragt hätte, was passiert wäre, wenn ich Ja gesagt hatte. Vielleicht weil ich sowieso nicht hätte schlafen können und mir die Videos angesehen hätte, die ich während meiner abendlichen Laufrunde für mein filmisches Tagebuch gedreht hatte. Und mich dabei allerdings nur daran erinnert hätte, wie ich die ganze Zeit an Sam gedacht hatte. Aber vielleicht hatte ich auch einfach eingewilligt, weil Sam mich verrückt machte und ich endlich wollte, dass es aufhörte.

»Aber«, begann er, während ich den kühlen Sand schon unter meinen Füßen spürte. »Du bist nicht betrunken, oder so? Denn dann können wir das nicht machen.«

»Ich hatte zwei Spritz vor Mitternacht, danach nur Wasser und Cola.«

Am Horizont war die Sonne kurz davor, aufzugehen, und tauchte die Welt in warme Farben. Rot, Rosa und Orange spiegelten sich auf der Wasseroberfläche. Alles vor mir sah so aus, als würde es brennen. Alles in mir stand lichterloh in Flammen, bloß weil Sam etwas sagte.

»Du bist noch nie gesurft, richtig?«

»Nein. Noch nie.«

»Okay, das kriegen wir schon hin, solange du kein Problem damit hast, dass du ziemlich oft umkippen wirst. Und dass es ziemlich kalt werden könnte.« Plötzlich beugte er sich zu seinem Rucksack, den er im Sand abgestellt hatte. Daraus holte er den Neoprenanzug, in dem ich ihn bereits beobachtet hatte. »Der wird dir zu groß sein, aber er ist besser als gar nichts.«

Verwirrt starrte ich auf das schwarze Etwas, das er mir entgegenstreckte. »Und was ziehst du an?«

»Sorgst du dich etwa um mich, Germany?«

Er hob die Brauen, und normalerweise hätte ich die Lippen daraufhin zusammengepresst. Doch gerade tat ich es nicht. Womöglich lag es an der Uhrzeit. Wer war jetzt schon wach? Es war diese Art von Uhrzeit, zu der alles so unwirklich schien, wenn man die Nacht nicht geschlafen hatte.

»Wird dir nicht kalt werden?«

»Ich werde es schon überleben.« Er zuckte mit den Schultern. »Ich schwimme im Frühling immer im Hampstead Pond. Der ist sicherlich noch kälter als das Meer hier, also …«

»Echt?«, fragte ich überrascht. »Da wollte ich schon seit meinem Umzug schwimmen, aber hab es irgendwie nie geschafft.«

»Tja, dann weißt du ja gleich, auf welche Temperatur du dich zurück in London mindestens einstellen musst.«

Damit hatten wir wohl alle Details geklärt. Schnell zog ich mein Kleid aus, um anschließend im Bikini in Sams Neoprenanzug zu schlüpfen. Das Gefühl war seltsam. Nicht weil der Stoff sich wie eine zweite Haut um mich legte und garantiert die Stellen betonte, die ich nicht betonen wollte. Mal ganz davon abgesehen, dass ich den Schwimmunterricht in der Elften fast immer geschwänzt hatte, weil ich mir nichts Schrecklicheres hatte vorstellen können, als in meinen Bikinis an den Fabians, Daniels und Cedrics meiner Stufe vorbeizulaufen. Doch darum ging es gerade nicht, zumindest nicht nur.

Es war *Sams* Neo.

Und jetzt steckte ich in ihm, während er sein geliehenes Surfbrett im Sand platzierte und mir bedeutete, mich daraufzulegen. Geduldig erklärte er mir die Startposition. Wie ich mit meinem Gleichgewicht spielen musste, um mich dann irgendwann zu erheben. Der Klang seiner tiefen Stimme vermischte sich dabei mit dem Rauschen der Wellen, wobei er darauf achtete, mich auf gar keinen Fall zu berühren. Immer wenn er mich korrigieren wollte, zuckte sein Arm in meine Richtung, er hielt ihn allerdings in letzter Sekunde zurück.

Als er schließlich nach dem Saum seines Pullovers griff, kämpfte die Sonne sich endgültig nach oben. Mein Kopf hätte den Himmel aus verschiedenen Blickwinkeln abspeichern sollen. Die Sonne, das Rot, wie selbst die vereinzelten Wolken zu brennen schienen und vom Wasser reflektiert wurden. Die professionelle Emmie in mir bereute sogar, gerade keine Kamera mitgenommen zu haben. Die Aussicht hätte ein großartiges poetisches Schnittbild abgegeben. Für *BLUE* und für mein Tagebuch.

Die momentane Emmie scherte sich allerdings einen Dreck darum.

Sam. Ich sah nur Sam.

Dabei wollte ich nicht starren. Immerhin hatte er mir den Gefallen getan und mich nicht beim Anziehen beobachtet.

Aber Gott.

Man *musste* Sam einfach ansehen. Die Größe, seine definierten Muskeln. Wie er sich wie selbstverständlich vor mir auszog, als hätte er noch nie ein Problem mit seinem Körper gehabt. Als wüsste er gar nicht, wie es sich anfühlte, sich in einer Umkleidekabine von allen anderen abzuschirmen, weil man sich für seine Makel schämte.

»Bereit?«, fragte er mit dem Surfbrett unter dem Arm, während ich einen Blick auf das offene Meer wagte. Rotes Sonnenaufgangsmeer, endloser weißer Sandstrand. Der Morgenwind zerzauste mir das Haar, während der Geruch von Algen und Salz in meine Nase kroch. Wir befanden uns in der europäischen Karibik, und ich beobachtete, wie sich die Sonnenstrahlen auf dem Wasser spiegelten. Wie schön das aussah. Wie auf einer Postkarte. Wie in einem Film, wegen dem wir ja eigentlich hier waren.

Aber dieser Film drehte sich nicht um Sam und mich.

Trotzdem fühlte es sich so an.

Als wären da nur wir zwei an diesem Strand, in diesem Moment, in dieser kleinen Unendlichkeit an einem zu frühen Sonntagmorgen.

Ich hasste es.

Ich mochte es.

Das ging beides gleichzeitig.

»Ich schätze schon«, murmelte ich.

Eine Millisekunde später spürte ich den nassen Sand unter meinen Füßen, bevor das kalte Wasser mir gegen die Knöchel schwappte und …

SCHEISSE.

Trotz des Anzugs bekam ich einen derartigen Kälteschock, dass Gänsehaut meinen gesamten Körper überzog. Ich fokussierte mich darauf, einen Schritt nach dem anderen zu machen, und linste deshalb nach unten. Dabei durchbohrte mich die Kälte wie Tausende Nadelstiche, während Sam schon viel weiter als ich im Meer stand.

»Du legst dich erst einmal nur drauf«, erklärte er mir und hielt das Surfbrett für mich fest, nachdem ich ihn eingeholt hatte.

Ich stand im Meer, dem Ort, der all unsere kleinen, pathetischen Seelen auf so kitschige Weise berührte. Forscher behaupteten, es erde uns so, weil wir das endlose Blau mit all unseren Sinnen registrieren könnten. Weil wir es betrachten, schmecken, ertasten, riechen und hören konnten. Da war das Brett neben mir und dessen Leine um mein Fußgelenk. Und da waren die Wellen ringsum, die an meine Hüften schwappten. Die Klippen lagen rechts von uns, von ihnen schossen alle Touris Fotos.

Aber für mich war da trotzdem nur Sam.

Sam, dessen Befehle ich befolgte. Sam, der mir trotzdem die ganze Zeit viel zu nah war, auf allen Ebenen, auch wenn er mich nicht wirklich anfasste.

»Die nimmst du«, sagte er plötzlich, deutete auf die ankommende Welle und schob mich nach vorn.

Energisch feuerte er mich an, rief »Los!« und »Jetzt!«, während ich versuchte, aufzustehen, das Gleichgewicht zu halten und nicht umzukippen.

Was mir nicht gelang.

Wieder und wieder und wieder nicht.

Keine Ahnung, wie lange wir in dem kristallklaren Wasser am Poetto Beach übten, während ich an jeder Welle scheiterte. Nach meinem achten oder neunten Versuch war ich mir sicher, er würde abbrechen. Mir vielleicht seufzend erklären, dass wir es ja versucht hätten, aber es wohl besser sei, jetzt aufzuhören, weil er sich gerade seinen Arsch ohne den Neoprenanzug abfror. Das erkannte ich an der Gänsehaut, die sich über seinen gesamten Oberkörper zog.

Doch das tat er nicht.

Stattdessen deutete er mit dem Kinn wieder auf sein Brett, während ich die Brauen anhob.

»Nur so eine Theorie«, begann ich, »aber vielleicht bin ich einfach scheiße im Surfen?«

»Nur so eine Theorie«, wiederholte Sam, »aber vielleicht ist Surfen wirklich verdammt schwer, und ich kann es nur, weil ich es schon seit Jahren tue?«

Touché.

»Wieso hast du überhaupt damit angefangen?«, wollte ich wissen.

»Blair«, erwiderte er, wobei sich seine Worte mit dem beruhigenden Wellenrauschen vermischten. »Wir waren an der Algarve, und sie fand den Surflehrer heiß. Deshalb hat sie unsere Eltern dazu überredet, uns Stunden zu buchen. Ich habe es von der ersten Sekunde an geliebt. Sie hat es ab dem zweiten Tag gehasst, weil sie Tiago am Morgen mit seiner Freundin gesehen hat. Also war es für sie vorbei, und ich habe weitergemacht.«

Keinen Schimmer, wie oft ich mich danach noch auf das Surfbrett legte, nach vorn paddelte, von Sam eine Starthilfe erhielt und aufzustehen versuchte, nur um gleich wieder umzukippen und meine Haare noch ein bisschen mehr im Salzwasser zu ertränken. Mittlerweile war die Sonne so stark, dass sie das Wasser aquamarinblau und fast durchsichtig schimmern ließ. Wenn ich die Augen zusammenkniff und nach vorn sah, erkannte ich jetzt sogar ein Pärchen, das nebeneinanderher joggte. Ich spürte, wie meine Finger schrumpelig wurden und meine Beine von all der Anstrengung zitterten.

Komm schon, Braun. Reiß dich zusammen.

Ich redete mir gut zu – wie beim Laufen, wenn ich einen schlechten Tag hatte und wirklich nicht mehr konnte, dann aber doch immer noch einen weiteren Schritt schaffte. *Ein letztes Mal*, sagte ich mir, während ich mich erneut auf das Surfbrett legte, paddelte, von Sam angestupst wurde, auf den richtigen Moment wartete, mich erhob, das Gleichgewicht hielt und für eine Millisekunde stand.

Ich.

Stand.

Auf.

Einem.

Surfbrett.

Es spielte keine Rolle, dass ich mich nur für den Bruchteil einer klitzekleinen Sekunde oben hielt, bevor ich wieder ins Wasser klatschte. Für einen Moment zählte nur, dass ich es geschafft hatte.

Und Sams Lächeln.

Denn das erkannte ich, als ich mich in seine Richtung drehte und feststellte, dass er mir lächelnd zujubelte. Gar nicht schief, sondern ganz ehrlich und anders als in den Szenen bei *Meermüll*.

So echt.

Ich speicherte das Bild nicht in meiner gedanklichen Datenbank ab. Es war zu groß, zu viel und löste zu gewaltige Gefühle in mir aus. Weiter vorn schwappten die Wellen friedlich in den Sand, Sams Lächeln allerdings fuhr mir direkt ins Herz. Sam, der nur mich ansah, während ich spürte, wie es links in meiner Brust wärmer wurde. So, als würde mein

Herz glühen. So, als hätte es das schon die gesamte Zeit getan, ohne dass ich es bemerkt hatte.

Das war dieses warme Gefühl in mir gewesen.

Herzglühen.

»Du hast es geschafft!«, rief Sam, während er auf mich zukam und schließlich vor mir stehen blieb.

So nah, dass ich diesen glänzenden Schimmer über seinen Pupillen erkennen konnte und mich in seinen Augen spiegelte. Schwarzer Neoprenanzug, nasse Haare, geweiteter Blick.

Seinetwegen.

Je länger wir uns ansahen, desto heftiger wurde dieses Glühen in mir, mitten im fünfzehn Grad kalten Mittelmeer. Die Gefühle ergaben keinen Sinn. Genauso wenig, wie es Sinn ergab, sich vor knapp zwei Monaten von seinem Freund getrennt zu haben und nun keinen einzigen Gedanken mehr an ihn zu verschwenden. Ethan, Maisie, London, Connor, unser Projekt, die blaue Zone. Das, was er vorhin über mich gesagt hatte. *Sie ist mir egal. Ich wollte sie nicht einmal hierhaben.* Alles schien wie aus meinem Kopf gepustet zu sein, übrig blieb nur Sam.

Sam überall in meinem Kopf. Sam direkt vor meiner Nase. Und dann sogar noch ein bisschen dichter.

Als würde selbst der Ozean diese unbestreitbare Anziehung zwischen uns spüren, brachte der Sog einer Welle mich ruckartig dazu, ihm noch ein Stückchen näher zu kommen. Schlagartig stockte mir der Atem, weil unsere Oberkörper sich fast berührten. Zum zweiten Mal innerhalb von Stunden. Allerdings randalierte mein Herz wieder so, als hätten sie es wirklich getan. Ich fühlte mich so offen und verwundbar in Sams Nähe. So, als könnte mich selbst eine Nichtberührung überall berühren.

Es war zum Verrücktwerden.

Oder vielleicht auch einfach nur verrückt.

Mein Mund öffnete sich, weil ich mich für die plötzliche Nähe entschuldigen wollte, doch ich konnte nicht. Alles in mir brannte, sobald sein Blick sich intensivierte.

Obwohl seine Augen dunkel und undurchdringlich schimmerten, verriet ihn sein Gesicht.

Seine Wangen wurden rot.

Ich blinzelte, mir im ersten Moment sicher, dass es Einbildung war, doch ...

Es stimmte.

Seine Wagen leuchteten lichterloh, während mein Herz nur mehr glühte.

Er muss es auch spüren.

Das war kein Traum, kein Wunsch. Ich erkannte es an seinem Blick, der mich nicht losließ. An seiner Körperspannung. An seinen geröteten Wangen. An der verräterischen Rauheit in seiner Stimme, als er die laute Stille voller Herzklopfen und Wellenrauschen zwischen uns brach.

»Ich ...«

Er begann zu sprechen, nur um gleich wieder abzubrechen. Worte reichten nicht. Worte konnten nicht beschreiben, was sich zwischen uns auftürmte, als er noch einen Schritt auf mich zu machte. Ganz ohne eine Welle, die ihn dazu zwang. Seine Füße berührten nun unter Wasser beinahe meine. Er war mir so nah, dass ich jeden einzelnen Wassertropfen erkennen konnte, der über seine Tattoos hinabbrann.

»Emmie«, sagte er, und mein Name war kein Name mehr, sondern eine Riesenwelle, die mich mitriss. Meine Beine dazu brachte, noch einen winzigen Meer-Millimeter auf ihn zuzugehen. Da war die Gänsehaut, die sich dabei über meine eigentliche Gänsehaut legte. Mein Herz, das in seinem eigenen Pochen unterging. Sams Wangen, die sich genauso wie der Himmel vor einer halben Stunde verfärbten.

Leicht rot.

Herzblassrot.

»Was tun wir hier?«, flüsterte er. Seine Stimme klang rau, doch sein Blick wurde ganz weich. Alles in mir fühlte sich glühend und kribbelig und aufgeregt an.

»Ich ... ich weiß es nicht.«

Es stimmte. Ich wusste nichts. Ich fühlte nur noch, dass ich den allerallerletzten Zentimeter auf Sam zuging. Meine Beine bebten vor Unsicherheit, aber nicht so stark wie mein Herz.

Du kannst das nicht machen, Braun. Es ist Samson Alderidge. Du arbeitest mit ihm zusammen. Er hat gesagt, du bist ihm egal. Dass er dich nicht einmal hierhaben wollte. Das ist eine schlechte Idee. Eine schreckliche Idee.

Aber das Ding war: Wenn die Heldinnen meiner Lieblingsfilme nur gute Ideen gehabt hätten, wären es nie gute Filme geworden. Oder überhaupt Filme. All ihre Geschichten wären innerhalb von wenigen Minuten auserzählt worden.

Ich wollte nicht, dass das hier so schnell vorbei war.

Ich wollte eine Ewigkeit lang mit Sam im Meer vor Sardinien stehen, wenn das gleichzeitig bedeutete, er würde mich für immer so ansehen, als würde er den Rest der Welt absichtlich ausblenden, bis nur noch ich gestochen scharf blieb.

Als ich mich auf die Zehenspitzen stellte, flatterten seine Lider. Als ich die Arme um seinen Hals legte, schluckte er schwer. Und als ich mein Gesicht dann in seine Richtung hob, intensivierte sich der leichte Rotton auf seinen Wangen.

Ich wusste, dass die Zeit in diesem Moment nicht wirklich stehen blieb. Trotzdem fühlte es sich für mich so an, als jeder Muskel in Sams Körper sich anspannte und ich es einfach nicht mehr aushielt.

Ich war diejenige, die seine Lippen zuerst mit meinen streifte. Flüchtig, zart und unendlich unschuldig. Für einen Moment war ich diejenige, die nur ihn küsste.

Ich.

Ich küsste Samson Alderidge.

Bis er mir seine Hand in den Nacken legte und mich mit einem Ruck gegen seine Brust zog. Dann öffnete ich die Lider, er schaute mich schon an. Seine Augen waren dunkeldunkelblau, fast schwarz.

»Fuck, Emmie«, fluchte er so verdammt rau und heiß, dass es tatsächlich wie ein Kompliment klang.

Sein Daumen fuhr meine Kieferpartie entlang, während er mich mit seinem Blick an Ort und Stelle festnagelte. Selbst wenn wir uns im schwerelosen Wasser befanden. Die Berührung war zärtlich und bestimmend zugleich. Sein Griff grob, das Gefühl seiner Fingerkuppen an meiner Haut federleicht. Ich fragte mich, ob seine Küsse seinen Berührungen gleichen würden. Denn ich war mir so, so sicher, dass er mich nun küssen würde. Es war dieser Blick. So eindringlich, so überquellend vor lauter Gefühlen.

Er beugte sein glatt rasiertes Gesicht gerade in meine Richtung, wobei er mich mit der Hand dichter zu sich zog.

Und mit einem Mal erstarrte.

Vom Strand krochen Stimmen an unsere Ohren. Von Menschen, die die morgendliche Strandstille genießen wollten. Menschen aus der echten Welt. Menschen, die nicht in diesen Film gehörten, der sich zwischen uns abspielte.

Es war dieselbe Welt, in der Samson Alderidge mich eigentlich nicht mochte, nicht einmal hatte hierhaben wollen und der beste Freund meines Chefs war.

Urplötzlich ließ er mich los. Da wusste ich, dass ihm genau dieselben Gedanken hinter der Stirn pochen mussten. Während er einen Schritt zurücktrat, schlug er Wellen.

»Ich …« Er schüttelte den Kopf, musste wieder neu ansetzen, seine Lippen befeuchten, sich räuspern, weil ich ihn mit meinem Kuss so in Verlegenheit gebracht hatte.

Weil er den Kuss wahrscheinlich gar nicht gewollt hatte.

Die Erkenntnis flutete meinen gesamten Körper, bis es meine eigenen Wangen waren, die sich viel zu heiß anfühlten.

»Es tut mir so leid«, flüsterte ich und spürte, wie Scham jeden Zentimeter meiner selbst infiltrierte.

Doch er sagte nichts.

Jetzt immer noch nicht.

Und jetzt auch nicht.

Und dann noch immer nicht.

Er starrte mich bloß an, aber es war zu viel.

Sam war zu viel.

Ich war zu viel.

Ich konnte hier nicht stehen bleiben und seinen Blick erwidern, während er mich offensichtlich abgewiesen hatte.

Ich muss hier weg.

Es war der einzige Gedanke, der in meinem Kopf existierte. Hektisch griff ich nach der Leine des Boards und löste sie von meinem Fußgelenk.

»Es tut mir wirklich leid«, wiederholte ich, wobei ich das Band zwischen uns ins Wasser legte und ihm den Rücken zukehrte. »Ich ... ich ... ich sollte gehen.«

Es war nicht so, dass ich Sam nicht mehr aushielt. Ich hielt mich selbst nicht mehr aus. Bedauerlicherweise konnte ich mich allerdings nicht abstreifen wie Sams Neoprenanzug.

Gott.

Ich trug sogar seine Kleidung.

Das war alles so verdreht. Ich wünschte mir, ich wüsste, wie man schlechte Entscheidungen, ohne die Schuld bei einem zu hohen Alkoholpegel zu finden, entschuldigte.

»Verflucht, Emmie«, rief Sam mir hinterher. »Jetzt warte doch mal!«

Doch ich konnte nicht stehen bleiben. Ich musste raus aus diesem Wasser, weg von Sam, meine Gedanken sammeln und herausfinden, wo ich falsch abgebogen war.

Wo ich falsch gefühlt hatte.

Als ich den Strand erreichte, atmete ich erleichtert aus und steuerte zügig unsere Sachen an. Dort öffnete ich den Reißverschluss des Neoprenanzugs und ging in die Hocke, um mir mein Kleid zu schnappen. *Scheiß auf ein Handtuch. Nass sein war momentan mein kleinstes Problem.* Alle meine Bewegungen waren hektisch und fahrig und aufgeregt, weil ich aus den Augenwinkeln bemerkte, wie Sam mit dem Surfbrett schon über den Sand lief. Unglücklicherweise beobachtete ich ihn eine Spur zu lange, sodass ich nicht nach unten schaute. Nicht bemerkte, wie ich statt nach meinem Kleid in etwas Scharfes griff.

VERFLUCHTER MIST.

Wieso tat das *so* verflucht weh?

Ich sah auf meinen Finger, der pochte und blutete. Erst nach dem Blut erkannte ich die spitze Muschelscherbe, die sich in meine Haut gebohrt hatte. Dabei biss ich mir auf die Zähne, um nicht laut aufzuschreien.

Ruhig bleiben, Braun. Ganz, ganz ruhig. Entferne diesen dämlichen Splitter und ...

»Was zur Hölle?«

Sams tiefe Stimme drang an meine Ohren, während er neben mir verharrte und instinktiv nach meiner Hand griff. Sein Blick zuckte von meinem Finger zu meinem Gesicht.

»Ich mach die raus, ja?«, flüsterte er rau.

Eigentlich wollte ich den Kopf schütteln. Ihm sagen, dass ich seine Anwesenheit – geschweige denn seine Berührung – gerade nicht ertrug, weil sie mir bewusst machte, wie sehr ich *mich* eigentlich im Moment nicht ertrug. Dennoch nickte ich, in der Hoffnung, dass dieser Morgen endlich ein Ende finden würde. Ins Gesicht sah ich ihm dabei nicht. Stattdessen blickte ich gen Horizont. Der Himmel, der vor einer Stunde noch rosa-orange geleuchtet hatte, jetzt allerdings makellos blau über uns aufragte. Als hätte er sich abgekühlt, obwohl die Temperaturen gestiegen waren.

»Fuck«, stieß Sam atemlos aus.

Bei dem alarmierten Ton seiner Stimme traute ich mich doch, auf meinen Finger zu schauen.

Blinzelnd starrte ich auf die klaffende Wunde an meinem Zeigefinger, während die helle Flüssigkeit meine Handinnenfläche hinabfloss.

Blut.

So. Viel. Blut.

»Du musst das nähen lassen, wenn du willst, dass die Wunde richtig zuwächst«, flüsterte er.

22

Emmie

OUT OF THE WOODS

Ich wünschte, ich hätte *Cut!* rufen können. Im Editor's Room den Moment ausblenden lassen können, um anschließend direkt zum nächsten wichtigen Schauplatz zu springen. Oder ich hätte die Szene einfach gern verworfen, weil sie nicht ins große Ganze passte.

Aber natürlich konnte ich nichts davon tun.

Ich musste jede Szene einzeln erleben und mich dabei innerlich in Grund und Boden schämen. Zwischen uns herrschte herzbetäubendes Schweigen, als Sam und ich zurück zur Pension liefen. Er in der dunklen Badehose, weil er sein Shirt zusammengeknüllt und mir den Stoff anschließend auf die Wunde gedrückt hatte. Dabei zog und pochte es in meinem Finger so verflucht doll, dass ich mich anstrengen musste, um nicht vor Schmerz aufzuschreien. Dann Sams heiseres Räuspern, bevor er mir sagte, dass er nur schnell den Autoschlüssel holen würde. Hastig kramte ich in meinem eigenen Zimmer nach meinem Portemonnaie mit der Krankenkassenkarte. Der Weg zum schwarzen Mietwagen. Die noch wenig besuchten Straßen. Mein pochendes Herz. Weiterhin presste ich Sams Shirt auf meinen blutigen Finger, während meine Haare Salzwassertropfen auf dem Beifahrersitz hinterließen. An der zweiten roten Ampel stellte Sam das Radio an, weil die Stille zwischen uns furchtbar war. Im Krankenhaus dominierte der Geruch nach nüchternem Desinfektionsmittel die Luft, wobei die Anmeldung nur so semi-reibungslos aufgrund von Kommunikationsschwierigkeiten verlief. Im Wartezimmer saßen Sam und ich nebeneinander, sahen uns aber auf gar keinen Fall an. Die Frau uns schräg gegenüber starrte währenddessen auf den Fernseher mit der Nachrichtensendung. Dann das Warten. Das elendige und nervenaufreibende Warten, weil ich natürlich kein lebensbedrohlicher Notfall war. Plötzlich spürte ich die schlaflose Nacht bis in die Knochen. Sam rutschte derweil unruhig auf dem Stuhl, so als würde er es neben mir tatsächlich ebenfalls nicht aushalten.

Weil ich ihn geküsst hatte, obwohl er das offensichtlich nicht im Sinn gehabt hatte.

»Danke«, flüsterte ich irgendwann. »Dass du mit mir hierhergefahren bist, meine ich.«

»Kein Problem«, erwiderte er nüchtern.

Ich blies die Wangen auf. Wusste, dass ich weitersprechen musste, um die Sache aus der Welt zu schaffen. Aus der richtigen Welt. Nicht aus diesem winzigen Universum im Meer, in dem nur Sam und ich schwerelos umhergetrieben waren.

»Es tut mir wirklich leid«, wiederholte ich leise, wobei er mir schlagartig das Gesicht zuwandte.

Es war das erste Mal, dass wir uns in diesem Krankenhaus anschauten.

Sein Blick war immer noch dunkel, voll und so aufgewühlt. Ich fragte mich, ob ich genauso aussah.

»Ich hätte das nicht tun dürfen. Ich weiß auch nicht, was mit mir los war. Vielleicht war das doch der Restalkohol oder so«, log ich und lachte nervös. »Ich hätte dich fragen müssen. Gott, das ist mir unendlich peinlich. Vielleicht ... vielleicht könnten wir das einfach vergessen?«

Sam öffnete den Mund, nur um ihn wieder zu schließen. Dabei hatte seine Miene etwas Gequältes. Als hätte *er* die klaffende Wunde und nicht ich. Dann schüttelte er den Kopf.

»Klar«, sagte er bloß nonchalant. »Kein Ding.«

Kein Ding.

Trotzdem spürte ich, dass er etwas verschwieg. Dass etwas nicht stimmte. Ich *spürte* es einfach.

Wir warteten zweieinhalb Stunden, bis ich aufgerufen wurde. Als ich dem Arzt, einem stämmigen Mann in seinen schätzungsweise Fünfzigern, erklärte, wie die Wunde zustande gekommen war, rollte er mit den Augen. Ich zitterte, als mein Finger mit drei Stichen genäht und ich anschließend vorsichtshalber gegen Tetanus geimpft wurde.

Nachdem ich entlassen worden war, suchte ich Sam im Warteraum. Fehlanzeige. Daraufhin checkte ich mein Handy und atmete erleichtert aus, als ich die Nachricht von ihm bemerkte.

Ich warte draußen.

Samson Alderidge

»Sorry«, sagte er, als ich ihn an die Hausecke gelehnt fand. »Ich musste einfach raus. Ich mag Krankenhäuser nicht so.« Er hob einen Mundwinkel und lächelte schief. Sein falsches Lächeln.

Die anschließende Rückfahrt war genauso schrecklich wie die Hinfahrt. Ich hielt die Stille nicht aus, so wie ich es nicht ausgehalten hatte, Sam nicht zu küssen.

Wie hatte ich mich nur so täuschen können?

Meine Gedanken kreisten immer noch um die Momente im Wasser, während er uns in die Via dei Villini lenkte. Er wirkte so, als wäre nichts Relevantes passiert. Meine Haare hingegen waren verfilzt vom Salzwasser, meinen Finger zierte nun eine zusammengenähte Wunde, und mein Herz stand kopf.

Alles war verdreht.

Und gerade dann, als er die Handbremse zog und ich es nicht schnell genug aus dem Mietwagen schaffen konnte, räusperte er sich. Tief und vielsagend, sodass ich nicht anders konnte, als ihm meine volle Aufmerksamkeit zu schenken. So war das mit Sam: Er brauchte nicht mal ein richtiges Wort zu sagen, und alle sahen ihn an.

Ich sah ich an.

»Wegen dem Kuss«, begann er, und ich glaube, er hatte noch nie so leise gesprochen. »Das warst nicht nur du.«

Dann stieg er aus. Einfach so ließ er mich mit diesem explosiven Bombensatz allein im Auto sitzen, während es in meinen Ohren zu piepen begann.

Sam surfte, weil er seinen Kopf dann frei bekam. Diese Wirkung konnte ich nicht unterschreiben. Mein Kopf lief fast über – von ihm und seinen Worten. Alles in mir war zu voll. Zu heiß. Zu rot. Zu glühend *und* zu wütend.

AUS »VIDEOS, UM GEFÜHLE ZU BESCHREIBEN, DIE ICH SELBST NICHT
VERSTEHE, OBWOHL SIE MEINE EIGENEN SIND«, NUMMER 3:

»Alle lieben die dramatischen Liebesfilme unserer Zeit, weil sie so schön zum Weg-
träumen sind und uns die Realität vergessen lassen. Ich verstehe das. Was mich
daran aufregt? Dass die Charaktere sich meistens nicht so verhalten wie echte Menschen. Ich meine, welcher Typ sagt dir schon, dass der Kuss, den er abgewehrt hat,
nicht nur von dir kam, und lässt dich dann einfach sitzen? Welche wirkliche Person würde nichts auf diesen Satz erwidern? Vielleicht so etwas wie: Hör auf, derartig
kryptische Sätze von dir zu geben und dann einfach zu gehen, als befänden wir uns
in einem zweiundzwanzigminütigen Kurzfilm, in dem jede Sekunde vollends ausge-
nutzt werden muss? Wieso zur Hölle bin ich die Art von unechter Person, die nichts
darauf erwidert?«

23

Emmie

WHO'S AFRAID OF LITTLE OLD ME?

> Wie läuft's in Bella Italia? 😏

Leah 💜

Die Nachricht meiner besten Freundin erreichte mich noch am selben Abend, als ich zombieartig in meinem Bett lag und die letzten vierundzwanzig Stunden zu vergessen versuchte. Es gelang mir nicht. Wie auch, wenn ich jetzt sogar eine physische Erinnerung an den Morgen am Strand hatte? Mit einem Kloß im Hals sah ich auf die genähte Wunde. Ohne weiter darüber nachzudenken, knipste ich ein Foto, das ich anschließend Leah schickte.

> Foto gesendet

Ich

> Three stitches in a hospital room, when you started crying, baby, I did too 😢

Ich

Leah war online und brauchte keine fünf Sekunden, um mich augenblicklich per Videochat anzurufen.

»Was ist passiert?«, fragte sie, noch bevor ich sie begrüßen konnte. Schluckend musterte ich sie, wie sie in ihrem kleinen Hotelzimmerbett saß, während ich in meinem lag. Sie garantiert irgendwo in der Nähe von Köln, ich im sardischen Süden. Ich wusste, dass meine beste Freundin sich besonders auf diesen Aufenthalt in Köln gefreut hatte, weil ELIAS Shows an zwei aufeinanderfolgenden Tagen spielen würde. *Mal keine Nacht im stinkenden Tourbus, yay*, hatte sie vor zwei Tagen geschrieben. Wieso kam mir das so weit weg vor? Wieso kam mir das mit Sam immer noch so nah vor, selbst wenn uns eine Wand voneinander trennte?

»Emmie?« Leahs besorgte Stimme drang zu mir durch. »Rede mit mir.«

Ich hatte noch kein Wort gesagt, trotzdem durchschaute Leah mich innerhalb von Sekunden auf einem kleinen Screen mit körnigem Bild. Als wüsste sie, dass die Wunde an meinem Finger mein kleinstes Problem war. Dann holte ich tief Luft, ehe die Worte nur so aus meinem Mund stolperten.

»Ich habe Samson Alderidge geküsst.«

»*Was?*«

Ich erzählte ihr alles, ließ nichts aus, nicht mal die peinliche Stille im Krankenhauswartezimmer. Und sie, sie rückte näher an den Bildschirm, nickte, schüttelte den Kopf, wusste im ersten Moment nicht, was sie sagen wollte, und konnte anschließend nicht mehr damit aufhören.

Es ist okay.

Das ist kein Weltuntergang.

Du darfst dich selbst nicht dafür hassen.

Ich bin mir sicher, du hast die Zeichen nicht falsch gedeutet.

»Wie soll ich nur mit ihm weiter arbeiten?«, fragte ich leise. »Und das auch noch auf einem Roadtrip?«

»Du machst dir zu viele Gedanken.« Hastig setzte Leah sich auf. »Außerdem habt ihr doch auch beschlossen, das Ganze zu vergessen, nicht wahr?«

»Ja«, bestätigte ich, während ich gleichzeitig an seine verfluchten letzten Worte dachte.

Das warst nicht nur du.

»Grazie.« Sam schloss Ambra vor der alten Haustür in die Arme, während er sich bei ihr bedankte. *»Grazie mille.«*

Diesmal hielt Connor die Kamera nicht hoch. Es war Montag, unser letzter Tag in Cagliari, der Tag nach dem Kuss und meiner genähten Wunde. Heute Morgen hatte Sam Chiara übersetzen lassen, wie viel es ihm bedeutete, dass Familie Marchetti sich bereit erklärt hatte, Teil der Dokumentation zu sein. Sie hatten gemeinsam an einem Frühstückstisch gesessen, mit Cornetti und Espressi, während Chiara erklärt hatte, dass sie es kaum erwarten könne, die fertige Doku zu sehen. Und dass das Team, Sam, Connor und ich, jederzeit hier willkommen seien.

Das hier war nun das richtige Ende.

Ambra nahm auch mich in den Arm, bevor ich mich von den restlichen Familienmitgliedern verabschiedete. Chiara umarmte mich am längsten, dicht gefolgt von ihrer Tante, die mir etwas zu lange zulächelte.

Du wirst dich wieder verlieben. Es wird gleichzeitig das Schrecklichste und Schönste sein, was dir jemals passieren wird.

Ich dachte mit einem Kloß im Hals an das, was sie mir an diesem ersten Abend gesagt hatte, bevor ich der Familie ein letztes Mal zuwinkte und dann in den Jeep stieg. Gerade saß Sam auf dem Fahrersitz, während Connor unser heutiges Etappenziel in sein Handy tippte. Die Pensionsschlüssel waren abgegeben, unser Gepäck und das Equipment im Kofferraum verstaut. Ich hingegen blickte wehmütig auf dieses eigentlich unscheinbare Haus im Quartu Sant'Elena. Irgendwie wollte ich nicht gehen. Ich wollte weiter stundenlang in dem Haus stehen, den Drehtag vor- und nachbereiten, Stehpositionen abkleben und die von mir beschrifteten Filmklappen vor einzelnen Takes fallen lassen. Mir abends im Pensionsbett die Postproduktion ausmalen, elliptische und dynamische Tagesabläufe gegen Rohcut-Sequenzen vom Tomatenpflücken für die friedliche, mediterrane Atmosphäre abwägen. Noch Dutzende von Strandaufnahmen festhalten, die ich dann später, kurz bevor ich schlafen ging, mit meinen Gedanken unterlegte. Ich wollte hierbleiben, in der sardischen Hauptstadt, und darauf warten, dass das Meerwasser sich im Sommer aufwärmte. Noch eine Strandrunde am Poetto Beach laufen und Sam dabei heimlich beim Surfen beobachten. So wie *vor* unserem Kuss. *Vor* dem Krankenhausbesuch. *Vor* seinem Satz, der nun mietfrei in meinem Kopf wohnte.

Das warst nicht nur du.

Aber ich konnte mein Leben immer noch nicht zurückdrehen. Ich konnte nur dabei zuhören, wie die elektronisch verzerrte Stimme unser Ziel ankündigte und Sam den Zündschlüssel drehte.

»Route starten nach Villasimius. Fahren Sie geradeaus, und biegen Sie dann rechts auf die Via Guglielmo Marconi ab.«

Wir würden eine Stunde in Richtung des einstigen Fischerdorfs fahren und ich dabei irgendwie diese unangenehme Funkstille zwischen Sam und mir aushalten, während Musik aus dem Radio dudelte. Villasimius war für die schönsten Strände ganz Sardiniens und seinen besonderen Urlaubsflair bekannt. Dort wollten wir Long Shots und Schwenks drehen, bevor wir gegen Nachmittag unseren wichtigsten Stopp des Roadtrips ansteuern würden: Seulo, wo wir drei Nächte verbrachten.

Ich ließ mich tiefer in die Rückbank sinken und sah nach draußen auf die palmenbepflanzten Straßen mit den typisch sardischen Häusern, an denen wir in Richtung Autostrada vorbeifuhren.

»Ich glaube, wir haben richtig, richtig gutes Material, Leute«, sagte Connor. »Was denkt ihr?«

»Auf jeden Fall«, erwiderte Sam.

Die Worte erreichten mich nicht. Nicht wirklich. Denn seit dem gestrigen Morgen klang alles, was er sagte, in meinen Ohren nur nach *Das warst nicht nur du.*

~

Aber wie konnte es nicht nur ich gewesen sein, wenn Sam nicht mehr mit mir sprach? Wenn ich Blickkontakt mit ihm vermied, allerdings trotzdem hinter geschlossenen Lidern sah, wie er an diesem Strand stand, wie er im Wartezimmer auf dem Plastikstuhl umherrutschte, weil er meine Nähe nicht ertrug.

Gott, ich wünschte so sehr, er wäre nicht sofort ausgestiegen. Dass ich schneller gewesen wäre und ihm das gesagt hätte, was ich nur dem eingebauten Mikrofon meines Handys in Form eines Cagliari-Videos anvertraut hatte. Ich wollte Sam entgegenschleudern, dass er sich unlogisch und widersprüchlich verhielt. Dass mich das nicht heißmachte, nur weil mein Herz automatisch in seiner Nähe glühte. Außerdem wollte ich ihn wissen lassen, dass seine Worte mich fuchsteufelswild machten. Weil ich abends vor dem Einschlafen darüber philosophierte, was genau er damit gemeint hatte. Dass er mich auch hatte küssen wollen, es aber nicht getan hatte? Wieso nicht?

Natürlich konnte ich ihm diese Frage nicht laut stellen.

Mein Mund blieb während unserer Dreharbeiten in Villasimius geschlossen.

Dort parkten wir in unmittelbarer Nähe des Spiaggia di Porto Giunco. Es handelte sich hierbei um einen fast tropischen Strand, der Touristen mit seinem kristallklaren Wasser und dem flach abfallenden Meeresboden begeisterte. Die Bucht lag zwischen zwei Felszungen, wobei tiefgrüne Eukalyptusbäume den Strand einrahmten. Kinder in bunten Badeanzügen bettelten ihre Eltern um ein Slush-Eis von der Strandbar an, während der Wind mir hier bloß leicht durch die Haare blies. Wir fingen großartige Aufnahmen ein, und ich stellte mir vor, wie wir sie später im Schnitt mit ruhiger, melancholischer Musik unterlegten, um zu betonen, wie Sam die Zeit bei Familie Marchetti verinnerlichte und verarbeitete.

Zum Mittagessen begaben wir uns auf die asphaltierte Flaniermeile Via Umberto, wo Touristenshops sich wie Perlen an der Kette aneinanderreihten. Connor suchte ein Restaurant in einer Nebenstraße aus, laut TripAdvisor mit das beste, was ganz Sardinien zu bieten hatte. Dort durchschnitt ich mit einem scharfen Messer den knusprigen Rand meiner Pizza Parmigiana, belegt mit gerösteten Auberginenscheiben und gelber Datterino-Creme, während Sam mit zusammengezogenen Brauen auf sein Handy starrte.

»Scheiße«, sagte er leise, während mein Hirn mir den üblichen Streich spielte.

Das warst nicht nur du.

Er fuhr sich kopfschüttelnd mit der linken Hand über das Gesicht, während Connor ihn alarmiert fragte, was passiert sei. Doch statt einer Antwort drehte Sam ihm das Display seines Handys zu.

»Nicht ihr Ernst«, flüsterte Connor.

»Ist, ähm, alles okay?«, fragte ich vorsichtig, woraufhin Sam mir einen kurzen Seitenblick zuwarf.

Es war das erste Mal, dass er mich seit gestern Morgen *richtig* ansah. Als sein Blick mich streifte, stellten sich alle meine Härchen auf.

»Meine Schwester hat mir geschrieben, dass sie gerade am Flughafen in Cagliari gelandet ist, und fragt, ob wir sie jetzt abholen könnten.«

Ich runzelte die Stirn. »Und sie hat nicht vorher Bescheid gesagt?«

Er schüttelte den Kopf. »Nope.«

»Aber wieso sollte sie einfach unangekündigt in euren Dreh platzen wollen?«

»Versuch nicht, Blair Alderidge zu verstehen«, mischte Connor sich ein. »Ich hab gehört, daran sind schon so einige Treuhandfondserben und Profifußballer zugrunde gegangen.« Er bemühte sich sogar um einen lockeren Tonfall, aber er scheiterte. »Das ist eben typisch Blair.«

»Keine Ahnung«, flüsterte Sam, allerdings glaubte ich ihm nicht. »Ich weiß auch nicht, was passiert ist.«

Aber er *musste* wissen, wieso seine jüngere Schwester plötzlich unangekündigt in Cagliari darauf wartete, dass er sie abholte. Das machte ich an seiner Stimme aus, die plötzlich eine Spur *zu* tief und *zu* leise klang. Sie hatte denselben verletzlichen Tonfall, mit dem Sam mir verraten hatte, dass es in letzter Zeit ein paar schwerwiegende Probleme in seiner Familie gebe.

~

177

Dem eigentlichen Plan nach wären wir gegen siebzehn Uhr in Seulo angekommen, hätten das Hotel bezogen und den Abend in Ruhe ausklingen lassen, bevor wir morgen ausgeruht mit unserer zweiten wichtigen Drehetappe begonnen hätten.

In der Realität manövrierte Sam den Wagen am Flughafen an drängelnden Taxis und hupenden Hondas vorbei. Dort erkannte ich sie anschließend sofort. Sie stand vor den Schiebetüren von Ankunftsbereich C, genau so, wie sie es mit Sam besprochen hatte. Vor knapp zwei Stunden, wohlgemerkt. Dabei musste ich sie nicht suchen, denn Blair war die Art von Person, die einfach auffiel, weil sie schön und aufregend war. Dass sie die Tochter von Rosie Campwell war, war unbestreitbar. Sie sah aus wie ihre Mum, nur mit kürzeren Haaren. Außerdem war sie nicht Teil der Filmwelt, sondern Künstlerin. Das hatte meine heimliche Internetrecherche letztens ergeben. Kein Deep Dive, nur ein Aha-das-ist-ja-wirklich-Sams-Schwester-Moment. Dank Google wusste ich nun, dass sie drei Jahre jünger als Sam war, als Partygirl abgestempelt wurde und ihr Studium an der Londoner Kunsthochschule nie beendet hatte. Den Artikeln einiger Klatschblätter nach zu urteilen, schien sie in der Vergangenheit in den ein oder anderen Skandal zu viel verwickelt worden zu sein. Allerdings waren jegliche Berichte dieser Art aus dem vorletzten Jahr. Aktuell berichtete die Presse nur über ihre meterhohen Gemälde. Es war ihr Markenzeichen, auf riesigen Leinwänden mit groben Pinselstrichen in knalligen Pink- und Pastellfarben zu malen. *Mädchenfarben.* Barbietöne, die sie in abstrakte Kunst verpackte. In Interviews wurde sie oft gefragt, wieso ihre Kunstwerke stets so riesig waren. Daraufhin erwiderte sie meistens, dass es schlicht so passiert sei. Es sei vielmehr eine unterbewusste als eine aktive Entscheidung gewesen. Vielleicht weil sie sich einfach Platz schaffen wollte. Gesehen und gehört werden wollte, weil sie einen Großteil ihres Lebens damit verbracht hatte, sich so klein wie möglich zu machen. Bloß nicht aufzufallen. Immer nett und süß und schön genug zu sein, als wäre das der Sinn ihres Lebens. Blair wollte schlicht nicht, dass ihrer Kunst dasselbe widerfuhr. Sie wollte einfach da sein und wirklich hier sein, Platz einfordern, ohne sich dafür entschuldigen zu müssen. Den Entstehungsprozess hielt sie gelegentlich mit Reels online auf ihren Kanälen fest. Dort sah man sie barfuß und mit zusammengebundenen Haaren in weiten Jeans und engen Tops über ihren Leinwänden knien. Diese Art von Videos erhielten Hunderttausende von Aufrufen, wobei die meisten nur kommentierten, wie unfassbar unreal schön Blair war. Oder so etwas wie: *Und damit verdient sie ihr Geld???? Das kann ja selbst meine Dreijährige besser!!*

Ich erinnerte mich an die Kommentare, während Sam das Auto zum Stehen brachte, ausstieg und seine Schwester anschließend kurz in den Arm nahm.

»Oh, komm schon.« Sie presste Sams große Statur dichter gegen ihre Brust. »Du darfst dich ruhig ein bisschen mehr freuen, mich zu sehen, Sam-Sam.«

Gleich danach begrüßte sie Connor, und vielleicht bildete ich es mir ein, doch auf mich wirkte es so, als müsste er sich mit diesem bestimmten tiefen Atemzug gegen Blairs Umarmung wappnen. Womöglich hatte ich sogar recht, denn während sie ihre hellen Pulloverärmel um Connors Nacken schlang, zeichnete sich der widersprüchlichste Ausdruck überhaupt auf seiner Miene ab. Da waren diese Muskeln an seinem Unterkiefer, die mahlten. So als wollte er diese Berührung gar nicht. Andererseits wirkte Connor aber auch irgendwie gequält, als Blair sich von ihm löste.

Kurz darauf streckte sie mir die Hand hin.

»Blair.« Sie legte den Kopf leicht schief. »Wir kennen uns, nicht wahr?«

Ich nickte. »Emmie.«

Wir schüttelten uns die Hand, als wären wir Geschäftsleute mit einem heimlichen Pakt, der besagte, dass wir unsere letzte Begegnung verschweigen würden. Die, bei der ihr pechschwarze Tränen die Wangen hinabgelaufen waren. Wegen Sam. Und das nicht, weil er ihr das Herz gebrochen hatte, zumindest nicht auf diese Weise.

Schwerwiegende Probleme.

Ich dachte über den Inhalt seiner Worte nach, während seine Schwester den Kofferraum öffnete und ihre Tasche darin verstaute. Im Auto war die Stimmung anders. Angespannt. Aufgeladen mit Tausenden

Geheimnissen und Gefühlen zwischen den dreien, von denen ich keine Ahnung hatte.

Sam steckte den Schlüssel in die Zündung und wollte gerade die Handbremse lösen, da verharrte er. »Ich verstehe es nicht«, flüsterte er, ohne sich umdrehen zu müssen, damit Blair wusste, dass er von ihr sprach.

Augenrollend sah sie von ihrem Handy auf, das sie zwischen ihren Fingern umklammerte, wobei ich getrocknete Farbe an ihren Nägeln erkannte. Der einzige Makel in ihrer scheinbar perfekt glitzernden Fassade.

»Was machst du hier, Blair?«

»Kreative Krise«, antwortete sie. »Ich dachte, ich komme bei eurem Roadtrip auf ein paar andere Gedanken, um dann zu Hause wieder voll durchstarten zu können. Erinnerst du dich an Gracie? Diese Künstlerin aus Manchester? Sie war während ihrer letzten Schaffenskrise auch hier und hat danach Bombenbilder gemalt.«

»Das ist kein Roadtrip.« Connor klang eindeutig angepisst. Connor, den nichts aus dem Konzept gebracht hatte. »Wir filmen Material für unser Projekt. Wir *arbeiten* hier.«

»Keine Sorge.« Sie lächelte, und es war nicht unbedingt ein falsches Lächeln, sondern lediglich ein leeres. Ein Lächeln ohne Gefühle. »Ihr werdet mich fast gar nicht bemerken.«

»Und wo willst du schlafen?«, erwiderte Connor. »Wir haben die Hotels im Voraus gebucht.«

»Na, ganz sicher nicht in deinem Bett, Con-Con.«

»Das habe ich auch nicht gemeint.«

Spätestens bei diesem Satz war mir klar, dass zwischen den beiden irgendetwas war. Sein oder gewesen sein *musste*. Ich wusste es so, wie ich wusste, dass ich nie vergessen würde, wie Sam mit nassen Haaren in seinem Neoprenanzug aussah: mit absoluter Sicherheit.

Aber dann setzte Blair diesen einen Satz nach, der förmlich nach ungesagten Worten schrie. »Übrigens, wie geht es Elle? Hab auf *@londonstories* gelesen, dass es zwischen euch zu kriseln scheint. Ich hoffe natürlich, dass das nur ein Gerücht ist. Das …«

»Es reicht, B«, unterbrach Sam sie bestimmt, während Connors Kiefer sich so stark anspannten, dass ich fürchtete, er würde gleich explodieren.

Während Sam den Motor startete und anschließend den Blinker setzte, fiel Blairs Blick plötzlich auf mich. Sie musterte mich zwei, drei Sekunden lang, ehe sie meine genähte Wunde bemerkte.

»Was hast du denn mit deinem Finger gemacht?« Sie deutete auf die hässlichen Fäden, die meine Wunde zusammenhielten.

Ich habe deinen Bruder geküsst, der mich nicht küssen wollte, und habe dann einen filmreifen Panikabgang hingelegt, bei dem ich fahrig in eine Muschel gegriffen habe. Der Klassiker.

»Hab aus Versehen in eine Muschel gegriffen.«

»In eine Muschel gegriffen?« Blairs Mundwinkel zuckten, doch sie war so freundlich, ihr Lachen zu unterdrücken.

»Es klingt so komisch, dass es eigentlich nur einer Figur in einem dämlichen Comic passieren könnte, oder?«, flüsterte ich.

»Nur ein bisschen.« Grinsend deutete sie einen minimalen Abstand zwischen ihrem Daumen und Zeigefinger an.

Ich allerdings konnte ihr Lächeln gar nicht erwidern, weil ich Sams Blick im Rückspiegel einfing.

Seine Wangen, die sich verfärbten.

Mein Kopf speicherte dieses Bild in der Sam-Datenbank ab, ohne dass ich etwas dafür konnte.

24

Emmie

LOML

»Loml« von Taylor Swift.

Maisie hatte nur diesen Song in ihrer Story gepostet, im Hintergrund ein Foto von Schnittblumen, das sie garantiert in dem Laden in der Franklin Street geschossen hatte. Dort, wo wir uns manchmal Blumen für unser Wohnheimzimmer geholt hatten, weil das Internet empfahl, unser Leben mit importierten Tulpen, Sonnenuntergangsfotos vom London Eye und langen Spaziergängen an der Themse zu romantisieren. Doch Maisie hatte dieses Lied garantiert nicht aus *diesem* Grund in ihrer Story gepostet. Höchstwahrscheinlich hatte Ben sich zum zweiunddreißigsten Mal von ihr getrennt, und sie wollte ihm auf diese Weise unterschwellig mitteilen, dass er die größte Liebe und gleichzeitig auch der größte Reinfall ihres Lebens war.

Das dachte ich drei Tage nach unserer Ankunft in Seulo.

Das Dorf hatte uns mit einem marinefarbenen Schild begrüßt, auf dem die Blue-Zone-Auszeichnung bereits vermerkt war. Der Weg hatte uns hoch hinaus in Richtung Berge geführt. Auf einsame Landstraßen, auf denen vor sich hin malmende Kühe lagen, die wir im Schneckentempo umfahren hatten. Durch enge Waldwege, die in Deutschland nur Forstautos passieren durften. Durch Dörfer ohne Netz, die verhindert hatten, dass ich die Nachrichten im Connor's-Clips-Ordner abarbeiten konnte.

Seulo war ein Dorf, das am Fuße des Gennargentu-Massivs gelegen war – inmitten von tiefen Schluchten und Kalksteingipfeln. Wo man mit jedem Atemzug Ruhe und unendliches Grün einatmete. Das Dorf an sich bestand aus wenigen steilen Straßen, mit kleinen Gassen und vielen Treppen, die die einzelnen Straßen miteinander verbanden.

Noch am selben Abend hatte ich versucht, weiter an *Woman, Running* zu schreiben, war aber nicht mehr reingekommen. Plötzlich hatte ich in meinem Kopf keine Szenarien mehr kreieren wollen, in denen ich Ethan und Maisie meine Meinung kundtat und ihnen in wutgeladenen Monologen meine Verletzlichkeit vor die Füße warf. Ich hatte eher den Ohrwurm von Sams Worten loswerden, ihn verstehen und erleben wollen, dass er mich ein weiteres Mal ruckartig gegen seine Brust zog, weil mein Herz allein bei der Erinnerung zu stolpern begann und ich es hasste und gleichzeitig mochte, was mir bewies, wie sehr ich eigentlich am Arsch war.

In der ersten Nacht hatte ich miserabel geschlafen, wohl wissend, dass ich das Thema Sam nicht abhaken konnte, weil ich es vielleicht gar nicht wollte. Weil ich zwar falsch gehandelt hatte, aber immer noch diese seltsamen Gefühle in mir spürte.

Die nächsten zwei Tage hatten wir Interviews geführt, die Chiara für uns ausgemacht hatte. Mit den Einwohnern in Seulo, die hunderteins, hundertfünf und hundertsechs Jahre alt waren. Deren Gesichter in Form von riesigen Plakaten an den Fassaden ihrer Häuser hingen, auf denen ihre Namen, ihre Geburtsdaten und die wichtigsten Punkte ihres Lebens in Schreibschrift skizziert worden waren. Am liebsten hatten wir mit ihnen mit Blick auf das spektakuläre Gennargentu-Massiv gesprochen, bevor Connor eingefangen hatte, wie die Bewohner trotz ihres hohen Alters relativ zügig die Treppen hochstiegen.

Was Blair tagsüber gemacht hatte? Keine Ahnung. Doch zum täglichen Spritz-Bestellen war sie stets da gewesen.

Für heute stand dieser Punkt auf unserer Liste:

Besichtigung und Shots von Su Stampu de su Tùrrunu, Weiterfahrt +
Übernachtung in Baunei

Genau deshalb waren wir der Schnellstraße fünfzehn Minuten lang in Richtung Osten gefolgt und hatten der Biglietteria anschließend unsere Onlinetickets vorgezeigt. In unserem Seulo-Hotel hatten wir bereits ausgecheckt, denn nach diesem Stopp würden wir gleich weiter in Richtung Baunei fahren. Jedenfalls hatte ich mein iPhone nur deshalb überhaupt in der Hand gehabt. Ich wusste, ich hätte Instagram nicht öffnen sollen, nur weil ich die Erste hinter der Holzschranke war und für drei Sekunden nichts zu tun hatte.

»Alles gut bei dir?«

Ich erschrak, als Blair sich plötzlich neben mich stellte.

»Klar«, sagte ich unsicher. »Wieso?«

Vielsagend zuckte sie die Schultern. »Weil du dein Handy ungefähr so angesehen hast, wie ich mein Handy ansehe, wenn mein Ex mir wieder schreibt und ich nicht weiß, ob ich ihm antworten soll oder nicht.«

Sobald der zweite Satz ihren Mund verlassen hatte, erreichte Sam uns.

»Die korrekte Antwort darauf ist, dass du Keaton niemals antworten solltest«, sagte er so selbstverständlich, als wäre er Teil unseres Gesprächs.

Es war unmissverständlich, dass Keaton Blairs Ex sein musste. Was ich hingegen nicht verstand, war, wieso Sam mit seiner Schwester sprach, allerdings nur mich dabei ansah. So, als würde er eigentlich von *meinem* Ex reden.

»Dein Bruder hat recht, B«, warf Connor plötzlich auch mit verzogener Miene ein. »Keaton ist unausstehlich.«

»Sagt der Richtige.« Sie schob sich eine platinblonde Haarsträhne hinters Ohr, bevor sie auf mich deutete. »Aber wir sprechen hier gar nicht von mir, sondern von Emmie.«

»Oh«, erwiderte Connor, und Sam trug nichts dazu bei, schaute mich nur so lange weiter an, bis ich dachte, ich würde nur noch aus Herzklopfen bestehen und jeder könnte es mir ansehen.

Womöglich hätte ich klargestellt, dass Ethan mir nicht geschrieben hatte, doch da deutete Blair schon nach vorn.

»Was ist? Wolltet ihr nicht los? Oder habt ihr völlig umsonst darüber gemeckert, dass ich eure Arbeitszeit mit Warten verplempere?«

Obwohl wir bloß einundzwanzig Grad hatten, sammelten sich die Schweißtropfen schon nach den ersten Schritten in meinem Nacken. Schuld daran war die hohe Luftfeuchtigkeit im Parco Comunale di Sadali. Meine Schritte knirschten über die Kieselsteine auf dem Schotterweg, während ich den kleinen Bach in unmittelbarer Nähe des Eingangs noch rauschen hörte. Alles tropfte und floss. Nichts stand still, vor allem wir nicht. Um zur Cascate zu gelangen, benötigten wir knapp eine Stunde, immer den veralteten Schildern mit der entsprechenden Aufschrift folgend. Die Kamera gelegentlich auf Connors Schultern, Blair und ich dahinter, Sam im Bild. Ohne mir die Aufnahmen anzuschauen, wusste ich, dass sie großartig waren. Das Dickicht aus Büschen und Bäumen, das Spiel von Licht und Schatten, das den Wald in eine fast undurchdringliche und verwunschene Welt verwandelte. Ab und an begegneten wir anderen Inselbesuchern, die sich auf Englisch, Spanisch und Deutsch unterhielten. Sie alle musterten uns etwas zu genau, diese vier jungen Leute mit der professionellen Kamera und dem viel zu attraktiven Typen im Fokus.

Unser Ziel hörten wir, bevor wir es sahen. Noch ein Stück bergab über die Steinstufen, deren Kanten sich durch die Sohlen meiner Sportschuhe bohrten, dann standen wir davor.

»Da«, sagte ich zu Connor und zeigte auf die hohe Felswand rechts und den Wasserfall, den er bereits filmte.

Wassertropfen spritzten mir ins Gesicht, während Connor das imposante Spektakel für unsere Datenbank festhielt. Das flaschengrüne Wasser, wie ruhig und friedlich und wunderschön und natürlich dieses unberührte Stück Erde wirkte. Ich blinzelte mehrere Male, um sicherzugehen, dass der Anblick echt war. Denn eigentlich war nichts so schön, was real war. Wir unterlegten alles mit Filter, drehten Helligkeit und Farbintensität auf, damit etwas schön genug für uns war, das sich von Natur aus schon atemberaubend zeigte.

Während wir drei an unseren Long Shots und Schwenks arbeiteten, mit und ohne Sam im Bild, breitete Blair ihren Pullover auf dem Boden aus und setzte sich.

Nach einer guten halben Stunde waren wir fertig, traten allerdings nicht gleich wieder den Rückweg an.

»Meint ihr, ich kann da rein?« Nachdenklich deutete Connor auf den See, in den der Wasserfall mündete.

Sam hob eine seiner dunklen Brauen. »Ich schätze die Wassertemperatur auf maximal zehn Grad.«

»Einen Versuch ist es wert.«

Innerhalb von Sekunden entblößte sich Connor bis auf die Boxershorts und stieß ein bibberndes »FUCK« aus, als er mit den Füßen in den See watete.

»Wenn die Frostbeule reingeht, muss ich auch.«

Sams und meine Blicke schossen gleichzeitig zu Blair, die den Pinsel zwischen ihren Fingern neben ihrem Reise-Aquarellmalkasten zur Seite legte. In Rekordgeschwindigkeit schlüpfte sie aus ihren dunklen Bikershorts und dem Shirt, bis sie in ihrem knappen Bikini ebenfalls in Richtung See tappte.

»Und du?« Sams Stimme klang so, wie er mich ansah: viel zu tief. »Gehst du auch rein?«

»Keine Chance.« Ich schüttelte den Kopf, während ich mich auf den Boden sinken ließ. Mein Blick ging geradeaus, lag auf Blair, die die Augen wegen etwas rollte, was Connor soeben gesagt hatte. Da ließ auch Sam sich neben mir nieder.

»ALTER!«, rief Connor über das Wasserrauschen hinweg, während er sich bis zum Hals ins Wasser sinken ließ. »Ist das kalt!!«

»Sei kein Weichei, Rutherford«, rief Blair zurück, die sich, ohne mit der Wimper zu zucken, auf dem Rücken treiben ließ.

»*Rutherford?* Seit wann nennst du mich beim Nachnamen, *Alderidge*?«

»Würde dir *Lieblings-Con-Con* besser gefallen?«, feuerte sie zurück, und Connor sprach weiter, doch ich hörte nicht mehr zu.

Plötzlich räusperte Sam sich. »Ist ein bisschen schwierig, es mit den beiden auszuhalten, oder?«

So nonchalant wie möglich zuckte ich mit den Achseln. »Sind die immer so?«

»Immer.«

»Waren sie mal zusammen?«

»Was? Nein.« Sam lachte. »Er ist mit Blairs früherer bester Freundin zusammen. Elle.«

Mit ihrer besten Freundin?

In meinem Kopf ergab das keinen Sinn, wenn Connor derart auf Blair reagierte, allerdings traute ich mich nicht, meine Gedanken auszusprechen. Stattdessen fokussierte ich den Wasserfall.

»Was ich dich … ähm …«

Sam stockte, aber wieso stockte er?

»Was ich dich noch fragen wollte. Hast du wirklich noch mal mit deinem Ex-Freund geschrieben?«

Verwirrt sah ich ihn an, doch er verwechselte meine Verwunderung mit Irritation. Zumindest kam es mir so vor, weil er abwehrend die Arme hob.

»Sorry, ich weiß, dass mich das eigentlich gar nichts angeht, aber du und Blair habt doch vorhin darüber geredet, oder? Dieser Typ ist ein Bastard, weil er seine Freundin betrogen hat. Aber er ist ein noch größerer Bastard, weil er *dich* betrogen hat.«

Seine Augen fixierten nur mich, und das inmitten einer Panoramalandschaft, die Menschen auf ihre Bucketlist schrieben.

»Glaub mir, Emmie.«

Glaub mir, Emmie.

Das gab mir den Rest.

Meine Hände ballten sich zu Fäusten, während es in mir ganz warm wurde.

Schuld daran war das Glühen. Schuld daran war aber auch die Wut in mir drin.

Wie konnte er es wagen? Wie konnte er ernsthaft annehmen, es wäre okay, mich ihn küssen zu lassen, nur um mich dann zurückzuweisen und mir anschließend in diesem beschissenen Mietwagen zu erklären, dass das nicht nur ich gewesen sei? Nachdem er Connor gesagt hatte, ich sei ihm egal, wohlgemerkt?

Instinktiv presste ich die Lippen aufeinander. Dann schüttelte ich den Kopf. Und öffnete den Mund. Ich würde nicht mehr schweigen, alles in mich hineinfressen, nur um es später in den Texten meiner Videotagebücher gedanklich auszukotzen. Ich würde meine Meinung sagen und zu mir stehen, so, wie meine liebsten weiblichen Filmcharaktere es auch taten. Doch gerade dann, als ich den Mund öffnen wollte, stieg Connor triefend nass aus dem See.

»Deine Schwester ist kein Mensch, Mann«, rief Connor. »Keine Ahnung, wie die das aushält.«

Blair allerdings antwortete so schnell, dass Sam gar nicht dazukam.

»Lass dir einfach Eierstöcke einpflanzen, *Con-Con*.«

25

Emmie

TREACHEROUS

Ich würde warten. Ruhe bewahren. Geduldig sein. Und dann würde ich ihm meine Meinung sagen.

Als wir um kurz nach zwei in den Jeep stiegen, sah ich genau vor mir, wie wir in Baunei zu viert das Restaurant besuchen würden, das Connor als das beste auserkoren hatte, bevor ich Sam heimlich im Hotel abfangen würde. In meinem Kopf saß meine Rede schusssicher, Wort für Wort für Wort. Innerlich probte ich sie wie eine Schauspielerin ihren Monolog, wegen dem sie sich einen Oscar versprach.

In meiner Vorstellung machte ich alles richtig.

Aber dann ließ sich Blair mit dem Handy zwischen ihren Fingern auf der Rückbank hinter Sam nieder und rückte nach vorn, sodass sie sich am Kopfteil festhalten konnte.

»Wir haben ein Problem.«

Sam runzelte die Stirn. »Wie meinst du das?«

»Jemand muss mich nach Villasimius fahren.«

»Wieso das denn bitte?«, erwiderte Connor sofort.

»Ihr erinnert euch noch an Gracie? Tja, ich habe gerade auf Insta gesehen, dass sie hier eine Ausstellung mit den Bildern hat, die sie damals in ihrer Schaffenskrise hier kreiert hat. Sie hat in meinen Storys gesehen, dass ich auf Sardinien bin, und mich eingeladen. Sie hat sogar einen ähnlichen Stil wie ich. Riesige Leinwände und abstrakte Bilder, und immer mit einem feministischen Hintergrund. Ich *muss* dahin.«

»Wir haben Villasimius vor Tagen hinter uns gelassen.« Connor runzelte die Stirn. »Das weißt du, oder?«

»Und du weißt auch, dass ich mich momentan in einer ziemlich ekelhaften Schaffenskrise befinde, oder?« Sie verengte die dunklen Augen zu Schlitzen. »Ich brauche das. Außerdem sind es nur eineinhalb Stunden von hier. Das ist nicht so weit. Also, wer hat Lust, mich zu begleiten?«

Connors Blick zuckte ratlos zu Sam, der bloß die Hände hob. »Ich bin raus. Ich hab nachher einen Call wegen möglichen Streaminganbietern für *BLUE*.«

Sein bester Freund presste die Lippen zusammen. Blair allerdings sah ihn so lange mit diesem unendlich seltsamen Blick an, bis er plötzlich einknickte.

»Wenn ich dich fahre«, murmelte er, »musst du mir versprechen, dass du mich nicht umbringst.«

»Ach, komm schon, schau mich an.« Sie klimperte mit den Wimpern. »Wem sollte ich schon mit meinen eins sechzig irgendetwas antun?«

~

Der Plan war simpel: Sie würden diese Ausstellung besuchen und uns gegen neun wieder in Seulo aufsammeln. Connor schmiss uns vor der Bar Gelateria Locci Giancarlo raus, wo Gäste an alkoholfreiem Ichnusa in Glasflaschen nippten. Das Lokal war kein wirkliches Café, in dem Sam und ich arbeiten konnten, allerdings war es unsere beste Wahl.

Wir sprachen nicht viel miteinander, auch wenn wir gemeinsam an einem der runden Tische hockten. Natürlich nicht. Nur manchmal holte er sich einen Kaffee und fragte mich, ob ich ebenfalls etwas wollte. Das Seltsamste? Ich sah ihn an keinem Call teilnehmen. Er tippte bloß, hatte nicht mal Kopfhörer auf den Ohren.

Während wir auf Connor und Blair warteten, beantwortete ich Mails. Der Tag zog an mir vorbei, während Gäste kamen und gingen, in glänzende Cornetti mit zitroniger Vanillecreme bissen oder sich Focacce mit Rosmarin und Oliven gönnten.

Connors Anruf erreichte Sam um genau neunzehn Uhr. Das wusste ich so genau, weil ich auf die Uhrzeitanzeige starrte und mich fragte, ob ich den Laptop nun zuklappen könnte, ohne dass es komisch wirkte.

»Fuck«, stieß Sam zwischen zusammengebissenen Zähnen aus, während er sich durch die dunklen Haarsträhnen fuhr. »Nicht dein Ernst.«

Abermals zuckte sein Blick in meine Richtung, während er weitertelefonierte und schließlich auflegte. Anschließend atmete er durch.

»Es gibt ein Problem mit dem Auto«, murmelte er.

»Wie meinst du das?«

»Es ist nicht Schlimmes oder so …«

»Aber?«, fragte ich leicht nervös.

»Connor und Blair wollten gerade losfahren, und – Überraschung – das Auto springt nicht an. Der Notfalldienst hat sie auf morgen vertröstet. Sie bleiben also eine Nacht in Villasimius, und wir müssen eine Nacht länger hierbleiben.«

»Okay.« Ich nickte, denn unsere verzögerte Weiterfahrt war nicht dramatisch. Niemandem war etwas passiert. Das war die Hauptsache, oder?

Ich schrieb unserer Unterkunft in Baunei, dass wir heute Abend nicht anreisen würden. Wahrscheinlich würden wir die Nacht trotzdem bezahlen müssen. Während ich die Mail abschickte, rief Sam in dem Bed and Breakfast an, in dem wir die letzten Tage übernachtet hatten. Und wir schienen sogar Glück im Unglück zu haben. Tatsächlich hatte sie noch zwei Zimmer frei. Also stoppten wir in dem kleinen Lebensmittelladen in der Via Oristano, wo wir uns mit Zahnputzzeug und Wasserflaschen eindeckten. Wir hatten kein Gepäck, nur unsere Rucksäcke mit den Laptops und Aufladekabeln, und das war doch besser als nichts, oder?

Ich redete mir so lange gut zu, bis wir unsere Unterkunft erreichten und uns die Dame an der Rezeption einen Schlüssel übergab.

Sam räusperte sich tief. »Wir hatten zwei Zimmer reserviert.«

»Zwei?«, hakte die Dame panisch mit aufgerissenen Augen nach. »Am Telefon hatte ich ein Zimmer für zwei Personen verstanden. Es ist das einzige, was ich noch habe.«

Nur ein Zimmer.

Ich wollte lachen, weil es so jämmerlich war. Nur ein Zimmer am Rande der Welt für Sam und mich? Es musste ein Scherz sein. Die Dame allerdings entschuldigte sich weiter nervös und schnell. Sie bot sogar an, auf dem Hotelcomputer nach anderen Unterkünften zu suchen. Doch ...

»Tut mir leid, es scheint alles ausgebucht zu sein. Wollen Sie das Zimmer trotzdem nehmen?«

Sam sah mich ratlos an, wobei sein Adamsapfel nervös zuckte.

Er wollte sich kein Zimmer mit mir teilen.

Ich wollte mir kein Zimmer mit ihm teilen.

Allerdings waren wir ohne Auto aufgeschmissen. Wo sollten wir schon hingehen? Seulo war schlimmer als das niedersächsische Kaff, in dem ich aufgewachsen war. Ich meine, ich hatte während der Tage hier nicht mal einen Bus gesehen.

Er musste dasselbe denken, denn er zuckte schließlich mit den Achseln. »Ich glaube, wir nehmen es?« Ein letzter Blick auf mich.

Ich nickte.

Er nahm den Schlüssel entgegen.

26

Emmie

LONDON BOY

»Okay«, sagte er um kurz nach neun, als wir das Zimmer betraten. »Das sind wohl keine Einzelbetten.«

Sein Blick schweifte zu mir, ohne wie sonst einen Tick zu lange zu verweilen. In diesem Zimmer blickte Sam mich lediglich für eine Millisekunde an, als wäre es sonst zu gefährlich.

Keine Ahnung, wie ich meinen Plan hier durchziehen sollte, ihm endlich meine Meinung kundzutun. Wir teilten uns einen verfluchten Raum. Ich konnte ihm nicht einfach sagen, was ich wollte, und dann gehen.

Ich würde bleiben müssen.

»Sicher, dass das okay für dich ist?«, fragte er.

»Haben wir eine andere Option?«, erwiderte ich so gleichgültig wie möglich.

Er hob die Schultern. »Eher nicht.«

Das sagte er zu leise. Zu rau. Zu gänsehautverursachend. Es schien so, als würde sich der Raum mit seiner Stimmfarbe aufladen. Alles fühlte sich dunkel und verrucht an.

Innerhalb der nächsten zwanzig Minuten machten wir uns bettfertig, bevor wir uns zögerlich auf die Matratze legten, als wäre sie ein gefürchteter Ort, den Menschen auf keinen Fall besuchen durften.

Das war so komisch.

Im Nachhinein wünschte ich mir, eine versteckte Kamera hätte gefilmt, wie sehr wir uns darum bemühten, so nah wie möglich an unsere jeweilige Matratzenaußenkante zu rücken, ohne dass der andere es bemerkte. Und vielleicht war es Einbildung, aber Sams Finger zitterten, während er nach der Fernbedienung griff.

»Tja«, murmelte er, nachdem er durch das gesamte Programm gezappt hatte. »Ich würde sagen, wir müssen aufs MacBook umswitchen, außer du verstehst Italienisch?«

»Keine Chance.«

In einer fließenden Bewegung griff er nach dem Laptop in seinem Rucksack, bevor er ihn entsperrte und mir reichte.

»Du kannst aussuchen.«

Ich zögerte wieder und hasste alles daran. »Sicher?«

»Wieso nicht?«

»Na ja, da liegt jetzt ganz schön viel Druck auf mir, einer der *aufregendsten Personen der britischen Filmbranche* einen Film zu zeigen, den ich mag.« Ich hob die Brauen. »Hinterher findest du ihn scheiße, und ich fühle mich minderwertig. So wie in diesem Erstsemester-Seminar in Berlin, wo wir unsere Lieblingsfilme besprochen haben.«

»Oh, das klingt sehr gut«, erwiderte er sofort, »zeig mir den Film, den du ausgesucht hast.«

»Keine Chance.«

»Komm schon, wovor hast du Angst? Dass ich mich über dich lustig mache, Germany?«

Sein lächerlicher Spitzname passte nicht zu dem intensiven Blick, mit dem er mich nun doch zu lange beäugte. Zum ersten Mal in diesem Zimmer. Je länger er mich ansah, desto enger schnürte sich meine Kehle zu. Das Atmen fiel plötzlich schwerer. Nur wegen eines Blickes.

Ich. Hasste. Das.

»Ich habe dich vorgewarnt«, murmelte ich, ehe ich aufgab, die Streamingplattform öffnete und dieses eine Wort eingab.

Hannah.

Wenn ich genauer darüber nachdachte, war es wirklich klischeehaft, dass ich mit achtzehn einen Film über ein achtzehnjähriges Mädchen nach seinem Abschluss ausgesucht hatte, das nicht wusste, ob es studieren, reisen oder aus Überforderung nichts machen wollte. Natürlich spielte die Beziehung zu einem gewissen Will eine große Rolle, aber eigentlich ging es gar nicht um ihn, denn das Ende ihrer Liebesgeschichte blieb offen. Im Grunde berichtete der Film von dieser bestimmten Art von achtzehnjährigem Verlorensein, obwohl man sich gleichzeitig auch unbesiegbar fühlte. Erin Wallace hatte diese Coming-of-Age-Geschichte so authentisch, ehrlich und einfühlsam erzählt, dass ich keine Zuschauerin kannte, die sich nicht mit Hannah identifizieren konnte. Der Film wurde damals belächelt, als trivialer und niedlicher Mädchenfilm abgestempelt, selbst wenn er die Realität vieler weiblicher Personen widerspiegelte. Ich weiß noch, wie in meinem Seminar ähnliche Worte gefallen waren und ich mir auf die Zunge gebissen hatte, um nicht zu protestieren. Der Film wäre sicher ganz anders wahrgenommen worden, wenn es um die Coming-of-Age-Geschichte eines Jungen gegangen wäre. Diese Filme gewannen ständig etliche Preise, weil sie als so wertvoll für die heutige Jugend deklariert, die Buchvorlagen in Schulen gelesen und besprochen wurden.

Heute würde ich mir allerdings nicht mehr auf die Zunge beißen. Ich würde sagen, was ich dachte. Für alle meine Werte einstehen.

Unglücklicherweise befand ich mich gerade nicht in einem Erstsemester-Seminar, sondern in einem Hotelzimmer. Mit Samson Alderidge, der seinen Laptop mittig zwischen unseren Beinen positionierte, bevor er sich wieder zurücklehnte, weiterhin darauf bedacht, so viel Abstand wie möglich zwischen uns zu bringen.

Dem Himmel sei Dank.

Während der Film lief, konzentrierten wir uns auf den kleinen Bildschirm. Trotzdem spürte ich Sam allgegenwärtig neben mir. In diesem Bett. Die Luft zwischen uns war aufgeladen, sie knisterte und wurde mit jedem Atemzug dichter.

Es lag an diesem gewissen Etwas zwischen Sam und mir. Das, was mich dazu gebracht hatte, ihn zu küssen. Das, was ihn höchstwahrscheinlich dazu gezwungen hatte, mir diesen beschissenen Satz vor die Füße zu werfen.

Das warst nicht nur du.

Und dann lief *dieser* Part im Film über den Bildschirm.

Hannah tanzte mit ihren Freundinnen auf einer Hausparty, während die Musik verstummte und durch ihr Herzpochen ersetzt wurde, weil Will den Raum betrat. Es war magisch, wie sie Blicke austauschten, wie jeder sehen konnte, dass sie sich anschauten und dabei alles ineinander sahen. Mir kam es selbst Jahre später weiterhin wie die einzige logische Schlussfolgerung vor, dass Will das Wohnzimmer in Richtung zweites Stockwerk verließ und Hannah ihm wie automatisch folgte. Die Treppen hinauf. Den Flur entlang. Bis er die Tür zum Bad öffnete und sie sich mit ihm in den kleinen Raum quetschte.

»Ich wusste, dass du mir folgen würdest«, flüsterte er, bevor er ihren Hals entlangküsste und wir sahen, wie sich Gänsehaut dort ausbreitete.

Instinktiv durchfuhr ein Vibrieren meinen Körper, das passierte meistens bei dieser Szene. Immerhin war es wirklich heiß, wie Will sie um den Verstand küsste, sie gegen die Tür presste und hörte, wie Gäste klopften, es jedoch einfach wissentlich ignorierte. Aber dieses sanfte Vibrieren wurde zu einem Vulkanausbruch, weil ich mich mit Sam auf einem Bett befand. Und er dieselbe Szene ansah wie ich. Im selben Moment. Während er dieselbe elektrisierte Luft einatmete wie ich. Ich konnte nicht anders. Musste ihn beäugen, wobei das wahrscheinlich der Fehler war. Krampfhaft blinzelte Sam gegen den Bildschirm an, die rechte Hand in die weiße Decke gekrallt. Ich hörte es im Film rascheln, wobei ich wusste, was zu sehen war.

Will griff unter Hannahs Rock.

Sam schluckte.

Hannah stöhnte.

Sams Wangen röteten sich.

»Willst du es auch so verdammt sehr wie ich?«, fragte Will, bevor die Szene weiterlief und nicht ins Schwarze überging, wie es sich die vielen Kritiker gewünscht hatten.

Im Augenwinkel erkannte ich, wie Will Hannah das Oberteil auszog und sich an ihrem BH zu schaffen machte, da wandte Sam mir schlagartig das Gesicht zu.

O Gott.

Sein Blick.

Wie wild und dunkel er war.

Wie dunkel sich plötzlich alles anfühlte.

»Sorry«, murmelte er so verflucht rau. »Ich kann mir das nicht angucken.«

Ganz plötzlich erhob er sich, ließ den Laptop mit seiner ruckartigen Bewegung umfallen, während Hannah und Will weiter stöhnten.

Da hielt ich es nicht mehr aus. Scheiß darauf, dass wir uns ein Zimmer teilen mussten. Instinktiv setzte ich mich auf. »Wieso?«

»*Wieso?*« Sam schnaubte. Er, dieser große und wunderschöne Mann mit der Filmstimme, der plötzlich haareraufend über mir aufragte. »Komm schon, Emmie. Du weißt, *wieso*.«

Daraufhin ballten sich meine Hände erneut zu Fäusten. »Das ist verdammt noch mal nicht fair.«

Verwundert kräuselte er die Stirn.

»Es ist nicht fair, dir mit mir diese Sexszene anzuschauen und dann plötzlich aufzuspringen«, spezifizierte ich. »Zu sagen: *Ich kann mir das einfach nicht angucken,* und es nicht weiter zu erklären, nur damit ich mich frage, was genau du damit gemeint hast, obwohl ich es mir vorstellen kann, aber irgendwie auch nicht. Unfair ist übrigens auch, dass du mir sagst, mein Ex-Freund sei ein absoluter Bastard, weil er ausgerechnet *mich* betrogen hat. Es ist nicht fair, dass du mich ständig so ansiehst, wie du mich angesehen hast, bevor ich dich geküsst habe. Es ist nicht fair, dass ich mich entschuldigt habe, mich für diesen beschissenen Kuss in Grund und Boden geschämt habe. Für einen Kuss, den du offensichtlich nicht gewollt hast. Aber irgendwie vielleicht auch doch, weil du mir am Ende gesagt hast, dass das mit dem Kuss nicht nur ich gewesen sei? Selbst wenn du am selben Abend noch zu Connor gemeint hast, ich wäre dir egal?« Plötzlich wurde meine Stimme unendlich leise. »Das ergibt alles keinen Sinn, Sam. Das hier ist kein schlecht umgesetzter Liebesfilm, in dem du widersprüchliche Dinge sagst und dich widersprüchlich verhältst, aber ich dich dafür nur umso mehr will.«

Nachdem ich verstummt war, klopfte mir das Herz bis zum Hals. Ich hatte mich getraut, aber ich hatte Angst. Ich fürchtete mich vor Sams Reaktion. Was war, wenn er mich auslachen würde, weil ich mir so viele Gedanken um einen Kuss machte, den wir vergessen wollten?

Die Gedanken überschlugen sich in meinem Kopf, während Sam ganz still blieb. Wie eine Statue. Muskulös und riesig und wunderschön.

»Ich habe nie gesagt, dass ich den Kuss nicht wollte«, flüsterte er.

UND GOTT.

Wieso musste er auch so eine Stimme haben? Sie klang noch rauer als sonst. Nicht wie Kyle, nur wie Sam, in einer fürchterlich verwundbaren Version. Er war besser als Kyle. Er war echt.

»Es tut mir leid, dass ich diese widersprüchlichen Gefühle verursacht habe, aber ...«

»Aber was?«, hakte ich sofort noch.

Statt zu antworten, schluckte er, wobei seine Lider flatterten. Ich bemerkte die dunklen Schatten unter seinen Augen. Wie rot gerändert seine Pupillen waren, als bekäme er seit Tagen nicht mehr genug Schlaf, selbst wenn wir die Restaurants schon verließen, wenn der Großteil der Besucher die geschnittenen Tomatenscheiben ihrer Vorspeisen aufspießten.

»Was willst du verflucht noch mal von mir hören, hm?« Seine Nasenflügel blähten sich auf. »Dass ich dich will? Dass mein bester Freund das natürlich checkt und ich einfach etwas gesagt habe, damit er Ruhe gibt? Dass ich verflucht noch mal fast gestorben bin, weil ich dich nicht zurückgeküsst habe? Dass ich gefühlt jede Sekunde daran denke? An dich denke, selbst wenn wir den gesamten Scheißtag miteinander verbringen? Dass du mich wahnsinnig machst, einfach weil du du bist? Dass ich keine Ahnung habe, wann ich mich jemals so gefühlt habe? Und mich dann noch mehr verrückt mache, weil das alles absolut keinen Sinn ergibt? Noch weniger, da du gerade aus einer Beziehung kommst und ...«

Er sprach nicht weiter. Ließ den Satz in der Luft hängen, als könnte er dort einfach unausgesprochen bleiben.

»Und du irgendwie über mir stehst, obwohl du nicht mein Chef bist, aber es ist immer noch dein Film, für den ich mit Connor zusammenarbeite?«, vollendete ich für ihn.

Er erwiderte nichts, aber wie sein Kiefer sich verkrampfte, bemerkte ich ganz genau.

»Du musst dazu nichts sagen«, flüsterte ich. »Ich will einfach nur, dass das aufhört, okay?«

Damit hatte ich alles gesagt. Es war ein guter Schlusssatz, um zu gehen.

Aber ich konnte nicht gehen.

Wir teilten uns ein verfluchtes Zimmer.

Dabei spielte es keine Rolle, dass ich mir den letzten Satz nicht mal selbst glaubte.

Es war egal.

Egal, egal, egal.

Unglücklicherweise war nichts mehr egal, als Sam noch einen letzten Blick in Richtung Tür warf und ich mir sicher war, er würde selbst einfach verschwinden, doch plötzlich einen Schritt auf das Bett zu machte. Sich auf der Matratze niederließ und mir gegenüber hinsetzte. Mir dabei so unendlich nah war, als er wieder zu reden begann.

»Es tut mir so leid, aber ich kann das einfach nicht mehr.«

Ich schluckte hart. »Ich verstehe nicht mal, was du meinst.«

In meiner Vorstellung hatte ich die Worte gefühllos geäußert. Kalt, wie Schauspieler ihre Texte auswendig lernten, um keine Emotionen zu verschwenden und so während der Aufnahme maximal echt spielen zu können. In der Realität klang ich allerdings zu gepresst und leise, so als bekäme ich nicht genug Luft, wenn Sam derart offen und verletzlich vor mir saß. Nur Gefühle und Funken, die in der Luft herumschwirrten.

»Frag das nicht, Emmie.«

»Tue ich aber.« Trotzig reckte ich das Kinn. »Ich …«

»Ich bin einfach überfordert, okay?«, unterbrach er mich. »Verdammt, ich weiß auch nicht, was das ist. Aber ich weiß, dass das *definitiv* kein guter Zeitpunkt ist.«

»Denkst du, ich fühle mich nicht schrecklich, weil ich um Ethan trauern sollte, aber die ganze Zeit nur an dich denke? Mein Ego ist gebrochen, nicht mein verfluchtes Herz. Ich kann das auch nicht ganz erklären. Aber …«

Ich hätte den darauffolgenden Satz nicht aussprechen dürfen. Er war die Art von Wahrheit, die ich in der Realität nicht freilassen durfte. Ich tat es trotzdem. »Für mich ist da einfach *etwas* zwischen uns.«

Wahrscheinlich kam es nicht so selbstbewusst rüber, wie ich es mir ausgemalt hatte. Eher ängstlich und unsicher, weil es angsteinflößend war, jemandem seine Gefühle so zu offenbaren, und das nicht mal per Textnachricht.

»Denkst du, das weiß ich nicht?«, sagte er.

»Tja, keine Ahnung. Wieso verhältst du dich dann so? Ich meine, was, Sam, *was* willst du überhaupt?«

Bei dieser Frage verdunkelten sich seine Augen erneut. Sie funkelten mich an wie ein Warnschild – leuchtend und unübersehbar.

»Frag das nicht«, sagte er, ohne zu zögern.

»Hab ich aber.«

Kopfschüttelnd schloss er die Augen, während alles in seiner Miene hart und maximal angespannt wirkte. So als herrschte hinter seiner Stirn gerade Krieg. Bevor er die Lider öffnete, blähten seine Nasenflügel sich auf. Dann sah er mich mit glasigen Augen wieder an.

»Ich will *dich*, Emmie, okay?«, flüsterte er kratzig, während er näher kam, seine Hand plötzlich hob und mich zu sich heranzog. Ich fühlte die Wärme seiner Hand in meinem Nacken, während ich die Hitze auf seinen Wangen sah.

Ein Schauder durchfuhr meinen Körper. Keine Ahnung, wie die Stimmung so schnell hatte kippen können. Ich hatte die Zügel in der Hand gehabt, ihn und seine Stimme zittern lassen. Jetzt tat er dasselbe mit mir. Automatisch richteten sich meine Härchen in seine Richtung auf, wie kleine Antennen, die nur auf ihn eingestellt waren.

Das war noch nie so gewesen.

»Aber ich will auch nicht, dass du das hier später bereust«, fuhr er fort.

»Wieso sollte ich das?«

»Hast du etwa nicht bereut, mich geküsst zu haben?«

»Nur weil du es nicht wolltest und …«

Ich konnte nicht weitersprechen, weil er mich mitten in meinem Satz näher zu sich heranzog.

»Hör auf, das zu sagen.« Stark stach sein Adamsapfel hervor. »Natürlich wollte ich den Kuss.«

Unsere Nasenspitzen berührten sich fast, während er mich ansah. Auf diesem Bett, in dem wir voreinander hockten.

Alles in mir vibrierte. Alles in mir randalierte.

Ich saß einfach nur da, hatte allerdings das Gefühl, ich würde rennen und fliegen und durch das Universum schweben. Nur weil er mich betrachtete.

So fühlte es sich also an, wenn man jemanden wollte. Als könnten jeder Blick und jedes Wort weltverändernd sein. Oder jedes hauchzarte Lippenstreifen eine Herzexplosion. So wie jetzt.

Sam streifte meine untere Lippe mit seiner oberen.

Darf ich?

Er hielt meinen Blick fest, als könnte man das, Blicke festhalten.

Willst du auch?

Jeder meiner Zentimeter glühte.

Stirbst du auch ein bisschen, wenn wir uns jetzt nicht richtig küssen?

Ja. Das war die Antwort auf alle Fragen, die er mit seinem leichten Lippenstreifen wortlos stellte. Allerdings traute ich mich nicht, sie auszusprechen. Stattdessen schlang ich meine Arme wie in Zeitlupe um seinen Nacken. Es war derselbe Moment, in dem seine Lippen mitten in ihrem Streifen innehielten.

»Ich …« Seine Augen verdunkelten sich. »Ich küsse dich jetzt, ja?«

Ich nickte, noch während seine Hand sich in meinen Nacken legte.

Und

Er

Mich

Endlich

Küsste.

Zuerst noch langsam und ganz zärtlich, sehr geschickt ohne Zunge. Ich spürte die Wärme seines Munds und das heftige Schlagen meines Herzens. Bis er den Blick öffnete und das Blau in seinen Augen nun fast schwarz war. Dann setzte meinen Puls einen Schlag aus, weil er mich plötzlich im Sitzen auf sich zog. Ich spürte Sams Brust an meiner und wie sein Shirt bei jedem Luftholen meines streifte. Seinen Herzschlag, der synchron zu meinem ging. Einen letzten, einen allerallerletzten Moment sah er mich noch an. Meine Augen machten Tausende Aufnahmen, die allesamt zu einer dieser Szenen werden könnten, die ich mir in Dauerschleife anschauen würde.

Dann war Küssen nicht mehr Küssen.

Hart grub sich seine Hand in mein Haar und zog mich *noch* dichter an ihn heran, bevor er seine Lippen so auf meine presste, dass ich dachte, alles in mir würde verglühen. Als seine Zunge meine berührte, spürte ich es überall.

Ich spürte *alles*.

Seine Hände in meinen Haaren, in meinem Nacken und auf meinen Armen, die er streichelnd auf und ab fuhr. Seine heiße Zunge an meiner, die mich um den Verstand küsste. Die Härte, die sich gegen meinen Schoß drückte.

Wir küssten uns, bis sich alles in mir taub anfühlte und ich nur noch mein glühendes Herz wahrnehmen konnte. Bis alles andere egal war und ich nicht anders konnte, als mich leicht gegen seinen Schoß zu wiegen.

Einmal.

Er keuchte an meinen Mundwinkel auf.

Noch einmal.

Er krallte die Hände in meine Taille.

Ein letztes Mal.

Er löste sich von mir, ruckartig, mit mondgroßen Augen und geschwollenen Lippen.

»Ich glaube, wir sollten aufhören«, brachte er gepresst hervor.

Aber ich wollte nicht aufhören. Ich wollte Sam wieder an mich ziehen und dass seine Finger sich erneut in meine Haare krallten. Dass er mich berührte. Ich wollte dieses Stöhnen unterdrücken, als seine Hände meinen Nacken, meine Taille, meine Schultern entlangfuhren. Eigentlich unschuldige Berührungen, doch nichts war hier unschuldig.

Ich saß auf seinem Schoß. Spürte ihn pulsieren. Wollte mehr. Mehr Haut, mehr Berührungen, mehr Hormone, mehr Rauschen, mehr Herzrasen. Aber genau genommen wusste ich nicht, wie mein Herz noch heftiger hätte schlagen können als jetzt.

Nichts reichte mehr.

»Ich will nicht aufhören«, flüsterte ich, bevor ich an seinem Hosenknopf nestelte.

»Fuck«, fluchte er.

Dann war er derjenige, der mir meine Leggings von den Beinen streifte. Mit Schwung schmiss er sie auf den Boden und drückte mich im Liegen aufs Kissen. Seine Nasenspitze verharrte dicht vor meiner.

»Frag mich noch mal, wieso ich mir die Sexszene nicht ansehen konnte«, verlangte er.

Ich hatte nicht gewusst, dass es so sein würde. Dass Sam so sein könnte. So fordernd und heiß, während er mich nicht mal richtig berührt hatte. Nicht an den pochenden Stellen.

»Wieso … wieso konntest du sie dir nicht ansehen?«

»Weil ich es wirklich nicht ausgehalten hätte, mir diese Scheißsexszene anzusehen, wenn du neben mir in einem Bett liegst, das wir uns teilen müssen. Dass ich nur daran hätte denken müssen, was ich alles mit dir in diesem Bett machen könnte. Genauso wie ich mir vorgestellt habe, was wir machen könnten, als du dir diese beschissene Kyle-Story angehört hast.«

»Und was willst du machen?«

Seine Stimme war immer noch unendlich tief und rau. »Ich will dich zum Kommen bringen.«

Mit seinem Oberschenkel spreizte er meine Beine ein Stückchen weiter, während er meine Hand in seine nahm und sie in Richtung meines Schritts führte.

»Während du dich selbst berührst.«

Es war heiß, wie er das sagte. Kylemäßig heiß. CherrySounds-Level-heiß. Diese Art von heiß, von der man fantasierte, aber sie nicht in echt erlebte, weil man in der Realität zu schüchtern war.

Diesmal war ich es nicht.

»Und wieso willst du mich nicht selbst berühren?« Ich hob die Brauen. »Damit ich es hinterher nicht bereuen kann?«

»Vielleicht.« Er zuckte die Achseln. »Aber es wäre auch einfach heiß.«

Ich überlegte kurz. »Unter einer Bedingung.«

»Die wäre?«

»Du berührst dich auch.«

In seinen Augen begann es zu glühen, während es in meinem Körper noch heißer wurde. »Dann hab ich auch eine Bedingung.«

»Ja?«

»Wir sagen uns gegenseitig, was wir tun sollen.«

Meine Augen weiteten sich, doch ich konnte nicht verneinen. Wollte nicht verneinen.

Wollte das hier.

Das Herzpochen. Das Körpervibrieren. Das-für-Sam-Fallen, obwohl ich ganz still auf diesem Bett lag. Weil ich allerdings noch nicht geantwortet hatte, schluckte er. Als wäre nicht nur ich nervös, sondern er auch.

»Oder willst du nicht?«

»Doch«, hauchte ich, während er mich ansah und dann einen Mundwinkel nach oben zog.

»Du fängst an.« In seinen Augen wurde es noch dunkler. »Was soll ich machen?«

Ich musterte ihn. Wie er neben mir aufrecht gegen das Kopfteil gestützt saß. In Shirt und Jeans, aber mit geöffnetem Hosenstall.

»Fass dich an über den Jeans«, flüsterte ich, und er tat es sofort. Ich beobachtete seine kräftige Hand über der harten Beule in seinem Schritt, die noch größer wurde. Dabei ließ er mich nicht aus den Augen.

»Massier deine Brüste über dem Shirt«, sagte er bestimmt.

Seine Stimme jagte einen Schauder durch meinen gesamten Körper. Er klang wie Kyle, aber er war Sam. Es fühlte sich unendlich heiß und verboten an. Als ich meine Brüste zu kneten begann, fürchtete ich kurz, dass es komisch sein könnte. Doch alles in mir pulsierte heiß und erregt. Sams Blick auf mir intensivierte die Hitze in meinem Unterleib nur. Weil er mich so berauscht und benebelt dabei beobachtete, als könnte er allein davon kommen, mir zuzusehen.

»Zieh deine Jeans aus«, flüsterte ich atemlos.

Er tat es. »Spiel mit deinen Brustwarzen.«

»Streichle dich schneller.« Ich klang atemlos.

»Lass deine Hand weiter nach unten wandern«, forderte er, während es in meinem Unterleib noch nie so heftig gezogen hatte.

»Pack …« Ich musste neu ansetzen. »Pack ihn aus.«

»Fuck«, fluchte Sam, bevor er seine Erektion aus den Boxershorts befreite. Sofort lagen seine Finger um die Länge, als könnte er sich gerade nicht nicht berühren. Dabei pulsierte er so stark, dass eine Ader hervorstach. Außerdem hörte er nicht auf, mich anzusehen. Dann: »Spreiz die Beine, Emmie.«

O Gott.

Wieso erregte er mich so, wenn er es sich selbst machte und dabei meinen Namen sagte? Instinktiv fielen meine Beine auseinander, während seine Bewegung fester und schneller wurde.

»Berühr dich«, sagte er anschließend.

Er klang heißer als Kyle. *Noch* rauer und heiserer.

Nach wirklichem Sex. Nach wirklichem Sex, den wir nicht hatten.

Berühr dich.

Als ich mit den Fingern unter meinen Slip schlüpfte, überzog Gänsehaut jeden Zentimeter meiner Haut. Doch kurz bevor ich meinen empfindlichsten Punkt erreichte, zögerte ich. Das zwischen Sam und mir gerade war heiß. So ähnlich wie in den Büchern und Filmen, die ich als unrealistisch betrachtete. Dabei war dieser Moment gerade echt. Vielleicht nicht ganz so perfekt und ästhetisch, weil die Szene dreiundzwanzigmal in Anwesenheit eines Intimitätskoordinators an einem Set geshootet wurde, nachdem die Co-Stars gemeinsam eine Art explizite Choreografie einstudiert hatten. Unsere Bewegungen waren nicht fließend und entschlossen. Trotzdem heiß genug, dass ich fast vergaß, mir Sorgen um das Licht zu machen, weil mir lieber gewesen wäre, es wäre aus. Aber ich konnte es nicht ausknipsen, ohne dass es seltsam rübergekommen wäre. Ich dachte daran, dass er bestimmt die weiß verblassten Dehnungsstreifen an meinen Oberschenkeln erkennen konnte, und hasste gleichzeitig, dass mir der Gedanke durch den Kopf schoss. Also verdrängte ich ihn und begann, meinen empfindlichsten Punkt in kreisenden Bewegungen zu massieren und …

»Oh fuck«, keuchte Sam, während seine Bewegungen stärker und schneller wurden.

Meinetwegen.

Davon ging ich zumindest aus, als ich registrierte, wie Sams Blick auf meinem Slip verharrte. Dort, wo meine Fingerknöchel den Stoff spannten, weil ich mich selbst berührte. Mein Atem stockte, weil seine Stimme wie seine Blicke war, aber seine Blicke sich plötzlich wie Berührungen anfühlten, die Gänsehaut über meine Gänsehaut jagten.

»Bist du feucht?«, fragte Sam rau.

Ich nickte atemlos.

»Verteil die Feuchtigkeit.«

Ich tat es, während meine Beine bereits zu zittern begannen. Aus den Augenwinkeln bemerkte ich, dass Lusttropfen auf seiner Spitze glänzten. Er verrieb sie auf seiner gesamten Länge, stöhnte auf, sah mich an, berührte sich, während ich mich berührte. Die gesamte Luft in dem Raum lud sich mit seinem Keuchen und Atemlosigkeit auf. Mit jeder weiteren Sekunde wurden unserer Bewegungen heftiger und hemmungsloser.

Es. War. So. Gut.

Als ich die Feuchtigkeit um meine empfindlichste Stelle verteilte und noch fester mit meinen Fingern kreiste, stand mein gesamter Körper auf die beste Weise in Flammen. Meine Bewegungen waren fahrig und bebend. Alles in meinem Kopf fühlte sich wie leer gefegt an. Da war nur noch das Pochen in meinem Unterleib, das meinen gesamten Körper durchschwappte. Ich war nicht mehr in der Lage, Sam Befehle zu erteilen. Allerdings musste es ihm ähnlich gehen, denn dieser Muskel in seinem Kiefer arbeitete, während sein Schwanz heftig pulsierte. Ich stellte mir vor, wie er mich damit vögelte. Jetzt. In diesem Bett. Auf mir, Missionar, ganz klassisch, aber dafür wild und hart und heftig.

Ich wollte es.

Ich wollte Sam.

»Kannst du … kannst du so kommen?«, wollte er plötzlich wissen, seine Stimme keine Stimme, sondern ein tiefes Erdbeben, das meine Beine noch heftiger erzittern ließ.

»Ja«, erwiderte ich außer Atem. »Und du?«

»Fuck, ja«, fluchte er. »Komm, Emmie.«

Meine Lider fielen zu. Alles Blut rauschte durch meinen Körper. Ich spreizte meine Oberschenkel *noch* weiter. Umkreiste meinen Kitzler *noch* heftiger. Hörte, wie Sam dabei meinen Namen stöhnte. Wusste, dass er auch so weit war. Ich war kurz davor, zu kommen, da kroch seine Stimme mir ein weiteres Mal unter die Haut.

»Komm«, sagte er. »Aber sieh mich an dabei.«

Ich schlug die Lider auf, während meine Fingerbewegungen instinktiv langsamer wurden. Trotzdem kam ich.

Ich kam, weil Sams Blick auf meinen traf und das alles in mir machte. Es brauchte keine Berührung, sondern nur einen Blick zwischen uns.

Der reichte, um mich über die Klippe zu stoßen.

Er musste es auch spüren. Immerhin war es derselbe Moment, in dem ein heftiger Ruck seinen Körper durchfuhr und der Orgasmus ihn ebenfalls überrollte.

Keine Ahnung, wie lange wir danach so dalagen, ganz still und schweigend, während der gesamte Raum um uns toste.

27

Sam

DON'T BLAME ME

Es vibrierte.

Und dann vibrierte es noch einmal.

Und noch einmal.

Fuck.

Instinktiv öffnete ich die Augen und setzte mich auf. Mein Hirn brauchte keine Sekunde, um die letzte Nacht zu rekonstruieren und zu realisieren, wo ich mich befand. Bevor ich nach meinem Handy griff, fiel mein Blick automatisch nach links. Dort, wo Emmie friedlich vor sich hin schlummerte. Neben mir. In diesem Bett, das wir uns geteilt hatten.

Komm, aber sieh mich dabei an.

Scheiße.

Dieser verräterische Teil von mir wollte nicht aufstehen. Er wollte liegen bleiben, die Welt aussperren und das gesamte Universum vergessen. Aber mein Handy vibrierte wieder, während mir bewusst wurde, dass Verdrängen nicht drin war. Mit einem Kloß im Hals griff ich danach, während mir die Uhrzeitanzeige entgegenstrahlte. 8:42 Uhr. Gleich darauf erkannte ich, dass Mum mir geschrieben hatte. Vier Nachrichten, die letzte vor nicht einmal einer halben Minute. Ich registrierte Blairs Namen sofort und konnte nicht anders, als mir vorzustellen, wie Mum mit einem Glas ihres heiligen Selleriesafts in der Küche saß und eine Notfallsitzung bei ihrem Heilpraktiker buchte. Weil es nicht mal neun Uhr, aber ihr Körper schon von *negativen Energien* infiltriert war.

> Guten Morgen, Darling 🖤

Mum

> *Link gesendet*

Mum

> Weißt du, was hier passiert ist?

Mum

> Ich hab Blair gerade zum dritten
> Mal versucht zu erreichen, aber sie
> geht natürlich nicht an ihr Handy.

Mum

Verfluchte Scheiße.

Instinktiv begann mein Puls zu rasen, wobei ich in Rekordgeschwindigkeit den Link anklickte. Noch bevor die Seite vollständig lud, wusste ich, dass Blairs Name die Schlagzeile zierte. Keine Sekunde später erhielt ich die Bestätigung.

@londonstories

Blair Alderidge – Ist unser liebstes It-Girl wieder zurück in ihrer Men-Eating Era?

Na, wen haben unsere kleinen Adleraugen denn da ausgelassen an der italienischen Küste erspäht? Ist das etwa Blair Alderidge, die ihren Dolce-Vita-Sommer in den April vorverlegt hat? Wir müssen gestehen: Wir fanden es schon etwas traurig, dass unser liebstes Nepo-Baby ihre wilden Partynächte hinter sich gelassen zu haben schien. Ob sie diese Phase wohl doch wieder zum Leben erweckt? Ein bisschen freuen würden wir uns schon. Immerhin hatten wir doch so viel Spaß mit ihr! All die Gerüchte, all der Gossip und die enttarnten Gentlemen, die trotz scheinbar glücklicher Beziehungen Blairs sirenischem Charme (finde HIER heraus, ob du eine Sirene, Hexe, ein Vampir oder eine Elfe bist!) nicht widerstehen konnten. Hach, waren das Zeiten. Nach den gestrigen Fotos zu urteilen, hat sie gestern aber auch ganz schön viel Spaß gehabt – und zwar mit niemand Geringerem als dem BFF ihres älteren Bruders Sam Alderidge, Connor Rutherford. Und nein, ihr habt euch nicht verlesen. Wir meinen wirklichen DEN Connor Rutherford, den Elle Hastings in ihren Posts stets mit einem #loveofmylife versieht. Welcome back, Queen B! #blairs-meneatingera

Magensäure kroch mir die Kehle hinauf, als ich dieses körnige Bild von Connor und Blair musterte. Sie saßen zusammen an einer Bar, beide zweifelsfrei zu erkennen. Meine Schwester mit ihren blonden Haaren, Connor mit vor der Brust verschränkten Armen. Das Bild war nicht dramatisch. Nur zwei Personen, die auf einer Party einen Tick zu nah beieinandersaßen, weil das Lokal wahrscheinlich überfüllt war.

Trotzdem war das Bild eine Katastrophe, weil Connor mit Elle zusammen war. Und Blair vor zwei Jahren von der Presse als die Frau dargestellt worden war, die man angeblich nicht allein mit seinem Freund in einem Raum lassen konnte. Ich wollte mir die beschissenen Kommentare unter diesem Post nicht durchlesen, weil ich ahnte, was sie sagen würden.

Schlampe!
Blair 😠 😠 😠
Sie tut es schon wieder 😞

So leise wie möglich stieg ich aus dem Bett, während Emmie weiterhin tief und gleichmäßig atmete. Ich sah sie absichtlich nicht mehr an. Es war die einzige Möglichkeit, das hier durchzuziehen.

Meine nackten Fußballen knirschten auf dem Boden, wobei ich den Balkon ansteuerte und anschließend nur in Boxershorts nach draußen schlüpfte. Die Morgenluft erwischte mich kühl, doch ich bemerkte die Brise fast nicht. Sogar die Aussicht mit Seulo war mir egal. Grüne Hügel, die in die schroffen Berge des Gennargentu-Massivs übergingen. Alles um mich herum wirkte so still, friedlich und geerdet. Alles in mir pulsierte, raste und randalierte.

Ich rief Con an.

Komm schon, geh ran, Mann.

Er tat es nach dem zweiten Klingeln.

»Sam?« Er klang verschlafen, als hätte ich ihn wach geklingelt, allerdings hatte ich keine Zeit für eine Begrüßung.

»Elle wird dich umbringen.«

Plötzlich war er hellwach. »*Was?*«

»Jemand hat euch gestern auf der Veranstaltung fotografiert«, flüsterte ich. »Das Ganze ist auf @*londonstories*.«

»Seit wann liest du dir die Scheiße durch?«

»Meine Mutter hat mir gerade den Link gesendet.«

Am anderen Ende der Leitung atmete er hörbar tief durch. »Scheiße.«

Einen Moment lang sagte ich nichts, obwohl mir die Fragen auf der Zunge brannten. So verfickt stark, dass ich sie schlicht nicht zurückhalten konnte. »Aber es ist nichts passiert, oder?«

»Sam«, presste er hervor. »Ich *bitte* dich. Sie ist deine kleine Schwester. Wenn ich an sie denke, denke ich daran, wie sie deinen Dad mit sechzehn angebettelt hat, ihr irgendeinen seiner Co-Stars vorzustellen, in den sie eine Woche lang unsterblich verliebt war.«

Er sagte nicht: Ich habe eine Freundin, in die ich verliebt bin.

»Natürlich«, murmelte ich und wechselte schuldbewusst das Thema. »Weißt du, wie es mit dem Wagen aussieht?«

»Sollte in einer Stunde fertig sein.«

Wir besprachen, wann sie Emmie und mich einsammeln konnten. Kurze Zeit später legten wir auf, da registrierte ich dieses Räuspern hinter mir. Mit pochendem Herzen drehte ich mich um, nur um zu beobachten, wie Emmie sich in nichts weiter als ihrem Shirt und ihrer Unterwäsche mit einer Schulter gegen den Türrahmen lehnte.

»Hi«, flüsterte sie.

»Hi«, flüsterte ich rau zurück, und ja, ja, ja, ich weiß, wie kitschig es war, dass ich nicht aufhören konnte, sie anzusehen. Selbst mit zerzausten Haaren, vom Make-up leicht verschmierten Augen und geschwollenen Lippen. Wegen mir.

»Wir werden also abgeholt?«, fragte sie.

Ich nickte, und womöglich wäre dieser Moment der richtige dafür gewesen, ihr zu erklären, dass letzte Nacht ein Fehler gewesen war. Dass es mir unheimlich leidtat, aber dass dieses *Wir* nicht noch mal passieren durfte. Dass es meine Schuld war, weil ich ein egoistisches Arschloch war, das dachte, man könnte die gesamte Welt tatsächlich einfach so vergessen. Sei es auch nur für eine verfluchte Nacht.

Für den Bruchteil einer Sekunde stellte ich mir sogar vor, wie es wäre, die Welt wirklich aussperren zu können. Wie einfach es wäre, mich in Emmie zu verlieben. Wie einfach *alles* wäre.

Doch genau dann, als ich das dachte, leuchtete das Handy zwischen meinen Fingern auf. Die Nachricht war weder von Mum noch von Connor, sondern von Blair. Automatisch leuchteten die Bilder vor meinem inneren Auge auf, die ich in meine verfluchte hinterste Gedankenschublade gekramt hatte. Sie in diesem Krankenhaus. Alles, was ich in London hinter mir gelassen hatte, so als hätte ich wirklich nur mein Gepäck mitgenommen. So als würde mich die bittere Wahrheit nicht gleich bei meiner Ankunft in London am nächsten Tag einholen.

Ich hasste diese gesamte Situation. Doch was hatte ich für eine andere Wahl? Es war schlimm, aber es würde nur noch schlimmer werden. Mich in Emmie zu verlieben war unmöglich, weil wir nicht möglich waren.

Meinetwegen.

»Du bereust es, oder?«, flüsterte sie, weil sie mir zuvorkam.

»W-was?«, stammelte ich. Ich, der eigentlich kein Take mehrmals aufnehmen musste.

»Das ist doch das, was du mir sagen willst.« Sie klang so unendlich leise. »Dass du es bereust. Mich bereust.«

Ich schüttelte den Kopf. »Das stimmt nicht.«

»Aber?«

Ich sagte nichts.

»Komm schon«, drängte sie jedoch. »Ich weiß, dass da ein Aber ist. Alles in deinem Gesicht ist so …« Sie suchte nach dem richtigen Wort, ehe sie die Wangen aufblies. »… so verschlossen.«

Am liebsten hätte ich gelacht, weil alles in mir sich in ihrer Gegenwart so verflucht offen anfühlte. Aber das tat ich natürlich nicht.

»Was willst du mir sagen?« Emmie krallte die Nägel in ihre Oberarme. »Dass ich ein Ausrutscher war? Dass es ganz nett war, aber du natürlich nicht auf der Suche nach einer Beziehung bist und wir das deshalb lassen sollten, bevor es zu ernst wird?«

Ich presste die Lippen aufeinander, während sie plötzlich auflachte.

»Ist es das?«

»Du verstehst das nicht«, flüsterte ich.

»Gut«, sagte sie. »Weil ich nämlich noch weniger verstehe, wie du mir gestern sagen konntest, dass du weißt, dass da etwas zwischen uns ist, aber jetzt … Ja, keine Ahnung, was machst du eigentlich? Kneifst du? Entscheidest du dich einfach um, als könntest du deine Gefühle so an- und ausknipsen wie Connor die verfluchte Kamera? Oder hast du einfach gelogen, nur um mich ins Bett zu bekommen, obwohl wir nicht mal richtig gevögelt haben?«

»Um dich ins Bett zu bekommen?« Mein Kiefer mahlte. »Das ist absoluter Schwachsinn.«

»Rede *du* keinen Schwachsinn, Sam.« Ihre Augen funkelten mich glasig an, wütend und traurig zugleich.

Und ich hätte ihr ja auch erklärt, dass ich mich seit einem Jahr genau *so* fühlte: wütend und traurig. Auf die Welt, das Universum und mein verschissenes Leben. Dass es mir leidtat, dass die Gefühle von mir nun auf sie überschwappten. Als wäre das ein Automatismus, der besagte, dass verletzte Menschen andere Menschen verletzten.

Doch sie hätte es nicht verstanden, und ich konnte es nicht erklären.

»Ich habe nicht gelogen«, beharrte ich. »Zwischen uns ist etwas. Aber ich kann das gerade nicht. Das ist eben die andere Seite der Wahrheit.«

Für einen Moment blickte sie mich einfach nur an. Halb nackt, mit diesem unglaublich fassungslosen Gesicht. Alles an ihr glühte, während es hinter meinen Augen zu brennen begann.

Ich will das nicht. Ich will nicht der Scheißtyp in einer fragwürdigen Liebesgeschichte sein, der das Mädchen von sich wegstößt, das er offensichtlich mag, was alle außer ihm sehen können.

Denn das Ding war: Ich konnte das alles auch ganz genau sehen. Ich konnte Emmie sehen, aber ich konnte auch mein Leben sehen.

Emmie hielt mir keinen Monolog, in dem sie mich verbal vernichtete. Sie schüttelte bloß den Kopf, bevor sie die vier Worte sagte.

»Fick dich einfach, Sam«, flüsterte sie und drehte mir in unserem winzigen Hotelzimmer den Rücken zu.

AUS »VIDEOS, UM GEFÜHLE ZU BESCHREIBEN, DIE ICH SELBST NICHT
VERSTEHE, OBWOHL SIE MEINE EIGENEN SIND«, NUMMER 8:

»Ich mache meine Arbeit. Ich halte mich an den Plan. Ich lote die besten Lichtverhältnisse aus. Ich schreibe Mails, in denen ich immer viele Grüße schicke. Ich sehe
Sam nicht mehr an. Ich sehe nicht mehr, wie er mich ansieht. Ich sage mir dauernd,
wie schön Sardinien ist, wie kreativ und besonders unsere Schnittbilder werden. Ich
sauge alle Details in mich auf. Das Meer, die hellen Häuser mit den terrakottafarbenen Dächern, die bepflanzten Tonkübel, die alten Holztüren, die winzigen Balkone,
auf denen nur eine Person Platz hat. Ich speichere Tausende Monologe in mir ab, die
ich nie sage. Ich sage nicht, was ich denke. Ich mache alles richtig und bereue nichts.«

28

Emmie

TOLERATE IT

Im Grunde wusste ich, dass er mir etwas verschwieg.

Indirekt hatte er es doch auch zugegeben. Die Wahrheit allerdings war, dass es da etwas zwischen uns gab. Aber die andere Seite der Wahrheit war eben auch, dass es gerade nicht ging.

Was für eine beschissene Aussage.

Seine Worte machten mich wütend und traurig und verzweifelt zugleich. Aber nicht so wie das unterfliegende Ende eines bittersüßen Liebesfilms, der mich gleichzeitig faszinierte, weil es untypisch war.

Denn das hier *war* typisch. Sam, der wahnsinnig gut aussehende Typ, der eine Filmstudentin für eine Nacht wollte und dann nicht mehr, obwohl er sie doch wollte, aber leider nicht erklären konnte, wieso genau es schlicht nicht funktionierte. Natürlich ging das mit uns nicht. Ich war keine zweite Wahl, sondern stand erst gar nicht zur Wahl.

Aber das behielt ich für mich.

Ich redete mit Sam über nichts mehr, was über Positionen im Frame, Bildeinstellungen oder den Film so ganz allgemein hinausging. Stattdessen erledigte ich für den Rest des Sardinien-Aufenthalts bloß noch meinen Job. Als würde ich mich strikt an Regieanweisungen in einem meiner Skripte halten.

Cala Goloritzé

Emmie (atemlos) versucht, sich nicht während des zwei-
stündigen steilen Abstiegs durch die mediterrane Mac-
chia zu der bekannten Traumbucht die Beine zu brechen,
während eine Familienmutter mühelos in Flip-Flops
über die Felsen klettert. Emmie sieht dabei Sam nur an,
wenn er vor der Kamera steht. Ihr Herz stolpert ständig
und fällt hin und bleibt liegen, aber sie geht trotzdem
weiter.

Pedra Longa

Emmie (wütend, weil Sam sie einfach so ignorieren kann
und es womöglich so wirkt, als ginge es ihr ebenfalls so,
aber sie alles in sich zusammenreißen muss, so zu tun,
als wäre da nichts zwischen ihnen passiert) assistiert
Connor bei Schwenkaufnahmen des imposanten Kalk-
steinfelsens.

Su Golgo

Emmie steht schluckend vor Su Sterru, der tiefsten
Abgrundschlucht Europas, nachdem sie Connor dabei
assistierte, Schnittbilder von Sam in der sardischen
Hochebene abzudrehen. Immer wenn er direkt in die Kamera geschaut hat, hat es sich so angefühlt, als sähe
er durch das Objektiv hindurch und direkt auf Emmie.
Aber Emmie weiß, das war nur Einbildung, selbst wenn
ihr Herz dabei tiefer als dieser verfluchte 270 Meter
tiefe Abgrund gefallen ist.

In Baunei sammelten wir für unsere Datenbank Bilder von der unberührten Natur, der zerklüfteten Küste, dem kristallklaren Wasser und dem hellen Kieselsteinstrand in der Cala Goloritzé. Aufgrund der Autopanne mussten wir Abstriche machen und verbrachten dort lediglich zwei anstatt der geplanten drei Nächte, bevor wir weiter zum Küstendorf Orosei fuhren. Von dort aus ging es mit einem Schnellboot zum Strand Cala Luna, wo wir Schwenks von den Felsenhöhlen machten. Wir filmten die sardischen Landschaften und füllten unsere Datenbank von Tag zu Tag mehr, während ich versuchte, meine nicht mehr mit Sam zu füllen.

Doch es brachte nichts.

Ich hatte schon eine ganze voll – nur mit ihm. Man löschte Datenbanken nicht, immerhin könnte man das Material zu einem anderen Zeitpunkt für einen anderen Film gebrauchen.

Er ging mir nicht aus dem Kopf.

Ganz egal, wie oft ich Leah versicherte, dass ich gar nicht so oft an Sam dachte, weil ich wollte, dass es wahr war. Ganz egal, wie schnell ich abends Fußspuren in den feinen Sand des Spiaggia di Marina di Orosei lief.

So wie jetzt.

Es war unsere letzte Nacht in Orosei. Morgen würden wir bis nach Baunei durchfahren, in einem Hotel schlafen und übermorgen zurück nach London fliegen. Ich atmete die Salzluft ein, während rechts von mir Wellen ans Ufer rollten. Wenigstens war hier keine Spur von Sam. Oder irgendeinem anderen Surfer. In Orosei war der Wellengang ruhig und sanft, ideal für Touristen mit Kindern, die einen entspannten Strandtag auf Sardinien verbringen wollten. Weniger ideal für gut aussehende Filmemacher, die den Kopf nur auf ihrem Surfbrett frei bekamen.

Ich lief so schnell, dass sich bereits nach wenigen Minuten Schweißtropfen in meinem Nacken sammelten. Eine Stunde später stand ich unter der Hoteldusche, um mich anschließend mit Connor, Blair und Sam wieder an einen Tisch eines italienischen Restaurants zu setzen, das TripAdvisor mit mindestens 7,8 Punkten bewertet haben musste.

Ristorante Su Barchile lag im Herzen von Orosei, keine fünf Minuten von unserer Unterkunft entfernt. Meine Schritte schlurften über die gepflasterte Straße, in der sich die traditionellen bunten Häuser aneinanderreihten. In der Luft vermischte sich der Geruch des Meeres mit dem Duft der Kräuter und der frischen Speisen aus den ringsum liegenden Lokalen. Als ich mein Ziel erreichte, fiel mein Blick nur auf Sam, der mit Connor bereits eingetroffen war. Ich stellte fest, dass er auch geduscht haben musste. Letzteres erkannte ich an seinen Haaren, die einen Ticken dunkler und noch leicht nass wirkten. Wahrscheinlich hatte er sich sogar rasiert, denn sein Gesicht wirkte so glatt. Jünger. Fast freundlich, wenn seine markanten Gesichtszüge und die dichten Brauen nicht so einen starken Kontrast abgegeben hätten. Wenn ich ihn jetzt so betrachtete, ergab das Surfen Sinn. Seine definierten Glieder schrien förmlich nach Surfen, nach Laufen, nach Klettern. Seine Muskeln waren nicht aufgepumpt von täglichen Fitnessstudiobesuchen.

Sie waren natürlich.

Ehrlich.

Und heiß.

Das waren alles nur rein sachliche Fakten. Hintergrundinformationen, die wichtig für unser gemeinsames Projekt waren. In Schnittbildern könnten wir Sam während genau dieser Aktivitäten zeigen. Es würden großartige Bilder werden, die ihn als sympathisch und ursprünglich erscheinen ließen. Jemanden, dem du alles glauben könntest, weil er wie du war, nur ein bisschen besser. Ein bisschen schöner. Ein bisschen intelligenter. Ein bisschen ambitionierter.

Ich sah ihn wieder auf meiner heiligen Kopfkinoleinwand, während er direkt vor meiner Nase stand, und hasste alles daran. Unsere Begrüßung fiel wie immer knapp aus. Ein leichtes Nicken zwischen zwei Personen, die direkten Augenkontakt unbedingt vermeiden wollten.

»Eigentlich sollte Blair schon hier sein«, murmelte Sam um Viertel nach sieben.

Sobald er aufsah, musste er mir eigentlich ins Gesicht schauen, weil wir gegenüber voneinander hockten. Allerdings war er gut. Wirklich, wirklich gut, denn er schien es innerhalb der letzten Tage perfektioniert zu haben, mich so unauffällig auszublenden, dass es Connor nicht einmal bemerkte.

Nachdem der Kellner uns die schwarze Tafel mit den hausgemachten Speisen neben den Tisch gestellt hatte, wählten wir unsere Gerichte aus. Aber eigentlich hatte ich keinen Hunger. Ich wollte nicht in diesem Restaurant sein. Ich wollte nicht gegenüber von Sam sitzen und so tun, als wäre diese Nacht in Seulo nie passiert.

Ich will hier weg.

Ich wusste nicht, wieso ich das gerade heute dachte, obwohl wir in letzter Zeit fast ausnahmslos miteinander gegessen hatten.

Weil du Sam zuerst geküsst hast. Weil Sam dich jetzt nicht mehr ansieht. Weil er dich einfach ignoriert, als hättet ihr einen Rummach-One-Night-Stand gehabt, bei dem er nun Angst hat, dass du ihn bereust, obwohl nur er ihn bereut.

Die Stimme in mir hatte recht. Während die freundliche Bedienung uns die Culurgiones in fruchtiger Tomatensoße empfahl, dachte ich an Ausreden, dank deren ich vorzeitig in mein Hotelzimmer verschwinden konnte. Ein Notfallanruf? Vielleicht Leah, die sich gerade von ihrem nicht existierenden Freund getrennt hatte? Das würden sie doch verstehen, nicht wahr?

Wir bekamen gerade einen Brotkorb serviert, als ich mich aufsetzte. Ich war bereit, zu riskieren, dass beide Männer meine erbärmliche Ausrede durchschauen würden.

Da erstarrte ich.

»Sorry«, flötete Blair, die sich unvermittelt mit einer Parfümwolke auf den freien Platz neben Sam sinken ließ. »Hatte noch etwas zu tun.«

Sie sah großartig aus, hatte sich in Jeans mit weiten Beinen und ein enges trägerloses schwarzes Top gehüllt. Ihre Haut strahlte nach dem Tag in der Sonne, ich sah Highlighter auf ihren Schultern und auf ihren Schlüsselbeinen schimmern. Wenn Sam anziehend war, war Blair hypnotisierend. Jedes Augenpaar lag auf ihr, als wäre sie der Star dieses Moments – unabhängig davon, dass sie nur eine Besucherin wie alle anderen hier war.

Alle starrten sie an.

Alle außer Connor, der den Rest seines Bierglases exte, als sie sich an unseren Tisch setzte.

»Wo zur Hölle warst du?«, fragte Sam leicht irritiert.

»Hab einen Künstler in dem Museum kennengelernt, das ich besucht habe. Eine Künstlerin trifft auf einen Künstler im Museo Etnografico, der dort auch nach Inspo sucht. Voll klischeehaft, oder? Aber Antonio ist wirklich cool. Und heiß. Er hat mich auf ein Date eingeladen, obwohl er heute Abend eigentlich schon mit einem Freund verabredet war.« Plötzlich landete ihr Blick auf mir. »Er meinte, ich könne deshalb auch gern eine Freundin mitbringen. Komm doch mit, Emmie. Wird sicher lustig. Ich meine …«

»Du kannst doch nicht mit einem wildfremden Typen ausgehen, den du einfach so in einem Museum kennengelernt hast«, unterbrach Sam sie scharf.

»Äh, bitte was?« Blair lachte. »Ich bin dreiundzwanzig, falls du es noch nicht bemerkt haben solltest, Bruderherz. Außerdem warst du doch nie dieser Meine-Schwester-ist-so-klein-und-zerbrechlich-ich-muss-sie-beschützen-Typ. Steht dir auch nicht sonderlich gut, wenn du mich fragst.« Dann wandte sie sich wieder an mich. »Was ist? Hast du Lust?«

29

Emmie

S!UT

Ich folgte Blair nicht, weil ich Sam eifersüchtig machen wollte. Ich war ebenso dreiundzwanzig. Erwachsen. Nicht so kindisch und bedürftig, dass ich es genoss, wie er mir mit brennendem Blick hinterhersah, als ich mit seiner Schwester das Restaurant verließ und sie dem Taxifahrer kurz darauf einen Barnamen nannte. Ehrlicherweise wollte ich endlich wissen, was hier vor sich ging.

Das alles war doch nicht normal.

Ihr plötzliches Auftauchen. Ihre vernichtenden Blicke in Connors Richtung. Connor, der sich in ihrer Gegenwart von einem Sonnenschein in eine Gewitterwolke verwandelte und mit seinen Blitzen immer nur sie treffen wollte. Sam, der dieses Etwas zwischen uns spürte, aber etwas anderes vor mir verbarg.

Irgendetwas ging hier vor sich, von dem ich keine Ahnung hatte. Und ich wiederum war es leid, ständig im Dunkeln tappen zu müssen.

Der Fahrer bahnte sich hupend einen Weg, während Popmusik aus dem Radio dudelte und ich mich räusperte.

»Kann ich dich etwas fragen?«

»Klar«, erwiderte sie, wobei sie sich die Lippen nachzog und dabei ihre Handykamera als Spiegel benutzte.

»Wieso bist du hier?«

Mit gerunzelter Stirn drehte sie sich mir zu. »Was?«

»Wieso du nach Sardinien gekommen bist.«

»Oh. Das meinst du.« Sie zuckte mit den Achseln. »Wie schon gesagt, ich brauche Inspiration. Hab momentan einfach eine Krise.«

»Sorry«, murmelte ich leise, unsicher, ob ich weitersprechen sollte, allerdings ich tat es dennoch. »Aber irgendwie glaube ich dir das nicht.«

»*Bitte?*«

»Ich habe mich auf deinem Instagram-Account umgesehen, und da wirkt das irgendwie nicht so.«

»Äh, hallo, Erde an Emmie Was-auch-immer-dein-Nachname-ist, aber so ziemlich alles, was du auf Social Media siehst, ist nicht echt. Außerdem, was wird das hier? Ein Verhör?«

»Tut mir leid«, wiederholte ich. »Ich will dir wirklich nicht zu nahe treten, aber ich habe das Gefühl, etwas stimmt hier nicht.«

Auch wenn Blair sich zu Recht angegriffen fühlte, wurde ihr Blick plötzlich weicher. Sie sah mich an und öffnete den Mund, doch … sie sagte nichts, klappte ihn nur wieder zu und ließ mich damit im Glauben, dass ich recht hatte, gleichzeitig jedoch weiterhin im Ungewissen.

»Dass du plötzlich hier aufgetaucht bist, hat etwas mit Connor zu tun, oder?«, murmelte ich.

»Connor?« Ruckartig verschwand alles Weiche in Blairs Gesicht. »Für diesen Mistkerl würde ich mich nicht einmal einen Zentimeter bewegen, selbst wenn er mir eine Million Pfund dafür bieten würde.«

Ich blinzelte. »Du hasst ihn wirklich, oder?«

»Hassen wird dem nicht mal gerecht.«

»Weil er mit deiner besten Freundin zusammen ist? Hat er ihr mal das Herz gebrochen?« Ihre Lippen pressten sich zusammen, während ich hastig hinzufügte. »Dein Bruder hat mir das verraten.«

»Wer hätte gedacht, dass der gute Sam eine Plaudertasche ist.« Sie schüttelte den Kopf, doch als sie weitersprechen wollte, hielten wir an.

»*Noi siamo qui*«, verkündete der Fahrer und deutete dabei auf das Taxameter.

Hastig schmiss Blair den Lipliner und das Handy in ihre Markentasche, ehe sie dort nach ihrem Portemonnaie kramte. Keine Sekunde später streckte sie dem Fahrer einen Zwanziger entgegen und stieg aus. Weil ich immer noch verwirrt auf der Rückbank saß, lehnte sie sich wieder ins Innere.

»Was ist, kommst du?«

Außerhalb des Taxis dröhnte mir laute Musik entgegen, während ich feststellte, dass wir uns in einer Art Barviertel befinden mussten. Lokal an Lokal reihten sich dicht aneinander. Schilder blinkten, während sich Menschentrauben rauchend vor Eingangstüren unterhielten. Trotz des Trubels hakte Blair sich bei mir unter und lenkte uns zielsicher Richtung Buon Bere. Dabei hatte ich noch so viele Fragen. Wieso war Blair wirklich hier? Hatte Connor tatsächlich nichts damit zu tun? Und wenn nicht, war dann Sam der Grund?

Doch sobald wir das Lokal betraten, winkten uns zwei Männer zu.

»Blair!«, rief einer von ihnen, und sie winkte strahlend zurück.

Ihr Strahlen allerdings war anders, nicht wie Sams. Dunkler. Heißer. Sie war keine Sonne wie er. Sie war ein Feuerball, der alles zerstören konnte.

~

Das Date war schrecklich.

Blair war sicherlich derselben Meinung, weil Antonio sie in einer Tour zu begrapschen versuchte, was sie geschickt abwehrte. Sein Freund – Stefano – war wirklich freundlich, fühlte sich allerdings genauso überflüssig an diesem Ort wie ich.

»Scheiße«, flüsterte mir Sams Schwester an der Bar zu, weil sie angeboten hatte, die nächste Runde zu besorgen. »Wieso muss er auch so aufdringlich sein? Wenn wir jetzt schon zurück ins Hotel fahren, darf ich mir morgen anhören, wie toll mein Date wohl gewesen sein muss, wenn ich es gerade mal länger als eine Stunde mit ihm ausgehalten habe.«

»Vielleicht bekommen sie gar nicht mit, dass wir wieder da sind?«

»Unsere Zimmer sind auf demselben Stock.«

»Na ja«, rief ich über einen lauten Kygo-Remix hinweg, während der Boden unter uns vibrierte. »Die Sache ist einfach: Was ist dir unangenehmer? Dass Sam und Connor mitbekommen, wie scheiße dein Date gewesen sein muss, oder Antonios Hand zum dreiundfünfzigsten Mal von deinem Oberschenkel zu schubsen?«

Blair seufzte, bevor sie dreißig Minuten später so tat, als hätte sie eine Hiobsbotschaft erhalten. Ganz genau so, wie ich es eigentlich vorhin geplant hatte.

»O Gott«, sagte sie plötzlich panisch, während sie nach meiner Hand griff. »Es gibt einen Notfall mit Sam.« Mit großen Kulleraugen wandte sie sich an unsere Begleiter. »Sorry, Jungs. Wir müssen weg. Aber war wirklich nett mit euch.«

»Wer zur Hölle ist Sam?«, rief Antonio ihr hinterher, doch Blair scherte sich nicht um eine Antwort.

Draußen atmeten wir beide erleichtert auf.

»Puuuuh«, sagte sie, während wir auf das Taxi warteten. »Ich glaube, das nächste Mal setze ich doch lieber auf Onlinedates. Da kann ich mir wenigstens einen Steckbrief durchlesen. Dieses In-echt-Kennenlernen wird ziemlich überbewertet, wenn du mich fragst.«

»Meinst du?« Ich zuckte mit den Achseln. »Ich bin mir unsicher, ob mein Ex in seine Bio geschrieben hätte, dass er auf Fremdgehen steht.«

»Autsch.« Mitfühlend sah sie mich an. »Ich hoffe, es war letztens wirklich nicht dein Ex, dem du zurückschreiben wolltest.«

»Nein, keine Sorge.«

»Gut.«

»Und …«

Es war die perfekte Möglichkeit. Ich musste einfach fragen.

»Was ist jetzt mit Connor und dir?«

»Was soll mit uns sein?«

»Wieso hasst ihr euch so?«

»Tja.« Blair lachte auf, aber es klang unendlich hohl. »Um auf deine Frage von vorhin zurückzukommen. Nein, er hat meiner Freundin nicht das Herz gebrochen, die übrigens nicht mehr meine Freundin ist, sondern nur mir. Ein richtiger Gentleman, was?«

Mein Mund klappte auf, ohne dass ich wusste, was ich erwidern sollte, weil was antwortete man bitte auf so etwas? Blairs Stimme klang außerdem gar nicht nach ihrer Stimme. Zu leise, zu gedrückt, zu bedrückt und viel zu getroffen.

Viel zu verletzt.

»Willst du darüber reden?«, fragte ich leise.

Für einen Moment rechnete ich mit einem Ja. Bis sie das Gesicht verzog und alles an ihr wieder die Blair Alderidge war, die Hasskommentare mit Kussmündern kommentierte, um zu beweisen, wie wenig andere Menschen ihr anhaben konnten.

»Auf gar keinen Fall«, sagte sie schnell. »Aber weißt du, worauf ich total Lust hätte?« Sie wackelte mit den Brauen. »Auf einen Drink am Strand.«

»Damit du jetzt noch nicht kapitulierend ins Hotel musst?«

»Du scheinst ja meine Gedanken lesen zu können.«

Sie verzog die vollen Lippen zu einem Lächeln, bevor wir uns keine halbe Stunde später mit Getränken vom Supermarkt eingedeckt hatten und uns damit an den nächtlichen Strand setzten. Die Wellen rauschten laut in meinen Ohren, während sie die fertig gemixten Aperol-Spritz-Fläschchen so schnell hintereinander wegexte, als müsste sie etwas vergessen.

Ich fragte mich immer noch, ob dieses Etwas mit Connor zu tun hatte. Doch ich traute mich kein weiteres Mal, nachzuhaken.

Also saßen wir da, Sams kleine Schwester und ich, an diesem italienischen Strand, während sie den vierten Drink in Folge öffnete und ich immer noch an derselben Wasserflasche nippte.

»Sicher, dass du nicht willst?« Sie hielt mir die Glasflasche entgegen. Kopfschüttelnd lehnte ich ab. »Ich muss morgen arbeiten.«

Danach sprachen wir so gut wie gar nicht mehr, obwohl ich in der Gruppe meistens das Gefühl hatte, Blair konnte nie etwas laut und ausschweifend genug erzählen. Jetzt war alles an ihr ruhig, während wir die dunklen Wellen dabei beobachteten, wie sie ans Ufer wanderten, um sich gleich wieder zurückzuziehen.

Bis sie sich unvermittelt räusperte und mir ins Gesicht sah. »Du und Sam, ihr mögt euch, nicht wahr?«

Instinktiv begann mein Herz schneller zu schlagen. »Was?«

»Na, komm schon, du musst es mir nicht bestätigen, aber abstreiten wäre schon ein bisschen lächerlich.«

Ich wusste nicht, was ich darauf erwidern sollte, also blieb mein Mund geschlossen. Das allerdings hielt Blair nicht davon ab, weiterzusprechen.

»Hat er es dir eigentlich gesagt?«, flüsterte sie, und ich schwöre, ich hatte sie noch nie so leise reden hören.

»Was gesagt?«, fragte ich sofort.

Doch Blair lächelte bloß, schief und wunderschön. Genauso falsch wie ihr Bruder inmitten von Presseauftritten. »Dann hat er es dir also nicht gesagt.«

»Letzter Tag, mein Koffer ist gepackt, und er wiegt genauso viel wie bei meiner Ankunft, nur mein Herz fühlt sich seltsamerweise schwerer an. Ich schätze, alles in allem reichen ein bisschen mehr als zwei Wochen auf Sardinien nicht dafür aus, um ein Leben zu verändern. Aber ich denke, dass es nicht nichts mit dir macht, wenn du anfängst, einen britischen Filmemacher zu mögen, der dich auch mag, allerdings auch irgendwie nicht. Und eigentlich klingt es sogar wie die klassische moderne Liebesgeschichte der #generationbeziehungsunfähig, nicht wahr? Da ist etwas, aber man kann sich natürlich nicht festlegen, nie wirklich entscheiden. Dafür sind wir zu beschäftigt mit unseren Handys, und die Hälfte unserer Eltern ist hässlich geschieden, wieso sollten wir uns den Beginn einer langen Odyssee überhaupt antun? Eine Liebesgeschichte antun, die natürlich nie wirklich riesig und dramatisch und erinnerungswürdig wie die auf den großen Leinwänden sein könnte. Dort, wo der Held immer das Richtige sagt und die Heldin ihm immer verzeiht – denn was wären unsere Leben nur ohne die ausgedachten Happy Ends? In der Realität gibt es keinen Vorhang und keine passende Musik beim Abspann. In echt passiert alles völlig ungeschönt. Nichts ist geschnitten, jeder Dialog ist zäh, und jede Minute scheint endlos. Du fühlst Gefühle, und du fühlst sie heftig, aber niemand sieht es dir an, weil kein Editor die passende Musik einfügt, die lauter als die echten Weltgeräusche ist.

Rein theoretisch kann dir also niemand ansehen, wie sehr du darauf achtest, auf gar keinen Fall den britischen Filmemacher neben dir anzusehen, aber trotzdem unbedingt willst, dass er dich ansieht. Komisch, nicht wahr?«

30

Emmie

WONDERLAND

> Sprachnachricht 🎙️
> Leah 💜

> Die Hook, die ich vorhin mit ELIAS
> provisorisch in einem Hotelzimmer
> aufgenommen habe 🎧
> Leah 💜

> Was sagst du?
> Leah 💜

Zwei Tage später nach diesem Abend mit Blair saß ich im Gate-Bereich, während wir auf unseren Abflug warteten. In Olbia hatten wir nicht mehr wirklich gedreht, bloß eine Schwenkaufnahme der Innenstadt mit den vielen Touristen, die Eistüten in der Hand hielten. Das war gestern gewesen. Jetzt war es kurz nach elf. Unser Flug ging um fünf nach zwölf, allerdings saßen wir schon im Gate-Bereich.

Sam arbeitete an seinem Laptop – mit so viel Abstand von mir wie nur möglich. Connor tat es ihm gleich. Blair scrollte durch ihr Handy. Durch die riesige Fensterfront knallte die Sonne in den Abflugbereich. Sie schien warm vom strahlend blauen Himmel. In eineinhalb Wochen wäre Mai, die Saison würde allmählich starten, alle Strände und Straßen noch voller werden.

Ich fragte mich, was Chiara gerade machte. Ich fragte mich, was mich in London erwarten würde. Wann ich Maisie begegnen würde. Was ich Ethan sagen würde, würde er vor mir in der Mensaschlange stehen. Oder würde ich überhaupt etwas sagen? Würde ich nicht eher denken, dass er es sowieso nicht wert war?

Keine Ahnung.

Sicher war ich mir nur darüber, dass Leahs Nachrichten mich erreichten und ich mir meine Kopfhörer in die Ohren steckte. Dann klickte ich ihre kurze Sprachnachricht an.

Hast du schon vergessen zu vergessen / Hab mich schon erinnert, ja, aber alles hier erinnert mich an dich / An dich, an dich, an dich

Gänsehaut überzog meine Haut. Antons unverkennbare Reibeisenstimme in Kombination mit wenig Melodie, viel Text und Gefühl. Die letzte Zeile sang Leah mit ihrer Kopfstimme. Anton und meine Freundin harmonierten so perfekt, dass ich mir den Song-Teaser dreimal hintereinander anhörte. Gerade dann, als ich mir die Kopfhörer aus den Ohren pfriemelte und ihr schreiben wollte, wie krass der gesamte Song nur werden könnte, hörte ich plötzlich meinen Namen.

»Hey, Emmie«, sagte Blair. »Was machst du diesen Samstag?«

Ich runzelte die Stirn. »Keine Ahnung, wieso?«

»Ich würde sagen, du besuchst die Teeparty meiner Mutter.«

»Teeparty?«

»Nein, also, natürlich ist es keine wirkliche Teeparty. Es ist eher so ein High-Society-Event, um den Frühsommer einzuläuten. Macht Mum jedes Jahr. Aber worauf ich hinauswill, ist, dass superviele Filmmenschen kommen. Ist bestimmt eine gute Gelegenheit für dich, Kontakte zu knüpfen.« Sie wackelte mit den Brauen. »Und darum geht's doch in eurer Branche, oder?«

»Ich … weiß nicht«, sagte ich, während ich gleichzeitig spürte, dass Sams Blick auf uns lag. Dunkel und fragend und leicht irritiert. Denn wie konnte seine Schwester es wagen, mich einzuladen?

»Doch, doch«, beharrte Blair. »Im Ernst. Du solltest kommen. Ich schick dir sofort eine Einladung. Wie ist noch mal deine Mail?«

Blair ließ sich nicht abwimmeln, also nannte ich sie ihr, obwohl ich am Ende schwach lächelnd nur erklärte, dass ich es mir überlegen würde.

Als wir eineinhalb Stunden darauf mit leichter Verspätung abhoben, filmte ich unseren Abflug, wie Sardinien mit den Bergen und dem türkisblauen Kristallmeer und all meinen Erinnerungen immer kleiner und kleiner wurde, bis ich die Insel nicht mehr erkannte.

Aus den Augen, aus dem Sinn.

Aber ich vergaß so wie Anton zu vergessen, dass Sam zwei Reihen vor mir saß und ich die nächsten Wochen – wenn nicht sogar Monate – damit verbringen würde, mir all diese Aufnahmen mit ihm im Fokus immer wieder und wieder und wieder und wieder anzusehen.

LONDON

31

Sam

PEACE

Eigentlich hatte ich nie wirklich etwas falsch gemacht.

Als Kind wurde ich zu allen Geburtstagen eingeladen, hatte die richtigen Freunde und die richtigen Noten. Als Fünftklässler trieb ich den richtigen Sport im richtigen Verein und schoss die wichtigen Tore. Ich war der Star meiner Sportlehrerin und der Liebling meines Mathepaukers. Ich war nicht der Beste, aber ich war gut. So gut, dass meine Freunde bei wichtigen Klausuren von mir abschrieben und wir immer damit durchkamen. Ich war kein anstrengender Teenager, knallte keine Türen hinter mir zu und schlug mir nicht vor meiner Spielekonsole die Nächte um die Ohren. Ich sagte meinen Eltern nie im Streit, dass ich sie hasste. Ich war immer für meine Schwester da, wenn Letzteres ihr doch herausgerutscht war. Als ich herausfand, dass meine erste Freundin mit einem Typen aus der Parallelklasse gevögelt hatte, boxte ich ihn nicht, so wie meine Freunde es mir rieten. Stattdessen verschanzte ich mich in meinem Zimmer und weinte heimlich, bis meine Schwester es hörte und mich dazu zwang, irgendeine Trash-TV-Show mit ihr anzuschauen. *Um dich abzulenken.*

Aber ich lenkte mich nie zu viel ab, denn ich hatte meine Ziele stets im Visier. Als ich meinen Eltern mit achtzehn eröffnete, dass ich in die Filmbranche einsteigen würde, waren sie begeistert und unterstützten mich, wo sie nur konnten. Eigentlich war ich ein Nepo-Baby, dem die Welt zu Füßen liegen würde. Schließlich hatte ich die notwendigen Ressourcen und das Geld für die besten Coaches, die mit mir an einer makellosen Ausstrahlung arbeiten würden. Aber ich wollte gar nicht vor der Kamera stehen. Ich wollte mehr sein als die Person, die Dinge sagte, die eine andere für sie geschrieben hatte. Ich wollte etwas Echtes kreieren. Etwas Wichtiges. Ich wollte nicht Teil dieser Welt sein, in der Mums verweintes Gesicht nach der Scheidung jahrelang die Cover von Klatschblättern zierte. Ich wollte Filme machen und für Frieden sorgen. Das war alles. Selbst wenn sich meine Unijahre wie das Gegenteil von Frieden angefühlt hatten. Der Dauerstress, das Gefühl, nie gut genug zu sein, egal, wie viele Nächte ich mir für eine verfluchte dreiminütige Filmsequenz um die Ohren schlug. Dieser Drang, immer noch besser sein zu müssen, weil ich ständig unzufrieden mit meiner Arbeit war. Meine Dozenten betitelten mich mit Stolz im Blick als *ehrgeizig*. Blair bevorzugte den Ausdruck *absolut wahnsinnig* und verdrehte dabei lieber die Augen. Natürlich hatte sie recht. Ich steigerte mich in meine Arbeit hinein, als wäre jedes Fünkchen meines Selbstwerts davon abhängig. Dabei wünschte sich ein winziger Teil von mir sogar, ich könnte meinen Eltern die Schuld an dieser immensen Erwartungshaltung geben, was nicht der Wahrheit entsprach. Doch ich schätze, dass nicht mal diese Arbeitshaltung wirklich falsch war. Immerhin hatte sie mich an den Punkt gebracht, an dem ich mich nun befand: Samson Alderidge, sechsundzwanzig und die vielversprechendste Person der britischen Filmszene. Dabei war ich trotzdem auf zu vielen Partys gewesen. Hatte mich in zwischenmenschlichen Beziehungen verrannt. Ich war kein Heiliger gewesen, hatte manchmal zu viel Sex gehabt. Meine längste Beziehung hatte acht Monate gehalten. Dabei hatte ich mich wie ein Erwachsener gefühlt, als Sage und ich uns vor zwei Jahren in meiner Einzimmerwohnung einvernehmlich voneinander getrennt hatten. Es hatte einfach nicht funktioniert, nie richtig gepasst. Als hätte da einfach etwas gefehlt, ohne dass mir klar geworden wäre, was dieses *Etwas* war.

Worauf ich eigentlich hinauswill, ist, dass mein Leben großartig war. Wie ein Sechser im Lotto, obwohl meine Generation Letzteres kaum noch spielte. Ich war scheißprivilegiert, weiß, männlich, groß und gut aussehend genug. Das war mir die gesamte Zeit über bewusst gewesen. Wie viel Glück ich eigentlich hatte. Im Grunde hatte ich nichts zu fürchten. Nichts zu verlieren.

Und dann plötzlich doch.

Der Termin morgen war um neun Uhr dreißig. Alle würden da sein, ich auch, ich auch, *wirklich*, aber irgendwie würde ich auch fast gar nicht mehr da sein.

32

Emmie

THE BLACK DOG

Es passierten genau zwei Dinge, die mich dazu brachten, die Party von Rosie Campwell doch zu besuchen, obwohl alles in mir sich eigentlich dagegen sträubte.

Erstens schrieb Sam mir noch am Abend unserer Rückkehr nach London.

Dabei war es absolut seltsam, wieder zurück in der Hauptstadt zu sein. Es war sogar mein erster Gedanke, als ich am späten Nachmittag die Tür aufschloss und meine Raumseite musterte, die genauso aussah, wie ich sie verlassen hatte. Eigentlich hatte ich das hier alles geliebt. Mein Zimmer. Mein Wohnheim. Mein Studium. Meine Zeit in England. Doch je länger ich in diesem Zimmer stand, desto enger wurde es in mir. Ich befand mich in einem seltsamen Zustand. Meine Haare rochen noch nach dem sardischen Meer, während jetzt graue Londoner Regentropfen gegen das Fenster prasselten.

Ach, das Wetter macht mir nichts, ich komme aus Dunkeldeutschland, glaubt mir, mir kann es nichts anhaben.

Das hatte ich bei meiner Ankunft behauptet, allerdings beschlich mich nun das Gefühl, dass mir alles etwas anhaben könnte.

Maisie. Ethan. Das Wetter. Sam.

Sam.

In meiner Kehle schnürte sich alles zu.

Ich wollte nicht an ihn denken. Ehrlich nicht. Aber *BLUE ETERNITY* war jetzt in der Postproduktion. Ich würde sein Gesicht nun Tag für Tag für Tag betrachten dürfen. Zwar auf einem Bildschirm und nicht in echt, aber es war *sein* Film. Als ob er nicht die Hälfte der Zeit mit Connor und mir in unserem Editor's Room sitzen würde.

Ich wusste, dass es so war.

Ich begutachtete Zoes gemachtes Bett und fragte mich, wo sie sich wohl gerade herumtrieb. In der Bib oder bei Finlay, in einer Filmvorstellung oder auf einer Party, zu der ich nicht eingeladen wurde? In der Luft lag noch der Geruch ihres Partyparfüms, Alien von Mugler. Ich holte tief Luft, bevor ich das Fenster öffnete und anschließend meinen Koffer auspackte. Seine Nachricht erreichte mich ausgerechnet dann.

> Hey ☺
>
> Samson Alderidge

> Ich hab noch mal wegen der Party nachgedacht und finde, du solltest wirklich kommen.
>
> Samson Alderidge

> Es ist tatsächlich die perfekte Gelegenheit, um ein paar Kontakte zu knüpfen.
>
> Samson Alderidge

> Falls du nur meinetwegen nicht kommen würdest, kann ich das nicht mit meinem Gewissen ausmachen.
>
> Samson Alderidge

Meine Lippen pressten sich zusammen, während ich die Nachrichten betrachtete. Dieser unbekümmert lächelnde Smiley, als wollte er extra freundlich sein. Als wären wir Geschäftspartner und die Party seiner

Mum irgendein Meeting. Wahrscheinlich hätte ich mich einfach bedanken und die Sache abhaken sollen, wohl wissend, dass ich sowieso nicht im Haus seiner Mutter aufkreuzen würde.

Doch ich konnte nicht.

Die Versuchung war zu groß, während in mir zu viele widersprüchliche Gefühle tobten.

> Ich verstehe deine Nachricht nicht?
>
> Ich

> Als deine Schwester mich eingeladen hat, sahst du alles andere als begeistert aus.
>
> Ich

Ich legte mein Handy gerade beiseite, doch er antwortete mir innerhalb von Sekunden. Ein Teil von mir fragte sich, ob er jemals extralang eine Antwort zurückgehalten hatte, um sich bei dem Empfänger interessanter zu machen. Höchstwahrscheinlich nicht. Wieso sollte er das nötig haben? Er, Samson Alderidge, der heiße Filmemacher, dem gefühlt die gesamte Welt zu Füßen lag.

Gott, ich hasste ihn. Ich hasste ihn, ich hasste, ich hasste ihn, ich hasste ihn, ich hasste ihn. Nicht.

> Da hast du dich verguckt.
>
> Samson Alderidge

> Ich habe gute Augen.
>
> Ich

Interessant, Germany.

Samson Alderidge

Lass das mit Germany.

Ich

Samson Alderidge schreibt …

Nichts.

Samson Alderidge schreibt …

Tut mir leid.

Samson Alderidge

Aber überleg dir das mit der Party.

Samson Alderidge

Ich überlegte – und entschied mich dagegen.

~

Zurück in London zu sein fühlte sich auch nach drei Tagen weiterhin komisch an. Es war seltsam, keine Meeresluft mehr einzuatmen und abends an meinen Videotagebüchern zu arbeiten. Statt meine Seminare zu besuchen, stieg ich wieder täglich in die Overground Line ein und setzte mich mit meinem Laptop an den Massivtisch in Connors Büro. Und statt an meinen eigenen studentischen Filmprojekten zu arbeiten, ordnete ich das Sardinien-Material. Ordner für Ordner, Tag für Tag, während ich mir die Ohren mit lauter Musik zudröhnte, in der Hoffnung, so keinen Ohrwurm von Sams Stimme zu bekommen.

Es brachte nichts.

Auch dann nicht, als ich mir die Fäden bei einer Ärztin ziehen ließ und wusste, dass ich die kleine Narbe an meinem Finger nun für immer hatte. Eine Sardinien-Narbe, die mich nur noch mehr an Sam und das Meer erinnerte.

Großartig.

Freitagabend steuerte ich nach der Arbeit meinen liebsten Inder in New Cross an, während ich Zoe schrieb, ob ich ihr etwas mitbringen sollte.

> Ich bin das ganze Wochenende
> bei Fin, aber danke 😅

Zoe

Dann würde wohl nur ich mir ein grünes Curry bestellen, extrascharf, und mir vielleicht sogar eine hausgemachte Limonade gönnen. Es war ungewohnt, das Lokal im Lewisham Way anzusteuern und dabei nicht neben Maisie herzugehen, die mich stets fragte, was ich aussuchen würde, und mit schief gelegtem Kopf ernsthaft überlegte, was sie essen sollte, nur um am Ende haargenau dasselbe wie immer zu bestellen: 74a, Pad Kaphrao, aber ohne Fleisch, mit extra Chilis. Ich hatte sogar den Klang ihrer Stimme im Kopf, mit der sie ihre Bestellung aufgab.

Dann blieb ich wie versteinert vor der Tür stehen, weil ich *sie* erblickte.

Maisie.

Sie saß innerhalb einer Gruppe im Restaurant. Mit ihr waren es vier junge Menschen in meinem Alter, die sich unterhielten, den Kopf vor Lachen in den Nacken warfen und dabei immer wieder ihr Naan-Brot in ihre dampfenden Schüsseln tunkten.

Ich hätte nicht nur Teil dieser Gruppe sein können, ich war sogar einmal die Frau gewesen, die fast auf dem Schoß des blonden Kerls mit dem

Muttermal an der Schläfe gesessen hatte. Denn diese Leute waren nicht nur irgendwelche Leute. Das Herz klopfte mir bis zum Hals, als ich erkannte, dass Ethan, Maisie, Ben und Charlotte gemeinsam dort aßen. In dem Restaurant, das *wir* so oft besucht hatten.

Und Charlotte, wie schön sie aussah mit ihrem fast ungeschminkten Gesicht und dem leicht übergroßen Pullover. Wie gut und richtig sie neben Ethan wirkte. Wie unschuldig. Wie friedlich. Wie glücklich – diese Studentin in ihren Zwanzigern, die sich gerade neu verliebt hatte. Ich hingegen war zweieinhalb Staffeln weiter, nicht mehr in Ethan verliebt, sondern verzweifelt und allein.

Ein Auto mit hämmerndem Bass rauschte mit grellen Lichtern an mir vorbei, während eine Frau mit einer Plastiktüte aus dem Restaurant trat. Ich stand ihr im Weg, sie musste ausweichen. Es war mir egal.

Nicht weinen, Braun. Jetzt. Bloß. Nicht. Weinen.

Ich konnte die Tränen nicht aufhalten. Ich konnte mich nicht bewegen. Ich konnte nichts an der Situation ändern. Dabei wusste ich, dass ich hier wegmusste.

Gehen. Flüchten. Vergessen. Die Dinge hinter mir lassen.

Weitermachen. Wachsen. Heilen.

Ich wollte mich gerade zum Umkehren zwingen, da war es bereits zu spät. Unwillkürlich sah Charlotte aus dem Fenster. Ihr Blick blieb an den Schaufenstern auf der gegenüberliegenden Straßenseite hängen, bis er urplötzlich auf mir landete. Einfach so. Ihre Brauen kräuselten sich, ihr Mund klappte auf.

Kannte sie mich? Hatte sie von mir gewusst? War ihr Ethans Freundin egal gewesen? Nicht weil es ihr einen Kick verschafft hatte, dass ein vergebener Typ sich in sie verliebt hatte, sondern weil sie sich *so sehr* verliebt hatte, dass sie gar keine Chance gehabt hatte?

Es dauerte keine Sekunde, bis die anderen mich auch bemerkten. Ben kniff die Augen zusammen. Ethan wich alle Farbe aus dem Gesicht. Maisies Augen weiteten sich. Und ich, ich stand einfach nur da und schaute sie an, sie alle, während mir Tränen die Wangen hinunterliefen. Niemand machte Anstalten, aufzustehen. Mich aufzuklären. Oder ein weiteres Mal zu behaupten, dass es ganz anders wäre, als es aussähe. Weil es eben nicht stimmte.

Es war genau so, wie es aussah.

33

Emmie

I KNOW PLACES

Samstagnachmittag starrte ich meinem Spiegelbild mit aufgeblasenen Wangen entgegen.

Ablenkung.

Ich redete mir ein, dass es der einzige Grund war, wieso ich doch auf diese Party gehen würde. Der virtuellen Einladung, die Blair geschickt hatte, hatte ich den Dresscode entnommen. *Cocktail.* Meine Internetrecherche hatte ergeben, dass dieser Begriff mit Eleganz gleichzusetzen war. Ja, es gab einen Dresscode, Einladungen und garantiert einen stämmigen Türsteher im Smoking, der kontrollierte, wer auf der Gästeliste stand und wer nicht.

Immerhin würden sich tatsächlich wichtige Leute in Rosie Campwells Haus aufhalten. Die Party war meine Chance, Kontakte zu knüpfen. Selbst wenn ich Sam wiedersehen würde. Nachdem ich gestern Maisie, Ethan, Charlotte und Ben hatte beobachten dürfen. Anschließend hatte ich mich in mein Bett verkrümelt, froh darüber, dass Zoe eigentlich Finlays Mitbewohnerin und nicht mehr meine war. Ich hatte gehasst, dass ich mich so fühlte.

Ich hatte kein angeknackstes Herz, sondern ein gebrochenes Ego. Trotzdem fühlte sich etwas in mir unwiderruflich zerstört an. Wie zur Hölle sollte ich darüber hinwegkommen?

Ich wusste es nicht.

Ich wusste nichts.

Scheiß wirklich auf sie alle, ehrlich 🫠

Leah 🖤

Das hatte meine beste Freundin mir nach unserem einstündigen Face-time-Call getextet, aber es war einfacher gesagt als getan. Laut ihr war es sogar eine gute Idee, diese Party zu besuchen.

Ablenkung ist wirklich gut. Und wer weiß, vielleicht knüpfst du wirklich Kontakte? Ich finde, du solltest gehen. Sam hin oder her.

Jetzt begann es hinter meiner Stirn zu pochen, während ich mein Outfit nun zum letzten Mal begutachtete. Meine Haare waren leicht gewellt und meine Brauen frisch gezupft. Ich hatte ein knöchellanges schwarzes Slipdress ausgewählt. Es war eng anliegend und mit einem geraden Ausschnitt versehen. Dazu hatte ich mich für rote Lippen und offene Schuhe mit Absatz entschieden.

Ich sah gut aus, und es war selten, dass ich diesen Gedanken hatte.

Zu gut, um hierzubleiben.

Außerdem war ich verwirrt.

Zu verwirrt, um nichts zu tun.

Kopfschüttelnd warf ich mir meine übergroße Lederjacke um, bevor ich mir meine Tasche schnappte. Dann kehrte ich meinem Wohnheim den Rücken zu, steuerte die nächste Haltestelle der Tube an und spürte die Blicke der schmierigen vierköpfigen Männergruppe links auf mir, als ich mir einen Zweier nur für mich allein sicherte.

Keine Stunde später erkannte ich, dass ich tatsächlich recht gehabt hatte. Es gab eine Art Türsteher, der breitbeinig und mit gefalteten Händen vor dem Schritt vor dem umzäunten Haus von Rosie Campwell stand. Obwohl der Himmel bewölkt war, regnete es nicht. Wenn ich meine Jacke nicht angehabt hätte, hätte ich definitiv gefroren. Das Haus war eine mehrstöckige Stadtvilla, die sich in der Elsworthy Road befand. Das Gebäude war imposant und zeitlos schön. Strahlend weiße Fassade, Schieferdach und ein perfekt gepflegter Garten. An der Fassade blühten makellos scheinende Rosen. Von hier wirkte es nicht so, als würde im Inneren eine Party steigen. Doch ich war mir sicher, dass es in dem Bereich hinter dem Haus anders aussah.

Plötzlich fühlte ich mich nicht mehr schön oder überhaupt würdig genug, hier zu sein. Immerhin war mein Kleid von H&M, und es sah sicher nicht so aus, als wäre es nur für mich gemacht worden.

Reiß dich zusammen, Braun. Du kannst jetzt keinen Rückzieher machen, wenn du schon so weit gekommen bist.

Meine innere Stimme hatte recht. Genau deshalb zeigte ich dem Türsteher mit pochendem Herzen meine Einladung vor, ehe er den QR-Code scannte und mir anschließend das Tor öffnete.

Während ich über die hellen Pflastersteine auf die Haustür zuging, bereute ich es, in die Absatzschuhe gestiegen zu sein. Mit einem Mal fühlten meine Beine sich zu wackelig an. Mir wurde sogar ein wenig übel. War das die Aufregung? Vielleicht. Waren das meine Minderwertigkeitskomplexe? Bestimmt.

In unmittelbarer Nähe der Eingangstür registrierte ich die Stimmen, die tatsächlich vom hinteren Teil des Gartens kamen. Mit einem Kloß im Hals klingelte ich.

Ich hoffte, dass jemand das Gebimmel überhörte und ich wieder verschwinden könnte, ohne dass jemand von meinem Erscheinen Wind bekommen hätte. Allerdings hatte ich die Rechnung ohne Blair gemacht, die mir überraschenderweise öffnete.

Zu behaupten, dass sie atemberaubend aussah, wäre die Untertreibung des Jahrhunderts gewesen.

Sams Schwester trug ein bodenlanges rotes Kleid, das sich perfekt an ihren Körper schmiegte. Die Träger waren dünn und der Stoff durchzogen von geriffelten Linien. Es wirkte wie für sie und *nur* für sie gemacht. Und teuer. So, als hätte sie es vielleicht während eines Wochenendtrips in Paris mitgenommen, aus einer edlen Boutique, die womöglich Chloé oder Félicité hieß.

»Emmie«, sagte sie, bevor sie die Tür so weit für mich aufzog, dass ich eintreten konnte. »Wie schön, dass du wirklich gekommen bist.«

Sie lächelte, aber ich erkannte sofort, dass es ihre Augen nicht erreichte. Sie wirkten so dunkel. So trüb. Irgendwie ... traurig?

»Deine Lederjacke kannst du ausziehen und Alexis geben«, erklärte sie mir. »Im Garten stehen Wärmelampen.«

Sobald die Haushälterin allerdings wie aus dem Nichts erschien und mir die Jacke abnahm, fühlte ich mich zu nackt. Zu entblößt.

Was hatte ich mir nur gedacht, hier aufzukreuzen? Nur weil mich die Begegnung mit Maisie und Ethan und Charlotte so aus dem Konzept gebracht hatte? Ich hätte lieber zu Hause bleiben sollen.

»Und?«, sagte ich, um irgendetwas zu sagen. »Alles gut?«

»Na ja, ich weiß nicht.« Sie schüttelte den Kopf. »Ich war die letzte Stunde damit beschäftigt, mit dem Sohn von Farrah Willis zu flirten und mir zu überlegen, ob ich mit ihm vögeln will oder nicht. Also ...«

»Und? Hast du dich entschieden?«

»Ich wäge die Pros und Cons noch ab.«

»Verstehe«, murmelte ich, während sie mich durch das riesige Wohnzimmer in Richtung Garten führte. Wir gingen so schnell, dass ich nur einen kurzen Blick auf die Familienfotos auf einer Kommode links werfen konnte. Sam und Blair, nicht mal im Schulalter, mit lückenhaften Milchzähnen und trotzdem strahlendem Lächeln.

Draußen blieb mir die Luft weg.

So viele Menschen, die ich kannte, ohne sie zu kennen. Regisseure, Schauspieler, Produzenten.

Ellen Harrington. Carl O'Brien. Maria González. Paul Newton. Kaylee Young.

Die Namen schossen mir durch den Kopf, während Sams Schwester mich an den dazugehörigen Gesichtern vorbeilenkte. Plötzlich ergab die edle Einladung Sinn. Wie fein und delikat sie grafisch gestaltet worden war – so wie alles ringsherum. Das Gelände war mit etlichen Stehtischen versehen, an denen die Gäste sich mit Drinks in den Händen unterhielten. In der Mitte des Gartens war ein kaltes Büfett aufgebaut, auf Etageren aus Glas und verschieden großen Schüsseln, Platten und Tellern. Die Tafel war mit Blumengestecken dekoriert, so weit das Auge reichte. Die Männer trugen ausnahmslos Smokings, während die weiblichen Gäste in ihren Kleidern – floral und glänzend, knöchel- oder knielang – so perfekt wirkten, als liefen sie allesamt über den roten Teppich.

Was zur Hölle hatte ich hier verloren?

Wahrscheinlich hätte ich mir eine sofortige Ausrede einfallen lassen, um möglichst schnell zu verschwinden, wenn Blair mich nicht wie selbstverständlich in Richtung Bar geführt hätte. Dort verlieh ein Mann mit Dutt einem Cocktail gerade den letzten Schliff, indem er eine Physalis an den Glasrand klemmte.

»Zweimal Champagner«, orderte sie wie selbstverständlich, während sie die Stimme erhob, damit er sie über die Jazzmusik hinweg verstand.

Keine Minute später reichte Blair mir eines der zwei schlanken Gläser und stieß mit ihrem dagegen.

»Cheers«, sagte sie und trank die Hälfte des Glases in einem Zug. Dann sah sie mich so lange an, dass ich wusste, sie wollte mich etwas fragen, doch sie traute sich nicht.

Sie, die sich alles traute, den Dreh ihres Bruders und Connors torpediert und dafür nie einen richtigen Grund genannt hatte.

»Ist irgendetwas?«, fragte ich deshalb.

Blair schüttelte nicht den Kopf, lächelte meine Frage nicht weg.

Es ist wirklich etwas.

Den Beweis hatte ich mit diesem tiefen Atemzug, den sie so nahm, als müsste sie sich wappnen. Als hätte sie Angst vor etwas. Es war dieselbe Art, wie sie vor ein paar Tagen am Strand Luft geholt hatte.

»Ich …«, begann sie, brach allerdings im letzten Moment ab.

»Da bist du ja«, sagte Rosie Campwell, die ich sofort erkannte. »Ich habe dich schon die ganze Zeit gesucht.«

Sams Mum war atemberaubend, nicht wie er selbst oder auf diese hypnotisierende Weise wie seine Schwester. Stattdessen war sie klassisch schön wie eine Filmikone aus einer anderen Zeit. Sam hatte seine Haare von ihr, Blair ihre Augen. Eigentlich sah alles an Blair wie sie aus, nur in einer reiferen und ruhigeren Version. Selbst ihr pastellfarbenes und knöchellanges Kleid. Edel, elegant, wie aus einer noch teureren französischen Boutique, die nur Einzelstücke verkaufte.

Es war unwirklich, neben ihr zu stehen. Ich meine, es war Rosie Campwell. Ich wollte ihr sagen, dass ich ihre romantischen Komödien als Teenagerin geliebt und ihre jetzige Arbeit als Produzentin vergötterte. Dass dieses Zitat von ihr, das sie vor Jahren in einem Interview gesagt hatte, sich fest in meinem Kopf verankert hatte.

Ich glaube daran, dass es auch andere Geschichten außer Liebesgeschichten für Frauen gibt. Dass Frauenfiguren ein Spiegel dessen sein sollten, was echte Frauen in ihren echten Leben widerfährt, und keine leeren Hüllen, die sich nur über ihre Beziehungen zu Männern definieren. Wie zum Beispiel in den Filmen, in denen ich als Zwanzigjährige mitgewirkt habe. Diese Rollen würde ich heute nicht mehr annehmen.

Wie mutig es gewesen war, diese Worte zu sagen. Doch natürlich verkniff ich mir meine Bewunderung.

»Wieso hast du mich überhaupt gesucht?« Blair verzog die Brauen. »Willst du mir etwa sagen, dass du findest, ich sollte mich nicht auf Declan Willis einlassen?«

»Declan Willis?« Ihre Mutter rümpfte die Nase. »Ich bitte dich, Darling.«

Wahrscheinlich hätte sie weitergesprochen, wäre ihr Blick nicht neugierig zwischen ihrer Tochter und mir hin- und hergesprungen. Blair bemerkte Letzteres und war so gut, uns einander vorzustellen.

»Emmie, das ist meine Mutter. Mum, das ist Emmie. Sie arbeitet mit Sam und Con an *BLUE*.«

»Es freut mich sehr.« Warm lächelte Rosie mich an, bevor wir unser Kennenlernen mit einem kurzen Händedruck besiegelten.

»Sie studiert sogar auch Film«, erklärte Blair. »An der FSOL. Wie Sam.«

»Welches Fach genau?«, wollte Rosie Campwell interessiert wissen.

»Film und Regie«, erwiderte ich, bevor ich mir die folgenden Worte nicht mehr verkneifen konnte. »Ich liebe Ihre Arbeit als Produzentin übrigens. Besonders *Am I Funny Enough?*. Den hab ich mir unzählige Male angesehen.«

Ich klang zu fangirlmäßig, es war mir bewusst. Allerdings war Rosie

Campwell Rosie Campwell. Sie bedankte sich lächelnd bei mir so, wie sie in den seltenen Interviews lächelte. Herzlich, freundlich und so gekonnt wie die Schauspielerin, die sie einmal gewesen war. Bis Blair plötzlich die Brauen anhob und nach links deutete.

»Sam, der Gute.« Sie seufzte. »Er könnte dich echt subtiler ansehen, meinst du nicht, Em-Em?«

Was?

Ich folgte ihrem Blick, bevor ich ihn dort stehen sah.

Sam.

Sam, ganz anders als sonst, in einem beigefarbenen Anzug und einem weißen Hemd, dessen erste Knöpfe er aufgelassen hatte. Seine dunklen Haare, sein glatt rasiertes Gesicht. Sam, der großartig aussah und dabei nur mich ansah. Dabei schien er in ein Gespräch verwickelt zu sein. Neben ihm erkannte ich Connor – ebenfalls in einem ähnlichen Aufzug. Aus den Augenwinkeln bemerkte ich, wie Rosie Campwells Blick zwischen ihrem Sohn und mir hin- und herzuckte. Dann räusperte sie sich. »Ihr habt also zusammen an dem Film gearbeitet, ja?«, fragte sie wohlwollend. Es war nur eine ganz normale Frage, trotzdem hörte ich ihr an, dass sie Sam und mich durchschaute. Als wüsste sie alles, was ich vergessen wollte. Ein Blick von Sam hatte dafür ausgereicht. Ich fragte mich, ob wir tatsächlich so offensichtlich waren.

»Ähm«, begann ich. »Ja, genau, wir …«

Doch ich sprach nicht weiter, weil Rosie plötzlich von einer anderen Glamourfrau angesprochen wurde. Kurz bevor sie verschwand, verharrte ihr Blick allerdings einen Ticken zu lange auf mir.

»Es hat mich wirklich gefreut, Emmie«, sagte sie.

»Gleichfalls«, brachte ich zittrig hervor, ehe Blair eine weitere Runde Champagner orderte und mich einigen Branchenleuten vorstellte. Ich schüttelte Hände von Produzenten und Regisseurinnen, verbesserte nicht, wenn die wichtigen Leute mich während meiner Vorstellung falsch verstanden und annahmen, ich hieße Emma. Eine knappe Stunde nach dem Gespräch mit Rosie Campwell entschuldigte ich mich nach drinnen, wo ich die Tür zur edlen Gästetoilette passierte. Wenige Minuten später wollte ich wieder den Garten ansteuern. Ich war sogar schon draußen, schlängelte mich an den sich unterhaltenden Gruppen vorbei und erkannte Blair wieder an der Bar. Als ich meine Schritte in die Richtung beschleunigen wollte, verharrte ich allerdings. Ein tiefes Räuspern kroch mir unter die Haut.

»Hey, Emmie«, flüsterte er, und es war alles wieder da.

Ich dachte an Sardinien, an das Meer, an das Surfen, an das Hotelzimmer, an diese Nacht, an meine Gefühle.

Mit einem Kloß im Hals drehte ich mich um. Stellte mich seinem Blick und ignorierte mein Herzpochen. Doch das war ziemlich schwierig, wenn man so angesehen wurde, wie Samson Alderidge mich ansah.

Weil ich seinen Blick meiden wollte, umarmte ich mich selbst und musterte den Boden. Die gepflasterte Terrasse und seine glänzenden Schuhe, während die entspannte Musik aus den aufgebauten Lautsprechern floss.

Aber ich war nicht entspannt. Ich war verwirrt und wütend und traurig und noch mehr verwirrt.

»Das muss wirklich aufhören«, sagte ich deshalb anstelle einer Begrüßung.

»Bitte?«, sagte er verwundert.

»Du kannst mich so nicht ansehen, Sam«, flüsterte ich leise. »Ich meine, selbst deine Mutter hat gecheckt, dass zwischen uns etwas war, weil sie deinen Blick auf mir bemerkt hat. Keine Ahnung, wie lange wir noch zusammen für BLUE arbeiten, aber es muss einfach aufhören, okay?«

Er widersprach nicht, protestierte nicht. Stattdessen lachten die Gäste ringsum, während ich die Stille nicht aushielt und doch das Gesicht hob. Als Sam meinem Blick begegnete, bemerkte ich sofort, dass etwas anders war.

Nicht an der Art, wie er leise fluchte. Nicht an der Weise, wie er mich betrachtete. Es waren seine Augen, so ganz allgemein. Wie dunkel sie waren.

Und leer.

So, so, so leer.

Als wäre irgendetwas in ihm tot, gestorben, nicht mehr da.

Was zur Hölle?

»Sam?« Ich schluckte heftig. »Ist alles okay?«

»Ich …« Er musste neu ansetzen, schüttelte den Kopf, fuhr sich über das Gesicht, öffnete wieder den Mund, nur um erneut zu verstummen.

Er sah auch nicht ausgelassen und entspannt aus. Er war vielmehr ein Panikmensch auf der wunderschönen Party seiner Mutter.

»Nein«, flüsterte er schließlich. »Es ist nichts okay. Können wir … können wir reden?

34

Emmie

THE MOMENT I KNEW

Plötzlich geschah alles ganz schnell.

Er umfasste mein Handgelenk und führte mich ins Innere, wobei ich Blair im Gehen aus der Ferne einen verwirrten Blick zuwarf. Sie sah bloß zurück, während sie ihr Glas in einem Zug exte und sich anschließend Declan Willis widmete. Eigentlich wollte ich Sam fragen, was zum Teufel hier los war. Doch ich bekam keine Gelegenheit dazu. Hektisch lief er mit mir die Treppen nach oben in Richtung seines alten Schlafzimmers, wo alles dunkel und ästhetisch wirkte. Ich stellte mir vor, wie er hier als Jugendlicher gelebt und vielleicht sogar das ein oder andere Mädchen heimlich hineingeschleust hatte. Es war derselbe Moment, in dem er sich gegen die Tür lehnte, die Hände hinter seinem Rücken verschränkt, so als müsste er sich ergeben.

»Ähm.« Ich runzelte die Stirn. »Willst du mir sagen, was hier los ist, oder einfach ein bisschen schweigen?«

Womöglich hätte ich netter sein können. Aber ich war es leid, keine Ahnung zu haben. Ich hatte nicht vergessen, wie Blair gerade nicht das ausgesprochen hatte, was sie gedacht hatte. Ihr plötzliches Auftauchen auf Sardinien. Die Familienprobleme. Sein toter Blick.

Hat er es dir eigentlich gesagt?

Es war nicht so, dass Sam es mir schuldig war, mich darüber aufzuklären. Aber ... ja. Ich *wollte* es wissen.

Als Sam allerdings auf meine Frage nur den Kopf schüttelte, sackte mir das gesamte Blut in die Beine, so als wäre es die logische Konsequenz daraus, dass ihm die gesamte Farbe aus dem Gesicht wich. Einmal noch fuhr er sich über das Gesicht, wobei ich bemerkte, wie seine Finger zitterten.

Was. Zur. Hölle. War. Hier. Los?

Die Frage wurde immer lauter in meinem Hirn. Plötzlich war ich nicht mehr leicht wütend und irritiert, sondern auch besorgt.

Weil Sam mit einem Mal wie jemand wirkte, um den man sich Sorgen machen musste.

Um den *ich* mir Sorgen machen musste.

»Ich weiß nicht, wo ich anfangen soll«, sagte er.

Ich schüttelte den Kopf, verstand rein gar nichts. Wollte er das zwischen uns beenden? Ein weiteres Mal? Mir sagen, dass seine Gefühle nicht so tief gingen wie gedacht? Dass wir nur ein Italien-Flirt gewesen waren, eine Sommerromanze im Frühling?

Das waren die naheliegendsten Gedanken, aber ich dachte sie nicht, nicht wirklich.

»Sam«, begann ich. »Ich habe keine Ahnung, was du willst.«

Während ich sprach, wich er meinem Blick aus. Stattdessen wandte er das Gesicht zur Seite, musterte sein Bett, die Nachttische und die drei eingerahmten Bilder an der Wand. Schwarz-Weiß-Motive von Kameras, von Filmsets, von London. Das Fenster war geöffnet, sodass Stimmen und Musik in einem Rauschen ins Zimmer krochen. Das bemerkte ich erst jetzt. Jetzt, als Sam die Augen schloss und alles an ihm sichtbar bebte.

»Ich werde sterben«, flüsterte er.

35

Sam

THE ARCHER

»Ich werde sterben.«

Und ganz, ganz eigentlich wollte ich das gar nicht aussprechen, weil ich es nicht akzeptieren konnte.

Aber es stimmte.

Ich würde sterben.

36

Emmie

DEATH BY A THOUSAND CUTS

»Was?«

Ich lachte, weil es nicht stimmen konnte. Ich meine, ja, natürlich, wir würden alle sterben. Sam, Blair, Connor, Ms Clark, meine Eltern, Leah, die Verkäuferin im Blumenladen in der Franklin Street, ich, jeder, alle. Irgendwann.

Aber Sam war sechsundzwanzig.

Man starb nicht mit sechsundzwanzig.

Doch während ich zu schrill lachte, schwieg er nur. Er fiel nicht mit ein. Er rollte nicht in seiner Sam-Manier die Augen und sagte: *Ja, okay, war nur ein Spaß.*

Er stand einfach nur da, immer noch mit dem Rücken an seine Kinderzimmertür gelehnt, die Hände jetzt tief in den Hosentaschen vergraben. Dieser große, wunderschöne Mann mit seinem athletischen Körperbau und dem interessanten Gesicht, der alles in allem so unkaputtbar wirkte, dass es lächerlich war, wie er Derartiges von sich geben konnte. Und es anscheinend ernst meinte.

»Sam?«, sagte ich kratzig, weil er immer noch nichts gesagt hatte.

Doch er schüttelte bloß den Kopf, ehe er ihn in den Nacken warf. Krampfhaft blinzelnd starrte er dann die Decke an und sprach weiter.

»Ich habe ein Glioblastom. Sie haben es vor einem Jahr entdeckt. Ich habe es nicht mal gemerkt. Weißt du, wieso ich überhaupt im Krankenhaus war?« Er schnaubte fast. »Weil ich von der Leiter gefallen bin, als ich meiner Mum bei ihren Scheißrosen an der Fassade geholfen habe, um die sie sich nur selbst kümmert. Natürlich könnte sie jemanden dafür bezahlen, aber diese Dinger sind ihr heilig. Rosie und Rose, lustig, nicht wahr? Jedenfalls sollte ich sie mit irgendeinem Antirostspray einsprühen und bin abgerutscht. Ich dachte, ich hätte im schlimmsten Fall eine Gehirnerschütterung. Das dachten die Ärzte auch, und um auf Nummer sicher zu gehen, wollten sie ein MRT. Tja. Hier scheiden sich jetzt die Geister: War es Glück im Unglück? Oder einfach nur beschissenes Unglück? Ich sage Letzteres, weil, na ja, ein bösartiger Gehirntumor ist halt ein bösartiger Gehirntumor. Mittlerweile Grad vier. Aufgrund der Lage nicht operierbar. Sehr aggressiv und schnell wachsend, aber es ist halt auch ein Glioblastom. Das ist normal. Das habe ich gelernt. Scheiße, ich habe so viele Sachen gelernt, die ich eigentlich gar nicht lernen wollte.«

Seine Stimme klang nicht mehr wie *seine* Stimme. Sie klang zu künstlich und emotionslos, so, als hätte er diese Worte so lange gesagt, bis er sie nicht mehr fühlte. Als ginge es gar nicht um ihn.

»D-du …« Ich schüttelte den Kopf, atemlos und herzlos. Als würde mir jemand links in meine Brust greifen und mir mein lebenswichtiges Organ Zentimeter für Zentimeter herausziehen. »Du verarschst mich.«

Das unüberhörbare Zittern in meiner Stimme brachte Sam dazu, das Gesicht zu senken. Mich anzusehen. Mich, wie ich in meinem schimmernden Kleid in seinem Kinderzimmer stand, während er mir erklärte, dass er sterben würde.

Es war ein Witz. Ein Traum. Die flüchtige Idee eines amerikanischen Writers' Room, die ihre Serienskripte während des Drehens neu schrieben. Es war alles, bloß nicht real.

Doch er schüttelte den Kopf, so als würde er meine Gedanken hören können.

Es ist wahr.

»Es tut mir leid«, flüsterte er, und vielleicht bildete ich es mir ein, doch ich hätte schwören können, dass seine Augen glasig wurden. Es war wie ein Riss in seiner perfekt gleichgültigen Fassade. »Alles. Wirklich.«

Wirklich.

Da begann auch seine Stimme zu zittern. Vielleicht hatte es nur einen kleinen Riss gebraucht, damit seine gesamte Rüstung einstürzte. Das war doch so, oder? Wenn etwas einmal angerissen war, konnte es nur weiterreißen. Stumm fragte ich mich, ob das auch für Menschen galt, so ganz allgemein.

»Ich ...«

Ich wusste nicht mehr, wie ich weiterreden sollte. Denn ... was sagte man in dieser Situation?

Ich werde sterben.

Es war unwirklich. Sinnlos. Sam, so stark und selbstbewusst und talentiert und wunderschön und scheinbar kerngesund und mit Muskeln, die sich unter seinem Neoprenanzug abzeichneten, und so echt und so lebendig und verdammte sechsundzwanzig Jahre alt. Sam, der mir gesagt hatte, da wäre etwas zwischen uns, doch gleichzeitig auch, dass der Zeitpunkt nicht passte.

Obwohl alles plötzlich Sinn ergab, ergab nichts mehr Sinn.

»Ich ...«

Wieder begann ich, nur um abzubrechen. Diesmal, weil ich keine Luft bekam. Fragte man, wie lange noch? Das fragten sie doch alle in diesen Arztserien, nicht wahr? Aber ich meine, Sam war so gesund.

»W-wie lange noch?«

Er schüttelte den Kopf.

»Sam«, drängte ich. »Wie lange noch?«

»Ein halbes Jahr vielleicht.«

»EIN HALBES JAHR?«

»Emmie«, flüsterte er und klang so mitfühlend, als fühlte er nur meinen Schmerz. Seinetwegen.

Das gab mir den Rest.

Ich spürte, wie es hinter meinen Augen zu brennen begann, während er auf mich zukam. Seinen Arm nach mir ausstreckte, während unter uns jemand so laut lachte, dass mir das Geräusch in die Ohren kroch. Sam wollte mich anfassen, mich halten, mich umarmen, für mich da sein, weil er bald nicht mehr da sein würde.

Das ergab keinen Sinn für mich.

Ich bekam keine Luft, spürte, wie mein Herz immer schneller und schneller und schneller schlug, bis ich dachte, es würde wegen all der Angst und Verwirrung und Verzweiflung einfach aufhören.

»Ich muss hier raus«, flüsterte ich, bevor ich nur noch machte und nicht mehr dachte.

Wie automatisch trugen meine Beine mich aus dem Raum und begannen trotz mörderischer Absätze die Treppen nach unten zu hechten. Ich hatte keine Ahnung, wo meine Jacke, geschweige denn die Haushälterin war, die sie mir abgenommen hatte. Es war mir egal. Es war nicht wichtig. Ich benötigte Luft. Abstand. Klarheit. Jemanden, der mich wach rüttelte, bis ich in einem meiner übergroßen Schlafshirts in meinem spärlichen Wohnheimzimmerbett aufwachen und feststellen würde, dass ich das alles nur geträumt hatte. Dann würde ich die Augen zumachen, noch ein bisschen weiterschlafen, aufwachen und wieder mein normales Leben führen, in dem mir Samson Alderidge nicht verkünden würde, dass er starb. Nachdem er mich geküsst und mich in diesem Hotelbett zum Kommen gebracht hatte, ohne mich anzufassen. Nachdem ich ihn verflucht und gemieden und ignoriert hatte, was mir nie wirklich gelungen war.

Weil da immer etwas zwischen uns gewesen war.

Ich meinte irgendwo hinter mir, in weiter Entfernung, vielleicht in einem anderen Universum, Sam nach mir rufen zu hören.

Emmie!

BITTE!

WARTE!

BLEIB STEHEN!

VERDAMMTE SCHEISSE!

Allerdings meinte ich auch gleich darauf zu hören, wie er von irgendeiner der unendlich wichtigen Personen hier abgefangen und in ein Gespräch verwickelt wurde.

Es war mir recht.

Ich musste nur weit genug laufen, bis ich Sams Elternhaus nicht mehr hinter mir spürte. So lange, bis mir wieder warm wurde.

Aber mir wurde nicht warm.

Vierzehn Grad waren nicht eisig, aber auch nicht wirklich angenehm, wenn man ein Kleid mit Spaghettiträgern trug. Als ich die Station Belsize Park erreichte, registrierte ich die verwunderten Blicke der Passanten auf mir. Jedoch spürte ich die heißen Tränen auf meinem Gesicht erst am Gleis für die Northern Line. Es war derselbe Moment, in dem mich plötzlich dieser Mann ansprach.

»Hey«, sagte er und hob die Kamera an, die er in seiner linken Hand umklammerte. »Ich bin mir sicher, das kommt jetzt etwas komisch rüber, aber ich fotografiere Fremde, die auf der Straße herausstechen. Ich poste die Aufnahmen dann auf meinen Social-Media-Kanälen.«

Er nannte mir den Handle eines der größten Accounts, der mir sogar ein Begriff war.

»Vielleicht hast du schon mal davon gehört? Jedenfalls würde ich supergern ein Foto von dir machen. Du bist perfekt für meine Serie. Es könnte auch gleich hier am Gleis sein. Du …«

Ich hörte ihm nicht mehr zu, weil die Bahn einfuhr und ich mich in den Scheiben gespiegelt sah. Für einen kurzen Moment begutachtete ich mich so, wie der Fotograf mich betrachtet haben musste. Eigentlich sah ich völlig normal aus. Wäre da nicht mein formeller Aufzug mit dem extravaganten Kleid und den Schuhen gewesen, in denen ich seltsamerweise bis hierher hatte laufen können. Und natürlich mein tränenüberströmtes Gesicht. Schwarze Tränen. Wimperntuscheflüsse, farblich harmonierend mit meinem Kleid und der Jacke, die ich im Haus von Sams Mutter hatte liegen lassen.

Als die Türen sich öffneten, schüttelte ich als Antwort den Kopf. Erst dann stieg ich ein. Schließlich war ich immer noch ich: bis in alle Ewigkeiten viel zu nett. Selbst zu einem Fremden, der Profit aus meiner Traurigkeit schlagen wollte. Er war ja Künstler, und das hier war London, die Stadt ebenjener. Wir liebten es, unsere Traurigkeit zu romantisieren. Sie festzuhalten in Form von Liedern, Theaterstücken und sechshundert

Seiten langen Büchern. Wir waren Champions darin, unsere Traurigkeit als erstrebenswert anzusehen, als etwas, was das Leben erst lebenswert machte. Leidenschaftlich leiden. Das war es, was wir begehrenswert fanden.

Aber das stimmte nicht.

Nichts in diesem Moment war schön oder zu romantisieren, während ich auf meinem Platz saß und einfach weiterweinte.

Ich werde sterben.

Ein halbes Jahr vielleicht.

Das Echo von Sams Worten schmerzte so sehr, dass ich dachte, es würde mich vollkommen und wahrhaftig zerstören, dass nicht er, sondern ich einfach jetzt sterben würde.

Und daran war nichts traurig-schön.

Das war einfach nur grausam.

37

Emmie

SAD BEAUTIFUL TRAGIC

Mein Tränenschleier.

Er war schuld, dass ich nichts auf dem Heimweg wahrnahm. Wie ich es in mein Wohnheimzimmer schaffte? Keine Ahnung. Wem ich dabei begegnete? Keinen Schimmer.

Warum es wider Erwarten nicht regnete und die grauen Wolken sich seltsamerweise verzogen hatten, sodass der Himmel plötzlich doch nach Mai aussah, babyblau mit rosafarbenen Wölkchen? Nach dem ersten richtigen Abend unmittelbar nach einem langen und grauen Winter, der einen an Frühling und Sommer glauben lassen konnte? KEINEN VER-FLUCHTEN PLAN.

Insgeheim fror ich trotz des blauen Himmels. Weil ich meine Jacke einfach dagelassen hatte. Weil es nur wichtig gewesen war, aus dieser Villa rauszukommen. Luft zu schnappen. Um Klarheit zu erlangen.

Ich werde sterben.

Natürlich wusste ich, dass Sam mich nicht verarschte, weil wieso sollte er? Aber ich wollte nicht, dass es wahr war. Und man hörte ja bekanntlich immer nur das, was man auch hören wollte.

Willst du jetzt etwa mit zugehaltenen Ohren durchs Leben laufen, oder was, Braun?

Ich hatte keine Antwort für meine innere Stimme. Ich wusste nichts. Nichts mehr, wenn ein sechsundzwanzigjähriger Mann das Wort *Glio-*

blastom in den Mund nahm und dabei so ernst klang, als wäre er ein Roboter.

Viel zu gewaltvoll riss ich mir die Schuhe von den Füßen und verletzte mich dabei an der Schnalle für das Riemchen, doch ich spürte es nicht mal. Es war so wie mit dem Weinen: Mein Körper reagierte angemessen, ohne dass ich es fühlte. Als wäre fühlen, also alles in seiner ganzen Dimension fühlen, mein Untergang.

Dem Himmel sei Dank war Zoe bei Finlay. Hätte sie mich so gesehen, hätte ich ihr schließlich nicht erklären können, was passiert war. Immerhin verstand ich es ja selbst nicht. Instinktiv entsperrte ich mein Handy und wählte Leahs Nummer. Ich brauchte meine beste Freundin, aber sie ging nicht ran. Natürlich nicht. Sie war garantiert bei einem Soundcheck.

Scheiße.

Hastig schnappte ich mir mein Handtuch und die Kulturtasche, die ich seit meiner Ankunft noch nicht vollständig ausgepackt hatte. Ich würde duschen. Den Kopf frei bekommen. Nachdenken. Irgendetwas tun. Mir danach vielleicht meine Tagebuchvideos aus Sardinien ansehen und nach Hinweisen suchen, die ich übersehen haben könnte.

Doch ich schaffte es nicht mal aus dem Raum, weil mein Handy auf dem Bett vibrierte. Hoffnung durchflutete mich. Vielleicht hatte ich mich vertan und Leah spielte heute Abend keine Show?

Doch es war nicht Leah.

> In welchem Wohnheim wohnst du?

Samson Alderidge

WAS?

> Was?

Ich

Ich zögerte dreißig Sekunden, die ich in meinem Kopf mitzählte. Schließlich schickte ich ihm die Beschreibung zu meinem Wohnheimzimmer. Das war besser, als nichts zu tun und innerlich kilometerweit vom Meer entfernt unterzugehen, nicht wahr? Keine fünf Minuten später klopfte es an der Tür.

Emmie.

Ich wusste, was er sagen würde, noch bevor er den Mund öffnete. Groß und stark stand er in meinem Türrahmen. Füllte ihn mit seiner Größe vollkommen aus, während er auf mich herabsah.

»Emmie.«

Er sprach leise.

Instinktiv krallte ich die Fingernägel in die Türkante. Ich war verwundert. Noch verwirrter als zuvor. War dieser Sam mit vom Wind verwuschelten Haaren und geöffnetem Jackett, unter dem sein weißes Hemd halb heraushing, echt? War er genauso wenig real wie das, was er gesagt hatte?

Doch da war dieser glasige Schimmer in seinen Augen. Wild. Verzweifelt. Ratlos.

Wie er mich ansah.

Das war echt, weil es immer echt war.

»Was machst du hier?«, brachte ich gepresst hervor.

»Na, was wohl.« Seine Stimme war keine Stimme mehr. Sie bestand jetzt nur noch aus Basswellen, die mir tief unter die Haut gingen. »Ich bin dir hinterher, weil ich noch nicht alles gesagt habe. Weil ... weil ich dich wirklich nicht allein lassen wollte.« Heiser räusperte er sich. »Lässt du mich rein? Ich war gerade nicht fertig.«

Natürlich war er nicht fertig gewesen. Immerhin war ich einfach abgehauen.

Scheiße.

Instinktiv zog ich die Tür so weit auf, dass er in den Raum huschen konnte. Wenn es gerade noch seltsam gewesen war, in Sams Kinderzimmer zu stehen, war das hier ein anderes Level. Er in meinem winzigen Wohnheimzimmer. Sofort sah er sich um, blieb an den Buchrücken in dem kleinen Regal und an den Polaroidfotos an meiner Pinnwand hängen. Sie zeigten Leah und mich in Berlin, einen Sonnenuntergang an der Spree, unsere verschwommenen Gesichter vor einem Späti. Mein Stück Zuhause in London. Doch er war nicht hier, um mein Zimmer genauer unter die Lupe zu nehmen.

»Was wolltest du mir sagen?«, drängte ich, ehe sein Blick zurück zu mir schnellte.

»Alles.« Sichtbar atmete er durch. »Ich hatte nicht anfangen wollen, dich zu mögen, okay?«

»Danke für die Information«, schnaubte ich bebend.

»Nein, das meinte ich nicht *so*. Ganz abgesehen davon, dass ich sowieso keine Chance dagegen gehabt hätte.« Sein Blick fokussierte jetzt nur noch mich. »Es war unmöglich, gegen dieses Etwas zwischen uns anzukommen. Aber trotzdem fühle ich mich beschissen, weil ich um alles in der Welt vermeiden wollte, dich zu verletzen, und ich insgeheim wusste, dass es passieren würde. Selbst wenn ich in dieser Studie war, von der sich alle versprochen haben, dass sie etwas bewirken würde. Alternativtherapie, neue Methoden, es gibt sogar schon Erfolgsgeschichten. Natürlich haben wir alle schön unter den Teppich gekehrt, dass die Chance für eine *Erfolgsgeschichte* – Gott, ich hasse dieses Wort, als ginge es um meine Karriere und nicht um mein verdammtes Leben – so ungefähr bei unter einem Prozent lag. Ich hatte mir keine Hoffnungen gemacht, dass die Therapie anschlägt. Aber als wir in Sardinien waren ... da, da *wollte* ich einfach daran glauben, dass es klappt. Dass es gut geht. Dass alles wieder gut werden könnte.« Plötzlich wurde er unendlich leise. »Deinetwegen. Weil ich mich weiter in dich verlieben wollte. Ich weiß, dass mich das zu einem Arschloch macht. Ich hasse mich dafür. Hast du eine Ahnung, wie oft ich dir von meiner Krankheit erzählen wollte? Aber irgendwie habe ich nie den richtigen Moment dafür gefunden, um zu sagen: *Hey du, übrigens, ich habe ein Glioblastom, Krebs, sieht nicht besonders gut aus, nur dass du Bescheid weißt.* Ich wollte einmal seit Monaten nicht der Typ mit dem Krebsstempel sein, über den seine eigene Mum nicht sprechen kann, ohne gleich in Tränen auszubrechen. Ich ... ich wollte einfach nur leben.«

Wie er den letzten Satz sagte, mit maximal rauer Stimme, zerriss mir das Herz.

»Ich habe einen Pakt mit mir selbst geschlossen, dass ich mit dir rede, sobald die Ergebnisse da sind, weil ich das Gefühl habe, ich bin dir das schuldig. Am Tag nach unserer Ankunft habe ich sie bekommen. Überraschung: Die Therapie hat nicht angeschlagen. Und weißt du, was? Ein Teil von mir war sogar trotz der fast unmöglichen Chance überrascht. Weil ich wirklich daran glauben wollte. Mein Zustand hat sich bislang nicht sonderlich verschlechtert, aber auch nicht verbessert. Meine Eltern wollen, dass ich noch eine weitere Runde versuche, aber was zur Hölle soll das bringen? Es ist aussichtslos, das wissen wir alle. Wahrscheinlich werde ich es trotzdem tun, wieder dauermüde sein und keine zwei Schritte aus meinem Bett schaffen, aber was bleibt mir anderes übrig? Und ich weiß auch, ich hätte es dir schon in Sardinien sagen sollen. Am Strand, als ... das zwischen uns angefangen hat. Aber ich bin ein verfluchter Feigling. Ich hätte dich da niemals mit reinziehen dürfen. Ich verfluche Connor dafür, dass er dich angeheuert hat. Ich glaube nicht an Liebe auf den ersten Blick und all den Mist, aber, *Scheiße*, ich habe einfach gespürt, dass da etwas zwischen uns ist, als Ginny uns einander vorgestellt hat. Einfach *etwas*. Ich wusste, dass das gefährlich werden könnte. Aber Connor wollte dich unbedingt, und dann ...«

»Und dann ist alles passiert, was passiert ist«, vollendete ich mit zittriger Stimme.

»So kann man es wohl sagen, ja. Aber das entschuldigt mein Verhalten nicht. Ich hätte das niemals zulassen dürfen. Ich kann mir nicht vorstellen, wie schrecklich das für dich sein muss. Ich verstehe natürlich auch, wenn du wütend bist und das Praktikum beenden willst. Wir bekommen das schon irgendwie so hin, dass du trotzdem einen ...«

»*Wenn* ich wütend bin?« Meine Hände ballten sich zu Fäusten, während mir die Tränen kamen. »Ich *bin* wütend, Sam. Ich bin wütend, dass du mir das verschwiegen hast. Ich bin wütend, dass du *Familienprobleme* gesagt und eigentlich *Hey, ich habe einen Gehirntumor* gemeint hast. Ich bin wütend, dass du zugelassen hast, dass ich mich in dich verliebe. Ich bin wütend, dass alle Bescheid wussten außer mir und dass ich die ganze Zeit gespürt habe, dass etwas faul ist, aber ich nicht den Finger draufgelegen konnte. So wie bei meiner Beziehung zu Ethan, der mich betrogen hat. Nur dass es hier nicht um mein Ego, sondern um dein Leben geht, verflucht noch mal! Ich bin wütend, weil du *Ich werde sterben* zu mir gesagt hast, als befänden wir uns in einem dramatischen Teeniefilm, in dem Kranksein romantisiert wird, weil es doch so schön aufregend und leidenschaftlich ist, wie sie sich kurz vor dem Tod ineinander verlieben. Ich bin wütend, dass du Krebs hast. Ich bin verdammt wütend, weil ich nicht glauben kann, dass das wahr sein soll.«

Je mehr ich gesprochen hatte, desto schneller, lauter und gleichzeitig dünner war meine Stimme geworden. Ich spürte erst, dass tonnenschwere Tränen mir das Gesicht hinabliefen, als ich sie salzig auf meinen Lippen schmeckte. Automatisch überwand Sam die Distanz in meinem winzigen Wohnheimzimmer und machte Anstalten, mich zu umarmen, bloß um im letzten Moment doch innezuhalten. Stattdessen sah er mich fragend an. Mit glasigen Augen und einem Schimmer darin, der sich in Tränen verwandelte.

Nicht weil er sterben würde. Sondern weil er zeitlupenartig beobachten konnte, wie mein Herz brach, *weil* er sterben würde.

Dieser Gedanke brachte mich so heftig zum Schluchzen, dass ich fast keine Luft mehr bekam.

»Sag mir, was ich tun kann«, flüsterte Sam mit seiner perfekten Gänsehautstimme, während die Tränen auch sein Gesicht hinabrannen. »Sag's mir, Emmie. *Bitte*, sag's mir.«

Doch ich sagte nichts. Ich bekam kein Wort heraus. Kein einziges. Ich hatte keine Antwort für ihn. Ich wusste nichts. Rein. Gar. Nichts. Ich war nur ein weinendes, jämmerliches Etwas, das vielleicht gedacht hatte, es wüsste ein paar Dinge im Leben, so wie man eben dachte, dass man etwas wüsste, wenn man den ersten Herzschmerz, ein paar Auslandsreisen, den ersten Auszug, die erste WG-Erfahrung, vielleicht sogar schon den zweiten Umzug oder eine gescheiterte Beziehung hinter sich hatte. Aber in genau diesem Moment, an einem völlig unbedeutenden Maitag wurde mir klar, dass ich eigentlich rein gar nichts über das Leben wusste, wenn ein sechsundzwanzigjähriger Mann mir sagen konnte, dass er sterben würde.

Ehrlicherweise kann ich heute nicht mehr benennen, wie lange ich weinte, bis Sam schließlich doch noch diesen entscheidenden Schritt auf mich zukam und mich fragte, ob er mich umarmen dürfe. So gut war er, so ein moderner Gentleman, der sogar für eine Umarmung eine Erlaubnis einholte. Ich nickte. Und dann weinte ich nur noch weiter, in sein Hemd, direkt an seinem Herzschlag, während meine Finger sich so fest in seine Schultern krallten, dass ich Abdrücke hinterlassen musste. Aber Sam zuckte nicht zusammen. Er hielt mich nur fester, während ich in seinen Armen zerfiel.

38

Emmie

THE STORY OF US

Ich träumte, ich träumte, dass eine italienische Signora mir die Karten legte und Folgendes wahrsagte: »Du wirst dich wieder verlieben. Es wird gleichzeitig das Schrecklichste und Schönste sein, was dir jemals passieren wird.« Wir saßen uns in einem hübschen Garten auf dem Rasen gegenüber, während sie Orangen in der Mittagssonne schälte und mir entschuldigend zulächelte. Alles war so ruhig und friedlich. Alles, außer mir. Mein Herz begann heftig zu schlagen, während ich die Stirn in Falten legte.

»Nein«, erklärte ich. »Das kann nicht sein. Ich komme gerade aus einer Beziehung und …«

Und dann wurde die Stille plötzlich von einem dumpfen Geräusch durchschnitten.

Das Pulsieren meines Herzens verdoppelte sich, da schlug ich die Augen auf. Das heftige Klopfen infiltrierte meinen gesamten Körper, während ich gegen die Sonnenstrahlen in meinem Wohnheimzimmer anblinzelte. Hinter mir spürte ich etwas Hartes, Warmes. Zuallererst musterte ich den mit Wellen tätowierten Arm, der sich um meinen Oberkörper geschlungen hatte. Erst dann spürte ich, wie Sams Atem meinen Nacken streifte.

Sam.

Sam, der mit mir in meinem Bett lag. Ganz unschuldig und völlig bekleidet, weil er gestern mit mir in diesem Bett eingeschlafen war, während ich einen Zusammenbruch durchlitten hatte.

Auch wegen ihm.

Neinneinneinnein.

Als die Erinnerungen der letzten Nacht mich durchfluteten, schnürte sich mein Brustkorb zu. Atmen fiel schwer. Am liebsten hätte ich mein Gehirn gefragt, ob es die Geschehnisse nicht verwechselte. Dass ich nur davon geträumt hatte, wie Sam mir sein großes, dunkles Geheimnis eröffnet hatte. Aber eigentlich war Sam gar kein echter Bad Boy und sein Geheimnis kein unnötiges Geheimnis, das irgendwelche Komplexe in ihm geschürt hatte.

Ich werde sterben.

Seine Stimme schnitt mir ins Herz, während er tief und fest neben mir schlummerte.

Plötzlich hörte ich meinen Namen.

»Emmie?«, flüsterte eine andere Stimme.

Zoe?

Mit aufgerissenen Augen sah ich auf. Vollkommen verwirrt stand Zoe noch in Jacke und Stiefeletten vor mir, während sie mich musterte.

Mich und Sam.

Ruckartig setzte ich mich auf, wobei ich realisierte, dass das dumpfe Geräusch in meinem Traum wahrscheinlich das Eintreten meiner Mitbewohnerin gewesen sein musste. Kurz flog mein Blick zu der Uhr über der Tür. Sie zeigte halb neun an.

Plötzlich regte Sam sich hinter mir. Ich drehte mich gerade um, während er sich hastig aufsetzte. Das Hemd, die beigefarbene Hose. Er trug dieselben Sachen wie gestern. Nicht mal die Socken hatte er ausgezogen, während er sich eigentlich vollkommen vor mir entblößt hatte.

Ich wusste, dass wir nicht allein in diesem Raum waren. Doch für einen Moment sah er bloß mich an und ich ihn.

Seine Augen waren glasig, während mein Magen fiel. Alles fiel.

»Emmie?«, flüsterte Zoe unvermittelt, während ich meinen Blick von Sam losriss. »Ist alles okay?«

Doch sie betrachtete nicht mich dabei, sondern musterte Sam. Fast anklagend?

»Ja«, erwiderte ich sofort. »Natürlich.«

»Sicher? Du siehst so aus, als hättest du die ganze Nacht geweint.« Sie kniff die Augen zusammen, wobei der Mörderblick weiterhin Sam galt. »Ist irgendetwas passiert?«

»Nein«, sagte ich. »Natürlich nicht, es ist nur, ich …«

Ich wollte weitersprechen, konnte aber nicht. Da war dieser Kloß in Sam-Größe, der machte, dass mir die Worte fehlten. Da räusperte sich Sam plötzlich.

»Ich glaube, ich sollte gehen.« Er warf mir einen Seitenblick zu. »Dann könnt ihr in Ruhe reden.«

Ich fragte mich, ob er dachte, Zoe sei meine beste Freundin. Ob sie mich besser über dieses Glioblastom in seinem Gehirn hinwegtrösten könnte als er selbst. Als er sich anschließend erhob und sein Jackett vom Boden aufsammelte, geschah es für mich wie in Zeitlupe. Ungelenk schlüpfte er in die glänzenden Schuhe, wobei Zoe ihn ebenfalls nicht aus den Augen ließ. Als er mit der rechten Hand bereits die Türklinke berührte, drehte er sich zu mir um.

»Wir reden auch noch?«, flüsterte er.

Vier völlig normale Worte, überhaupt nicht weltbewegend, und trotzdem hatte seine Stimme sich noch nie so unsicher angehört.

Ich nickte. Mehr traute ich mir nicht zu.

Die Tür war nicht einmal ins Schloss gefallen, ehe Zoe den Abstand zwischen uns überbrückte und sich neben mir auf mein Bett sinken ließ. Alles hier war noch warm und voll von Sam. Von seinem Geruch und seinen Worten und den Erinnerungen, die nicht die Erinnerungen waren, die man von einem heißen Typen in seinem Bett haben sollte.

»Es ist mir scheißegal, dass das gerade Samson fucking Alderidge war«, begann sie. »Wenn er irgendetwas gemacht hat, das nicht okay war, dann habe ich kein Problem damit …«

»Es ist nichts passiert«, unterbrach ich sie so sanft, wie ich konnte.

»Verarsch mich nicht, Emmie. Ich merke doch, dass irgendetwas überhaupt nicht okay ist.«

Ich schwieg. Wollte sie nicht anlügen, wusste aber auch nicht, was ich sonst erwidern sollte. Genau deshalb atmete ich tief durch, bevor ich auf die Tür deutete.

»Ich husche nur kurz ins Bad«, murmelte ich. »Dann erkläre ich dir alles.«

»Okay.« Zoe sah mich mitfühlend an. »Ich warte hier.«

Als ich aufstand, fühlten meine Beine sich so wackelig an, dass ich fürchtete, es nicht einmal bis in den Gang zu schaffen, geschweige denn zu den Waschräumen. Doch irgendwie gelang es mir, den Kulturbeutel zu schnappen und einen Fuß vor den nächsten zu setzen. In den Toilettenräumen angekommen, fragte mich mein verheultes Spiegelbild, was in den letzten vierundzwanzig Stunden passiert war.

Maisie, Ethan, Ben und Charlotte beim Essen.

Sam in seinem alten Kinderzimmer.

Sam in meinem Wohnheimzimmer.

Im Spiegel konnte ich haargenau beobachten, wie meine Augen glasiger wurden. Hastig spritzte ich mir eisiges Wasser ins Gesicht, als würde es etwas bringen. Ich pinkelte, putzte mir die Zähne, spritzte mir noch mehr eisiges Wasser ins Gesicht.

Es brachte weiterhin nichts.

Ich hatte nicht geträumt.

Ich war wach, und alles war wahr.

Zurück in meinem Zimmer saß Zoe mittlerweile in ihrem Bett. Schluckend lächelte sie mich an. »Ich hab Maisie geschrieben, dass sie vorbeikommen soll«, sagte sie. »Sie hat die Nachricht zwar noch nicht gelesen, aber ich weiß, dass wir nicht so gut befreundet sind, dass wir uns alles erzählen, und ich will dich zu nichts zwingen. Deshalb dachte ich, das wäre vielleicht eine gute Lösung?«

Meine Mitbewohnerin lächelte mir so aufrichtig zu, dass es beinahe schmerzte. Hinter meiner Stirn begann es zu pochen.

Maisie.

Gute Lösung.

Ich hätte die Scharade weiter aufrechterhalten können. So tun, als wäre nicht das passiert, was passiert war. Niemandem auf die Füße treten, kein böses Blut verbreiten, alle gut dastehen lassen, nur mich selbst weiter verleugnen, indem ich nichts sagte.

Ich konnte nicht.

»Ethan hat mich betrogen«, flüsterte ich. »Und Maisie hat es gewusst, es mir aber nicht gesagt. Das habe ich an dem Abend herausgefunden, an dem die Alumnifeier stattfand. Gestern habe ich sie sogar alle zusammen auf einem Double Date gesehen. Maisie und Ben, Ethan und seine neue Freundin Charlotte.« Ich blies die Wangen auf. »Also, nichts für ungut, aber ich meide Maisie momentan.«

»*Was?*«, fragte Zoe so schockiert, wie ich mich anfangs gefühlt hatte. »Wieso hast du mir vorher nichts gesagt? Ich wäre doch für dich da gewesen.«

»Ich weiß«, erwiderte ich leise. »Aber ich habe mich einfach so geschämt.«

»Wieso solltest du dich schämen? Ethan sollte sich in Grund und Boden schämen, dieser Wichser. Ich kann das nicht glauben.«

Ich lächelte schwach, während Zoe sich weiter in Rage redete und schließlich den Kopf schüttelte.

»Oh, Emmie«, flüsterte meine Mitbewohnerin gequält, während die Puzzleteile sich in ihrem Kopf zusammensetzten. Doch dieses eine nicht. »Und ... was hat Samson Alderidge damit zu tun?«

»Eigentlich nichts«, flüsterte ich.

Eigentlich alles.

Ich erzählte Zoe alles, nur nicht das Herzerschütterndste. Ich erwähnte Sam, unsere Zusammenarbeit, den Kuss, aber nicht die ganzen Gefühle, nicht seine Tragödie. Ich verkaufte ihr sogar, dass ich so fertig wegen Ethan und Maisie gewesen war, dass Sam hier geschlafen hatte, um mich nicht allein zu lassen. Zoe löschte derweil die Nachricht an Maisie, hörte mir zu, nickte an den passenden Stellen und stellte Fragen in den richtigen Momenten. Bis sie irgendwann nicht mehr wusste, was sie sagen sollte.

Ich hätte es auch nicht gewusst.

Es war kurz nach neun, als sie mich in den Arm nahm. Die Luft war schwer von meinen Tränen und all meinen Gefühlen. Ich war froh um Zoe. Dankbar, dass meine Mitbewohnerin für mich da war, so, wie ich für sie da gewesen wäre. Von Sams Krankheit erzählte ich ihr nichts. Wir teilten uns einen Campus, jeder kannte Sam. Selbst wenn es ihr nur aus Versehen bei unseren Kommilitonen herausrutschte, würde es die ganze Hochschule wissen.

Nur Leah. Leah würde ich von Sam erzählen.

Aber jetzt noch nicht.

»Bist du sicher, dass ich dich allein lassen kann?«, fragte Zoe unsicher, nachdem ich sie davon überzeugt hatte, in die Bib gehen zu können.

»Ich bin supermüde, ehrlich.« Ich lächelte zittrig. »Ich werde versuchen, noch ein bisschen zu schlafen.«

»Okay.«

Die Sorge in den dunklen Augen meiner Mitbewohnerin verschwand nicht, wenig später hörte ich allerdings trotzdem, wie sie die Tür leise hinter sich zuzog. Danach verlor ich keine Zeit.

Wir reden auch noch?

Ich hatte Sams Worte die ganze Zeit im Kopf gehabt. So wie eigentlich seit Tagen, seit Wochen und seit dem Moment, in dem ich ihn kennengelernt hatte. Nur mit dem gewissen Unterschied, dass seine Stimme sich noch nie so traurig angehört hatte.

Instinktiv schnappte ich mir mein Handy und tippte. Ich zerdachte meine Nachricht nicht, wägte nicht ab, ob sie okay, zu viel oder zu wenig war.

> Wann reden wir?
>
> Ich

39

Sam

NEW ROMANTICS

Ich wollte nicht mit Emmie reden.

Ich wollte sie stattdessen küssen und gegen Wände drücken und ins Bett schmeißen und sie berühren und dabei schwören, dass es sich noch mit keinem anderen Menschen so angefühlt hatte wie mit ihr.

Ich wollte außerdem auch nicht an dem Sonntag nach Mums Feier barfuß in Richtung meiner Haustür schlurfen und den Summer bloß mit diesem verfluchten Kloß im Hals betätigen. Genauso wenig, wie ich die Luft anhalten wollte, als Emmie gegen drei Uhr am Nachmittag die letzten Treppen zu meiner Wohnung hochstieg.

Sie sah aus wie heute Morgen, nur mit anderer Kleidung. Heller Pullover, derselbe schrecklich herzzerreißende Gesichtsausdruck. Er erinnerte mich an den, mit dem meine Familie und Connor mich ansahen, wenn sie dachten, ich würde es nicht bemerken. Den, den Blair eigentlich gar nicht mehr aus ihrer Miene bekam, sobald wir allein in einem Raum waren, ohne Ablenkung und die Welt ringsum, die so lebendig wirkte mit immer neuen Restauranteröffnungen in Shoreditch, aufgeregten Touris und dem ganz normalen Großstadttrubel. Alles so laut und voll und schwitzig und großartig und lebendig, als würde niemals jemand sterben.

Aber das stimmte nicht.

Leute starben andauernd. Gerade jetzt, in einer Sekunde, in zwei

Stunden, in drei Tagen, in vier Wochen und in fünf Monaten vielleicht sogar ich.

»Hi«, sagte Emmie, bevor ich sie reinbat.

Sobald sie in meine Wohnung getreten war, führte ich sie in den offenen Wohnbereich. Dabei liefen wir nebeneinanderher, wobei ich realisierte, dass sie noch gar nicht hier gewesen war. Ich fragte mich, was sie wohl sah. Eine erwachsene Version meines Kinderzimmers? Alles dunkel, doch lichtdurchflutet. Massiv, aber offen. Minimalistisch eingerichtet, mit klaren Linien, aber edlen Bilderrahmen, in denen meine Schwester und ich als Kinder in die Kamera lächelten.

Blair lächelte nicht mehr so.

Blair würde nie wieder so unbeschwert und unschuldig lächeln.

Meinetwegen.

Ich konnte nicht noch jemanden so zerstören.

Ich würde Emmie nicht so zerstören.

Keine Ahnung, ob ich diesen Fakt gestern klargestellt hatte.

»Also«, sagte ich deshalb, nachdem wir uns gegenüber voneinander an meine Theke gesetzt hatten. »Ich kann mit Connor sprechen. Wegen deines Praktikums. Falls du nicht mehr an *BLUE* arbeiten willst – was ich natürlich absolut verstehen kann –, können wir bestimmt eine andere Lösung finden, die …«

»Was tust du da?«

Ich wünschte, sie hätte geschrien, wäre laut geworden, hätte mich böse aus ihren dunklen Augen angefunkelt. Allerdings blinzelte sie mich nur so verwirrt an, als wüsste sie wirklich nicht, was ich hier tat.

»Wieso sagst du so etwas?«, flüsterte sie. »Wird das hier etwa wieder so eine Wegstoßaktion?«

»Wegstoßaktion?«

»Wie an dem Morgen in Seulo?«

»Emmie«, begann ich.

»Sam«, hielt sie dagegen. »Hör einfach auf damit.«

»Du verstehst das nicht.« Ich schüttelte den Kopf. »Ich kann nicht. Ich hätte dich gar nicht küssen dürfen. Es hätte gar nicht so weit kommen dürfen.«

»Aber es ist doch längst geschehen.« Sie schluckte sichtbar. »Ich dachte, das hätten wir gestern geklärt.«

»Ja, aber ...«

»Aber *was*?«

»Ich kann dich doch nicht einfach in dein Verderben rennen lassen.« Ich fuhr mir so fest durch einzelne Haarsträhnen, dass meine Knöchel schmerzten. »Gott, ich hasse diese Art von Gesprächen. Ich hasse, was es mit mir macht und was es mit dir macht. Oder mit Blair. Oder meinen Eltern. Oder mit Con.«

»Worüber reden wir hier eigentlich, hm?« Plötzlich richtete sie sich auf, inmitten meiner Wohnung. »Darüber, dass du mir etwa noch mal sagen willst, dass da etwas zwischen uns ist, es aber nicht geht, obwohl ich den Grund dafür jetzt kenne? Weil wenn ja, ist das ziemlicher Bullshit, wenn du mich fragst.«

»*Bullshit*?« Ich konnte nicht anders, als laut zu schnauben. »Bullshit, dass ich versuche, Schadensbegrenzung zu betreiben und nicht noch einen Menschen in diese Tragödie mit reinzuziehen?«

Doch darauf sagte sie nichts. Stattdessen blieb sie einen Moment ganz still. Dann sah sie mich so intensiv an, dass sich all die verfluchten Härchen an meinen Armen aufstellten. »Ich bin doch schon irgendwie drin, meinst du nicht?«, flüsterte sie.

»Und dafür habe ich mich schon entschuldigt«, flüsterte ich rau zurück.

»Das macht es aber nicht besser. Du kannst nicht erwarten, dass ich so tue, als würde es dieses Etwas zwischen uns nicht geben, und dir einfach den Rücken zukehre, als wäre nichts passiert.«

Ich hätte sie fragen können, was denn überhaupt passiert war. Wir hatten uns rein logisch betrachtet nur geküsst und es uns nebeneinander selbst besorgt. Aber das zwischen uns war nicht nur körperliche Anziehung, die man schnell vergessen konnte.

Ich wünschte, ich würde nicht wissen, dass *wir* irgendwie passiert waren.

»Ich kann das einfach nicht machen, Emmie.«

»Was genau? Mich noch mal küssen? Zeit mit mir verbringen? An deinem Film arbeiten?«

Ich hob die Schultern. Genauso nichtssagend wie der Feigling, der ich war.

Sie schüttelte den Kopf. »Ich verstehe einfach nicht, was du willst.«

»Ich kann dir sagen, was ich *nicht* will«, erwiderte ich sofort. »Ich will nicht, dass der Lieblingsguru meiner Mutter mich enttäuscht ansieht, bevor er mir sagt, dass ich mir nur ein bisschen lebhafter vorstellen müsste, wie ich mit jedem Atemzug golden leuchtende Heilungskräfte anstelle von Luft einatmen würde, damit alles gut wird. Ich will nicht Bungee springen, und ich will nicht noch mit dem Rucksack durch Südamerika reisen, als wären es Punkte auf meiner Dinge-die-ich-noch-machen-will-bevor-ich-sterbe-Liste. Ich will nicht wissen, wie es sich anfühlt, wenn selbst der Chefarzt der Onkologie-Abteilung Mitleid mit dir hat. Ich will nicht darüber nachdenken, ob ich darüber entscheiden will, welche Musik auf meiner Beerdigung gespielt wird, und ich will auch nicht darüber nachdenken, ob ich meiner kleinen Schwester einen Brief vor meinem eigenen Tod schreiben muss, in dem ich sie darum bitte, ihre Trauer nicht mit Drogen und Alkohol zu betäuben. Ich … ich will einfach nur meinen Film machen und, keine Ahnung, ganz normal leben.« Ich schluckte. »Ich will einfach leben, Emmie, okay?«

Die letzten Worte waren ein Kampf gewesen. Sie schmeckten bitter und trügerisch auf meiner Zunge.

»Das verstehe ich.«

»Gut«, sagte ich, und dann sagte sie so lange nichts, dass ich fürchtete, die Zeit wäre einfach stehen geblieben. Bis Emmie die Hände auf dem Tisch ineinanderfaltete, als wäre sie der einflussreiche Politikerfreund meines Vaters.

»Ich verstehe das wirklich, aber ich weiß nun mal auch, dass da zwischen uns etwas ist. Keine Ahnung, was genau, weil es dafür doch irgendwie viel zu früh ist, aber ich weiß, dass ich dieses Etwas noch nie so heftig gespürt habe wie bei dir. Und dass ich das gern so lange fühlen würde, wie es geht, weil ich einfach denke, dass ich es fühlen *muss*. Und ich könnte dir auch sagen, dass du dich gerade wie ein heldenhafter Arsch verhältst, der meint, er müsste alle um sich herum beschützen. Selbst wenn es Erwachsene sind, die dazu fähig sind, Entscheidungen für sich selbst zu treffen. Aber das will ich nicht. Ich will dich zu nichts überreden.«

Sag nichts, sag nichts, sag nichts, Mann.

Ein Teil von mir flehte mich an, nichts zu erwidern. Zu nicken und Emmie auf diese Weise unterschwellig mitzuteilen, dass sie recht hatte und sie jetzt gehen konnte, damit sie nichts tat, was sie in einem halben Jahr bereuen würde. Dann, wenn alles hässlich und schrecklich und tragisch werden würde.

»Okay.« Unter dem Geräusch von knarrenden Stuhlbeinen schob sie den Sitz nach hinten. »Ich werde jetzt gehen. Wenn du das zwischen uns nicht willst und nicht fühlst wie ich, ist das eben so. Dann akzeptiere ich das.«

Aber wieso *mussten* ausgerechnet diese Worte ihren Mund verlassen?

Natürlich fühlte ich das zwischen uns, hatte es von Anfang an getan. Seitdem dieser Kerl mir wegen ihr die bescheuerte Sektflöte über das Hemd geschüttet hatte, wusste ich, dass da einfach etwas zwischen uns war.

»Es würde einfach zu hässlich werden, Emmie«, sagte ich leise. »Ich werde nicht einfach so sterben. Ich werde Krampfanfälle bekommen. Sie werden immer häufiger werden. Ich werde Worte vergessen. Erinnerungen vergessen.«

Doch darauf antwortete sie nicht. Immerhin hatte sie ihre Sicht klar dargestellt.

Wenn du das zwischen uns nicht willst und nicht fühlst wie ich, ist das eben so. Dann akzeptiere ich das.

Sie schob den Stuhl wieder an die Theke heran, während sie den

Gang in Richtung Wohnungstür ansteuerte. Sie sah mich nicht mehr an. Sie würde das durchziehen.

Es war richtig so.

Es war *wirklich* richtig.

Oder?

Unglücklicherweise bestand das Problem darin, dass es keine Regeln für meine Situation gab. Wie verhielt man sich mit meiner Diagnose, wenn man *diesen einen* Menschen kennenlernte? Ein Teil von mir wollte Emmie diese Art von lebensverändernder Trauer nicht antun. Doch da war auch noch ein anderer, ein egoistischer Teil von mir, der gar nicht mehr gegen die Gefühle für sie ankämpfen wollte. Der einfach nur leben wollte. Nur noch ein bisschen. Während sie die Hand an die Türklinke legte, erinnerte ich mich an die Phasen, die ich vor einem Jahr zum Zeitpunkt meiner Diagnose durchlaufen hatte. Ignoranz. Wut. Depression. Schließlich Akzeptanz. Ich hatte sie alle erfolgreich durchschritten, war im Reinen mit mir und okay mit dem Verlauf der Dinge, weil kein Arzt, kein Geld, keine Hoffnung der Welt das Ende würde abwenden können. Ich hatte Angst, aber ich war nicht verbittert. Immerhin wollte ich nicht diese Art von Kranker sein. Es war unfair, aber es passierten so viele unfaire Dinge jeden Tag. Ich war nicht mehr als eine kleine willkürliche Katastrophe unter vielen Katastrophen. So war das nun mal als Mensch. Aber wie konnte ich als Mensch diese Art von Gefühlen ignorieren, wenn genau diese Gefühle uns ausmachten. Vielleicht war es nicht richtig von mir, im letzten, im allerallerallerletzten Moment ebenfalls aufzustehen. Doch ich kam dagegen nicht an.

»Emmie«, rief ich ihr hinterher, während sie sich umdrehte. »Ich … *fuck.*«

Zwischen uns war es so leise, dass ich meine Schritte auf dem dunklen Parkett hörte. Nur mein heftiger Herzschlag übertönte das Geräusch. Ich fragte mich, ob Emmie ihn auch hörte. Als ich mit einer Schrittlänge Abstand vor ihr verharrte, weiteten sich ihre Augen auf Mondgröße. Eigentlich war ich ihr zu nah. Aber ich ging keinen Schritt zurück.

»Ich … fuck?«, wiederholte sie, während sie beide Brauen anhob.

»Du weißt, dass ich das zwischen uns auch fühle.«

»Aber du willst es nicht.«

Ich schüttelte den Kopf. »Das stimmt nicht.«

»Fühlt sich aber gerade so an.«

»Ich will einfach nicht, dass du das bereust.«

»Ich habe den Kuss nicht bereut. Ich habe das in dem Hotelzimmer nicht bereut.«

»Es wird unendlich hässlich«, murmelte ich noch mal, fast nicht hörbar.

»Ich halte das aus.«

»Emmie, ich habe gestern beobachtet, wie alles in dir zusammengefallen ist. Ich kann dir das nicht antun.«

»Es war nur der Schock.«

»Es war garantiert nicht nur der Schock.«

»Ich halte das wirklich aus.«

»Das weißt du nicht.«

»Du auch nicht.«

»Aber *ich* will es wenigstens versuchen.«

Sie blickte mich an, ich verlor mich darin und landete in einem anderen Universum, wo wir gerade lachend im West End durch Chinatown liefen und uns in diesem Moment wie zwei Menschen in ihren Zwanzigern verliebten: hoffnungslos hoffnungsvoll, in dem Glauben, dass es diesmal wirklich die eine Person sein könnte.

Ich wollte dieses Universum so sehr.

Ich spürte meinen Puls unter jedem Zentimeter meiner verfluchten Haut, als ich meine Hand hob und sie über Emmies legte, die noch auf der Türklinke lag. Langsam schob ich sie runter, ohne meine Finger dabei von ihren zu lösen.

»Geh nicht«, flüsterte ich. »Ich *will* nicht, dass du gehst, verdammt.«

Ich will dich.

Das mit uns.

Automatisch strich mein Daumen über ihren Handrücken. Ich konnte nichts dafür. Es passierte schlicht, so, wie seit einem Jahr alles in meinem Leben passierte: einfach so, ohne dass ich etwas dagegen tun konnte.

Aber diesmal wollte ich gar nichts tun.

Ich wollte das zwischen Emmie und mir passieren lassen, selbst wenn es mich zu einem egoistischen Arschloch machte. Aber wie hätte ich jemals gegen diese rauschenden, allumfassenden Gefühle in mir ankommen können, wenn meine Finger nur ihre Hand berührten? Wenn sie mich dabei so beäugte, mit diesem offenherzigen Blick und den riesigen Pupillen, so, als wollte sie nichts von diesem Moment verpassen? Ich sah sie an, sah in ihr Gesicht, auf ihren Mund, auf ihre Lippen, die sich leicht teilten, und fragte mich, ob ihr Herz genauso raste wie meins, obwohl wir uns keinen Zentimeter bewegten.

»Ich will dich noch mal küssen«, sagte ich rau. »Das ist so falsch. Wieso sind diese Gefühle so?«

Doch sie antwortete nicht auf meine Frage. Sie hatte stattdessen eine eigene. »Wie sehr willst du mich küssen?«

Ich schluckte. *»Sehr.«*

»Dann tu es.«

Mein Mundwinkel hob sich, obwohl alles so verfickt traurig war. »Das erinnert mich an etwas.«

Langsam stellte ich mich vor ihr auf, bis sie automatisch mit dem Rücken gegen die Wand stieß. Nur Millimeter trennten unsere Gesichter. Ihre Pupillen weiteten sich noch mehr. Mein Herz randalierte. Das hatte sich noch nie so angefühlt. Ich schwöre.

»Darf ich?«, fragte ich.

Sie hob die Brauen. »Kommt darauf an.«

»Worauf?«

»Ob du mittendrin aufhörst, weil du denkst, ich könnte es bereuen.«

»Ich höre nicht mehr auf.«

Sie nickte, bis mein Mund auf ihrem landete und sie küsste. Sanft und langsam und vorsichtig. Wie in Zeitlupe drehte ich meine Lippen auf ihren und drang mit meiner Zunge in ihren Mund ein. Obwohl lediglich unsere Zungenspitzen sich berührten, spürte ich unseren Kuss unter jedem Zentimeter meiner Haut. Dabei passte die Geschwindigkeit unseres Kusses nicht zu meinem randalierenden Herzschlag, denn ich küsste Emmie weiterhin maximal behutsam und zärtlich. So, als brauchte ich sie nur langsam genug zu küssen, damit dieser Moment nie aufhörte. Wie automatisch landeten meine Hände auf ihrer Taille. Sie blieben dort liegen, selbst als mir das ganze Blut in die Boxershorts sackte und ich sie fester packen wollte. Sie spüren wollte, alles von ihr, mit allem von mir. Allerdings tat ich es nicht.

Nur küssen.

Küssen, küssen, küssen, bis ich fast nichts mehr spürte außer meinen Puls in meinen Lippen.

»Lust auf ein Date?«, fragte ich, als wir beide kurz Luft holten.

»Wann?«

»Jetzt?«

»*Jetzt?*«

Ich hob die Schultern. »Wir hatten noch kein richtiges, nicht wahr?«

»Kommt da wieder der charmante Brite an die Oberfläche?«, witzelte sie.

»Kommt darauf an«, sagte ich jetzt.

»Worauf?«

»Darauf, was du antwortest.«

40

Emmie

WHEN EMMIE FALLS IN LOVE

»Auf einer Skala von eins bis zehn«, begann ich zögerlich, während ich den Teich vor uns musterte. »Ist er kälter als das Meer in Sardinien?«

»Auf jeden Fall.«

Ehrlicherweise hatte ich keine Ahnung, wie ich hier gelandet sein konnte. Um kurz nach fünf, im Hampstead Heath Park, vor dem Badeteich. Nach gestern. Nach heute Morgen. Nachdem ich eigentlich schon aus Sams Wohnung verschwinden wollte. Doch dann hatte er mich aufgehalten, und es wäre gelogen, würde ich behaupten, ich hätte nicht darauf gehofft. Hätte mir nicht gewünscht, dass er aufstand und mich dramatisch zu bleiben bat. Dann hatte er mich geküsst. Intensiv und so behutsam, dass ich mich vor lauter Herzpochen fast verflüssigt hätte. Anschließend hatte er mich nach einem Date gefragt, bevor er Handtücher in einen Rucksack gepackt hatte. Keine fünf Minuten später waren wir in seinen schwarzen Audi gestiegen, in dem er uns knapp eine halbe Stunde lang in Richtung Nord-London gelenkt hatte. Jetzt hörte ich, wie der Wind die Blätter in den Bäumen zum Rascheln brachte, während ich immer noch auf den Badeteich starrte. Er war vollkommen leer. Natürlich war er das. Obwohl wir fast schon Frühsommer hatten, war es viel zu kühl zum Schwimmen. Hinter uns gingen die Passanten mit warmen Jacken spazieren, Sam allerdings zog sich gerade den dunklen Pullover über den Kopf.

»Was ist?« Er warf mir einen kurzen Seitenblick zu. »Im Hampstead

Mixed Pond zu baden stand doch auf deiner imaginären London-Liste, oder?«

Das stimmte, aber nicht bei vierzehn Grad. Ich hätte ihm erklären können, dass ich weder Bade- noch Wechselsachen dabeihatte und dieses Date zu spontan war. Und dass sich bereits auch eine Gänsehaut auf seinem nackten Oberkörper zeigte. Doch ich konnte nicht.

Sam hatte sich gemerkt, dass ich hier schwimmen gehen wollte, und jetzt waren wir nun mal da. Es war so verrückt, dass es verrückt wäre, nun Nein zu sagen.

»Ich werde hiernach definitiv eine warme Dusche brauchen«, sagte ich, bevor auch ich mich meiner Kleidung entledigte und einen Zeh ins Wasser streckte.

»Okay, Vorschlag: Wir setzen uns erst mal hin und halten nur die Zehen in den Teich?«

»Okay«, murmelte ich, doch es war trotzdem sehr, sehr, sehr kalt. Es dämmerte bereits, sodass der Himmel sich in ein dunkleres Blau verfärbte und letzte Sonnenstrahlen die Umgebung weichzeichneten. Die ringsherum stehenden Bäume verblassten langsam zu dunklen Silhouetten, während die Wege um den Teich nur noch schwach beleuchtet wurden. Die Luft war so klar, dass sie fast in meine Lunge stach. Alles war so friedlich.

»Es ist echt kalt, aber irgendwie ist es auch schön, oder?«, flüsterte ich.

»Ja«, sagte Sam.

Sam nickte. Sam, dem die Temperatur nichts anzuhaben schien. Der mit seinem Körper tatsächlich unkaputtbar wirkte.

Ich werde sterben.

In meiner Kehle wurde es eng, doch ich verdrängte den Gedanken.

»Eine Frage für eine Frage?«, meinte er plötzlich.

Ich nickte. »Du zuerst.«

»Du hast in Cons Büro gesagt, du willst Filme machen, in denen sich andere Frauen gesehen fühlen.« Er legte den Kopf schief, wobei ihm eine dunkle Strähne in die Stirn rutschte. »Willst du das, damit *du* dich gesehen fühlst?«

»Ich denke schon.«

»Weil du das Gefühl hattest, du wurdest übersehen?«

»Nein, das nicht. Ich glaube einfach, dass jeder irgendwie gesehen werden will, oder? So wirklich. Nicht für sein Äußeres, das man bis zum Gehtnichtmehr optimiert. Sondern einfach für das, was man wirklich ist. Was man denkt und fühlt und lebt, verstehst du?«

Sam schwieg, doch ich schluckte. Weil er mich so tief ansah, als könnte er in mich hineinschauen, so, wie ich es eigentlich wollte, selbst wenn es mir Angst machte. Das war oft so. Ich wollte etwas, aber fürchtete mich davor. Ich hatte diesen Master in London unbedingt gewollt, aber am Flughafen Berlin-Brandenburg hatte ich mich aus Angst vor dem Unbekannten fast in den so neu wirkenden Toiletten übergeben. Ich hatte mir gewünscht, dass Sam mich in seiner Wohnung aufhielt, fürchtete mich nun allerdings vor der Zukunft. Ich hatte gewollt, dass er mich *zu* genau anschaute, wirklich hinsah, hatte jetzt aber Angst, dass er etwas fand, was er nicht mochte.

»Ja«, sagte er schließlich und löste seinen Blick keine Sekunde von mir. »Ich verstehe das.«

»Und du?«, fragte ich hastig. »Wieso machst du Filme?«

»Ich wollte irgendetwas Wichtiges machen. Etwas, das relevant ist.«

»Damit du dich gesehen fühlst?«

»Nein.« Er fuhr sich mit der großen Hand durch die Haare. »Wahrscheinlich wollte ich nicht einfach nur der Sohn des großartigen Paul Alderidge und der brillanten Rosie Campwell sein. Nicht irgendein Promikind, das das Geld in den Arsch geschoben bekommt und die Aufmerksamkeit nur seiner Eltern wegen. Ich wollte mir einen Platz verdienen, weil ich gut genug bin.«

»Dachtest du etwa, du wärst es nicht?«

Er lachte. »Andauernd, Emmie. Im Studium habe ich mich ständig minderwertig mit meinen Filmen und Ideen gefühlt. Obwohl alle einem dazu raten, sich nicht ständig zu vergleichen, habe ich es trotzdem getan.«

»Ich hasse das so sehr an mir«, flüsterte ich. »Dass ich mich auch ständig vergleiche. Einerseits ist es großartig, dass man an einer bekannten Filmhochschule studiert und mit anderen Kommilitonen Filme produzieren kann. Andererseits macht es mich auch manchmal fertig, weil alle unterschiedliche Erfolge zu unterschiedlichen Zeiten haben.«

»Das ging mir früher auch so«, gab er zu.

»Und wie hat es aufgehört?«

»Ich habe mich irgendwann gefragt, wieso ich ständig besser sein will als alle anderen. Wie sinnlos das eigentlich ist. Aber es klingt natürlich viel einfacher, als es letztlich ist.«

»Ja«, sagte ich.

»Nächste Frage?«

Ich nickte, während alles ringsum noch blauer und dunkler wurde. Mittlerweile erkannte ich keinen einzigen Spaziergänger mehr. Ich fragte mich, wie lange es wohl dauern würde, bis wir von der Parkaufsicht rausgeschmissen werden würden. Dann erkannte ich allerdings, dass Sam schluckte. Fast so, als wäre er nervös.

»Denkst du ... denkst du noch an Ethan?«

Sofort schüttelte ich den Kopf. »Na ja, vorausgesetzt, ich sehe ihn nicht mit seiner neuen Flamme und meiner eigentlichen Freundin bei unserem Lieblingsinder.«

»Wann war das?«, wollte er sofort wissen.

»Gestern.«

»Vor der Party?«

»Ja.«

»Scheiße, Emmie.« Plötzlich wurde alles in Sams Gesicht weicher. Wie aufgetaut. Für mich. »Wieso hast du nichts gesagt?«

»Was hätte ich schon sagen sollen?« Ich hob die Achseln. »Dass es sich genauso anfühlt, wie ich gesagt habe: Mein Ego ist gebrochen und nicht mein Herz?«

»Es tut mir so leid«, flüsterte er mit seiner tiefen Stimme, die Schallwellen durch meinen gesamten Körper jagte.

»Aber ich denke sonst nicht an ihn.« Ich verhakte meinen Blick mit seinem. »Wirklich nicht.«

Da bist nur noch du.

Aber das sprach ich natürlich nicht laut aus, weil das zu ehrlich gewesen wäre. Stattdessen warf ich die Frage zurück.

»Und du?«, fragte ich, darum bemüht, einen lustigen Tonfall anzuschlagen. »Hatte eine Ex-Freundin von dir auch eine Affäre mit irgendeinem Studenten, bevor du sie in einem Restaurant hast sitzen sehen?«

»Nicht ganz.« Sam blies die Wangen auf. »Aber meine erste Freundin hat mich auch betrogen. In der Schulzeit. Hey, guck nicht so betroffen. Es ist wirklich lange her. Und wir waren auch gar nicht lange zusammen. War damals schlimm, aber ich habe es überlebt.«

»Krass«, sagte ich und dann, ganz leise: »Hattest du danach noch viele Freundinnen?«

»Hast du das etwa nicht bei deinem Deep Dive über mich herausgefunden?« Trotz der Dunkelheit sah ich, wie seine Augen belustigt glühten.

»Ich habe *wirklich* nur diesen einen Artikel gelesen.«

»Keine Sorge, ich glaube dir doch.« Seine Mundwinkel zuckten. »Und ich hatte zwei Freundinnen nach der Schulzeit, aber es hat nie mehr als ein paar Monate gehalten. Ich weiß auch nicht genau, wieso. Ich war verliebt, aber es war nie so …«

So wie mit dir.

»Es hat einfach immer dieses gewisse Etwas gefehlt, weißt du.«

Ich nickte.

Wir blieben noch eine ganze Weile vor dem Teich sitzen und fragten uns ganz normale Dinge, als wäre das hier ein ganz normales Date. Irgendwann überredete er mich sogar, wirklich ins Wasser zu gehen. Die Kälte bohrte sich dabei wie Tausende kleine, fiese Nadelstiche in meine Haut, doch nach einigen unendlich langen Augenblicken gewöhnte sich mein Körper an die Temperatur. Der Himmel war so dunkelblau, dass ich die Welt ringsum so körnig wahrnahm wie die Videos auf meiner allerersten Digitalkamera. Und während wir über eigentlich unwichtige Dinge aus unseren Leben redeten und darüber lachten, stellte ich mir vor, wie jemand uns aus der Vogelperspektive filmte. Von ganz oben, mit einer Drohne oder einem Satelliten, vielleicht sogar mit einer Kamera auf dem Mond. Ich stellte mir vor, was für ein bewegendes Kamerabild es wäre. Diese zwei jungen Menschen bei Nacht, in diesem flachen Teich sitzend. Mit all den tiefen Fragen, die sie einander stellten, als wollten sie ineinander eintauchen, auch wenn sie sich nicht berührten. Wenn überhaupt, streiften meine Strähnen unter Wasser die Schultern von Sam. Ich würde diesen Moment nicht mal mit Musik unterlegen, um das Innenleben der Personen zu unterstreichen. Es hätte sie nicht gebraucht. Nur Sam und ich, der Teich und der nachtblaue Himmel. Es hätte gereicht, damit jeder verstanden hätte, dass etwas unweigerlich passierte.

Selbst die kurzen stillen Momente zwischen uns hätte ich nicht rausgeschnitten, weil sie alles sagten. Immerhin waren die Momente, in denen wir schwiegen und uns im Liegen Seitenblicke zuwarfen, gleichzeitig die Sekunden, in denen wir uns *wirklich* sahen. Ich wusste nicht mal, wie ich das in einem Skript hätte beschreiben können.

Protagonist sieht Emmie an, wie Sam Emmie eben ansieht?

Protagonistin sieht Sam an, wie Emmie Sam eben ansieht?

Keine Ahnung, wie lange genau wir in diesem Teich blieben. Auf jeden Fall rannten wir irgendwann nass und lachend und bibbernd zu seinem Auto, wo er den Motor startete, die Heizung voll aufdrehte und ich das Handtuch fest um meinen Körper schlang. Er räusperte sich, bevor er die Handbremse löste.

»Soll ich dich zum Campus fahren?«

»Willst du mich denn zum Campus fahren?«, fragte ich zurück.

Sam schaute mir nur ins Gesicht. Sein Blick taxierte mich nicht, verharrte nicht an meinen Brüsten, die aus dem BH quollen, und auch nicht auf meinen nackten Beinen. Sein Blick fixierte nur meine Augen, und trotzdem begann alles in mir zu glühen, als hätte er jeden Zentimeter meiner Haut betrachtet. Vielleicht weil er schon längst durch mich hindurchgeschaut hatte.

»Nein«, sagte er heiser. »Ich will dich garantiert nicht zum Campus fahren.«

41

Emmie

THE ALCHEMY

»Ich kann dir Sachen von mir geben«, sagte er, kurz nachdem wir gegen halb neun in seine offen geschnittene Wohnung getreten waren. Eigentlich war sie wie er: dunkel wie seine Haare und offen wie sein Blick, wenn er mich streifte.

Keine fünf Minuten später drückte er mir Kleidung und ein frisches Handtuch in die Hand.

»Willst du zuerst?«, fragte er, während ich nach unten sah. Dorthin, wo unsere nassen Socken Abdrücke hinterlassen hatten.

Seine Stimme klang ein wenig rauer als sonst. Aufgekratzt. Fast nervös.

Ich hätte nicken können, es dabei belassen und die Sache zwischen uns langsamer angehen lassen sollen. Doch sein Blick brachte alles in mir durcheinander.

»Wenn …« Ich konnte nicht glauben, dass ich meinen Gedanken laut aussprechen würde. Doch ich tat es. »Wir könnten zusammen duschen, dann muss niemand warten.«

Eigentlich war ich nicht so direkt und offensichtlich. Aber mit Sam war es anders. Mit Sam wollte ich das.

Alles. Seine Gedanken, aber auch seinen Körper.

Ich wollte ihn.

Er hätte eine Braue hochziehen und *Damit niemand warten muss, ja?* fragen können, er tat es nicht.

Er fühlte es auch.

Doch über Letzteres war ich mir plötzlich nicht mehr so sicher, als er meinen Namen aussprach.

»Emmie«, begann er. »Wenn wir da reingehen …«, er deutete auf die verglaste Wasserfalldusche, »… dann bezweifle ich, dass wir *nur* duschen. Ich will es langsam angehen lassen. Ich will nichts falsch machen, verstehst du?«

Ich wünschte, ein Teil von mir wäre selbstbewusst genug dafür gewesen, sich vor Sams Augen in diesem grellen Licht auf verführerische Filmweise auszuziehen, die ich im Kino verachtet hätte, weil die Kamera unnötig lange auf dem weiblichen Körper verharrt hätte. Aber ich war sowieso nicht so mutig. Ich musste zuerst schluckend auf den Lichtschalter zugehen und ihn betätigen, sodass nur noch das schwache Straßenlicht durch das Milchglasfenster schimmerte. Erst dann streifte ich mir die BH-Träger von den Schultern.

»Wir können die Augen zumachen«, sagte ich.

»*Aus den Augen, aus dem Sinn?*«

»Klingt doch gut, oder?«

Sam antwortete, indem er eine Braue anhob, dann widerwillig die Augen schloss und sein Shirt auszog. Doch ich schummelte ein bisschen, denn ich schaute sehr wohl auf seine muskulöse Rückseite, als er splitterfasernackt in die Dusche stieg. Dort drehte er den Wasserhahn auf, ehe auch ich mich aus der klammen Kleidung befreite. Ich folgte ihm in die Kabine. Spürte den heißen Dampf auf meiner Haut. War angespannt bis in die Zehenspitzen. Schloss die Augen, als ich mich mit ihm unter den Strahl stellte und das Wasser mir heiß auf die Schultern prasselte. Zwei, drei, Sekunden hielten wir es genau so aus. Geschlossene Lider, rauschendes Duschwasser. Ich hörte, wie die Tropfen auf dem Boden aufschlugen, und hoffte, sie würden mein Herzgewitter vor Sam verbergen. Allerdings berührte genau dann seine Schulter kurz meine. Automatisch schlug ich die Augen auf und betrachtete ihn. Diesen wunderschönen und hochgewachsenen Mann, der die Muskeln in seinem Kiefer zucken ließ, als machte die Situation ihn verrückt.

Als machte ich ihn verrückt.

Auf eine gute Weise.

»Du hast die Augen offen, oder?«, flüsterte er plötzlich.

Ich blinzelte. »Woher weißt du das?«

Schlagartig öffnete auch er sie. »Ich fühle das einfach.«

O Gott.

Seine Augen.

Wie dunkel sie glühten.

Wieder sah er mir nur ins Gesicht, wobei Gänsehaut meinen gesamten Körper überzog. Nicht wegen der Kälte, sondern wegen der Hitze, die er in mir verursachte. Sie stieg an, als er mir noch ein Stück näher kam, so dicht, dass unsere Zehenspitzen sich fast berührten. Dann legte er mir die Hand in den Nacken.

Sein Daumen strich über meine Kieferpartie, während Wassertropfen die Wände hinabbrannten. Mein Blickfeld war vernebelt, aber Sam blieb weiterhin gestochen scharf. Selbst als meine Lider zu flattern begannen, weil er sein Gesicht zu meinem herabsenkte, bis er meine Lippen mit seinen streifte. Zuerst unendlich flüchtig, als hätte ich es mir nur eingebildet. Bis sein Mund auf meinem lag und ich automatisch die Arme um seinen warmen Nacken schlang. Als er mich mit dem Rücken sanft in Richtung der kalten Fliesenwand lenkte, stöhnte ich leicht. Das Geräusch reichte dafür aus, dass ein Schauder ihn durchfuhr.

»Gott, Emmie«, flüsterte er rau, während er mit seinen großen Händen über meinen Nacken, über mein Ohr und mein Gesicht fuhr. Sanfte Berührungen an unschuldigen Stellen. Das Pochen zwischen meinen Beinen schwoll an.

»Kannst du …«, begann ich, während er sich von mir löste, um Luft zu holen.

»Hm?«, sagte er, weil ich immer noch nicht weitergesprochen hatte.

»Kannst du mich vielleicht richtig berühren?«, fragte ich leise. »Ich hab irgendwie das Gefühl, du hältst dich zurück und …«

»Ich will es wirklich richtig machen. Du warst so fertig gestern, Emmie. Ich will nicht der notgeile Arsch sein, der Grenzen überschreitet, nur weil er Lust hat.«

Wie konnte ein Mann nur *so* gut sein? »Ich … ich finde, das alles fühlt sich ziemlich richtig an. Und vergiss nicht: Du darfst mich nicht mehr fragen, ob ich auch nur irgendetwas mit dir bereuen könnte.«

Er zögerte immer noch. »Und du bist dir wirklich sicher?«, flüsterte er heiser. »Dass du das willst?«

Trotz allem? Trotz gestern und der Tatsache, dass dein Herz seinetwegen so heftig auseinandergefallen ist?

Diese Stimme in meinem Kopf redete auf mich ein. Vielleicht war es falsch, hier mit Sam zu stehen. Aber eigentlich war alles in dieser Situation falsch. Ich war traurig und wollte ihn und wusste, dass da etwas zwischen uns war, während er höchstwahrscheinlich bald gar nicht mehr sein würde, so ganz allgemein.

Es war alles so herzzerreißend.

Aber dieser Moment zwischen uns war es nicht. »Ja«, bestätigte ich deshalb.

Einen Moment lang betrachtete er mich bloß, bevor sich sein Gesicht langsam zu meinem senkte. Federleicht berührte er mein Kinn dann mit den Fingern, fuhr meinen Kiefer und meine Lippenform nach. Sein Blick glühte, während das Wasser weiter auf uns herabrieselte. Millimeter für Millimeter ließ er seinen Mund dann auf meinen sinken. Automatisch teilten meine Lippen sich, seine Zunge drang in mich ein. Zwei, drei unendlich lange Momente küssten wir uns. Bis er meine Beine leicht mit seinem Oberschenkel spreizte und mir der Atem stockte. Und als er mit seinem Knie Druck an meiner empfindlichsten Stelle auslöste und sich dabei meinen Hals hinabküsste, war ich nur noch ein einziges Pochen. Instinktiv reckte ich ihm mein Becken entgegen.

Wahrscheinlich hatte die Dusche das Seewasser schon längst von unseren Körpern gespült, trotzdem fühlte sich alles schmutzig und verrucht an. Sein Mund wanderte weiter, streifte süchtig machend über meinen Hals und mein Schlüsselbein, bevor ich seinen Atem auf meiner harten Brustwarze spürte. Als er sie in den Mund nahm, keuchte ich auf.

Vielleicht hätte es mir peinlich sein sollen, wie offensichtlich erregt ich von Sam war. Allerdings ließ er seine linke Hand gleich darauf weiter zu meiner empfindlichsten Stelle wandern. Und als er bemerkte, wie feucht ich seinetwegen war, stöhnte er genauso laut auf wie ich gerade.

»Fuck«, fluchte er, während er meine Hüften packte und mich in einer fließenden Bewegung umdrehte, sodass ich mit dem Gesicht zur Fliesenwand stand. Die kalten Kacheln streiften meine Brustwarzen, während ich Sams Körper hinter mir spürte. Groß und heiß und schwer atmend und pulsierend. Ich spürte seine pochende Erektion an meinem Körper, während er sich meinen Hals entlangleckte und die Hand in meinen Schritt wandern ließ. Mein Atem stockte, als ich seine Finger genau dort spürte. Langsam ließ er sich hindurchgleiten. Einmal.

Gänsehaut zierte jeden meiner Zentimeter.

Zweimal.

Ich biss mir auf die Lippen, um nicht zu laut zu sein.

Dreimal.

Meine Beine begannen zu zittern.

Dort verteilte er die Feuchtigkeit, während er weiterhin an meiner Brustwarze saugte.

Es war schrecklich.

Schrecklich, weil es so gut war, dass ich es kaum aushielt. Alles rauschte. Das Wasser, mein Herz, Sams Atem in meinen Ohren. Bis er sich plötzlich einen Schritt von mir entfernte und mir alles von ihm fehlte. Instinktiv drehte ich mich um, ohne dass er mich weiter berührte. Ein kleiner Weltuntergang in seinem großen Badezimmer, den ich allerdings schnell wieder vergaß. Weil Sam plötzlich ganz langsam auf die Knie ging, alle seine Finger in meine Hüften gekrallt. Als sein Kinn auf der Höhe meiner empfindlichsten Stelle verharrte, vibrierte mein gesamter Körper. Dann sah er zu mir auf, während das Wasser seine dunklen Haare, seine Schultern und sein Wellentattoo hinabrann.

»Darf ich?«, fragte er wie der Gentleman, der er offensichtlich doch war. Aber seine Stimme klang nicht so wie seine Worte. Sie klang nach

Sex, nach Kyle, nach Sardinien, nach *Berühr dich, Emmie* in diesem Hotelzimmer, kurz bevor ich gekommen war.

Als ich den Kopf schüttelte, löste er seine Finger instinktiv von meinen Hüften und erhob sich. Ich konnte beobachten, wie er schluckte. Wie seine Augen sich weiteten und wie er versuchte, seinen pochenden Ständer mit seinen Händen zu verdecken, als würde es irgendetwas besser machen.

»Habe ich etwas ...?«, begann er, ich ließ ihn allerdings nicht weitersprechen.

»Ich will, dass du mich vögelst.«

Schlagartig spannte sich alles in seinem Körper an. Wurde noch härter und dunkler, einnehmender. Seine Erektion, sein Blick, alles an ihm. Ich konnte meine Augen nicht von dieser Sam-Version nehmen. Kurz rechnete ich sogar damit, dass er mich wieder fragen würde, ob ich mir wirklich sicher war.

Ich lag falsch.

Er nahm lediglich diesen tiefen Atemzug, bei dem seine Brust fast bebte. Dann umschloss er mein Handgelenk und drehte den Wasserhahn ab, bevor er mich nackt und nass aus der Dusche führte. Es ging so schnell, dass ich keine Zeit hatte, ihm zu erklären, dass ich mich selbst nicht verstand. Dass ich noch nie so sehr Sex mit jemandem hatte haben wollen.

Ich wollte nicht nur, dass er mich vögelte. Ich wollte ihn spüren, ganz klischeehaft alles von ihm. Während unseres ersten offiziellen Dates. Weil es nicht anders ging. Weil jede Berührung sich so dringlich und jeder Kuss sich unendlich anfühlte, als hätten wir schon verdammt viele ewige Sekunden miteinander verbracht. Er führte mich in den Raum gegenüber dem Bad. In sein Schlafzimmer, wo er die Nachttischlampe anknipste und mich mit sich aufs Bett zog. Auf sich, während er sich in einer fließenden Bewegung aufsetzte und an das Kopfteil lehnte.

Alles ging so schnell. Musste schnell gehen, weil ich fürchtete, dass wir das, was zwischen uns war, sonst verlieren konnten. Weil wir möglicherweise gar nicht so viel Zeit bekommen würden.

»Komm her«, murmelte er, bevor er mich küsste, leidenschaftlich und so echt, wie man es nur in unverfälschten Indie-Sexszenen sah.

Dabei ließ ich meine Hand zwischen uns wandern. Als ich seine Erektion streifte, zuckte alles in ihm zusammen. Langsam fuhr ich sie auf und ab, während er mir automatisch entgegenkam. Zwei-, dreimal, wobei sein Stöhnen die Luft zwischen uns auflud.

»Stopp«, sagte er plötzlich gepresst und legte seine Hand über meine. »Ich will noch nicht kommen.«

Mein Herzschlag pulsierte überall, als er die Schublade seines Nachttischs aufzog und dort ein Kondom herausfischte. Er öffnete es, schmiss die Verpackung auf den Boden und rollte den Latex über seine ganze Härte. Anschließend schaute er mir ins Gesicht.

»Ich vögel dich nicht.« Sam legte seine warmen Hände an meine Hüften. »Ich will, dass du *mich* vögelst.«

Ich hatte keine Zeit, um zu protestieren. Entschlossen schob er mich auf seinen Schoß, wobei ich mir sicher war, dass ich oben war, weil er mir die Kontrolle geben wollte. Weil er nichts falsch machen wollte.

Als ich ihn unter mir spürte, öffnete er die Lider, und seine Augen hatten sich noch um eine Nuance verdunkelt. Dann – Zentimeter für Zentimeter für Zentimeter – ließ ich mich auf ihn sinken, wobei wir beide die Luft anhielten. Zwei, drei Sekunden lang sahen wir uns bloß an. Erst danach begann ich, mich langsam auf ihm zu bewegen, während seine Hände weiterhin auf meinen Hüften ruhten.

»Fuck«, fluchte er.

Seine Stimme klang *noch* rauer. *Noch* kratziger. *Noch* mehr nach dem Sex, den wir nun wirklich hatten.

Mit einem dumpfen Geräusch ließ er den Kopf nach hinten fallen, doch ich hatte keine Zeit, ihn zu fragen, ob es wehgetan hatte. Leicht lenkte er mich mit seinen Händen. Sein fordernder Mund auf meinem. Seine Küsse auf meinem Hals und meinen Schlüsselbeinen. Wie er seine Hand auf meine Schulter legte und mich so tiefer auf seinen Schwanz drückte, während seine Zunge an meiner Brustwarze leckte. Wie er sich den Daumen in den Mund steckte, bevor er meine empfindlichste Stelle mit der Kuppe umkreiste.

Das alles war Sam.

Als sein Kreisen schneller wurde, bohrte ich die Fersen in das Laken und spreizte die Beine noch ein Stück mehr. Das veränderte den Winkel und brachte Sam dazu, die eine Hand in meine Haare zu krallen. Instinktiv setzte er sich auf, murmelte ein »Tutmirleid«, als müsste er sich dafür entschuldigen, dass er mich jetzt doch vögeln würde, weil er es einfach nicht mehr aushielt.

Ich liebte das.

Liebte, wie Sam mich heftig von unten stieß, während seine Küsse fahrig und unkontrolliert wurden. Eine Hand krallte sich in meinen Hintern, wobei sein Daumen mich weiterhin fast verrückt machte.

Ich stöhnte. Laut.

Sam vibrierte überall unter mir. Heftig.

»Sieh mich an dabei, Emmie«, flüsterte er wieder wie in Italien, als meine Beine zu zittern begannen und er spüren musste, dass ich gleich kommen würde.

Sam war gut. Wirklich, wirklich, wirklich gut.

Weil sein dunkler Blick mich nicht losließ, während er mich vögelte und sein Daumen mich dabei massierte. Und wieso musste mein Name aus seinem Mund auch so klingen, wenn er in mir war? Heiß und so begehrenswert, als würde er allein einen Orgasmus dabei haben können, meinen Namen zu sagen?

Ich hielt es nicht aus. Ich fühlte zu viel. Zu viele Gefühle, die zu viel mit Sam zu tun hatten.

Mein Höhepunkt überrollte mich in Wellen, während ich mich an Sams Schultern festhielt, als wären sie brandungssicher. Er hingegen stieß zweimal noch tiefer und heftiger in mich, bevor er ebenfalls kam. Dabei war alles heiß und klebrig und schwül. Wenn ich atmete, sog ich Sam und Wärme in mich ein. Keine Ahnung, wie lange wir so verharrten. Ich noch auf ihm, er noch in mir. Seine Finger zogen dabei meine

Wirbelsäule nach, während ich die Adern an seinem tätowierten Unterarm entlangfuhr.

»Wieso hast du dir die Tattoos stechen lassen?«

Ich spürte, wie er unter mir bebte. Weil er lachte.

»Wieso lachst du?«

»Na ja, weiß nicht«, sagte er. »Vielleicht weil wir gerade *diesen* Sex hatten und du mich zu meinen Tattoos befragst?«

»Was meinst du mit *diesem* Sex?«

Er hob eine Braue. »Du *weißt*, was ich damit meine, Emmie.«

Natürlich tat ich das. Also sagte ich nichts, während er sich aus mir herauszog und in Richtung Bad verschwand, bevor er drei Minuten später wieder mit seinem Handy zurück ins Bett kroch. Ich war immer noch nackt, er trug Boxershorts. Dann tippte er auf seinem Handy, das er mir anschließend reichte.

»Du suchst was zu essen aus«, sagte er. »Und danach kann ich dir gern erklären, dass mein Tattoo leider überhaupt keine tiefgründige Bedeutung hat. Ich fand mit achtzehn einfach, dass es cool aussah. Ein bisschen erbärmlich, aber keine Ahnung.« Er hob die Schultern. Sie glänzten vor Schweiß, und ich fragte mich, ob wir noch mal duschen mussten. »Irgendwie komisch, dass es nicht für alles einen krassen Grund gibt, oder?«

Ich scrollte mich gerade durch das Angebot von Pepe Giallo, da erstarrte alles in mir. Ich versuchte, es mir nicht anmerken zu lassen, weil Sams Hand automatisch auf meinem Oberschenkel landete und seine Finger begannen, unsichtbare Formen auf meine Haut zu zeichnen. So als könnte er jetzt, wo er einmal damit angefangen hatte, mich zu berühren, nicht mehr damit aufhören. Und obwohl die Formen sich nach Herzen anfühlten, dachte ich bloß daran, dass er höchstwahrscheinlich in absehbarer Zeit sterben würde. Dass es dafür auch keinen bestimmten Grund gab. Dass es einfach so passieren würde, völlig willkürlich.

Ich werde sterben.

Sam, sechsundzwanzig und von außen betrachtet kerngesund, mit den blauen Augen und der Gänsehautstimme. Der mich so hart vögelte, als wäre er nach einem Mal schon süchtig nach mir und als könnte er allein vom Aussprechen meines Namens kommen.

Er.

Er würde sterben.

Es war derselbe Moment, in dem ich mich an die Studie erinnerte, bei der er sich keine Hoffnungen mehr machte.

Es gab noch Hoffnung.

Oder?

ODER?

42

Emmie

I LOOK IN PEOPLE'S WINDOWS

Seit Sam mich gestern Abend nach Hause gefahren hatte, waren keine zehn Stunden vergangen. Er hatte gewollt, dass ich bei ihm schlief. Doch ich hatte keine Wechselsachen dabeigehabt, außerdem wusste ich nicht, wie Connor reagieren würde, wenn Sam und ich gleichzeitig ins Büro schneien würden. Und das mit Gesichtern, die wahrscheinlich alles verraten hätten.

Emmie, hatte Sam gesagt. *Connor ist mein bester Freund. Er weiß, dass ich auf dich stehe.*

Wahrscheinlich hatte er recht. Trotzdem hatte ich letzte Nacht in meinem Bett verbracht und mich gedanklich allerdings weiter in Sams befunden. Wenn ich daran dachte, wie er mich während des Sex angesehen hatte, kribbelte vor glühender Wärme alles in mir. Wenn ich jedoch daran dachte, dass er krank war, wurde alles in mir eiskalt.

Ich werde sterben.

Ehrlicherweise bekam mein Kopf weiterhin nicht zusammen, wie das stimmen konnte. Es ergab keinen Sinn. In keiner Welt, am wenigsten in meiner.

Ich dachte daran, dass ich heute gemeinsam mit Sam die Muster von *BLUE ETERNITY* durchgehen würde, als ich auf der Treppe zum Büro fast in diese blonde Frau hineingelaufen wäre. Sie saß mit stark geschminkten Augen und in hohen Stiefeln neben der Eingangstür zu Connor's Clips. Es war schwer, ihr Alter zu erraten. Sie hatte diese Art von Gesicht, das man gleichzeitig auf Ende zwanzig oder Anfang vierzig schätzen könnte. Vielleicht irgendetwas in der Mitte?

Als ich die Likörflasche zwischen ihren Fingern bemerkte, räusperte ich mich.

»Entschuldigung?«, sagte ich. »Kann ich Ihnen helfen?«

»Ohhhhh, ennnndlich ein Geschicht.«

Sie lallte so stark, dass ich sie kaum verstand. Doch gerade dann, als ich weitersprechen wollte, ertönten Schritte hinter mir. Automatisch begann mein Nacken zu kribbeln. Und als ich mich umdrehte, stand er tatsächlich dort: Sam, in einem grauen Hoodie und schlichten Jeans. Nichts an ihm war nass. Keine Reste vom Badeteich, vom Sexschweiß oder von mir.

»Emmie«, sagte er automatisch, während Connor fluchte.

Connor.

Erst jetzt nahm ich wahr, dass er auch da war. Wahrscheinlich bemerkte er mich jedoch überhaupt nicht. Mit zusammengekniffenen Lidern schien sein Blick nur die Frau vor seinem Büro zu durchlöchern.

»Scheiße«, flüsterte Sam, als er sie auch registrierte.

»Was. Zur. Hölle.« Connor spuckte jedes Wort einzeln aus, während die blonde Frau sofort einen Schritt auf ihn zu machte.

»Coooooooon, daaa bischt du ja eeeeendlich.« Stürmisch fiel sie ihm um den Hals, Connor allerdings wich einen Schritt zurück und stolperte die Treppe dabei fast rückwärts nach unten. Er hob die Hände, als könnte er sich an ihrer Kleidung verbrennen.

»Geht schon mal rein«, flüsterte er, während er ungelenk in seiner Jeanstasche nach dem Büroschlüssel fischte und ihn Sam überreichte.

»Warwte mal!« Plötzlich fiel der Blick der Frau auf Sam. »Samuel, bist du daaass?«

»Immer noch Samson«, erwiderte er, deutete allerdings ein knappes Winken an. »Hey, Rachel.«

»Saaaaaamson, genaaaaauu, du …«

Doch bevor sie weiterreden konnte, unterbrach Connor sie mit aufgeblähten Nasenflügeln. Dann sperrte Sam das Büro auf und schob mich hastig durch die Tür. Zärtlich legte er die Hand auf meinen unteren Rücken, als wir hinein schlüpften.

»Du kennst die Frau?«, flüsterte ich überrascht, nachdem die Tür zurück ins Schloss gefallen war.

Er kratzte sich im Nacken. »Sie ist Cons Mum.«

»Seine ... Mum? Wie alt ist sie denn?«

»Vierzig vielleicht? Einundvierzig?«, erwiderte er leise. »Sie hat ihn total früh bekommen. Es ist eine etwas komplizierte Familiengeschichte.«

Er lächelte mich schüchtern an und sagte nichts mehr dazu.

Alles in mir glühte, nur wegen eines Lächelns.

Und ich fragte mich, ob er das wusste.

Connor erwähnte seinen Spontanbesuch nicht, als er kurze Zeit später ins Büro kam und leise murmelte, dass er fünf Minuten für sich brauche. Danach strahlte er uns an, als hätte er nur kurz eine imaginäre Maske richten müssen. Anschließend versuchte ich den gesamten Morgen, mich so professionell wie nur möglich zu verhalten. Wir begannen mit der Sichtung der Aufnahmen, während ich mich fragte, wie wir die gesamte Postproduktion innerhalb weniger Monate für so ein aufwendiges Projekt über die Bühne bringen sollten. Doch das sprach ich natürlich nicht aus. Wahrscheinlich wusste Connor nicht mal, dass ich es wusste. Den Grund nun kannte, wieso sie BLUE ETERNITY vorverlegt hatten.

Wir saßen im Editor's Room auf drei Drehstühlen. Ich sah Sam vor der Kamera und neben mir. Immer wieder rutschte ich unruhig auf dem Stuhl umher, weil ich nicht aufhören konnte, an den gestrigen Abend zu denken. Ich fragte mich, ob Sam es bemerkte.

Gegen zwei machten wir eine Pause, während ich aus dem Raum trat und erschöpft blinzelte.

»B?«, sagte Sam verwirrt, als er hinter mir seine Schwester an dem riesigen Holztisch bemerkte. »Was machst du denn hier?«

»Hailey hat mich reingelassen.« Sie nippte an der Kaffeetasse, die sie fest umklammert hielt. »Ich plane einen Überfall.«

»Auf mich?«

»Sei nicht so egozentrisch, Sam-Sam. Nicht die ganze Welt dreht sich um dich.« Unvermittelt landete ihr Blick auf mir. »Ich muss mit Emmie reden. Du hast doch jetzt Pause, oder?«

Verwundert zuckte mein Blick zwischen Sam und seiner Schwester hin und her. »Ja?«, sagte ich.

»Super.« Sie klatschte in die Hände, wobei sie sich erhob. »Dann können wir ja gleich los.«

Ich bekam gerade so meine Tasche zu fassen, ehe Blair sich bei mir unterhakte und mich aus Connors Büro führte.

»Was zur Hölle?«, hörte ich Sam hinter mir flüstern.

Dann Connor: »Heute schockt mich nichts mehr.«

Zielsicher manövrierte mich Sams Schwester nach unten. Dann in Richtung Brick Lane, vorbei an den bunten Hausfassaden und neuen Pop-up-Stores, die ich noch nie gesehen hatte. Sie lief schnell, fast genauso gestresst wie die vorbeiziehenden Geschäftsleute, die das Handy nicht fest genug gegen ihre Ohren pressen konnten. In der Luft lag der Geruch von Schawarma und Abgasen, was sich beides mit Blairs Parfüm vermischte. Irgendetwas mit Jasmin und Patschuli, stark und eindringlich. In der Leonard Street deutete sie auf das Schild von Ozone Coffee Roasters. Ein umgebautes Lagerhaus, das nun als Café mit industriellem Charme und hauseigener Röstung fungierte. Keine zehn Minuten später saßen wir mit zwei dampfenden Chai Latte und Scones an einem Ecktisch mit Fensterblick.

»Ich weiß, dass du es jetzt weißt«, sagte sie einfach so. »Und ich würde mich auch wirklich für euch freuen, wenn die Lage nicht so beschissen wäre.«

»Ich glaube, ich verstehe dieses Gespräch nicht ganz.«

»Ich *weiß*, dass Sam es dir auf der Party unserer Mutter gesagt hat. Das hat er mir verraten, kurz bevor er dir ganz dramatisch hinterhergerannt ist. Und ich weiß auch, dass du gestern bei ihm warst.«

»Woher?«, fragte ich.

»Es hört sich creepier an, als es ist, aber ich habe euch gesehen, wie ihr aus seinem Auto gestiegen seid. Ich wollte ihn eigentlich spontan besuchen.«

Ich kräuselte die Stirn. »Perfektes Timing, würde ich sagen.«

»Es war wirklich so.«

»Okay«, sagte ich leise, während links zwei Freunde ihre Laptops aufklappten. »Und worauf genau willst du hinaus?«

Sie zögerte nicht. Jedes Wort verließ ihren Mund wie aus der Pistole geschossen. »Wenn du mehr Zeit mit Sam verbringst, musst du wissen, was in einem Notfall zu tun ist. Bei einem Krampfanfall zum Beispiel.«

Sie betonte das Wort so, als wollte sie mich testen und sehen, ob ich zusammenzuckte. Tat ich aber nicht. Ich richtete mich auf und hielt ihrem Blick stand.

»Ja«, sagte ich. »Das klingt gut.«

»Cool.« Sie griff nach ihrem Handy und entsperrte es, bevor sie es mir reichte. »Gibst du mir deine Nummer? Dann kann ich dir alles Wichtige schicken.«

Ich tat, was sie von mir wollte.

Nachdem ich ihr das iPhone zurückgegeben hatte, musterte sie mich mit ihrem Killerblick.

»Hör zu, Emmie«, sagte sie. »Du scheinst wirklich ganz nett zu sein, aber wenn dir in ein paar Tagen einfällt, dass du das doch alles nicht kannst, weil es zu viel ist – was ich verstehe, glaub mir –, dann sag Sam das so schnell wie möglich.« Plötzlich klang ihre Stimme so zerbrechlich, dass ich doch zusammenzuckte. »Ich will einfach nicht, dass mein Bruder den Rest seines Lebens damit verbringt, noch mehr zu leiden, okay? Dafür ist er einfach zu gut. Das hat er nicht verdient. Er hat nichts hiervon verdient, verstehst du?«

43

Emmie

LOVER

»Und?«, wollte Leah aufgeregt wissen. »Was sagst du?«

Keine fünf Stunden nach dem Gespräch mit Blair saß ich wieder in meinem Wohnheimzimmer, während ich meine beste Freundin mit neuen Haaren musterte. Ihre langen hellen Strähnen waren verschwunden. Stattdessen blinzelte ich nun ihrer neuen Kurzhaarfrisur à la Gracie Abrams auf dem Display entgegen. Sie hatte mich zum dritten Mal angerufen, nachdem sie meinen vorgestrigen Anruf verpasst hatte. Den, den ich nach der Party von Sams Mum getätigt hatte. Momentan hatte sie einige Tage Pause, die sie bei ihren Eltern in unserer Heimat verbrachte. Ihr Kinderzimmer, in dem sie hockte, sah noch genauso aus, wie sie es mit achtzehn verlassen hatte. Durchlöcherte Raufasertapete und die Bettwäsche mit dem Blumenmuster von IKEA, die wir früher alle hatten. Alles sah aus wie immer, nur Leah nicht. Auch wenn sie ihre Haare nicht um mindestens fünfzehn Zentimeter gekürzt hätte.

»Es sieht großartig aus«, sagte ich sofort und zwang mich zu einem Lächeln.

»Es ist ungewohnt, nicht wahr?« Nervös biss sie sich auf die Lippen. »Edgar meinte, mein Look bräuchte noch etwas Besonderes, womit er ja eigentlich meinte, dass ich nicht edgy genug bin. Aber okay. Also hieß es Schnipp-schnapp-Haare-ab, bevor Anton und ich morgen den Song im Studio aufnehmen. Sie wollen schon, dass wir nächste Woche einen Teaser auf TikTok posten. Gott, es ist so lächerlich, oder? Dieser ganze Marketingzirkus. Früher konnte man einen Song einfach so veröffentlichen, jetzt muss man Monate ständig die besten zehn Sekunden vom Lied in Form von Teasern auf TikTok vermarkten. Es ist alles so …« Eigentlich rechnete ich damit, dass meine beste Freundin sich weiter in Rage redete, plötzlich jedoch verstummte sie. Dann rückte sie so dicht an den Bildschirm heran, dass ich sie verschwommen sah. »Emmie?«, sagte sie besorgt. »Ist alles okay?«

Ich schluckte. Schüttelte den Kopf. So wie Sam auf der Party seiner Mum. Sie war wenige Tage her. Wieso fühlte sie sich so weit weg an? Wieso fühlte sich alles so weit weg an? Dann atmete ich tief durch, während es einfach aus mir herausbrach.

»Sam wird sterben«, murmelte ich.

»Was?«

Meine Freundin verstand mich nicht. Keine Überraschung. Die Worte ergaben ja auch eigentlich keinen Sinn. Dann holte ich tief Luft, bis alles aus mir herausfloss. Bis ich keine Worte mehr hatte und meine beste Freundin nicht wusste, was sie darauf erwidern sollte. Dabei war sie Texterin. Sie besang die traurigsten Dinge mit den schönsten Worten. Jetzt hatte sie auch keine mehr. Natürlich nicht. Leah und ich waren darin geübt, uns gegenseitig nach Niederlagen und dem niederschmetterndsten Herzschmerz wieder aufzurappeln. Wir kannten uns aus mit widersprüchlichen Nachrichten von Typen auf Tinder. Mit dem Gefühl, nie gut genug zu sein. Das Stipendium nicht zu bekommen. Wieder für kein Festival gebucht zu werden. Diesmal wirklich aufgeben zu wollen, weil alles zu viel und gleichzeitig zu wenig war. Unsere Eltern zu vermissen, aber gleichzeitig schnell wieder raus in die Welt zu wollen, sobald wir sie besuchten. Wir kannten uns aus mit Erwachsenwerden, aber sich dabei immer noch wie ein Teenager zu fühlen. Mit betrunkenen Zusammenbrüchen in Clubwaschräumen, wo wir die tiefgründigsten Gespräche mit fremden Frauen führten. Damit, BAföG zu verfluchen. Wir kannten uns damit aus, alte Cro-Lieder zu hören und dabei zu realisieren, dass wir nicht mehr zur Schule gingen. Mit der Erkenntnis, dass wir nie wieder zur Schule gehen würden, selbst wenn wir das Gefühl hatten, noch so viel lernen zu müssen. Wir kannten uns mit übergriffigen Kommentaren zu unseren Körpern von nahen Familienmitgliedern an den Feiertagen aus. Mit dem Tod von fernen Verwandten, der unsere Eltern sprachlos machte. Wir kannten uns mit so verflucht vielem aus, aber nicht mit einer Krebserkrankung eines sechsundzwanzigjährigen Mannes.

»Ich …« Erstickt schüttelte Leah den Kopf. »Ich weiß nicht, was ich sagen soll, Emmie. Es tut mir leid. Gott, es tut mir *so* unglaublich leid.«

»Mir auch«, sagte ich bloß, bevor wir sehr lange einfach nur schwiegen.

»Die Studie«, flüsterte meine Freundin. »Sie wird klappen. Es geschehen doch Wunder?«

Ich schwieg. Wusste, dass die Alternativtherapie Sam, wenn überhaupt, nur mehr Zeit verschaffen würde, selbst wenn die Medikamente das mit der Zeit nicht einmal das letzte Mal hinbekommen hatten.

»Und jetzt?«, fragte Leah, kurz bevor wir auflegten und sie sich eine ihrer nun kurzen Haarsträhnen hinters Ohr schob. »Was willst du jetzt machen?«

»Keine Ahnung«, begann ich ratlos. »Zeit mit Sam verbringen?«

~

Zeit mit Sam zu verbringen war, wie einen hundertzwanzigminütigen Spielfilm zu schauen und am Ende zu schwören, dass gerade mal zehn Minuten vergangen waren. Selbst wenn wir an der Postproduktion von BLUE ETERNITY arbeiteten und gleichzeitig Experten in Bezug auf Einsamkeit in der digitalen Welt interviewten. Wir fuhren nach Oxford und Cambridge, filmten Dr. Brynn in der Radcliffe Camera und Dozentin Evans im Auditorium des Trinity College. Wir saßen bis spät in die Nacht im Editor's Room, begannen mit dem Rohcut und diskutierten zu dritt darüber, auf welche Interviews wir verzichten konnten. Ich sortierte unser Material, Sam und Connor schnitten. Sam und ich schrieben gemeinsam an seinem Voiceover für die Introszene. Zwischendurch bestellten wir scharfes Essen bei Dishoom und verließen das Loft mit rot geränderten Augen. Es war viel Arbeit, aber sie musste schnell gehen. Ich wusste, dass die Premiere von BLUE ETERNITY für das Frühjahr angesetzt war. Ich wusste, dass er die Ausstrahlung höchstwahrscheinlich nicht mehr erleben würde, aber ich wusste auch, dass er diesen Film selbst zu Ende bringen wollte. So schnell wie möglich, um dabei noch so klar im Kopf zu sein wie möglich. Wie ironisch das doch eigentlich alles war. Sam starb, und wir produzierten einen Dokumentarfilm über Langlebigkeit.

Es war zum Heulen, zum Verzweifeln, zum Sich-in-seinem-Bett-verkriechen-und-die-Welt-Verfluchen.

Doch es gab noch Hoffnung, selbst wenn Sam sie nicht wahrhaben wollte.

Die Alternativtherapie. Sie könnte diesmal funktionieren, nicht wahr? So oder so musste er bis Anfang Juni warten, um seinen Körper noch mal einer Runde der Medikamente aussetzen zu können.

Ich arbeitete viel in diesen Maiwochen, lief tagsüber fast nie über den Campus, und wenn ich meinte, Maisie weiter vorn zu erkennen, machte ich kehrt und steuerte eine andere Richtung an, selbst wenn sie nicht zielführend war. Ich vermisste meine Sardinien-Tagebücher, fing in London aber keine neuen an. Ich hatte schlicht keine Zeit. Denn eigentlich lebte ich nur für die Stunden nach der Arbeit. Connor wusste das mit Sam und mir, selbst wenn wir es nie offiziell verkündeten. »Blair muss sich übrigens bei dir bedanken«, sagte er, eine gute Woche nachdem Sam mir von seiner Krankheit erzählt und damit alles verändert hatte. »Wegen dir ist sie um fünfzig Pfund reicher. Hab mit ihr in Villasimius darum gewettet, ob ihr es miteinander hinbekommt oder nicht.« Ich lächelte bloß schüchtern, wusste, dass das mit Sam und mir einfach zu offensichtlich war.

Sam, der mich in seiner Wohnung wie selbstverständlich in sein Schlafzimmer zog, dort, wo wir in seinem Bett landeten und uns küssten und vögelten. Aber es war nicht nur das. Nicht nur Sams Körper auf mir, er in mir. Nicht nur Erregung und Lust.

Es war mehr.

Diese Maiwochen, in denen ich vor lauter Arbeit eigentlich hätte zusammenbrechen müssen, bedeuteten alles. Nicht weil Sam mich auf sein Bett zog, um mir mein Shirt über den Kopf zu ziehen. Sondern weil wir danach die besten Gespräche führten und lachten, bis mir die Bauchmuskeln wehtaten und ich nicht wusste, wie ich das bis in die Ewigkeit hätte festhalten können, selbst wenn ich eine Kamera gehabt hätte. Ehrlicherweise waren die Momente nach unserem Sex meine liebsten, weil er alle meine Lieblingsfilme sehen wollte. Wir erstellten füreinander keine Mixtapes und ließen kein Schloss mit unseren Initialen gravieren, um es an der Millennium Bridge zu befestigen. Wir teilten unsere Lieblingsfilme und Gedanken. Wir sahen einander an und konnten nie damit aufhören. Sam sagte mir nicht, dass er mich liebte, doch er fragte mich nach meinen Vergangenheitsnarben und Zukunftswünschen. Ich erzählte ihm von der niedersächsischen Kleinstadt, die er mit seinem Englisch nie richtig aussprechen konnte. Von meinen Eltern, dass ich sie liebte, wirklich liebte. Aber dass meine Filmwelt für sie so ungreifbar bleiben würde wie für mich das Ende von *Past Lives*, hätte ich den Film mit sechzehn geschaut. Ich erzählte Sam, dass ich nicht wusste, was ich nach meinem Abschluss tun sollte. Dass ich weiterhin fürchtete, ich wäre nicht gut genug, und von Glück sprechen konnte, wenn ich eine ordentlich bezahlte Stelle in einer deutschen Produktionsfirma als Junior-Assistentin bekommen würde. Vielleicht in so einer, die Trash-TV-Formate kreierte und wo meine Hauptaufgabe sein würde, sicherzustellen, dass den Kandidaten der Sponsorenalkohol nie ausging. Ich erzählte so viel in diesen wärmenden Nächten, in denen wir das Schlafzimmerfenster immer öfter aufrissen und Sam mir dabei so zuhörte, wie ich Jo March während ihrer Monologe in *Little Women* zugehört hatte: maximal eingenommen. Aber ich erzählte nur von meinem Leben, das, im Großen und Ganzen betrachtet, so wenig filmreif war, dass ich selbst Filme machen wollte.

Doch jetzt kannte ich Sam und wollte nicht an Skripte, Förderungen und Zukunftsängste denken. Ich wollte bloß jeden dieser nachtblauen Augenblicke in seinem Schlafzimmer festhalten, wenn der Himmel in sein Zimmer schien und der blaue Moment sich so unendlich anfühlte, als könnten wir das auch sein. Als könnte Sam das sein.

Unendlich.

ST IVES

Right person, not enough time.

44

Sam

YOU ARE IN LOVE

»Bist du dir sicher, dass deine Mum nichts dagegen hat?«, fragte Emmie mich nervös, während wir in mein Auto stiegen.

Es war der Freitag des letzten Maiwochenendes, das Wochenende vor dem Spring-Bank-Montag. Wie jedes Jahr wollte Mum, dass wir das Feiertagswochenende in Cornwall verbrachten. In diesem riesigen Strandhaus in St Ives, das sie damals mit Dad gekauft und als einzige gemeinsame Immobilie nach der Scheidung nicht verkauft hatte. So sehr liebte sie es.

»Ganz sicher«, bestätigte ich und steckte gerade den Schlüssel ins Zündschloss.

»Ich will wirklich nicht in irgendein Familiending reinplatzen.«

»Machst du nicht. Con kommt auch mit Elle«, sagte ich. »Das wird großartig. Mach dir keine Sorgen.«

Ich startete den Motor, fuhr aus London raus und dann auf die Autobahn drauf. Mum und Blair waren bereits auf der Halbinsel. Später würde Dad vorbeikommen, das war sogar die Idee meiner Mutter gewesen. Ich wollte nicht über den Grund dafür nachdenken, wieso sie ihn nach jahrelangem Krieg doch in einem ihrer Häuser duldete. Als hätte meine Krankheit etwas Gutes.

Wir brauchten knapp fünf Stunden nach Cornwall, bretterten durch ländliche Gegenden und an historischen Stätten vorbei, bis wir zu den typischen Dörfern, sanften grünen Hügeln und charakteristischen Heckenlandschaften gelangten.

»Bist du hier jedes Jahr hergefahren?«, fragte Emmie, als wir Somerset hinter uns ließen.

»Ja«, sagte ich. »Eigentlich schon.«

Wir erreichten St Ives gegen fünfzehn Uhr. Ich parkte den Wagen in der Einfahrt, bevor die Salzluft mir in die Nase kroch. Sie roch nicht wie die in Italien, sondern anders. Vertrauter. Nach Kindsein, Sommerferien und unerträglich warmen Strandtagen. Nach getrocknetem Meerwasser auf der Haut, verfilzten Haaren und Fish and Chips von Tinner Arms.

»Wow.« Emmie legte den Kopf in den Nacken, während sie die moderne Küstenvilla am Porthminster Beach musterte, die perfekt mit der Umgebung harmonierte. Die helle Natursteinfassade, die riesigen Glasfronten.

»Sam«, begrüßte Mum mich keine fünf Minuten später im Inneren, bevor sie mich an ihre Brust zog. Sie roch anders hier. Nicht nach Selleriesaft und Räucherstäbchen, die irgendeines ihrer Chakren öffnen sollten. Anschließend landete ihr Blick auf Emmie.

»Emmie.« Mum lächelte Emmie vielsagend an. »Schön, dich wiederzusehen. Sam hat mir in der Zwischenzeit viel von dir erzählt.«

Wie selbstverständlich zog sie anschließend auch Emmie in eine Umarmung, die nur von dem Seufzen meiner Schwester übertönt wurde.

»Noch ein kleines bisschen fester, und du erdrückst Sams Freundin, Mum.« Blair begrüßte uns mit einem Augenrollen, doch umarmte uns beide schließlich auch.

»Hast du den Blick deiner Mum gesehen? Und was hast du ihr überhaupt über mich erzählt?«, flüsterte Emmie wenig später, als wir unsere Zimmer bezogen. Sie eins, ich eins. Mum hatte darauf bestanden, und als wäre ich schüchterne sechs Jahre alt, hatte ich mich nicht getraut zu sagen, dass wir garantiert nicht getrennt schlafen würden.

Nachdem ich mein Gepäck also auf mein Zimmer gebracht hatte, war ich Emmie in ihres gefolgt. Es war riesig und lichtdurchflutet, wenn man die Vorhänge ganz zur Seite schob.

»Nur Gutes.« Ich hob die Hände. »Versprochen.«

»Und was genau?«

»Dass ich jemand *ganz Besonderen* kennengelernt habe.«

»Du Charmeur«, sagte sie und rollte dabei mit den Augen, lächelte aber.

Ich hasste es, wie schwer mein Herz sich mit einem Mal anfühlte. Schwer und schwarz wie ein Brocken, der mich nach unten zog. Eigentlich war alles so perfekt, Emmie und ich. Wie ich mich bei ihr fühlte, so, wie ich mich noch nie bei jemandem gefühlt hatte, war nicht normal. Ich hätte für immer mit ihr in meinem Bett liegen und einen Film nach dem nächsten gucken können. Ohne sie zu berühren, nur in ihrer Nähe, vielleicht mit meiner Hand an ihrer, ganz unschuldig und trotzdem alles in mir berührend. Wenn ich Emmie ansah, wollte ich sie küssen. Wenn ich sie küsste, wollte ich nicht mehr damit aufhören. Wenn ich nicht mehr damit aufhören wollte, brannten mir genau diese Worte auf der Zunge: *Emmie, fuck, ich könnte dich für immer küssen,* und ich wollte es dabei so klingen lassen, als könnte ich das, dieses Für-immer. Weil ich Mitte zwanzig war und dachte, ich wäre unbesiegbar und würde mir erst in fünfzig Jahren über den Tod Gedanken machen müssen, so wie jeder das dachte, nicht wahr? Weil diese Art von Tragödie zwar passierte, aber garantiert nicht einem selbst. Vielleicht der Bekannten der Arbeitskollegin der Mutter deines besten Freundes, aber nicht dir.

Fuck.

Ich wollte jetzt nicht daran denken. Ich wollte nicht, dass es eng in meinem Brustkorb wurde. Ich …

»Sam?« Emmie kräuselte die Stirn. »Ist alles okay?«

»Ja.« Ich zwang mir ein Lächeln auf die Lippen. »Alles bestens.«

»Du lügst.« Mit einer hastigen Kopfbewegung deutete sie auf mein Gesicht. »Wenn du schief grinst, meinst du das nie ehrlich.«

Ich wusste nicht, ob ich weinen oder diesmal richtig lächeln sollte, weil sie mich kannte. Weil sie mich kannte, obwohl wir uns erst vor wenigen Monaten kennengelernt hatten. Eigentlich ergab das keinen Sinn, aber eigentlich ergab fast alles in meinem Leben keinen Sinn mehr.

Ich schluckte hart. »Ich hatte nur einen schlechten Gedanken, das ist alles.«

Statt etwas zu erwidern, verschränkte Emmie bloß ihre Finger mit meinen. Drückte ihre Handfläche so fest gegen meine, bis ich ihren Puls spürte. Bis ich nur noch mein Herzklopfen wahrnahm, weil ich sie ansah.

~

Als Dad einfuhr, begrüßte meine Schwester ihn ohne ein Augenrollen. Mum zog ihn sogar in eine Umarmung, so als fürchtete sie nicht, sich noch einmal an ihm zu verbrennen. Emmie begrüßte er mit seinem besten, charismatischsten Hollywood-Grinsen, bevor auch Con und Elle St Ives erreichten.

»Krass«, sagte die Freundin meines besten Freundes. »Alles hier sieht noch genauso aus wie in meiner Erinnerung.«

Daraufhin lächelte sie Blair an, die zurücklächelte. Meine Schwester war besser als ich. Ihr war nicht anzusehen, dass es falsch war. Doch ich durchschaute sie. Ich durchschaute, wie sie Elle eine Spur zu krampfhaft blinzelnd entgegenstarrte und sich garantiert an diesen Sommer erinnerte, in dem sie Elle in dieses Haus geschleust hatte. Wie sie sich am Bamaluz Beach tagsüber die Haut mit zu viel Sonnenöl eingeschmiert und sich abends auf Partys geschlichen hatten, für die sie zu jung waren. Als sie noch beste Freundinnen gewesen waren, bis es plötzlich ein Ende gehabt hatte.

Abends aßen wir gemeinsam auf der Terrasse, während wir den Atlantik rauschen hörten. Die letzten Sonnenstrahlen des Tages wurden von den bauchigen Gläsern reflektiert, während wir uns unterhielten. Alle waren ausgelassen und glücklich, während die goldene Stunde uns in die Gesichter schien.

»Und?«, fragte Con Emmie. »Hattest du schon den Termin mit Ginny? Was hat sie zu deiner Abschlussidee gesagt?«

Emmie öffnete den Mund, doch ehe sie antworten konnte, würgte er sie ab.

»Nein, warte«, rief er. »Sag nichts. Sie war ganz aus dem Häuschen.«

»Na ja«, erwiderte Emmie schüchtern. »So würde ich es jetzt nicht bezeichnen. Aber sie hat mir grünes Licht gegeben.«

»Wann fängst du an? Nach dem Praktikum?«

Sie nickte. »Ich will den praktischen Teil noch dieses Jahr drehen und nächstes Jahr Ende März meine Masterarbeit abgeben. Na ja, vorausgesetzt, ich finde einen Schauspieler, mit dem ich das umsetzen kann.«

Und da war dieser winzige Moment, in dem niemand sich traute, etwas zu sagen. In dem Emmie bereute, diese Worte überhaupt ausgesprochen zu haben.

Noch dieses Jahr. Nächstes Jahr Ende März.

Es klang nach unmittelbarer Zukunft. Es klang so verdammt nah, dass nicht mal ich mir mit diesem beschissenen Tumor im Gehirn vorstellen konnte, bis dahin nicht mehr da zu sein.

Die Diagnosen sind unpräzise. Es gibt Wunderheilungsgeschichten. Mit der Alternativtherapie ist noch alles möglich.

Die heuchlerische Hoffnung meldete sich zu Wort, bevor ich einen viel zu großen Schluck von meinem Getränk nahm. Anschließend war Blair es, die die Stille brach.

»Du solltest unsere Mutter für deine Abschlussarbeit interviewen«, sagte sie unvermittelt.

»Worum geht es denn?«, fragte Mum.

Rasch richtete Emmie sich auf. »Es geht quasi darum, wie Frauen allein durch die Kameraführung sexualisiert werden. Ich möchte das durch eine feministische Linse betrachten.«

»Oh.« Mum lachte auf, bevor sie ihr Glas anhob. »Davon kann ich wirklich ein Lied singen. Sag mir Bescheid, wenn ich dir helfen kann.«

»Danke«, flüsterte Emmie, bevor Dad fragte, wie unser Filmprojekt lief, und Con von unserem aktuellen Stand berichtete.

Es war wirklich ein schöner, lauer Fast-Sommerabend. Familie. Bekannte. Freunde. Unser Gelächter, das sich mit dem Meeresrauschen vermischte. Später Blairs »Hey, du schummelst!«, als wir Karten spielten und Dad zum dritten Mal in Folge gewann. Dabei war es egal, dass Blair und Elle sich nie zu lange ansehen konnten, geschweige denn ein richtiges Gespräch führten. Ich wusste, dass Mum meine Schwester in einem stillen Moment zur Seite ziehen und fragen würde, was zwischen den beiden passiert war. Zum gefühlt millionsten Mal innerhalb weniger Jahre. Doch Blair würde in ihrer antrainierten nonchalanten Weise die Achseln zucken und sagen, sie hätten sich auseinandergelebt. So wie immer. So wie immer würde ihr allerdings auch niemand glauben und gleichzeitig niemand wissen, was wirklich passiert war. Gegen elf wünschten wir uns eine gute Nacht, doch ich konnte nicht schlafen, obwohl ich müde war. Dabei war ich eigentlich immer müde, selbst wenn ich über acht Stunden Schlaf bekam. Ich wollte über den Grund nicht nachdenken. Nicht hier. Nicht jetzt. Nicht an diesem Wochenende. Nicht, wenn noch alles gut schien. Außerdem konnte ich nicht in diesem Bett liegen, wenn ich wusste, dass Emmie es den Gang weiter auch tat. Natürlich schnappte ich mir mein Handy, nur um ihr zu schreiben.

Schläfst du schon?

Ich

Die Frage war dämlich und durchschaubar, weil ich wusste, dass sie nicht schlief. Aber ich fragte mich, ob man das nicht immer war, wenn man sich verliebte: dämlich und durchschaubar. Doch dann war mir die Antwort darauf egal, weil sie mir schon antwortete.

Nein, du?

Emmie

Verrätst du mir, was du anhast? 😉 😉 😉 😉

Ich

O Gott.

Emmie

Diese Zwinkersmileys.

Emmie

😂 😂 😂 😂 😂 😂

Emmie

Ich würde ja sagen, dass du wie ein schmieriger älterer Mann in einem nicht jugendfreien Chat klingst.

Emmie

Aber leider habe ich Kyles Stimme im Ohr, wenn du das so sagst.

Emmie

Es ist sogar Kyles Frage 😂 😂 😂

Ich

Stimmt.

Emmie

Soll ich mich in dein
Zimmer schleichen?

Emmie

Du weißt schon, dann kannst du direkt
sehen, was ich anhabe 😜 😜 😜 😜 😜

Emmie

Und ich dachte schon,
du fragst nie 😜 😜 😜

Ich

45

Emmie

DON'T BLAME ME (EMMIE'S VERSION)

Ich wusste, dass Sams Nachrichten nur Spaß gewesen waren und keine verführerische Anmache. Trotzdem kribbelte alles in mir, als ich die Tür leise hinter mir schloss. Ich wusste ebenfalls, dass seine Eltern in getrennten Zimmern weiter oben schliefen, deshalb war ich nicht ganz so nervös, dass mich jemand erwischen könnte. Jeder hier wusste, dass etwas zwischen Sam und mir lief. Was zwischen uns war. Doch kurz bevor ich sein Zimmer erreichte, erstarrte ich.

Von weiter unten ertönte plötzlich ein krachendes Geräusch. Als wäre jemandem etwas aus der Hand gefallen, vielleicht eine Tasse. Instinktiv kehrte ich Sams Zimmer den Rücken zu. Auf Zehenspitzen trat ich die glatten Treppenstufen nach unten. Schon bevor ich das Erdgeschoss betrat, erkannte ich, dass Blair in der offenen Küche vor sich hin fluchte und Scherben vom Boden aufsammelte. Mit ihren nackten Füßen stand sie dabei in einer Rotweinlache. Ich erkannte Flecken auf ihrer Haut und dem übergroßen Shirt, das sie wahrscheinlich als Pyjama trug.

Mit eiligen Schritten ging ich auf sie zu und schnappte mir dabei die Papierrolle, die auf der Theke stand.

»Emmie?«, sagte sie verwundert, während ich plötzlich auch verwirrt war.

Ihre Augen. Sie waren so dunkel und glasig und rot gerändert.

Eigentlich wollte ich sie fragen, wieso sie allein weitertrinken wollte. Andererseits war ich nicht ihre Freundin, und eigentlich konnte ich mir den Grund denken. Also schluckte ich nur ein paarmal, während ich mich hinkniete und darauf achtete, nicht in Scherben zu treten.

»Ich helfe dir«, flüsterte ich.

»Das musst du nicht.«

»Es macht mir nichts aus.«

»Nein, im Ernst«, sagte sie. »Lass es. Ich mach das.«

Mit dem Blatt Zewa in der Hand schaute ich zu ihr auf, allerdings war es schwer, ihrem Blick standzuhalten. Er war verzweifelt. Sie sah so aus, wie ich sie kennengelernt hatte. Traurig und wütend und noch trauriger. Diesmal war ihre Traurigkeit allerdings anders. Stärker. Ich fragte mich, ob es an Connor lag. An seiner wunderschönen dunkelhaarigen Schauspielerinfreundin, die mal ihre Freundin gewesen war. War etwas mit Elle passiert? Irgendwas stimmte hier nicht.

Eigentlich stimmt nichts, flüsterte die Stimme in meinem Kopf, und sie hatte recht. Dennoch konnte ich Blair nicht so stehen lassen. Gehen und vergessen, wie unendlich traurig sie mit den Weinflecken auf dem hellen Shirt aussah.

»Ist alles okay?«, fragte ich leise.

Einige Sekunden lang schwieg sie. Blinzelte mich nur so krampfhaft an, dass ich dachte, ihr würden jeden Moment Tränen über die Wangen laufen.

Doch ich lag falsch.

Sie weinte nicht. Blair ballte lediglich die Hände zu Fäusten, bevor sie die Augen zu Schlitzen verengte.

»Ob alles okay ist?« Verhöhnend schnaubte sie auf. »Willst du mich eigentlich verarschen? REIN GAR NICHTS IST OKAY. Mein Bruder hat einen Scheißtumor im Gehirn, der seinen gesamten Körper niedermacht, und wir sitzen hier in diesem Luxushaus und essen fancy Trüffel-Tagliatelle und spielen Karten, als wären wir eine große, glückliche Familie. Als wäre alles in absolut bester Ordnung. ABER DAS IST ES NICHT, HÖRST DU? Wieso versteht das denn niemand? Ich meine, wie kannst du überhaupt neben ihm sitzen und ihn küssen und ihn ficken und dich dabei weiter in ihn verlieben und denken, das hier wäre einfach nur ein ganz normales Eltern-Kennenlern-Wochenende? Das ist es nicht. NICHTS HIER IST NORMAL. SAM STIRBT, VERFLUCHTE SCHEISSE. *Mein* Bruder. *Mein großartiger und gutherziger und talentierter* ...«

Blair verschluckte sich an den Tränen, die sie jetzt doch weinte. Sie rannen ihr über das gesamte Kinn, manche blieben an ihren Mundwinkeln hängen. Ich wusste, dass sie so alt war wie ich, aber in diesem Moment kam sie mir unendlich jung vor. So verletzlich, gar nicht mehr tough und unverschämt und laut. Je mehr Tränen ihr die Wangen hinabtropften, desto heftiger schnürte meine Kehle sich zu.

Was sagte man auf so etwas?

Was soll ICH auf so etwas sagen?

»Es tut mir so, so leid«, flüsterte ich nur, weil es stimmte. Es tat mir leid, nicht nur für Sam oder mich, sondern auch für Blair, die ihren Bruder offensichtlich über alles liebte.

Blair erwiderte nichts.

Ihr Schluchzen wurde bloß heftiger, während ein Beben nach dem nächsten ihre Schultern zum Erschüttern brachte.

»Komm«, sagte ich. »Geh aufs Sofa. Ich mach das hier.«

Seltsamerweise protestierte sie nicht. Unter Tränen wischte sie sich mit einem Zewa den Rotwein von den Füßen, bevor sie sich auf das Sofa verkrümelte.

Keine zehn Minuten später war der Boden wieder scherbenfrei und halbwegs sauber. Mit einem Kloß im Hals setzte ich Wasser auf und öffnete die Küchenschubladen, bis ich Teebeutel fand. Anschließend hockte ich mich mit zwei dampfenden Tassen neben Blair.

»Danke«, murmelte sie, während sie eine davon annahm.

Und dann saßen wir einfach nur schweigend bei schummriger Beleuchtung da, Blair und ich. Fast so wie am Strand in Orosei, aber irgendwie auch nicht. Sie mit getrockneten Tränen auf den Wangen, ich mit einem ungeweinten Ozean in mir drin. Dabei wollte ich so vieles sagen, aber Worte schienen nicht zu reichen. Keins war gut genug, aber nicht so, wie wenn ich vor meinem Laptop an einem Skript verzweifelte, weil ich die Dialogfetzen nicht hinbekam.

Hierfür gab es keine Worte, die nicht schrecklich ungenügend waren. Als Blairs Beben langsam verebbte, traute ich mich wieder, etwas zu sagen. Ihr Blick fixierte dabei den luxuriösen Ofen weiter links, der wahrscheinlich noch nie benutzt worden war, weil die Familie hier nur im Sommer eingekehrt war.

»Geht's wieder?«, flüsterte ich.

Sie zuckte nur die Achseln, während sie mir doch das Gesicht zudrehte. Ihre Augen waren schwarz statt braun. So dunkel und trotzdem so durchschaubar. Der Schmerz strahlte ihr förmlich aus jeder Pore. Wahrscheinlich hätte sie mich damit angesteckt, wäre ich nicht schon längst befallen gewesen.

»Sorry«, flüsterte sie. »Dass ich dich so angefahren habe. Ich würde ja auch behaupten, dass das gar nicht meine Art ist, aber eigentlich ist das genau meine Art in Bezug auf Leute, die mich wütend machen, wobei du mich natürlich nicht wütend gemacht hast. Es ist einfach ...« Sie schüttelte den Kopf. »Es ist gerade einfach zu viel. Dieses Haus. Sams Zustand. Meine Eltern, die hier plötzlich auf Friede, Freude, Eierkuchen machen, obwohl ich die letzten Jahre schon ein schlechtes Gewissen hatte, wenn sie sich für meinen Geburtstag in einem Raum aufhalten mussten. Und dann noch Connor und Elle.«

Connor und Elle. Das sagte sie so leise, dass ich es fast nicht hörte. Als wollte sie es eigentlich gar nicht aussprechen. Wahrscheinlich hätte ich mich gar nicht dazu äußern sollen. Mich womöglich bloß trauen sollen, meine Hand über ihre zu legen und ihr dann zu sagen, dass ich sie verstand.

Doch die Worte rutschten mir einfach heraus.

»Ich weiß, dass ich euch nicht wirklich kenne und gar nicht das Recht habe, etwas dazu zu sagen«, begann ich mit gedämpfter Stimme. »Aber manchmal sieht Connor dich so an, als wärst du ... keine Ahnung. Als wollte er dich eigentlich gar nicht ansehen, aber kommt einfach nicht dagegen an, verstehst du, was ich meine?«

»Du irrst dich.« Sie schüttelte vehement den Kopf. »Und selbst wenn, was würde es für einen Unterschied machen? Es ist doch alles trotzdem so, wie es ist. Er ist mit Elle zusammen.«

Ich setzte zu einer Antwort an, Blair allerdings ließ mich nicht. Sie wollte unbedingt das Thema wechseln, weg von Connor und seiner Freundin kommen, selbst wenn sie unter einem Dach mit ihnen schlief. Oder vielleicht auch gerade deswegen.

»Ich bin übrigens froh, dass ihr euch kennengelernt habt, du und Sam.«

Fragend hob ich die Brauen.

»Versteh mich nicht falsch, ich möchte auf gar keinen Fall die Erst-wenn-man-jemanden-an-seiner-Seite-hat-ist-das-Leben-richtig-lebens-wert-Schiene fahren, weil die meiner Meinung nach absoluter Müll ist. Aber er ist irgendwie glücklicher.« Sie spielte an der Teebeutelschnur, während sie die Tasse mit der anderen Hand umklammerte. »Bevor du kamst, hatte er nur seinen Film. Das war sein einziges Ziel, verstehst du? Hauptsache, seinen Dokumentarfilm so perfekt wie möglich fertig bekommen. Aber jetzt rauscht ihm dieser ekelhafte Liebeshormoncocktail durch die Adern, und er kann wenigstens mal an was anderes denken. Das ist gut für ihn. Also ... keine Ahnung, ich schätze, danke dafür, dass du meinen Bruder magst?«

»Ist ein Selbstläufer«, murmelte ich lächelnd und hatte keine Ahnung, wie lange wir noch teetrinkend auf dem Sofa saßen, bis wir plötzlich Schritte auf der Treppe hörten. Dann sein tiefes Räuspern.

»Emmie?«, sagte er, während er nur in einer Pyjamahose blinzelnd auf der letzten Stufe verharrte.

»Danke, dass du mich auch bemerkst, Bruderherz.« Blair erhob sich unter Augenrollen. »Ich bin dann mal weg.« Kurz sah sie mich an, und vielleicht bildete ich es mir ein, aber für einen Moment meinte ich, dass ihr Blick weicher wurde. Als wären wir nun Verbündete in einem Krieg, den wir so oder so verlieren würden. »Danke für den Tee, Emmie.«

Als sie sich erhob, tat ich es ihr gleich. Auf dem ersten Stockwerk verschwand sie hinter ihrer Tür, ich huschte durch Sams. Sein Zimmer sah aus wie meins. Weiße Möbel. An den hellen Wänden hingen Kunstwerke der zerklüfteten Küste Cornwalls, die ich mir nicht genauer ansah. Ich fixierte nur Sam, der sich mit dem nackten Rücken gegen die Tür lehnte und dabei den Kopf in den Nacken warf. Sofort bemerkte ich, wie die Ader an seinem Hals hervorstach.

»Blair war wegen mir so fertig, oder?«, flüsterte er.

Ich schluckte. »Woher willst du wissen, dass sie fertig war?«

»Ihr Gesicht«, erwiderte er heiser. »Es hat alles gesagt.«

Weil ich Sam nicht anlügen wollte, erwiderte ich nichts. »Tut mir leid«, sagte ich, das zweite Mal innerhalb von fünfzehn Minuten. »Willst du darüber reden?«

»Nein.« Er zwang ein Lächeln auf seine Lippen, ehe er sich von der Tür abstieß.

Es war wieder kein echtes Lächeln.

Aber ich sagte es ihm nicht.

Als wir in dieser Nacht miteinander schliefen, ich auf ihm, meine Hände ans Kopfteil gestützt, unterdrückten wir beide unser Stöhnen und vögelten uns so langsam und lange, dass es fast wehtat.

46

Emmie

THIS LOVE

Er ist nicht da.

Ich blinzelte, doch ich hatte mich nicht getäuscht. Ruckartig setzte ich mich auf. Das Herz klopfte mir bis zum Hals, während ich die Uhrzeit am Digitalwecker ablas.

05:32 Uhr.

Vielleicht war er im Bad?

Leise schlich ich mich aus dem Zimmer, um mir in der Küche ein Glas Wasser zu holen. Auf dem Weg dorthin bemerkte ich, dass die Badtür auf war. Dort konnte er also nicht sein.

Seltsam.

Auf Zehenspitzen schlich ich mich nach unten. Durch die riesigen Glasfronten nahm ich wahr, dass der Himmel bereits heller wurde. Aus den oberen Schränken schnappte ich mir ein Glas und wollte es gerade unter den Wasserhahn halten, als mein Blick nach vorn glitt, raus aus dem Fenster und in Richtung Strand.

Dort bemerkte ich eine Silhouette.

Irgendwie wusste ich, dass er es war, auch wenn ich ihn nicht eindeutig ausmachen konnte. Hastig trank ich aus, ehe ich in Hausschuhen durch die Terrassentür trat, vorbei an dem glasklaren Infinitypool und dann noch ein paar Schritte in Richtung Meer. Schon spürte ich den Sand unter der dünnen Sohle knirschen, während Meeresluft mir die Haare nach hinten blies. Ich umarmte mich selbst, wobei ich die Entfernung zu ihm überwand und mich wortlos neben ihn setzte. Sam musste so in Gedanken versunken gewesen sein, dass er mich erst in diesem Moment bemerkte. Er zuckte zusammen.

»Fuck«, flüsterte er rau, während sich der Klang seiner Stimme mit dem Meeresrauschen vermischte. »Woher kommst du denn?« Plötzlich sah er mich schuldbewusst an. »Habe ich dich geweckt, als ich aufgestanden bin?«

»Nein, ich hatte Durst und hab dich dann vom Küchenfenster aus entdeckt.« Kurz hielt ich inne. »Störe ich? Willst du lieber allein sein?«

»Nein«, sagte er. »Ich konnte nur nicht mehr schlafen.«

»Gedankenkarussell?«

»So ähnlich«, flüsterte er.

»Ist es noch wegen Blair?«, traute ich mich zu fragen.

»Nein.« Er holte tief Luft, während er noch einen Moment beobachtete, wie die Wellen ans Ufer rollten. »Es ist wegen allem.«

»Wie meinst du das?«

Schlagartig wandte er mir das Gesicht zu, und mein Herz blieb stehen. Einfach so setzte es einen Schlag aus, weil Sams Augen aussahen, als hätte er geweint. Eigentlich hatte er sich äußerlich überhaupt nicht verändert. Er war immer noch heiß und perfekt auf diese unperfekte Weise, aber sein Blick war … neu. Wach, aber zerrüttet, als hätte sich etwas tief in ihm drin unwiderruflich verschoben.

»Ich … ich will einfach noch nicht sterben, verstehst du?«

Seine Stimme war auf einem anderen Level, wenn sie rau klang. Doch wenn sie so erstickt war, als könnte er vor lauter schreienden Gefühlen in ihm nicht mehr atmen? Dann zerriss sie einem das Herz.

Mir das Herz, das in seiner Gegenwart gerade nicht aufglühte, sondern verkohlte.

»Manchmal fühle ich mich so verarscht von meinem Körper. Dass er das einfach so macht. Ich habe ihn geliebt, verstehst du? Ich liebe es, mich mit ihm in die Wellen zu schmeißen. Dass mein Herz randaliert, wenn ich renne, ich aber immer noch ein bisschen schneller laufen kann. Ja, ja, ja, ich liebe es auch, Sex zu haben, einfach weil ich es mag, meinen

Körper zu spüren. Ich verstehe das einfach nicht. Wie kann es sein, dass er bald einfach nicht mehr funktionieren wird?« Bebend atmete er durch. »Weißt du, ich saß heute Abend mit euch allen da und konnte nur denken, wie schön mein Leben ist. Dass ich ganz allgemein maximal viel Glück gehabt habe. Und ich war auch irgendwo okay mit meiner Krankheit, so wie man halt irgendwie damit okay sein kann, nachdem man sich damit abgefunden hat. Ich wollte nur meinen Film machen. Das war mein einziges Ziel, aber jetzt habe ich dich kennengelernt, und ich weiß, es sind nur Monate, trotzdem ...« Er sah mich mit glasigen Augen an. »Ich mag dich mehr als mögen, Emmie. Ich will nicht, dass das aufhört. Ich will nicht, dass irgendetwas hiervon aufhört. Ich will so sehr, dass diese beschissene Alternativtherapie diesmal anschlägt, auch wenn die Chancen noch schlechter als letztes Mal stehen. Weißt du, früher habe ich mir Gedanken beim Sex gemacht, ob ich zu schnell gekommen war, ob es gut für die andere Person gewesen war oder meine Berührungen zu grob oder zu sanft gewesen waren. Jetzt muss ich darüber nachdenken, ob ich nach dem Beginn der zweiten Therapierunde überhaupt noch mal Sex mit dir haben kann, obwohl ich es liebe, aber ganz genau weiß, wie schwach ich mich bald wieder fühlen werde. Und ich will nicht verbittert und kindisch und weinerlich und zynisch und egoistisch klingen, trotzdem bin ich verfickt noch mal wütend auf die Welt, obwohl ich das nicht sein wollte. Kinder sterben an Krebs. Komplett unschuldige Babys. Ich sollte nicht rumheulen. Wirklich nicht, aber ...«

Seine perfekte und stets so selbstsichere Stimme brach. Er konnte nicht weitersprechen. Sam sah mich nur an, während ihm die erste Träne die Wange hinunterlief. Zitternd hob ich die Hand und wischte sie ihm weg. Seine Haut war so heiß, sie brannte fast unter meinem Finger.

»Mir egal, ob man nicht wütend auf die Welt sein darf«, sagte ich. »Aber ich bin verdammt wütend.«

Er lächelte, und das nicht mal schief, er versuchte wirklich, alles hinzunehmen, aber er weinte, während die Sonne aufging, und das war noch herzzerreißender als seine brechende Stimme. Ich dachte nicht nach, als ich die Arme um ihn schlang. Es passierte genauso automatisch, wie ich näher zu ihm rückte und die Beine um seinen Torso schlang. Die salzige Meeresluft wehte uns um die Ohren, während er Tränen in die Kuhle zwischen meiner Schulter und meinem Hals weinte. Ich drückte ihn noch fester an meinen Oberkörper, bis ich seinen Herzschlag an meinem spürte. Dabei erinnerte ich mich an Sardinien. Daran, dass wir vor knapp zwei Monaten am Poetto Beach gesessen hatten und nicht hatten aufhören können, uns anzusehen. Dass sich das nicht geändert hatte, dass es nur intensiver und schöner und trauriger geworden war. Dabei war doch eigentlich alles gleich, oder? Nur ein weißer Sandstrand und zwei Menschen, die sich zu sehr fühlten.

Und trotzdem war alles anders.

Hinter meinen Augen sammelten sich ungeweinte Tränen.

»Weißt du, was wir machen könnten?«, fragte ich, während er sich ein Stück von mir löste, um mich anzusehen.

Seine Augen waren verweint, meine Stimme kratzig.

»Was?«

»Wir könnten ins Meer gehen.«

»Stand das etwa auch auf deiner Liste?« Er versuchte sich wieder an einem Lächeln, das erneut scheiterte. »Mit einem Briten, den du eigentlich gar nicht mochtest, bei Sonnenaufgang an der englischen Küste schwimmen?«

»Wer hat behauptet, dass ich dich nicht mochte?«

»Deine Blicke haben alles gesagt.«

Sam hob eine Braue, aber ich traute mich nicht, ihm zu erklären, dass ich ihn wirklich nicht *nicht* gemocht hatte. Dass da schon immer etwas gewesen war, auch wenn ich es anfangs womöglich noch gar nicht gewollt hatte.

Wir brauchten knapp eine Minute, uns bis auf die Unterwäsche auszuziehen. Eine weitere, bis das kalte Meer mir gegen die Fußgelenke schwappte. Darauf eine gefühlte Unendlichkeit, bis ich die Kälte hüfttief ertrug. Kurz ließ ich meinen Blick durch die Gegend schweifen, blieb an dem Haus in der Ferne, den Klippen und dem ersten Spaziergänger am Strand hängen. Dann landete mein Blick auf Sam, und für einen unendlich langen Herzschlag war alles blau. Sams Augen, das Wasser, der Himmel. Blau wie die Unendlichkeit. Davon machte mein Kopf tausend Aufnahmen. Anschließend räusperte ich mich.

»Eine Frage für eine Frage?«

»Immer«, sagte er.

»Was würdest du machen, wenn du nicht krank wärst?«

»Wie meinst du das?«

»Na ja, keine Ahnung. Was würdest du in deinem Leben tun wollen? Einen Film nach dem nächsten drehen?«

»Nein, wir sollten das anders spielen.« Er lächelte, und diesmal kaufte ich es ihm fast ab. »Wir sollten überlegen, was wir machen würden.«

»Du meinst, so was wie mit dem Rucksack durch Südamerika zu reisen?«

Er neigte den Kopf. »Würdest du das wollen?«

Ich würde alles mit dir wollen, dachte ich. Die ganze große, weite und beschissene Welt entdecken, in der du sterben wirst.

Aber das sagte ich nicht. Stattdessen fantasierten wir in den frühen Samstagmorgenstunden darüber, welche Länder wir wie lange bereisen würden. Wie wir Filme darüber drehen könnten. Irgendwann, als Gänsehaut unsere Körper überzog, sprinteten wir lachend zurück in Richtung Strandvilla. Als hätte es Sams Tränen gar nicht gegeben. Als hätte ich sie mir eingebildet. Als wäre das Salz auf meiner Haut nur dem Ozean geschuldet.

Zurück in der Strandvilla, erstarrten wir beide gleichzeitig.

»Guten Morgen«, sagte seine Mum. Ihre Stimme klang so ruhig und wenig überrascht, als wäre es völlig normal, dass wir um kurz vor sieben an einem Samstagmorgen nasse und sandige Fußspuren auf ihrem hellen Parkettboden hinterließen.

»Hey, Mum«, sagte Sam, während ich mir viel zu bewusst wurde, dass ich in nasser Unterwäsche vor ihr stand. »Wir, ähm, wir gehen dann erst mal nach oben.«

»Klar«, sagte sie. »Frühstück so um acht?«

Wir nickten, bevor sie uns anlächelte.

»Glaubst du, deine Mum findet mich komisch?«, flüsterte ich Sam zu, nachdem er mich unter seine Dusche gezogen hatte.

»Nein, sie findet dich großartig.«

»Woher willst du das wissen?«

»Weil ich das finde.«

Ich rollte mit den Augen, während Sam begann, mich einzuseifen. Meinen Rücken, meine Schultern, meine Taille. Plötzlich spürte ich meinen Herzschlag überall.

»Übrigens«, sagte er. »Wegen deines Abschlussfilms ...«

»Ja?«, hakte ich nach, während meine Lider bereits flatterten.

»Wenn du willst, kannst du mich filmen.«

Ruckartig drehte ich mich um.

»Was ist?« Er lachte rau, wobei der Laut von den Fliesen widerhallte und alles in mir zum Vibrieren brachte. »Wieso guckst du so komisch?«

»Wieso bietest du mir das an?«

»Warum nicht?«, flüsterte er.

»Das werden anzügliche Szenen«, begann ich und deutete mit dem Kinn auf seinen linken Arm, wie die schwarzen Wellen sich dort auftürmten, ohne jemals zu zerfallen. »Die Leute werden dich bestimmt an dem Tattoo erkennen.«

»Na und?«, sagte er einfach so.

@londonstories

Das GRÖSSTE Liebescomeback des Jahres?
Rosie Campwell zusammen mit Paul Alderidge im
Familienurlaub in ihrer luxuriösen Strandvilla gesichtet

Wir melden uns mit den wohl aufregendsten und überraschendsten Neuigkeiten des Jahres: Schauspielikone Rosie Campwell (54) und Oscarpreisträger Paul Alderidge (58) wurden zusammen in ihrer einst gemeinsamen Strandvilla in St Ives gesichtet! Das geschiedene Ehepaar soll laut unseren Insidern während des Spring-Bank-Wochenendes entspannte Tage mit seinen Kindern und Freunden an der britischen Küste verbracht haben. Samson Alderidge (26) soll sogar in dunkelhaariger und unbekannter Begleitung gekommen sein. Was für ein Jammer, dass Blair Alderidge (23) vom scheinbaren Liebesfamilienglück ausgeschlossen ist. Man munkelt, dass ihre kurze Affäre mit dem Sodalite-Blue-Gitarristen Louis Wright schon wieder vorbei ist. #blairsmeneatingera. Apropos Sodalite Blue: Erfahrt HIER alle Insider zur Verlobung von Frontmann Jonah Lowell (28) und seiner langjährigen Freundin Delilah Dellaria (25)!

LONDON

47

Emmie

COME BACK ... BE HERE

»Ich gratuliere Ihnen«, sagte Ms Clark, als ich am Mittwoch nach dem Cornwall-Wochenende in ihrem Büro saß.

Wir hatten über die grobe Outline zu meinem Abschlussfilm geredet. Anschließend hatte sie mich nach meinem Praktikum gefragt, und ich hatte vage geantwortet, dass alles gut lief.

Verwundert kräuselte ich die Stirn. »Wozu genau?«

»Na, zu Ihrer Nominierung für das Shoreditch Film Festival! Als ich Ihren und Ms Culters Namen auf der Website entdeckt habe, habe ich mich von Herzen gefreut. Das haben Sie sich in der Tat verdient.«

Meine Dozentin verabschiedete sich mit einem ehrlichen Lächeln von mir, während alles in mir raste. Ich war gut darin gewesen, die Nominierung zu verdrängen. Maisie weiterhin zu meiden. Mit pochendem Herzen zu verschwinden, wenn ich auch nur einen roten Haarschopf sah. Doch während ich den Campus in Richtung Westflügel überquerte und die Junisonne mir auf meine Arme schien, fragte ich mich, ob der Gedanke stimmte. Ob mir verdrängen und vergessen, alles in mir verbuddeln und tief in mir vergraben tatsächlich weiterhalf. Oder ob es am Ende nicht alles schlimmer machte. Ich wusste es nicht, hatte allerdings auch keine Zeit, darüber nachzudenken. Sam, Connor und ich hatten einen Termin. Heute könnte es so weit sein, dachte ich. Heute könnten wir den Rohcut zu *BLUE* beenden. Noch am selben Abend starrten wir drei tatsächlich auf den großen Bildschirm, vor dem Connor auf dem Drehstuhl saß. Mit riesigen Augen, ungläubigen Blicken und diesem Kloß im Hals. Zumindest spürte ich ihn.

Niemand von uns traute sich, es auszusprechen.

Schließlich räusperte Connor sich. »Ich denke, wir haben den Rohschnitt im Kasten?«

Ich wünschte, ich wäre erleichtert gewesen. Aber ich dachte nur an alles, was noch fehlte. Die Musik, die Textbilder, die mehrfachen Überprüfungen, das gesamte Feintuning. Doch das Lächeln, das sich auf Sams Gesicht schlich, ließ mich für eine Sekunde lang alles vergessen.

Abwechselnd sah er in unsere Gesichter. Erst in meins, dann in Connors, dann wieder in meins. Ganz langsam verzogen sich seine Lippen dann zu einem Lächeln. Ein breites, definitiv sein echtes.

»Wir haben es geschafft.«

Ich habe es geschafft. Ich habe durchgehalten.

Ich wusste, dass er das dachte. Insbesondere nach der letzten Woche. Sam war immer noch Sam, aber wenn ich einen Film von meiner Liste angestellt hatte, war er schon im ersten Viertel eingeschlafen. In dieser Woche war er zweimal früher gegangen als Connor und ich, weil sein Kopf zu sehr schmerzte. Außerdem warf er mittlerweile widerwillig mehr Schmerzmittel ein. Weil er es nicht aushielt. Nächste Woche würde er mit der zweiten Runde Alternativtherapie beginnen. Er fürchtete sich davor, ich wusste es. »Letztes Mal haben mich die Medikamente so ausgeknockt«, hatte er am Montag gesagt, als wir in seinem Bett gelegen hatten. »Ich will mir nicht vorstellen, wie es diesmal ist.«

Und ich wollte das gerade auch nicht. Nicht jetzt.

Zur Feier des Tages verließen wir das Büro vor sechs, gingen ins Barrio in der High Street, bestellten Tacos mit Portobello-Pilzen und Cocktails in der Happy Hour. Bunte Farben strahlten uns von den Wänden entgegen, während sich alles ganz leicht anfühlte. Okay, vielleicht war ich doch auch in erster Linie erleichtert. Trotz der Arbeit, die noch bevorstand.

»Ich kann nicht glauben, dass wir es wirklich in dieser Zeit geschafft haben.« Connor lächelte.

Sam lächelte auch. »Einfach nur krass.«

Langsam hob ich den Finger, der in Italien verarztet werden musste. »Und alles, was wir davongetragen haben, ist diese Narbe an meinem Finger.«

»Na, na«, rief Connor sofort. »Die hast du dir nicht beim Dreh geholt. Keine Ahnung, was ihr an diesem Morgen gemacht habt.«

»Nichts«, sagten Sam und ich gleichzeitig.

Connor rollte mit den Augen. »Ihr seid so durchschaubar, Leute.«

Und vielleicht war es wirklich ziemlich durchschaubar, wie wir zwei Stunden später in Sams Wohnung stolperten, angetrunken von der Happy Hour und unserer Euphorie. Sobald die Tür ins Schloss fiel, war die Stimmung anders. Aufgeladen. Elektrisiert. Von meinen Gefühlen, die auf Sams trafen. Von Sams Gefühlen, die auf meine trafen. Er küsste mich, bevor er sich die Jacke auszog, mein Rücken an der Tür, seine Hand über dem Bund meiner Jeans. Mit seiner Zunge leckte er über die Stelle hinter meinem Ohr, während ich mich ihm automatisch entgegenbäumte.

»Bett?«, flüsterte er heiser.

»Definitiv Bett«, stieß ich hervor.

Es war nicht so, dass unser Sex immer perfekt war.

Manchmal verheddert ich mich, wenn ich meinen Slip oder BH ausziehen wollte. Manchmal kam Sam zu schnell oder ich gar nicht. Aber es war immer schön.

So wie heute.

Wir streiften uns die Schuhe in seinem Schlafzimmer von den Füßen, während er mich automatisch auf sich zog. Ich spürte, wie er hart unter mir pulsierte. Ich ließ das Becken kreisen. Er stöhnte. Sein Reißverschluss stieß gegen meinen. Meine Augenlider flatterten. Ich wollte diesen Druck noch mal, bekam allerdings keine Chance. Ruckartig schob Sam mich von seinem Körper. Beugte sich über mich und küsste sich eine unsichtbare Spur meinen Hals hinunter. Dann meine Schlüsselbeine. Den Ansatz meiner Brüste, während seine Finger meinen Reißverschluss öffneten und ich mir die Hose von den Beinen strampelte. Dann mein Shirt. Meinen BH. Sein Mund wanderte weiter.

Ich bäumte mich ihm entgegen.

Meine harten Brustwarzen in seinem Mund.

Ich biss mir auf die Lippen.

»Komm schon, Emmie«, raunte er mit seiner tiefen Stimme. »Sei laut.« Er leckte sich an meinen Rippen entlang.

Ich krallte mich in seine Schultern.

Er küsste meinen Bauch.

Das Pochen zwischen meinen Beinen wurde unerträglich.

Sein Mund wanderte meinen Körper weiter hinab, bis er unvermittelt aufsah. Seine Augen brannten blau und dunkel, während ich den Puls unter jedem Zentimeter meiner Haut spürte. Warm und feucht sein Atem, der meine empfindlichste Stelle durch den Stoff streifte. Als er die Lippen dann auf den Slip drückte, ließ er meinen Blick nicht los. Meine Beine spreizten sich automatisch, während er seine Zunge kreisen ließ und mich mit jeder weiteren Sekunde noch ein Stückchen mehr in den Wahnsinn trieb. Immer wieder und wieder und wieder, sodass er sicher durch den Stoff spüren konnte, wie feucht ich war. Er hörte nur damit auf, weil meine Beine zu zittern begannen. Anschließend zog er mir endlich den Slip aus, während ich gleichzeitig an seinem Shirt und seinen Jeans nestelte. Auch sie landeten wie meine Kleidungsstücke davor auf dem Boden. Hastig griff er in der Schublade nach dem Kondom, das er sich überzog. Mit zitternden Händen positionierte er sich über mir.

Dann Sam in mir.

Einmal stieß er mich langsam.

Alles in mir bebte.

Dann noch einmal.

Meine Lippen teilten sich.

»Fuck«, fluchte er, bevor er sich mit einer Hand an dem Kopfteil abstützte und schneller wurde. Schneller, wilder, hemmungsloser. Ich liebte es, wenn es so war.

Wenn Schweißtropfen sich auf seiner Stirn bildeten und seine Küsse unkontrolliert wurden. Wenn er mich hastig, fest und hektisch überall berührte, weil er alles gleichzeitig berühren wollte.

Wir hielten nicht lange durch.

Keine fünf Minuten später lagen wir atemlos nebeneinander. Der Blick gen Decke, unsere Hände fest ineinander verschlungen. Drei, vier Herzschläge verharrten wir so.

»Hast du noch einen Film für heute?« Mit glänzenden Augen drehte er mir das Gesicht zu. »Oder ist deine Liste schon abgearbeitet?«

»Natürlich nicht«, sagte ich gespielt schockiert. »Was denkst du von mir? Meine Liste an Filmen ist fast endlos.«

»Sehr gut.« Sam erhob sich unter Lachen, bevor er hastig in seine Boxershorts sprang. »Zitronen- oder Erdbeerlimo?«

»Zitrone«, erwiderte ich sofort.

»Dein Wunsch ist mir Befehl.« Er machte einen kurzen Diener.

»Da kommt er wieder raus, der charmante Brite.«

»Natürlich.«

Ich hörte das Grinsen in seiner Stimme, ohne dass ich es sah. Dann, wie er den Kühlschrank öffnete, während ich mir den Slip und mein Shirt anzog.

Ich griff gerade nach der Fernbedienung und überlegte, ob ich *Can a Song Save Your Life* oder *(500) Days of Summer* anstellen sollte, da erstarrte ich.

Klirren.

Klirren von Glas, so als wäre eine Flasche zu Boden gefallen.

»Sam?«, rief ich und verharrte noch diese winzige Sekunde lang. Bestimmt würde er lachend fluchen, weil ihm die Limo versehentlich runtergefallen war.

Doch ... nichts.

Augenblicklich stand ich auf und rannte die paar Meter in Richtung Küche, wo ich Sam auf dem Boden fand. Umgeben von Scherben, von denen sich einige in seine Ellbogen bohrten.

Er krampfte.

Sam lag da, und alles an ihm bebte. Seine Augen waren derweil geöffnet. Er war hier, aber irgendwie auch nicht. Ich hingegen war wie erstarrt und wollte so bleiben. Blinzeln und erleichtert ausatmen, weil ich feststellte, dass ich mir Sams Krampfanfall nur einbildete.

Doch so war es nicht.

Das war echt.

Kissen unter seinen Kopf legen. Die Zeit stoppen. Ein Handy holen. Den Notarzt rufen. Wenn er aufwacht und nicht mehr atmet, Wiederbelebung beginnen. Wenn er atmet, muss er in die stabile Seitenlage, bis der Krankenwagen da ist.

Blairs Nachrichten blinkten vor meinem inneren Auge auf, während ich aus meiner Starre erwachte.

Die Scherben, dachte ich. Zuerst die verfluchten Scherben wegräumen, daran könnte er sich verletzen. Hastig schnappte ich mir den Besen aus dem Flur und fegte die Scherben unter den bebenden Beinen zur Seite. Dann tat ich das, was ich tun musste. Ich holte mein Handy und ein Kissen aus dem Schlafzimmer. Ich stoppte die Zeit. Ich rief den Notarzt. Was ich sagte? Ich erinnerte mich nicht mehr. Doch ich wusste, dass die Frau am anderen Ende der Leitung nach meinem Namen fragte und mir immer wieder versicherte, dass jemand unterwegs war.

Bleiben Sie bei ihm, Emmie.

Berühren Sie ihn nicht, Emmie.

Hilfe ist unterwegs, Emmie.

Wenn der Anfall aufhört, kontrollieren Sie seine Atmung, Emmie.

Wenn er nicht atmet, müssen Sie eine Herzmassage starten, Emmie.

Können Sie das, Emmie?

Wie lange krampft er schon, Emmie?

Emmie, sind Sie noch da?

Die Stimme der Notfallzentrale-Frau schallte blechern-verzerrt an meine Ohren, doch sie drang nicht zu mir durch. Nicht wirklich. Ich spürte, wie mir nassheiße Tränen über das Gesicht liefen, während Sam weiter krampfte und zuckte und bebte und ich rein gar nichts machen konnte. Seine Lippen färbten sich blau. Sauerstoffmangel? Bekam er keine Luft? Ich hatte keine Ahnung. Ich hatte keine Ahnung von nichts.

Das dauert zu lange, dachte ich.

Emmie, sind Sie noch da?

Sams Krampfanfall dauerte drei Minuten und fünfundvierzig Sekunden an. Das wusste ich, weil mein Autopilot den Sanitätern die Zahl nannte, sobald sie keine zehn Minuten später Sams Wohnung stürmten. Er atmete, doch Letzteres beruhigte mich nur bedingt. Seine Brust hob sich weiterhin unendlich besorgniserregend schnell. Ich wusste nicht, was schlimmer war: ihn krampfen zu sehen oder ihn so zu erleben, mit seinem Körper, seinem starken und sportlichen Körper, der mit einem Mal zu schlaff wirkte. Kraftlos.

Leblos.

Als würde er nur noch leben, gerade eben so, weil sein Herz ihm bei jedem Schlag fast aus der Brust sprang.

Die Sanitäter trampelten mit ihren dicken Schuhen auf den Scherben herum, weil ich sie nicht richtig zur Seite gefegt hatte. Das knirschende Geräusch brannte sich in mein Hirn. Ich wusste nicht, wieso. Vielleicht weil es derselbe Moment war, in dem ein weiteres Zucken Sams Körper durchfuhr. Womöglich war es die Ankündigung eines zweiten Anfalls. Zumindest ging ich davon aus, als die Bewegungen der Sanitäter schneller wurden und sie Sam mithilfe einer Trage aus der Wohnung bugsierten. Ich zog mich nicht an. Ich stand nur da, in meinem Slip und dem Shirt ohne BH, kurz nachdem wir den Sex gehabt hatten, nach dem wir beide süchtig waren. Zu erstarrt, um mich zu bewegen. Sie nannten mir das Krankenhaus, in das sie ihn brachten. Wie automatisiert speicherte ich die Info. Dieser Roboter in mir war es auch, der es schaffte, Blair und Connor anzurufen, weil ich festgestellt hatte, dass ich keine Handynummer von seiner Mum oder seinem Dad hatte.

Nur wenige Sekunden später hörte ich die Sirenen erneut. Wie der Wagen mit Sam, seinen blauen Lippen und dem Blaulicht davonrauschte. Ich hörte das Echo der Sirenen weiterhin, als ich es schaffte, mir ein Uber zu bestellen. Erst dann spürte ich einen Scherbensplitter unter meinem Fußballen.

Aber irgendwie spürte ich ihn auch nicht.

Eigentlich spürte ich nichts.

48

Emmie

END GAME

»Meine Eltern sind schon auf dem Weg.«

Das war das Erste, was Blair mir sagte, als wir uns im Krankenhaus trafen. Dort, wo ich auf einem der hellen Metallstühle saß und sie sich ebenfalls sinken ließ. Erst dann bemerkte ich, dass Connor mit ihr gekommen war. Menschen in Kitteln huschten an uns vorbei. Es roch nach Desinfektionsmittel und Verzweiflung. Alles war weiß, die Wände, die Möbel, das vorbeirauschende Personal. Doch eigentlich war alles grau. Die Luft, das Gefühl in mir drin, mein Herzschlag.

Alles grau.

Lebendig, aber leblos.

So wie Sams Körper, kurz nachdem der Krampfanfall verklungen war. Kurz bevor sich höchstwahrscheinlich ein neuer angekündigt hatte.

»Hoffentlich müssen sie ihn nicht intubieren«, begann Blair. »Aber ...«

»Aber was?«, fragte ich, als Connor absichtlich wegsah, so als ahnte er schon, was sie sagen wollte.

»Na ja, ich denke, wir wissen alle, wieso er den Krampf hatte.«

»Der Tumor ist gewachsen«, flüsterte Connor.

»Und was ist mit der zweiten Alternativtherapie?«, fragte ich sofort.

Niemand traute sich, mir zu antworten. Atmen fiel schwerer. Auf eine seltsame Weise kam es mir so vor, als würde ich träumen. Als würde das hier gerade alles passieren und ich wäre dabei, aber irgendwie auch nicht.

»Und jetzt?«, drängte ich.

»Nichts«, erwiderte Blair kaum hörbar. »Wir müssen warten. Auf einen Arzt. Und meine Eltern. Keine Ahnung, was sie gerade mit ihm machen. Vielleicht stabilisieren sie ihn, ich weiß es nicht. Uns erzählt doch eh so gut wie keiner etwas. Geht's …«, ihr Blick fiel auf mich, »geht's dir gut, Emmie?«

Ich schüttelte den Kopf, denn wie zur Hölle könnte es mir gut gehen?

»Es tut mir so leid, dass du das mitmachen musstest«, flüsterte sie.

Ich zuckte nur mit den Achseln. Nachdem sie verstummt war, herrschte für einen Moment Stille. Na ja, Stille zwischen uns. Schräg gegenüber von uns saß ein Paar, das immer wieder nervös zur Tür schielte. Genauso wie wir. Ständig ging sie auf und wieder zu, eine Ärztin huschte heraus, ein Pfleger eilte hinein. Manchmal wurde nach Angehörigen von Patienten gefragt, allerdings erkundigte sich niemand nach denen von Sam.

»Es hätte nicht er sein dürfen«, flüsterte Blair plötzlich.

»Was?«, hakte Connor nach, im Glauben, er habe sich verhört.

Hatte er nicht.

Ruckartig wandte Blair uns das Gesicht zu, während ich feststellte, dass das Zittern in ihrer Stimme zu ihrem Blick passte. Glasig und leer, aber auch gleichzeitig voll von Tränen. Als die erste ihre Wange hinabrann und ihr makelloses Make-up mit schwarzen Wimperntuschestriemen durchzog, wischte sie sie nicht weg.

»Wieso hat er Krebs und nicht ich? Er hat das nicht verdient. Er ist das *gute* Kind, versteht ihr? Und das behaupte ich ohne einen einzigen Funken von Eifersucht. Es ist einfach die Wahrheit. Ich meine, er ist nicht nur ein guter Bruder oder ein guter Freund. Er ist ein guter Mensch. Der beste Mann, den ich kenne. Mit siebzehn – *mit siebzehn* – hat er zu mir gesagt, er fände es doof, dass er so groß ist, weil er kein Mädchen einschüchtern will. Ich meine, welcher siebzehnjährige Typ denkt so etwas?« Tränen über Tränen flossen Blairs Gesicht hinab, sammelten sich an ihrem

Kinn und trockneten in ihrem Ausschnitt. »Ich hätte es verdient, krank zu werden, und nicht …«

»Hör auf.«

Alle Härchen an meinen Armen stellten sich auf, als Connor Blair unterbrach. Es war gut, dass ich genau zwischen ihnen saß. Der Blick, den er Blair zuwarf, war intensiv auf eine Weise, die ich nicht beschreiben konnte.

»Hör sofort auf damit«, wiederholte er, während dieser Muskel in seinem Kiefer zuckte. Der Blair-Muskel, wie ich ihn nannte. Der, der nur zum Vorschein kam, wenn sie den besten Freund ihres Bruders fuchsteufelswild machte.

So wie jetzt.

Doch statt wie sonst zu antworten, schwieg sie. Dabei war alles an ihr laut, ohne Geräusche zu machen. Ihre riesigen Augen. Die schwarzen Tränen. Das Zittern, das ihren gesamten Körper durchfuhr. Letzteres blieb auch, als Sams Eltern die Station erreichten, Connor, Blair und sogar mich in den Arm nahmen.

Rosie zitterte genauso wie Blair, nur weniger auffällig, was vielleicht an ihrer übergroßen Bluse lag, die ihr Beben verschluckte. Doch als sie mich einen Tick zu fest gegen ihre Brust drückte, konnte ich es spüren.

»Was ist passiert?«, fragte Paul, und da war es auch: das Zittern in seiner Stimme.

Bilder schossen durch meinen Kopf. Das unkontrollierte Krampfen. Die blutigen Ellbogen. Wie blau Sams Lippen gewesen waren. Er in den Boxershorts, kurz nachdem wir Sex gehabt hatten, verflucht noch mal. *Emmie, sind Sie noch da?*

Ich dachte an die letzten eineinhalb Stunden, während Connor die nüchternen Fakten wiedergab.

»Okay.« Sams Dad nickte. »Dann warten wir wohl auf einen Arzt.«

Ehrlicherweise kann ich nicht sagen, wie lange wir genau warteten. Die Uhr tickte anders in Krankenhäusern. Ob vier Minuten oder vier Stunden vergangen waren, bevor eine blau gekleidete Chefärztin nach den Familienmitgliedern von Sam Alderidge fragte, kann ich nicht sagen. Aber ich weiß, dass wir alle aufsprangen, obwohl bloß Paul und Rosie auf die Ärztin zugingen. Sie unterhielten sich lange, wobei die blonde Frau sprach und Sams Eltern nur nickten und nickten und nickten und nickten.

Alles klar.

Ich hörte noch, wie die Chefärztin sich mit diesen Worten verabschiedete, bevor seine Eltern wieder auf uns zukamen.

»Er ist stabil«, flüsterte Paul mit einer Stimmlage, die so nach Sam klang.

Stabil.

Gut.

Das war gut, nicht wahr?

»Aber er schläft, deshalb können wir ihn momentan nicht besuchen. Sein Körper muss sich erholen. Das war ziemlich heftig für ihn. Sie gehen davon aus, dass der Krampfanfall Folge eines Wachstums ist. Morgen machen sie ein MRT, dann wissen wir mehr.« Paul zwang sich ein Lächeln auf die Lippen. »Ihr seht müde aus. Geht nach Hause. Wir halten hier die Stellung.«

Im ersten Moment protestierten wir, gaben jedoch auf, als Rosie erklärte, dass Sam wahrscheinlich erst morgen ansprechbar sein würde.

Wir konnten nichts tun.

Wir konnten nichts verhindern, nichts erbitten, nichts verändern.

Also verabschiedeten wir uns, verließen Rosie und Paul, bevor ich einen letzten Zug Desinfektionsmittelluft nahm und draußen bemerkte, dass der Mond schien.

Connor wollte mich fahren, ich schüttelte den Kopf.

»Ich muss laufen«, sagte ich. »Frische Luft. Den Kopf frei bekommen. Das wird mir guttun.«

Aber es war nicht gut, dass ich *Kopf frei bekommen* aussprach, weil es mich an Sam erinnerte. Surfer-Sam in Italien. Mit einem Mal verstand ich, wieso ich ihn täglich dort vorgefunden hatte.

Ich liebe meinen Körper.

Er hatte sich tatsächlich spüren wollen, sich und seinen Körper.

Noch einmal leben.

»Keine Chance«, sagte Connor. »Ich lasse dich nicht so allein durch die Gegend laufen, um diese Uhrzeit.«

Also fuhr er mich doch.

Zwanzig Minuten, in denen ich auf den Straßen beobachtete, wie Touris ihre Handys in die Höhe streckten, um London bei Nacht einzufangen. Vielleicht würden sie das Bild in ihre Storys laden, es mit ihren aktuellen Lieblingsliedern und den Worten *Frühsommer in London* versehen. Ich hasste es, dass sie so unbeschwert schienen, die Nacht und die Welt genossen, als wäre alles in bester Ordnung, wo es das doch offensichtlich nicht war.

Als wir mein Wohnheim erreichten, umarmte Connor mich sogar. Ich glaube, diese Umarmung dauerte ziemlich lange, sicher war ich mir nicht. Ich weiß nur, dass ich vor meinem Wohnheimkomplex anfing zu weinen, weil ich meinem Spiegelbild in einer verspiegelten Fensterscheibe begegnete. Ich sah aus wie Blair mit ihren schwarzen Wimperntuschetränen. Nur weniger schön, weil ich nicht nur weinte, sondern heulte. Mit Schnodder und verquollenen Augen. Dem Himmel sei Dank war ich allein, keine Kommilitonin oder Zimmernachbarin in Sicht.

Ein Teil von mir hoffte, dass Zoe einmal da wäre, ein anderer nicht. Sie war es nicht.

Nachdem ich die Wohnheimzimmertür hinter mir geschlossen hatte, überlegte ich, gleich wieder rauszugehen, diesmal aber mit meinen Laufschuhen, ganz egal, ob es bereits dunkel und gefährlich war, entschied mich jedoch dagegen. Stattdessen schmiss ich mich in mein Bett, starrte an die Decke und verhandelte in meinem Kopf mit dem Universum. Ich versprach ihm willkürliche Dinge für Sams Wunderheilung. Denn die Wahrheit war, dass ich alles für sein Leben gegeben hätte. Meine Karriere, meine Leidenschaft und mich selbst, wenn das bedeutete, dass er nicht sterben musste. Erst mit siebzig, mit sechzig, von mir aus auch mit fünfzig. Aber noch nicht jetzt.

Das Universum war jedoch ein ziemlich arroganter Verhandlungspartner, der mich mühelos ignorierte. Ich wusste, dass ich nichts tun konnte.

Zweite Runde Alternativtherapie hin oder her, Sam würde sterben.

Wirklich, wirklich sterben.

Einfach so.

49

Sam

THE LUCKY ONE

Am nächsten Tag bestätigte das MRT die Vermutungen. Der Tumor war gewachsen. Ich wollte nicht wissen, wie groß er war. Meine Eltern schon. Sollten sie doch. Ich verbot ihnen, mir Genaueres mitzuteilen, aber die Angst in ihren Augen schrie mir förmlich entgegen. Doch es war egal. Es war egal, wie groß und aggressiv er war.

Die Ärzte konnten nichts mehr für mich tun, außer die Dosis meiner Schmerzmittel zu erhöhen. Keine Operation, keine Chemo, keine Bestrahlung und auch keine zweite Runde der verfickten Alternativtherapie würde aufhalten können, wie der Krebs meinen gesamten Körper infiltrierte. Er würde in meine Wirbelsäule, in meine Knochen, in mein Nervensystem kriechen, wenn er dort nicht schon längst war. Er würde überall sein, bis *ich* schließlich nicht mehr sein würde.

Ziemlich beschissen. Aber eben auch nicht zu ändern.

»Hi, Germany«, sagte ich, sobald Emmie in mein Zimmer trat. »Nur damit du Bescheid weißt: Ich frage dich nie wieder, welche Limo du haben willst.«

»Idiot«, erwiderte sie lächelnd, maximal bemüht um einen lockeren Tonfall, doch ich sah die Tränen in ihren Augen trotzdem.

Ich blieb noch eine Nacht im Krankenhaus, dann konnte ich gehen. Dabei war es nur eine Frage der Zeit, wann ich zurückkehren würde.

Das wussten wir alle.

@londonstories

Blair Alderidge mit Fußballprofi Henry Hall gesichtet?
#blairsmeneatingera

Verlässliche Quellen haben uns gezwitschert, dass Blair Alderidge (23) mit Premier-League-Torjäger Henry Hall am Anbandeln ist. Aber seien wir mal ehrlich? Wer kann es ihr schon verübeln, der Chelsea-Stürmer ist wirklich ein Hottie! Wir hoffen nur, dass er sich nicht an Herzensbrecherin Blair verbrennt, wie so viele schon zuvor ☻ Dabei ist die Schauspielertochter nicht das einzige Familienmitglied, das in den letzten Tagen für Aufruhr gesorgt hat. Laut geheimen Insidern soll die gesamte Alderidge/Campwell-Familie im Parkside Hospital gesichtet worden sein. Wer genau wieso behandelt wurde, wissen wir leider nicht. Wir wünschen auf jeden Fall gute Besserung!

50

Emmie

FALSE GOD

> EMMIE!

Leah 🖤

> *Link gesendet*

Leah 🖤

> Unser Song-Teaser ist
> viral gegangen 😭

Leah🖤

> Ich heule 😭 😭 😭

Leah 🖤

> Und ich könnte jetzt auch sagen, dass mich
> fast alle Kommentare aufregen, weil entweder
> kommentiert wird, wie heiß Anton ist, oder
> gehofft wird, dass er und ich zusammen sind.

Leah🖤

> Aber es ist mir gerade
> wirklich egal.

Leah 💜

> Die Leute lieben den Song 😁

Leah 💜

> Das, was ich geschrieben habe 😁 😁 😁

Leah 💜

Leahs Nachrichten erreichten mich drei Tage nach Sams Krampfanfall, während ich mit ihm in seiner Küche saß. In der Küche, wo ich ihn gefunden hatte.

»Alles okay?«, fragte er sofort, doch es kam mir falsch vor.

Alles okay?

Das war eigentlich meine Frage, auch wenn ich die Antwort darauf kannte.

»Ja.« Ich lächelte schwach. »Leah hat mir nur gerade geschrieben, dass der Song-Teaser viral gegangen ist.«

»Krass.«

»Ja, richtig cool.«

Krass. Cool. Wir benutzten Füllwörter, bevor wir schwiegen. Als könnten wir damit der Wahrheit aus dem Weg gehen. Sam hatte heute seinen Termin wegen der Alternativtherapie gehabt, während ich sofort nach meinem Arbeitstag bei Connor's Clips ins West End gefahren war. Eigentlich hatte ich mich keine einzige Sekunde konzentrieren können, weil ich gedanklich nur bei Sam gewesen war.

Bei Sam und seinem Termin.

»Und?«, fragte ich deshalb, wobei er seine Hand instinktiv nach meiner ausstreckte. Anschließend verflocht er seine Finger so fest mit meinen, dass ich seinen Puls durch die Haut spürte.

»Ich …«, begann er, ohne zu Ende zu sprechen. Allerdings musste er das auch gar nicht. Sein Kopfschütteln reichte, dass ich nickte.

Ich verstand.

Ich war nicht überrascht.

Es war so, wie wir alle vermutet hatten.

Ich war darauf vorbereitet gewesen. Dennoch erwischte mich die Erkenntnis wie ein unsichtbarer Tsunami, in dem ich innerlich ertrank. Keine Ahnung, wie lange wir so da saßen. Sein Blick war glasig, meine Augen fühlten sich feucht an. Wir hörten nicht auf, uns an den Händen zu halten. So fest, es tat beinahe weh, aber nicht wirklich. Für mich schmerzte nichts mehr außer Sam.

Und später dann, wenn Sam mir erklären würde, was genau die Ärzte gesagt hatten. Wenn er von zwecklos, Lebenszeit und dem absehbaren Rest seines Lebens sprechen würde. *Der Rest seines Lebens.*

Wie bitter sich das anhörte. Dabei konnten die Ärzte natürlich keine genaue verbleibende Lebenszeitprognose stellen. All ihre Angaben waren schwammig. Vielleicht hatte er noch neun Wochen, vielleicht vier Monate. Niemand wusste es, und ich wusste nichts mehr. Doch genau dann würde es sich weiterhin genau so anfühlen: als würde ich ertrinken, nur um zu überleben und anschließend wieder zu ertrinken. Wieder und wieder und wieder.

~

»Sag mal«, begann Zoe zwei Tage später, als ich Wäsche zusammensuchte und gleich darauf wieder zu Sam fahren würde. »Gehst du jetzt eigentlich auf das Shoreditch Film Festival?«

Meine Mitbewohnerin saß auf ihrem Bett, den Laptop auf ihrem Schoß. Ein seltener Anblick: Zoe in ihrem eigenen Bett. Vorhin hatte sie mir erklärt, dass Finlay momentan an einer Hausarbeit verzweifelte. Sie hingegen war gerade an der Bearbeitung eines Schwarz-Weiß-Kurzfilms, doch hielt mitten im Schneiden inne. So als hätte sie sich ganz plötzlich an die Plakate des Filmfestivals erinnert, die in den Glaskästen unseres Campus hingen. Mit Maisies Namen. Und meinem. In zwei Wochen würde es stattfinden.

»Keine Ahnung«, flüsterte ich. »Wahrscheinlich nicht.«

Mitfühlend beäugte meine Mitbewohnerin mich. So als sähe sie mir den gesamten Schmerz im Gesicht an, den ich wegen des Betrugs von Maisie fühlen musste. Irgendwo in mir tat die Erinnerung daran weiterhin weh. Doch dieser Schmerz war nichts verglichen mit der verzweifelten Hilflosigkeit, die ich aufgrund Sams Krankheit verspürte.

Rein. Gar. Nichts.

»Emmie?« Mit einem Mal drang Zoes Stimme wieder in mein Bewusstsein. »Hast du mir zugehört?«

Nein. Hatte ich nicht. Seit Sams Krampfanfall rauschte die Welt nur so an mir vorbei.

»Sorry.« Heiser räusperte ich mich. »Was hast du gesagt?«

»Kein Problem.« Zoe hatte so viel Maisie-Mitleid mit mir, dass sie mir meine Fahrigkeit nie übel nahm. »Ich meinte nur, dass ich es wirklich schade fände, wenn du nur wegen dieser ... etwas komplizierten Lage zwischen euch auf deine erste Filmfestivaleinladung verzichten würdest. BOYS DON'T CRY wird so oder so auf dem Gelände laufen. Das kannst du nicht mehr verhindern. Wieso dann nicht da sein und stolz auf das sein, was du zum Teil kreiert hast?«

Ich wollte antworten, wirklich, doch mir saß ein Kloß im Hals. Als mein Handy daraufhin aufblinkte, war es wie die willkommene Ablenkung. Sam hatte mir geschrieben. Bestimmt fragte er, wann ich heute Abend vorbeikommen würde. Doch ehe ich danach greifen konnte, wackelte Zoe mit den Brauen.

»Lass mich raten«, sagte sie und stimmte einen lockeren Tonfall an. »Dein Freund hat schon wieder Sehnsucht nach dir?«

Mein Freund war für sie Sam. Und Sam war für sie dieser Filmemacher, der es geschafft hatte, der von uns an der FSOL bewundert und begehrt wurde. Sie hatte keine Ahnung, dass er derjenige war, der wirklich bemitleidenswert war. Dass er krank war, dass er Krebs hatte, dass er bald sterben würde.

Ich atmete. Spürte, wie die Luft meine Lunge flutete, doch hatte weiterhin das Gefühl, da wäre nur Wasser. Nur unendliches Blau und Traurigkeit und Sam, der unendlich sterblich war.

51

Emmie

IF THIS WAS A MOVIE

Sie rollte denselben Koffer neben sich her, mit dem sie mich alle drei Mal bisher besucht hatte.

Er war dunkelblau und mit Aufklebern aller Städte beklebt, die wir uns mit achtzehn ausgemalt hatten zu bereisen. Ich winkte ihr zu, während die elektronische Flughafenstimme die Besucher daran erinnerte, ihr Gepäck nie unbeaufsichtigt stehen zu lassen. Leah wiederum erkannte mich nicht sofort. Kurz schweifte ihr Blick suchend durch die Ankunftshalle, bis sie mich plötzlich in der Menge bemerkte und mit strahlendem Gesicht auf mich zukam.

»Emmie!«, begrüßte sie mich und fiel mir um den Hals.

Ich schloss die Augen und war mir sicher, dass es nur wenige Dinge gab, die sich besser anfühlten als die Umarmung einer Kindheitsfreundin, die immer noch eine Freundin war. Automatisch presste ich sie enger an meine Brust und sog dabei ihren typischen Geruch ein. Ihre Haare waren kürzer, und vielleicht verpasste ihr die Frisur tatsächlich einen neuen Look, doch sonst war alles gleich. Sie selbst roch noch nach ihrem liebsten Shampoo und dem Parfüm, das sie mit siebzehn entdeckt hatte, nachdem sie sich nur Douglas-Gutscheine zu Weihnachten gewünscht hatte.

»Puuh«, machte sie und fächerte sich dabei Luft ins Gesicht, nachdem sie sich von mir gelöst hatte. »Dieser Kaputte-Klimaanlagen-Fluch verfolgt mich einfach. Die Klimaanlage hat schon wieder nicht funktioniert.

Jedes Mal wenn ich mich in ein Flugzeug setze und es draußen mehr als zweiundzwanzig Grad hat, geht dieses Scheißteil nicht.«

»Jepp.« Ich lachte. »Das ist definitiv ein Fluch.«

Anschließend hakte Leah sich wie selbstverständlich bei mir unter, während ich uns Richtung Tube führte. Meine beste Freundin hatte diesen Flug spontan gebucht. Kurz nachdem ich ihr letzte Woche verkündet hatte, dass ich überlegte, doch zu dem Filmfestival zu gehen. Nicht weil ich mich mit Maisie versöhnt hatte – was ich offensichtlich nicht hatte –, aber … weil es meine erste Filmfestivaleinladung war. Für das krasse Shoreditch Film Festival. In London. Sam hatte gesagt, dass er verstehen würde, wenn ich nicht gehen wollte. Andererseits hatte er ebenfalls angemerkt, dass ich es vielleicht bereuen könnte, wenn ich nicht auftauchen würde. So wie Zoe. Sogar Connor. Und auch Leah.

Scheiß auf Maisie, hatte sie gesagt. *Es ist auch dein Film, und du bist eingeladen. Du musst gehen.*

Zwei Wochen später hatte sie sich an diesem Freitagmittag in einen zu warmen Flieger in Richtung Heathrow gesetzt, um mich zu unterstützen. Immerhin war die Tour mit ELIAS nun beendet. Die Festivalsaison hatte begonnen, und nächsten Monat würde sie ebenfalls auf einigen auftreten. Zwar auf kleineren Bühnen, vor denen das Publikum, wenn überhaupt, die Zeilen zu dem Song mitsingen würde, den sie mit ELIAS rausgebracht hatte, aber Leah war trotzdem ganz aus dem Häuschen, und das zu Recht.

»Danke, dass du gekommen bist«, sagte ich, während wir uns zwei Sitzplätze in der Elizabeth Line sicherten.

»Natürlich. Ich meine, meine beste Freundin ist zu ihrem ersten Filmfestival eingeladen und hat einen neuen britischen Freund, diesmal einen guten. Das lass ich mir doch nicht entgehen.« Sie schluckte. »Wie … wie geht's ihm?«

»Den Umständen entsprechend ganz gut, schätze ich?«

Sein Krampfanfall war knapp drei Wochen her. Sams äußerlicher Zustand war unverändert. Manchmal wenn wir sonntags am Themseufer spazieren gingen und er meine Hand nahm, wünschte ich, ich könnte ihn mit einer richtigen Kamera filmen. Jeden Moment festhalten, weil mir dämmerte, dass mein Gehirn keine gute Datenbank sein könnte. Dass Momente hinter meiner Stirn irgendwann verblassen könnten, bis sie nur noch unscharf zu sehen waren.

Ich wollte nicht über ihn reden, nicht kurz nach Leahs Ankunft, nachdem wir uns zum letzten Mal im Januar gesehen hatten. Stattdessen wollte ich unbeschwert mit ihr ins Hotel fahren, wenig später eine große Quattro Formaggi bei Pizza East in Shoreditch bestellen und Sams Nachricht beantworten, wenn meine Freundin sich auf die Toilette entschuldigte. Als wären wir ein ganz normales nerviges Paar, das sich vermisste, wenn es keinen Abend gemeinsam verbrachte.

Viel Spaß! 🎉

Samson Alderidge

Danke 💜

Ich

💜💜💜

Samson Alderidge

Ich wollte Leah dabei zuhören, wie sie davon erzählte, dass sie für ELIAS natürlich nur Support gespielt hatte und ihr während ihres eigenen Sets nie wirklich viele Handylichter entgegengestrahlt wurden, aber sie zum ersten Mal das Gefühl gehabt hatte, ihre Songs hätten vereinzelte Menschen im Publikum berührt. Dass sie es hatte sehen können und nicht abwarten konnte, noch mehr davon zu sehen.

»Ich glaube, es wird langsam wirklich, Emmie«, flüsterte sie.

Sie spielte mir Snippets ihrer neuen Songs vor und erzählte davon, dass sie unseren Fiesling-Mathelehrer während ihres Heimatbesuchs beim Einkaufen gesehen hatte. Sie berichtete mir von dieser Meditations-App, die sie begeisterte. Von den Büchern, die sie gelesen hatte. *LOVE* von Tess Raabe und *JETZT* von Gregor Beck. Ich wollte mit meiner besten Freundin diese Bar in Covent Garden besuchen und einen Zwölf-Pfund-Cocktail ordern. Aufgeregt nicken, während Dua Lipa aus den Lautsprechern dröhnte und Leah mich fragte, ob ich nervös wegen morgen sei. Ich wollte lachen und tanzen und dreiundzwanzig und verliebt und glücklich sein.

Und das war ich auch. Ich erlebte all das.

Aber kurz nachdem wir gegen zwei Uhr morgens in Leahs Hotelzimmer stolperten und dabei hofften, der Rezeptionist würde sich nicht daran erinnern, dass sie eigentlich in ein Einzelzimmer eingecheckt hatte, klappte ich zusammen. Dafür reichte eine Frage meiner Freundin.

»Wie geht's dir wirklich?«

Und mir ging's beschissen, wirklich.

»Die Ärzte haben ihm bis Oktober gegeben, Leah. Aber diese Prognosen sind ungenau. Was ist, wenn er eigentlich nur zwei Monate hat? Oder einen? Was ist, wenn ich nur noch Wochen mit ihm habe? Wie … wie soll ich das schaffen?«

Meine Freundin sagte mir nicht, dass ich das vorher gewusst hatte. Dass ich mich nicht hätte in ihn verlieben dürfen. In ihrem Zimmer streichelte sie mir bloß über den Rücken und hörte zu. Hörte zu, bis ich weinte und dann schwieg und irgendwann müde wurde.

»Oh, Emmie«, flüsterte sie noch, bevor alles in Dunkelheit versank.

Oh, Sam, dachte ich.

52

Emmie

CLEAN

Das Shoreditch Film Festival fand an diesem Samstag im Rich Mix stand. Es war ein warmer Julitag, so heiß, dass ich selbst unter meinem luftigen Kleid schwitzte. Das Gebäude erkannten Leah und ich sofort, als wir gegen sechzehn Uhr in die Bethnal Green Road einbogen. Die moderne Architektur, die bunte Fassade. Es war auffällig, ich jedoch sah nur Sam, der mit Connor bereits vor der Eingangstür stand. Sie waren nicht die einzigen Personen, die vor dem Rich Mix standen.

Trotzdem war da nur er für mich.

Er, so präsent und wunderschön, von außen völlig perfekt, von innen drin völlig kaputt.

»Das ist er, nicht wahr?«, flüsterte Leah und deutete mit einer vagen Kopfbewegung in die entsprechende Richtung.

Ich nickte, bevor ich sie keine Minute später mit ihnen bekannt machte.

»Sam«, sagte Sam mit seiner tiefen Stimme und jagte mir dabei einen wohligen Schauder über den Rücken. Die Wirkung seiner Stimme wurde nicht alt, auch nach Monaten nicht. Auch nicht nach den unzähligen Malen, die er nicht seinen, sondern mir meinen eigenen Namen in der Dunkelheit ins Ohr geflüstert hatte, seine Hände dabei überall auf meiner nackten Haut.

Connor hingegen zog Leah mit seinem typischen Strahlen in seinen Bann. Es gab niemanden, der ihn nicht leiden konnte. Außer natürlich

Blair, die genau in dem Augenblick zu uns stieß, in dem wir das Lokal betreten wollten.

»Leah, richtig?« Sie lächelte meine beste Freundin ehrlich an. »Es freut mich so, dich kennenzulernen. Emmie hat schon so viel von dir erzählt.« In den nächsten Minuten quetschte Blair meine Freundin über ihre letzten Wochen auf Tour aus, während wir das Innere betraten. Sam dicht neben mir, seine Hand manchmal auf meinem unteren Rücken, meine Augen nur auf seinem Gesicht. Obwohl wir uns auf einem verfluchten Filmfestival befanden, mit drei Kinosälen, in denen nominierte Indie-Produktionen, Kurzfilme und Dokumentationen gezeigt wurden. Das Foyer wimmelte von gespannten Besuchern, Branchenleuten und Filmemachern. Ich erkannte sogar einige meiner Kommilitonen, doch nicht Zoe. Eigentlich hatte sie mit Finlay kommen wollen, lag jedoch wegen Regelschmerzen flach. *Es tut mir so, so, so leid*, hatte sie geschrieben. Die Räume waren klein und intim, perfekt für die Q&A-Sessions, die nach einigen Vorführungen mit den Regisseuren und Regisseurinnen angeboten wurden.

Zu Maisies und meinem Film würde es die nicht geben.

Zumindest war sie nicht in dem Programmheft vermerkt, durch das wir uns im Foyer blätterten. Dafür erkannte ich dort tatsächlich ihren und meinen Namen, den Titel unseres Films und sogar ein verfluchtes Poster, das sie eingereicht haben musste. Ein ausdrucksstarkes Porträt unseres Schauspielers, dann der Filmtitel in fetten Druckbuchstaben. Schlicht, prägnant, direkt in die Fresse. So, wie es sich angefühlt hatte, zu erfahren, dass Maisie die Einladung ohne meine Zustimmung angenommen hatte.

»Hast du sie schon gesehen?«, fragte Leah mich flüsternd, als wir uns als Gruppe dafür entschieden, den zweiten Saal anzusteuern und uns dort dieses avantgardistische Kammerspiel einer Regisseurin anzusehen.

Ich schluckte den Kloß in meinem Hals hinunter. »Nein«, flüsterte ich.

Ein Teil von mir hoffte, Maisie würde gar nicht da sein. Als hätte sie die Einladung vergessen, selbst wenn sie sie angenommen hatte. Allerdings wurde dieser Part von mir bitter enttäuscht, als wir um kurz vor sechs Kinosaal III ansteuerten. Jenen, in dem die Kurzfilme gezeigt wurden. Jenen, in dem gleich unvermeidbar BOY'S DON'T CRY laufen würde.

»Aufgeregt?«, wollte Sam wissen.

Ich deutete ironisch einen minimalen Abstand zwischen Daumen und Zeigefinger an. »Nur ein bisschen.«

Am liebsten hätte ich mir meinen Film gar nicht angesehen. Nicht weil er mich an Maisie und Maisie mich an Ethan und Ethan mich wiederum daran erinnerte, dass ich für ihn nicht gut genug gewesen war. Einfach weil es mein Film war und ich noch nicht gelernt hatte, stolz auf das zu sein, was ich kreierte. Immerhin hatte ich ständig das Gefühl, ich hätte das Skript noch besser machen oder aus einer Szene noch mehr herausholen können. Vielleicht fühlte ich mich nie gut genug, weil mir selbst nie etwas gut genug war, wenn ich es erschuf.

Trotzdem würde ich mir diesen Film jetzt anschauen. Alle waren hier, ich war hier, ich hatte mich getraut. Scheiß auf meine Zweifel, selbst wenn sie nicht verschwinden würden.

»Mist«, flüsterte Leah, nachdem wir uns auf fünf Plätzen in der dritten Reihe niedergelassen hatten. »Schau jetzt bloß nicht so auffällig nach links, aber …«

Aber ich hörte meiner besten Freundin nicht mehr zu, denn natürlich schweifte mein Blick instinktiv in die besagte Richtung. Dort beobachtete ich, wie Maisie und Ben, Ethan und Charlotte den Raum betraten. Als wären sie auf einem weiteren verfluchten Double Date. Wahrscheinlich trafen sie sich ständig zu viert, genossen ihre hellen Leben als frisch verliebte Paare. Als hätten sie nie etwas Schlimmes angestellt. Als hätte Ethan mich nie verarscht und Maisie mir mit ihrem Verrat nicht das Herz gebrochen. Mit einem Kloß im Hals beobachtete ich, wie Ethan Charlotte die Hand auf den unteren Rücken legte. So bestimmt und zärtlich zugleich. Ich fühlte nichts. Nicht weil ich so viel fühlte, dass es mich taub machte. Es berührte mich nicht, dass er eine andere berührte. In mir schnürte sich bloß alles zu, weil Maisie meinen Blick in der Luft kreuzte. Sie schluckte, selbst aus der Entfernung konnte ich es ausmachen. Genauso, wie sie die Stirn runzelte, als sie erkannte, wessen Hand auf meinem Knie lag.

Samson fucking Alderidge?

Doch sie sprach die Worte nicht aus. Sie kam nicht auf mich zu. Sie erklärte nicht, wieso sie ohne meine Zustimmung zugesagt hatte. Sie erklärte nicht, wieso sie mich so verraten hatte. Natürlich nicht. Schweigend folgte sie bloß Ben zu den Plätzen in der ersten Reihe, die Ethan und Charlotte angesteuert hatten. Kurz bevor die Tür geschlossen wurde und die Beleuchtung erlosch, kurz bevor die Worte über die Lautsprecher ertönten, die ich in einem gefühlt anderen Leben in die Tasten gehauen hatte, drehte Maisie sich bloß ein einziges Mal nach mir um.

~

BOYS DON'T CRY besaß eine Spiellänge von vierzehn Minuten und fünfunddreißig Sekunden. Nach der Postproduktion hatte ich mir diese knappe Viertelstunde wieder und wieder und wieder angesehen. Niemals hatte Letztere sich so lang und zäh angefühlt wie jetzt. Dabei blinzelte ich starr gegen die Leinwand an und hoffte, dass das Publikum den Film nicht ganz so scheiße fand.

»Emmie«, sagte Leah, als die Tür wieder geöffnet wurde, die alten Zuschauer hinaus- und neue für den nächsten Film hereinstürmten. »Das war großartig.«

»Absolut«, pflichtete Blair ihr bei.

»Danke, Leute«, flüsterte ich, während Sam mich so stolz anlächelte, als wäre es ein Verbrechen, wenn ich es nicht auf mich selbst sein könnte. Anschließend sah ich in Richtung erster Reihe, wo Maisie und Ethan inklusive ihrer Entourage schon verschwunden waren. Kurz darauf erhoben wir uns ebenfalls und gingen in Richtung Bar. Ich allerdings entschuldigte mich auf die Toilette, Leah begleitete mich. Wir quetschten uns an den vielen Besuchern in Richtung der Waschräume entlang, bevor ich wenig später zuerst fertig war und mir gerade die gewaschenen Hände mit einem Papierhandtuch abtrocknete, als Maisie plötzlich aus einer der Kabinen kam. Der Blick, den ich in ihrem Gesicht erkannte, raubte mir den Atem. Ihre Augen waren so glasig, als hätte sie gerade geweint. Die roten Äderchen darin waren fast so rot wie ihre Haare. Aber wieso? Ein Teil von mir wollte verschwinden. Offensichtlich ging es Maisie nicht gut. Und auch wenn ich sie zur Hölle jagen wollte, waren das nur Gedanken. Nicht mein wirklicher Wunsch. Ich konnte gar nicht so böse sein, dass die Wut mich vollkommen infiltrierte und ich nur noch rotsah. Trotzdem wusste ich, dass ich sie ignorieren sollte.

Ignorier Maisie. Ignorier Maisie. Ignorier ...

»Ist alles okay?«, fragte ich trotzdem sofort, weil ich nicht anders konnte. Vielleicht war ich zu nett und zu naiv und zu gutmütig.

Maisie schüttelte den Kopf. »Emmie, du musst nicht ...«

Maisie kam nicht weiter, weil plötzlich Leahs Stimme hinter mir auf Deutsch erklang.

»Was machen wir eigentlich heute Abend mit dem ...«

Allerdings verstummte sie auch, als sie bemerkte, neben wem ich am Waschbecken stand. Sie musste diese seltsame Anspannung zwischen Maisie und mir spüren, denn sie wusch sich bloß schnell die Hände, bevor sie meinte, sie würde an der Bar mit den anderen auf mich warten. Ich beobachtete, wie die Tür hinter meiner besten Freundin zufiel. Erst dann drehte ich mich wieder Maisie zu, die sich eine ihrer roten Haarsträhnen hinter das Ohr klemmte.

»Ist irgendetwas passiert?«, fragte ich leise.

»Nein.«

Ich hob die Brauen. »Du hast deinen besten Ben-hat-mich-schon-wieder-verletzt-und-eigentlich-brauche-ich-gerade-meine-traurigste-Liebeskummer-Playlist-Blick drauf.«

Maisie seufzte. »Er hat nur einen dummen Kommentar gemacht. Nichts Wildes.«

»Okay«, flüsterte ich, während sie sich die Hände einseifte. Jetzt wäre der perfekte Moment gewesen, um zu verschwinden. Ich hatte Maisie nichts mehr zu sagen, dabei hatte ich doch noch so viele Fragen. Mein Blick lag auf unseren Spiegelbildern. Wir standen nah nebeneinander, dabei würden wir uns nie wieder nahestehen. Dann stolperten die Worte einfach aus meinem Mund.

»Wieso hast du die Einladung ohne mein Einverständnis angenommen?«

Kurz riss sie die Augen schockiert auf. So als hätte sie nicht damit gerechnet, dass ich diese Frage laut stellte. Weil ich doch sonst nur alles in mich hineinfraß. Hinter der Kamera stand und keine Aufmerksamkeit auf mich lenkte. »Willst du wirklich nicht noch einen Take?« fragte, wenn ich gemeinsam mit einem Kommilitonen an einem Projekt drehte und die Szenen, die wir bis jetzt hatten, für die Tonne fand, er aber begeistert war. Weil ich alles erreichen wollte, aber mich viel zu wenig traute. Weil ich darum trauerte, immer nur die zweite Wahl zu sein, aber nicht mal den Mut hatte, mich selbst zuerst zu wählen.

Doch in diesem Moment wagte ich es. Ich stand für mich ein.

»Sorry«, flüsterte Maisie. »Ich konnte nicht anders. Es ist ein Filmfestival in London. Wir hätten es bereut, hätten wir die Einladung nicht angenommen, weil …«

Sie beendete den Satz nicht. Vor drei Monaten hätte ich sie davonkommen lassen.

Heute nicht.

»Weil du wusstest, dass Ethan mich betrügt, und es mir einfach nicht gesagt hast?«

Während ich auf sie einredete, wurden ihre Augen noch glasiger. Dann umarmte sie sich selbst und sah überall in diesem Waschraum hin, nur nicht in mein Gesicht.

»Ich wollte dir wirklich nicht wehtun«, sagte sie.

»Hast du aber.« Höchstwahrscheinlich klang ich so verletzt, wie ich mich fühlte. Auch das war mir egal.

Einmal für mich einstehen.

»Ich wollte das alles nicht *so*. Das musst du mir glauben, aber … ich bin einfach in Ben verliebt.«

Tränen quollen aus ihren Augen hervor, während ich schwieg. Da war so viel, was ich sagen wollte.

Ben ist ein Arschloch. Er hat dich nicht verdient. Er war nie in dich verliebt. Wie konnte es dir mehr bedeuten, dass er nicht sauer auf dich ist, anstatt mir eine gute Freundin zu sein? Denn das waren wir doch: Freundinnen.

Allerdings sagte ich nichts davon.

»Das tut mir leid«, erwiderte ich bloß fest, und kurz bevor ich ihr den Rücken zukehrte, zuckten meine Finger reflexartig. Ich wollte Maisie in den Arm nehmen, ihr über den Rücken streichen und versichern, dass alles in Ordnung kommen würde. Gleichzeitig war da jedoch ein anderer Teil von mir, der sie anschreien und schütteln wollte. Der wütend war, weil ihr größtes Problem darin bestand, dass sie sich in einen prätentiösen Fuckboy verliebt hatte, der an der Krankheit namens Unentschiedenheit litt, die den Großteil der Männer in unserem Alter überfiel. Ich war wütend, weil Sam *wirklich* krank war und ich mir nachts nicht die Seele aus dem Leib weinte, weil er ganz spontan beschlossen hatte, mich nicht mehr vögeln zu wollen, sondern weil er sterben würde. Ich …

»Mir tut es auch leid.«

Maisies Stimme durchschnitt meine Gedanken, während ich schluckte. Ich glaubte ihr. Sie war kein schrecklicher Mensch. Sie hatte ein Gewissen, aber vielleicht war sie nur zur falschen Zeit schrecklich verliebt gewesen.

»Ich verzeihe dir«, sagte ich leise, aber da war ein Riss.

Maisie lächelte so, als wüsste sie das.

»Dann …« Ich lächelte irgendwie zurück. »Bis dann?«

Maisie nickte, bevor ich mich umdrehte. Trotz allem hoffte ich, sie würde mich aufhalten. Sich besser erklären und besser entschuldigen. Mir Gründe nennen, die den Riss zwischen uns wieder kitten konnten.

Doch das tat sie nicht.

Sie hatte sich entschieden, sie hatte es verkackt. Höchstwahrscheinlich hätte sie selbst auch nicht mehr mit mir befreundet sein können, wären die Rollen vertauscht. Maisie ließ mich undramatisch aus diesem Waschraum gehen, und es fühlte sich wie ein Ende an. Dabei war uns beiden bewusst, dass wir uns weiterhin auf dem Campus begegnen würden, auf unserer Abschlussfeier, vielleicht sogar in der Londoner Filmwelt, wenn ich nach meinem Abschluss hierbleiben würde.

Das hier war das wahre Leben. Es ging einfach immer weiter, ohne dass ein Abspann lief.

Als ich hinaustrat, erkannte ich Ethan sogar in der Menge. Glücklich und lachend mit Charlotte. Ein Teil von mir fragte sich, ob ich eine derartige Aussprache ebenfalls mit ihm benötigte. Doch was hatte ich ihm schon zu sagen?

Rein gar nichts.

Wieso sollte ich meine Zeit überhaupt mit ihm verschwenden? Ich wollte das nicht.

»Alles okay?«, fragte Leah, sobald ich wieder zur Gruppe stieß.

Ich nickte, während Sam mich neugierig beäugte. Ich würde es ihm nachher erklären. Und später dann, als wir das Filmfestival verließen und uns in eine der vollgepackten Bars an der High Street setzten, war ich so froh, dass noch kein Abspann lief. Schließlich hätte ich sonst nie mit diesen Menschen an einem Tisch gesessen. Mit meiner besten Freundin aus Deutschland und Kindheitstagen, die diesmal tatsächlich kurz vor dem Absprung in ihrer Karriere stehen könnte. Mit Connor, der mit dem Praktikumsplatz mein Studium gerettet hatte. Mit Blair, die mir unwiderruflich ans Herz gewachsen war. Und mit Sam, der alles für mich war.

»Auf Emmie!«, sagte Leah während unserer zweiten Runde, bevor wir anstießen. Leah, Blair und ich mit Cocktails, Connor mit seiner Cola und Sam mit seiner Lieblingslimo, heute in der Limettengeschmacksrichtung. Wir nippten an unseren Drinks, bevor wir sie zurück auf die Tischplatte stellten und …

»Fuck«, sagte Sam lachend, weil ihm die Flasche dabei irgendwie aus der Hand rutschte. Es waren nur Scherben und die Limo, die sich auf dem Boden in einer Lache ausbreitete. Ein Missgeschick. Keine große Sache. Doch während Blair ihrem Bruder den Serviettenständer hinhielt, sah ich Sam auf dem Boden. Krampfend, zwischen genau denselben Scherben.

Ich schluckte, konnte nichts dafür, dass der Tsunami in mir aufstieg.

Später bat Blair die Servicekraft, ein Gruppenfoto von uns fünfen zu schießen. In Sams Wohnung stolperten er und ich gegen ein Uhr. Leah textete mir, dass sie gut im Hotel angekommen sei, während Blair mir besagtes Foto im selben Moment schickte. Und ich sah es mir fünf Minuten lang einfach nur in seinem Bett an, während er schon längst neben mir schlief. So wie immer. Wenn ich jetzt einen Film anstellte, hatte er die Augen bereits geschlossen.

Sam, Blair, Connor, Leah und ich an dem Abend, an dem zum ersten Mal ein Film von mir auf einem Festival gespielt wurde. Unsere Gesichter, wie sie alle strahlten, wegen des Sommers und der Hitze. Wie lebendig wir aussahen. So als könnte uns rein gar nichts *wirklich* Schlechtes passieren, außer vielleicht die ganz alltäglichen Probleme des In-seinen-Zwanzigern-Seins. Verlassen werden. Ein Vorstellungsgespräch versemmeln. Die Erwartungen seiner Eltern nicht erfüllen. Zu oft prokrastinieren und nur zweimal in der Woche sein tägliches Schrittziel erreichen.

Ich sah mir das Foto so lange an, bis ich den Tsunami nun vollends in mir rumoren spürte.

53

Sam

THE WAY I LOVED YOU

Seit dem Filmfestival waren zwei Wochen vergangen. Emmie und ich hatten jede freie Minute miteinander verbracht, während ich vor niemandem zugeben wollte, dass meine Kopfschmerzen heftiger wurden.

Der Krebs ist bald überall.

Ich wusste, dass das stimmte, allerdings wusste ich auch, dass ich nicht daran denken wollte.

Insbesondere dann nicht, als Emmie Mitte Juli mit einer ausgeliehenen Kamera in meinem Wohnzimmer nervös von einem Fuß auf den anderen trat.

»Und du bist dir wirklich sicher?«

»Wieso fragst du das dauernd?« Ich lächelte. »Ich meine, was soll schon passieren?«

»Na ja, keine Ahnung. Es könnte peinlich für dich sein.«

»Frauen werden dauernd so gefilmt, wie du bestimmt analytisch und professionell in diesem Film aufzeigen wirst.«

»Schon …«

»Aber?«

»Ich will dich wirklich nicht ausnutzen. Außerdem drehen wir in deiner Wohnung. Ich möchte nicht, dass dir das zu privat ist.«

»Hör auf, Emmie. Ich hab das selbst angeboten. Lass mich dir helfen.«

Einen langen Moment zögerte sie noch. Dann nickte sie schließlich.

»Okay«, flüsterte sie, bevor sie mir ein weiteres Mal erklärte, dass sie mehrere Szenen ausprobieren müsste. Wahrscheinlich sogar zu viele, aber im Schnitt und in der Bearbeitung gucken würde, wie was am besten passte.

Zuerst filmte sie mich in meiner Küche von hinten und dann meine angespannten Armmuskeln von der Seite. Sie filmte mich beim Gehen durch meine Wohnung. Im Sitzen auf der Couch und in meinem Bett, wobei sie wollte, dass ich meine Beine dabei extraweit spreizte. Wir begannen harmlos. Beinahe unschuldig, hätte sie den Fokus nicht immer auf meine Körperteile gelenkt. Auf meinen Hintern. Auf meinen Rücken. Auf meine Schultern. Auf meine Arme. Auf all meine Muskeln, auf meine Statur und Größe. Auf meinen Körper, als würde ich nur darauf reduziert werden, was ja der Sinn der gesamten Sache war.

Nach den Posen im Sitzen ließ Emmie die Kamera unsicher sinken.

»Ähm, ich glaube, es wäre vielleicht gut, wenn du dich jetzt ausziehen könntest? Also nicht ganz, vielleicht erst mal nur den Hoodie?«

Ich machte mich gerade an den Saum meines Pullovers, da stoppte sie mich mit einer Handbewegung.

»Das sollte ich auch filmen. Sicher ist sicher.«

Emmie betätigte den Knopf für die Kamera, ehe sie die Linse auf meine Finger fokussierte, mit denen ich mir das Shirt von den Schultern zerrte. Plötzlich lag der Fokus nicht mehr auf meinem Rücken oder Hintern. Wir filmten ähnliche Szenen, mit dem Unterschied, dass die Nahaufnahmen diesmal ausschließlich meinem Oberkörper galten. Meinen Brustmuskeln, meinem Bauch, dem leichten V oberhalb meiner Boxershorts.

Das war … anders.

Nicht unschuldig.

So verdammt nicht unschuldig, dass Gänsehaut meinen Oberkörper überzog, als ich auf meinem Bett lag und Emmie mit zur Seite geneigtem Kopf zwischen meinen Beinen stand.

»Kannst du vielleicht den einen Ellbogen unter deinen Kopf legen?«

Ich tat, was sie sagte. Beim Filmen fokussierte sie nie mein Gesicht. Das war gut. Immerhin hätte sie in dem Fall im Bild gehabt, dass ich nicht aufhören konnte, sie anzusehen. Wie ein völlig verliebter Idiot. Es stimmte. Eigentlich konnte ich nie aufhören, Emmie anzusehen. Insbesondere jetzt nicht. Emmie in Jeans mit weit geschnittenen Beinen und dem dünnen Pullover. Wie ihr dunkler Pony manchmal das Kameragehäuse berührte, wenn sie die Canon dicht an ihr Gesicht presste. Sie war so schön. Sie war alles für mich.

»Okay«, sagte sie, immer noch über mir aufragend. »Wäre es in Ordnung für dich, wenn du auch deine Jeans ausziehst? Ich verspreche dir, ich frage dich auch nicht, ob du noch deine Boxershorts ablegen kannst.«

»Nur weil du es bist«, erwiderte ich spielerisch.

Immer noch im Stehen hielt sie fest, wie ich mich im Liegen an meinen Hosenstall machte. An dem klickenden Kamerageräusch machte ich aus, dass sie dabei heranzoomte. Womöglich fiel ihr auf, wie meine Finger zitterten. Nicht wegen der Kamera, nur ihretwegen.

Immer nur wegen Emmie.

Mein Hosenstall war offen, meine Boxershorts kamen zum Vorschein. Automatisch spürte ich, wie alles Blut in meine Lendengegend sackte. Dabei hätte es sich doch eigentlich seltsam anfühlen müssen, wie Emmie den Fokus auf meine hautengen Boxershorts lenkte. Ich hätte mich unwohl fühlen müssen. Sexualisiert auf die unangenehmste Weise.

Aber es war für Emmie.

Für mich war es deshalb heiß. Erregend, als sie sich auf die Knie sinken ließ und meinen Oberkörper bis hin zu meinem Schritt von dieser Position aus filmte. Mir wurde wärmer. Ich spürte, wie meine Wangen brannten, wusste, dass sie gerötet sein mussten.

Als sie mit dieser Aufnahme fertig war, ließ sie die Kamera langsam vor ihrem Gesicht sinken. Nervös lächelte sie mir dann zu, wobei sie sich eine ihrer dunklen Strähnen hinter das Ohr schob.

»Das ist schon etwas komisch, oder?«

Komisch.

Das wäre nicht meine Wortwahl gewesen.

»Stell dir vor, du müsstest das mit einem Fremden machen«, erwiderte ich, wobei meine Stimme zu kratzig klang. Ein bisschen so wie bei CherrySounds. Maximal rau und verdammt noch mal erregt.

»Das wäre die Hölle.«

»Wie gut, dass ich mich angeboten habe.«

Ich lächelte ihr zu, sie lächelte zurück. Dabei spürte ich, dass sie mir absichtlich nur ins Gesicht sah. Nicht auf meinen Körper. Nicht auf meine dunklen Boxershorts, unter denen sich mein Ständer abzeichnete. *Fuck.*

Doch Emmie war noch nicht fertig. Die Bettszenen reichten ihr nicht. Wir zogen um in die Küche, wo ich mich gegen die Theke lehnen sollte und sie von Weitem festhielt, wie ich die Arme vor meiner Brust verschränkte.

Ehrlicherweise hatte ich keine Ahnung, wie lange genau sie Aufnahmen von mir machte. Irgendwann ging sie in die Knie, filmte mich von unten und auf dem Barhocker sitzend. Sie filmte alles von mir – aus jeder Richtung. Als es draußen zu dämmern begann, war die Luft in meiner Wohnung nicht mehr auszuhalten. Sie war zu dick, zu stickig und zu aufgeladen von all meinen Gefühlen. Weil ich sie wollte, wirklich, wirklich wollte.

Es war keine Überraschung.

Mit Emmie wollte ich alles.

Wir befanden uns immer noch in meiner Küche, als sie die Kamera endgültig sinken ließ. Mein gesamtes Blut befand sich weiterhin in meinem Schritt. Ich pulsierte unter jedem Zentimeter meiner Haut. Und das noch heftiger, als Emmies Blick heimlich über meinen Körper wanderte. Ohne die Kamera, die sie jetzt auf Hüfthöhe hielt. Als sie am Bund meiner Boxershorts angelangte, schnappte ihr Blick hastig wieder zu meinem Gesicht. Mir entging nicht, wie stark ihr Hals gefleckt war.

Sie fand es wohl auch heiß.

»Sind wir fertig?«, murmelte ich rau.

Emmie nickte wortlos.

»Gut«, sagte ich, während ich mich wie automatisch von der Küchenzeile abstieß. Dann ging ich auf sie zu, nahm ihr die Kamera aus der

Hand und stellte sie ab. Wie automatisch ließ ich meine Hand keine Sekunde später in ihren Nacken wandern, wobei sie diejenige war, die mir dieses entscheidende Stückchen näher kam, bis ihre Lippen auf meinen lagen.

Endlich.

Unser Kuss war nicht zärtlich, sondern wild und heftig, was meine Schuld war. Immerhin krallte ich meine Finger sofort in ihre Haare und zog sie an mich, als wäre nächste Nähe nicht nah genug.

»Sorry«, sagte ich atemlos und machte mich von ihr los.

Doch sie schüttelte bloß den Kopf. »Hör nicht auf.«

Alles ging so schnell. So dringlich. Als hätten wir keine Zeit mehr. Als hätten wir nicht mal mehr Minuten. Unsere Berührungen waren grob und fahrig. Emmie krallte die Nägel in meine Schultern, es tat weh, und ich mochte es. Ihr Stöhnen war laut, als ich sie auf die Küchenzeile hob und mit dem Oberschenkel ihre Beine spreizte. Wir rieben uns durch die Jeans und meine Boxershorts aneinander. Es war zu viel Stoff. Es war alles zu viel. Jede Berührung, jeder Kuss war hemmungslos und heftig. Sie war diejenige, die sich den Pullover selbst über den Kopf zog. Dann den BH. Aber ich war derjenige, der sich an ihren Jeans zu schaffen machte, sie zu Boden pfefferte und dann keuchte, als ich selbst durch ihren Slip spürte, wie feucht sie war.

»Sam«, flüsterte sie, wobei sie meinen Namen so verliebt und gequält zugleich aussprach.

Ich wusste, was sie meinte, was sie wollte. Weil. Es. Einfach. Nicht. Auszuhalten. War.

Ich löste mich nur von ihr, um ein Kondom zu holen. Es waren die schrecklichsten zwölf Sekunden meines Lebens. Dann war ich wieder bei ihr, mein Mund auf ihrem, ihre Zunge an meiner. Ihr Slip verschwand. Meine Boxershorts auch. Meine Hände fest an ihren Hüften. Das Kondom. Ich drang in sie ein, ihre Lider flatterten. Irgendwann krallte sie die Nägel noch fester in meine Schultern. Ich stieß noch dreimal in sie, bevor ihre Beine zu zittern begannen. Ruckartig zog sie sich von mir zurück, die Hände gegen meine sich heftig hebende und senkende Brust gepresst.

Ich schluckte stark. »Fühlt sich irgendetwas nicht gut für dich an?«

Sofort schüttelte sie den Kopf. »Es ist nur … ich … ich will nur nicht, dass es vorbei ist, verstehst du?«

Der Blick, mit dem sie mich beäugte, war vertraut und neu zugleich. Es war Emmies Blick, aber er war anders. Glasiger, nervöser, voller. So als würde er beinahe überquellen vor lauter Gefühlen.

Ich nickte.

Ich verstand.

Als wir uns diesmal küssten, geschah es so unendlich langsam. Vorsichtiger. Zärtlicher. Dann schliefen wir miteinander. Ganz, ganz, ganz langsam glitt ich in sie hinein und wieder aus ihr heraus, wobei wir nicht aufhörten, uns dabei anzusehen. Draußen wurde es kälter, wir spürten es durch das geöffnete Fenster. Es war egal. Wir konnten das hier nicht unterbrechen. Ich will nicht kitschig sein und behaupten, dass wir zu einer Person verschmolzen, aber … keine Ahnung. Dieser Sex war anders, und wir vögelten uns eine Ewigkeit lang. Und dann, kurz bevor es nicht mehr zu ertragen war, vielleicht nach einer Stunde oder zwei Ewigkeiten, da wurden ihre Augen so glasig, dass ich mich selbst darin sehen konnte.

Mein Blick quoll genauso über wie ihrer.

Aber niemand von uns kam. Ich zog mich zurück, wir machten eine Pause, sie strich mir über das Haar und erzählte irgendetwas, um uns abzukühlen. Dann begannen wir von vorn. Und wieder. Und wieder. Und wieder. Und wieder. Und wieder. Und wieder. Und wieder. Und wieder. Und wieder. Und wieder. Und wieder. Und wieder. Und wieder. Und wieder.

54

Emmie

AFTERGLOW

Ich würde mir diesen Abend immer wieder in meinem Leben ansehen. Na ja. Zumindest den Part, den ich auf Film hatte. Diese paar Sekunden, in denen Sam sich von der Küchentheke abstieß und dann mit seinem blau glühenden Blick auf mich zukam, bevor er mir die Kamera aus der Hand nahm und alles schwarz wurde.

Ich würde sie mir wirklich oft ansehen, diese heiße Version von Sam, kurz bevor alles ganz dunkel wurde.

55

Emmie

CRUEL SUMMER

Dieser Sommer würde nicht ewig anhalten. Ich wusste, dass der Herbst mich in einigen Wochen mit orangen Blättern begrüßen würde, so wie mich die Erkenntnis eingeholt hatte, dass auch der längste Tag im Jahr irgendwann vorbeiging. Bald würde ich meine übergroße Lederjacke gegen Mantel und Schal eintauschen. Ich fragte mich, wie Sam aussehen würde.

Wenn er überhaupt noch am Leben war.

Der Juli floss in den August, und die Veränderungen waren unbestreitbar.

Sam alterte nicht über Jahre, sondern mit jedem Tag. Er verlor Gewicht. Viel, viel Gewicht. Die Ärzte erhöhten die Dosis seiner Schmerzmittel. Er schlief viel und lebte weniger. Manchmal vergaß er einzelne Wörter. Innerlich zerriss es ihn. Er sagte nichts, allerdings bemerkte ich es in seinem Blick. An seinen Fäusten. Als wäre er wütend auf sich selbst, denn welcher Idiot vergaß bitte das Wort für die Stadt, in der er lebte? Ich bemerkte es ganz genau, wenn er auf die Tüte Milch zeigte und begann, »Kannst du mir die …« zu sagen, doch nicht weiterkam. Einmal war es die Milchtüte, ein anderes Mal das Handy, die Tube oder die Bettdecke. Da wusste ich, der September würde hart werden. Manchmal stand Sam so langsam auf, dass ich fürchtete, er würde es gar nicht schaffen. Im Juni war er manchmal mit mir meine Runde gelaufen, jetzt umrundeten wir an guten Tagen im Schritttempo einmal den Block. Es war hart. Ich weinte in der Dusche neben dem Regal mit seinem Duschgel, damit er es nicht sah.

Ich wollte nicht, dass er starb, auch wenn er mit jedem Tag ein bisschen mehr verschwand. Wenn Leah mich fragte, wie es ihm ging, wusste ich nie, was ich antworten sollte. Trotzdem waren da auch so, so, so viele schöne Momente. Als wir zum ersten Mal die erste Version des Films zeigten – seinen Eltern, Blair und Elle. Wie Sam am Ende zuerst Connor und dann mich ansah und für zwei Momente lang einfach nur nickte.

»Es ist richtig krass geworden, Leute.« Seine Augen wurden ganz glasig. »Danke.«

Das war schön.

Schöner war nur unser Spiel, das wir in Cornwall begonnen hatten und nun immer öfter spielten. Wir sprachen nicht übers Heiraten oder Kinderkriegen, malten uns keine Bilderbuchfamilie aus. Stattdessen redeten wir darüber, welche Länder wir bereisen würden und wo wir in zehn Jahren Häuser kaufen würden. Eins auf jedem Kontinent, aber mindestens drei in Europa, in Südfrankreich, auf Teneriffa und in Palermo. Wir bauten Luftschlösser, ohne einen Stein zu setzen. Manchmal sprachen wir darüber, welche Filme wir gemeinsam produzieren würden, redeten über die Themen, die uns beiden am Herzen lagen. Wie wir damit die Welt verändern wollten. Dabei wünschten wir uns keine Preise, die wir gewinnen könnten. Keine roten Teppiche, die wir betreten würden. Unsere Zukunft bestand nur aus drei Dingen: Reisen, Filmemachen und uns selbst. Sie war schön, weil sie in unserer Imagination für immer perfekt sein würde. Die Realität würde unsere Träume niemals einholen. Wir hatten eine Art verfrühte Nostalgie für ein Leben, das wir nie leben würden. Und natürlich war es viel einfacher, sich ein Leben bloß vorzustellen, als es wirklich zu durchleben, mit all den Tiefs und Hochs, die ständig auf der Tagesordnung waren. Im Grunde konnte ich nicht mit absoluter Sicherheit sagen, dass Sam und ich uns nie genervt und gestritten hätten, hässlich mit verzweifeltem Schreien und passiv-aggressivem Türenknallen miteinander umgegangen wären. Niemand von uns konnte behaupten, dass wir uns nie getrennt hätten, weil das eben auch passierte, genau den Leuten, die ebenfalls am Anfang geschworen hatten, sie hätten die Liebe ihres Lebens gefunden. Täglich, minütlich, sekündlich passierte das auf der Welt. Aber ... keine Ahnung. Sam brauchte nur meine Hand zu streifen, damit mein Herz rot aufglühte. Das passierte nur alle paar Lebenszeiten. Das war besonders. Und manchmal, wenn ich ihn einfach nur ansah – Samson Alderidge, den Sohn von Rosie Campwell und Paul Alderidge, ein Schauspielerkind, das eigene Filme machte, *meinen* Sam mit der Gänsehautstimme und den stechend blauen Augen –, da spürte ich einfach, dass wir es geschafft hätten. Dass wir vielleicht kein perfektes Paar geworden wären (wer war das schon?), aber uns immer geliebt hätten. *Immer.* Weil er Sam war und ich Emmie.

DUBLIN

56

Sam

IS IT OVER NOW?

Meine Eltern hatten mich nicht gehen lassen wollen.

Sag das ab.

Bleib hier.

Sie werden es verstehen.

Ich war mir sicher, die Organisation des Dubliner Filmpreises hätte tatsächlich verstanden, dass ich die zugesagte Moderation doch wieder abgeben musste, wenn ich den Tumor in meinem Gehirn erwähnt hätte. Die Krebskarte sorgte immer für Mitleid in jedermanns Augen. Genau deshalb hatte ich sie nie ausgespielt. Ich wollte das nicht, das Mitleid, die guten Genesungswünsche und die spürbare Angst unter ihrer Haut, weil meine Diagnose sie daran erinnerte, dass sie ebenfalls jederzeit einen Tumor entwickeln könnten, der sie auch das Leben kosten würde.

Doch das war nicht der Grund, wieso ich trotzdem hinging.

Ich wollte es.

Immerhin war ich derjenige gewesen, der den Preis für den besten Newcomer vor zwei Jahren überreicht bekommen hatte. Es war Tradition, dass der Sieger den nächsten anmoderierte. Dabei wollte ich den roten Teppich, die Fotos, die Interviews, das ganze Tamtam nicht.

Ich wollte einfach nur da sein.

Selbst wenn ich wusste, nein, *spürte*, wie mein Zustand sich förmlich sekündlich verschlechterte. Alles fiel mir schwerer. Aufstehen, atmen, leben. Ich hatte drei Krampfanfälle in den letzten zwei Wochen gehabt und keine Ahnung, wie groß der Tumor war, fühlte ihn allerdings in meinen Knochen wuchern. Kurz hatte ich sogar an einen Roadtrip gedacht, allerdings war das unrealistisch. Das ganze unbequeme Sitzen. Die Anstrengung.

Genau deshalb standen wir am ersten Septemberfreitag um kurz vor neun in Heathrow. Natürlich ließen sie mich nicht allein gehen. Connor, Blair. Und Emmie. Ich hatte sie sogar selbst gefragt, ob sie mitkommen wollten. Es würde uns guttun, mehr als nur in meiner Wohnung rumzusitzen und über alles zu reden, nur um nicht auf meinen Zustand zu sprechen zu kommen. Wir gaben nicht mal unsere Koffer ab, denn Handgepäck reichte für ein Wochenende. Die Veranstaltung war heute Abend, trotzdem würden wir bis Sonntag bleiben. Ein paar Pubs, Livemusik und den Trubel einatmen. Connor hatte sogar von irgendeinem Schuppen gehört, der angeblich die besten vegetarischen Wings der Welt machte, so wie er in Sardinien stets von der besten Pizzeria gehört hatte.

Wirklich, Leute.

Unser Flug ging eine Stunde und fünf Minuten. Emmie saß neben mir, ich hielt ihre Hand. Ich fragte mich, ob ihr ebenfalls aufgefallen war, wie knochig meine Finger sich anfühlten, was garantiert so war. Ich liebte es, wenn Emmie mich ansah, aber in letzter Zeit taten ihre Blicke weh.

Er hat zu viel Gewicht verloren. Das ist nicht gut. Das ist nicht gut. DAS IST NICHT GUT.

Manchmal konnte ich ihre Gedanken lesen, ohne dass sie die Worte aussprach. Doch heute wollte ich nicht an so etwas denken. Ab Montag. Ab Montag würde ich mich wieder ums Sterben kümmern, aber dieses Wochenende nicht.

In Dublin nahmen wir ein Uber zu unserem Hotel, besuchten die Altstadt und probierten Connors heiß empfohlene Wings. Gegen fünf band ich mir die Krawatte, sie war noch alt, nicht wie der Anzug, den ich mir extra neu besorgt hatte. Meine anderen passten nicht mehr. Kein einziger. Mum und Dad hatten es nicht ausgesprochen, allerdings wusste ich, dass sie sich um die Medien sorgten. Es war bereits ein Krankenhausaufenthalt an die Presse gesickert. Keine Ahnung, wie lange ich noch von den Schlagzeilen verschont bleiben würde. Die für dieses Wochenende sah ich bereits vor meinem inneren Auge.

Schock: Samson Alderidge plötzlich total abgemagert, DAS steckt dahinter.

Aber die Presse würde es so oder so erfahren. Ich würde den Blick auf die bunten Zeitschriften im Supermarkt einfach vermeiden. Das würde ich schon schaffen, wenn ich es denn überhaupt in einen fucking Tesco schaffte.

Doch nein. Stopp! So wollte ich ja nicht denken.

Wenn ich ehrlich war, wollte ich für einen kurzen Moment eigentlich nichts mehr denken, als Emmie aus dem Badezimmer trat.

»Tada!« Mit einer Handbewegung deutete sie auf sich selbst. »Blair hat mir ein Kleid geliehen. Was sagst du?«

Heiser räusperte ich mich. »Du siehst großartig aus.«

Ich hatte das trägerlose Kleid noch nie an Blair gesehen. Es war dunkelblau und mit Tausenden funkelnden Steinchen besetzt. Dazu trug Emmie hohe Schuhe, mit denen mir ihr Scheitel fast bis zur Nase reichte. Emmie sah wunderschön aus. Und so heiß, dass ich mich an das letzte Mal erinnerte, als wir versucht hatten, miteinander zu schlafen. Sie auf mir, ganz, ganz, ganz langsam und vorsichtig. Niemand von uns war gekommen. Nach zehn Minuten hatte ich den Kopf geschüttelt, bevor sie sich an mich geschmiegt und mir dabei über die Brust gestreichelt hatte. Keine Ahnung, ob sie die Tränen in meinen Augen gesehen hatte. Keine Ahnung, wie lange wir so dagelegen hatten.

Jetzt verließen wir das Hotelzimmer Hand in Hand, weil sie einfach spüren musste, selbst wenn es nur diese Form der Berührung war. In der Lobby trafen wir auf Connor und Blair, die uns mit einem Pfeifgeräusch begrüßten.

»Schicker Anzug«, sagte sie, woraufhin ich die Augen verdrehte.

Unser Taxi holte uns um Punkt achtzehn Uhr ab. Eine halbe Stunde später erreichten wir die Location über die Hinterseite. Von hier aus war der rote Teppich nicht zu sehen, trotzdem wurde der Hinterhof von Fotografen belagert. Schnell huschten wir durch die Türen, die uns ein

Crewmitglied aufhielt. Im Inneren stießen Blair, Connor und Emmie mir zuliebe mit alkoholfreiem Sekt an. Ich wollte ihnen sagen, dass sie keine Rücksicht auf mich nehmen sollten, verkniff mir die Worte jedoch, weil das nur zu einer Diskussion geführt hätte, die ich gerade nicht führen wollte.

Gegen acht wurden wir in den Showroom gelassen, wo uns ein Tisch im mittleren Bereich zugeteilt wurde. Ihn zierte eine weiße Tischdecke, auf der ein Eimer mit edlem Champagner platziert war. Ich war froh, mich hinsetzen zu können. Das ganze Stehen hatte meine Beine geschwächt, mich schwindelig gemacht. Emmie sah es mir an und krallte ihre Hand mehrmals in meinen Oberarm, um mich so näher zu sich zu ziehen und zu fragen, ob alles okay sei.

»Alles super«, flüsterte ich und strich mit dem Daumen über ihren Oberschenkel, wo meine Hand ruhte.

Eigentlich hasste ich diese Veranstaltungen.

Alles sah so schön und glamourös aus, dass die Zuschauer vor den Fernsehern sicher neidisch wurden, kein Teil der aufregenden Filmwelt zu sein. In der Realität war es so, dass die Frauen sich vor dem roten Teppich in ihren schulterfreien Kleidern den Arsch abfroren, weil es eine Warteschlange fürs Blitzlichtgewitter gab. Alle paar Tische fand ich Leute, die so taten, als würden sie sich mögen, obwohl es nicht der Wahrheit entsprach. Die meisten Gewinner und Gewinnerinnen waren keine Überraschungen. Manche Dankesreden waren so langweilig, dass ich mit meinen Gedanken abschweifte.

Kurz vor Showende tippte mir ein Crewmitglied auf die Schulter. Es war Zeit. Ich winkte den anderen zum Abschied zu, während ich in den Backstagebereich geführt wurde. Es war mir peinlich, dass die Mitarbeiterin ihre Schritte absichtlich an meine anpasste. Kurz bevor ich auf die Bühne trat, wurde mir so verflucht schwindelig, dass ich mich kurz an einem Wandpfeiler abstützte.

»Alles okay?«, fragte mich ein Typ, der ebenfalls ein schwarzes Shirt mit dem CREW-Aufdruck trug.

»Mir ist nur ein bisschen schwindelig.« Ich zwang ein Lächeln auf meine Lippen. »Ist die Aufregung.«

»Du packst das schon.«

Derek – das entnahm ich seinem Namensschild, das er um den Hals trug – lächelte mir aufmunternd zu, bevor mir ein anderes Crewmitglied das Zeichen dafür gab, die Bühne zu betreten.

Lichter.

Sie blendeten mich, sobald ich an das Pult trat und dabei in Applaus gebadet wurde. Kurz hielt ich inne, während mein Blick wie automatisch durch das Publikum schweifte. Ich fand sie innerhalb von Sekunden. Connor, Blair, Emmie. Die Menschen, die ich über alles liebte und die weiterklatschten, während die anderen schon damit aufgehört hatten. Blair pfiff. Meine unverschämte Schwester. Ich liebte sie. Liebte sie alle so sehr.

Dann lächelte ich und begann meine Anmoderation.

57

Emmie

ALL TOO WELL

Die Aftershowparty war eine Party wie jede andere, selbst wenn sich Großbritanniens Filmelite auf ihr befand. Es wurde getanzt und getuschelt. Es bildeten sich Grüppchen, die sich seit Stunden in einer Ecke unterhielten, während ein gewisses Paar, das angeblich kein Paar mehr war, schon seit einer Stunde gemeinsam verschwunden war.

Ehrlicherweise hatte ich keine Ahnung, wie Sam es hier so lange aushielt. Heute war kein guter Tag für ihn. Das war mir bewusst geworden, als er kurz nach dem Aufstehen im Flugzeug hatte innehalten müssen, eine Hand an die oberen Gepäckablagen gestützt. Es kostete mich all meine Kraft, ihn nicht zu fragen, ob wir gehen wollten. Uns vielleicht in die Lobbybar setzen sollten, falls es ihn noch nicht aufs Hotelzimmer zog. Doch ich traute mich nicht. Wir wussten alle, dass es sein letzter Abend auf einer Veranstaltung wie dieser sein würde. Er würde keine Preise für seinen neuen Film entgegennehmen können. Er würde keinem gefeierten Produzenten im Vorbeigehen zur Begrüßung zunicken können. Oder gezwungen für ein Selfie lächeln, das er eigentlich gar nicht machen wollte. So wie zum Beispiel für das, das Blair von uns machte, kurz bevor sie zum dritten Mal an diesem Abend von einem Typen angemacht wurde.

»Wieso hast du ihn abgewimmelt?« Connor hob die Brauen. »War doch eigentlich dein Typ, oder? Klischeehafte Anmache, leichter Arschloch-Vibe?«

»Haha«, machte sie trocken, während Sam mich plötzlich anstupste.

»Schau mal«, flüsterte er. »Ist das da Erin Wallace?«

»Erin Wallace?«, wiederholte ich, während ich seinem Blick folgte. Tatsächlich stand dort die Macherin von *Hannah*. Sobald der Filmtitel meine Gedanken kreuzte, begegnete ich Sams Blick. Und obwohl er so kaputt war, leuchtete es trotzdem in seinen Augen.

»Weißt du noch?«, fragte er, ohne dass er es ausführen musste.

Seulo. Das Hotelzimmer, wir in diesem Bett.

Ich weiß noch alles, hätte ich am liebsten geantwortet und dabei nicht nur diese Nacht gemeint, sondern alles mit ihm. Allerdings bekam ich dazu keine Chance.

»Ich geh mich vorstellen«, sagte er, während er sich erhob. »Dann kann ich dich ihr gleich danach vorstellen.«

»Was?«

Das »Was?«, welches meinen Mund verlassen hatte, war keine richtige Antwort gewesen. Ich wollte kein offensichtliches Fangirl sein, allerdings hatte sich Sam schon erhoben.

Dieses Lächeln, das jetzt auf seinen Lippen erschien, brannte sich in mein Gehirn ein. Sein wunderschönes, breites, gar nicht schiefes, sondern echtes Lächeln. Das warf er mir zu, während er auf Erin Wallace zugehen wollte, allerdings nie dazu kam.

Ich *sah*, wie Sam mitten im Gehen plötzlich innehielt, bevor er umkippte. Einfach so auf dem Boden landete. Ich *sah* die schockierten Gesichter der anderen. Wie die Hauptmoderatorin des Abends sich bückte, ehe auch Connor, Blair und ich aufstanden. Aber im ersten Moment realisierte ich es nicht. Die Musik, das Rauschen der Gespräche verstummte in mir. Plötzlich piepte es in meinen Ohren im Takt meines Herzschlags. Das war alles, was ich einen Augenblick lang hörte.

Dann:

»Hat er zu wenig getrunken?«

»Er ist bestimmt dehydriert, oder?«

»Ist hier irgendwo ein Sanitäter?«

Aber ich schüttelte den Kopf, während Blair zitternd nach ihrem Handy griff und davon faselte, dass wir einen Krankenwagen brauchten.

58

Emmie

HAUNTED

Der Krankenwagen, in den Blair einstieg. Das Blaulicht. Die Sirenen. Die Intensivstation. Der Anruf bei Rosie und Paul. Dann der Ambulanzhubschrauber, der Sam von Dublin direkt nach Hause brachte. Ins Krankenhaus, in dem die Ärzte mit seinem Fall vertraut waren. Die Fahrt vom Hotel zum Flughafen, bei der Connor, Blair und ich die Pubs sahen, die wir nie gemeinsam besuchen würden. Die Dame am Schalter, die erklärte, dass das Umbuchen auf einen früheren Rückflug nicht im Preis enthalten sei. Blair, die ihre Kreditkarte zückte, als wären neunhundertvierunddreißig Pfund nichts. Wieder die Dame am Schalter, die erklärte, dass sie uns auf drei verschiedene Flüge buchen musste. Uns, denen alles egal war. Hauptsache, schnell zu Sam. Die Ungewissheit. Die Sorge, er könnte schon tot sein.

Cabin crew prepare for landing.

Heftige Turbulenzen. Gefühllosigkeit. Die Nachricht von Blair, sobald das Flugzeug auf der Startbahn aufkam. *Ich bin schon in der Klinik.* Wie ich mein Gepäck im Flugzeug vergaß. Wie ich erst jetzt realisierte, dass ich immer noch Blairs Glitzerkleid trug und mir damit unter dem Mantel zu kalt war. Selbst im Flughafengebäude. Die vielen Menschen, die mir entgegenliefen. Diese zwei Flugbegleiterinnen, die sich lachend unterhielten. Eine erdbeerblond, die andere mit dunklen Haaren und blauen Augen. Stechend blauen Sam-Augen.

LONDON

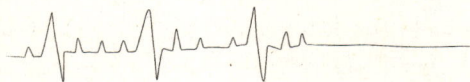

59

Emmie

SAY DON'T GO

Friedlich einschlafen und einfach schnell sterben, gar nichts davon mitbekommen. Keine Qualen, keine Schmerzen. Ich verstand jetzt, wieso alte Menschen sich das so wünschten.

Sam starb nicht so.

Aber er würde jetzt sterben.

Das sagten die Ärzte seinen Eltern wohl nicht so, allerdings war die Botschaft klar.

»Sie haben ihn noch mal in den OP gebracht für eine lebensverlängernde Operation, aber ...« Rosie schüttelte den Kopf, konnte nicht weitersprechen, erst nach dreimaligem Durchatmen. »Der Krebs ist überall.«

Wir saßen die ganze Nacht vor der Intensivstation, in unseren Kleidern und Connor in seinem Smoking, Rosie mit roten Augen und Paul mit einem verzweifelten Blick. Obwohl wir wussten, dass Sam – wenn überhaupt – erst morgen ansprechbar sein würde. Wir konnten nicht aufstehen. Uns nicht bewegen, uns schon gar nicht von Sam wegbewegen. Ich googelte, wie Tumore aussahen, fand keine richtigen Bilder. Ich weinte minütlich. Paul sagte irgendwann, dass das in der Presse böse werden könnte und wir uns am besten nichts durchlesen sollten. Ich nickte, es interessierte mich sowieso nicht. Später würde ich herausfinden, dass irgendein Arschloch sogar gefilmt hatte, wie Sam bewusstlos am Boden lag, während Blair telefonierte und mir Tränen über die Wangen liefen. Wir waren verschwommen, unscharf zu erkennen, doch da waren wir: in unserem schrecklichsten Moment überhaupt.

»Geht nach Hause«, sagte Rosie irgendwann. »Bitte.«

Aber ich ging nicht in mein Wohnheimzimmer. An diesem Morgen fiel ich einfach nur mit Blair gemeinsam in ihr Bett, als wären wir zwei Freundinnen nach einer durchzechten Partynacht, die zu müde dazu waren, sich von ihren Kleidern zu befreien.

Ich schlief nicht mal vier Stunden.

Als ich wach war, saß Blair barfuß an ihrem Esstisch.

»Er war einmal kurz da«, flüsterte sie. »Mum konnte kurz mit ihm reden.«

»Weiß er, was passiert ist?«

Blair nickte, ehe sie mir eine Hose und einen Pullover lieh und uns dann ein Uber bestellte. Ich wusste, dass auf meinem Handy Nachrichten von Leah blinkten. Bestimmt hatte sie es in der Presse mitbekommen. Ich würde ihr später antworten. Jetzt hatte ich keine Zeit. *Jetzt* weinte ich, noch bevor wir im Krankenhaus ankamen. Rosie und Paul waren immer noch da.

»Er schläft«, flüsterte sein Dad, aber es war egal. Blair besuchte ihn trotzdem und blieb zwanzig Minuten, bevor wir tauschten.

Mit einem Kloß im Hals setzte ich mich auf den Stuhl, der noch warm war von ihr. Ich griff nach Sams Hand, sie war kalt. Alles an ihm sah kalt aus. Wie er da in seinem weißen Kittel in diesem weißen Bett lag und sein Gesicht nicht nur bleich und blass, sondern grau schien.

Ungesund. Krank. Todkrank.

Keine Ahnung, wie lange ich neben ihm saß, ohne dass er aufwachte. Ich hielt seine Hand trotzdem. Seine große Hand, die mich immer so bestimmt gepackt hatte, an den Hüften, an der Taille. Seine Hand, die ständig meine gehalten hatte, während ich mich so lebendig wie noch nie gefühlt hatte. Seine Hand, die jetzt kalt und schlaff in meiner lag, die sich nun so anfühlte, wie Sam aussah. Tränen rannen mir über die Wangen, während ich all die Geräte, die Kabel, die Schläuche, die Sauerstoffsonde in seiner Nase musterte. Ich wusste nicht, ob ich immer noch oder wieder weinte. Es spielte keine Rolle. Nichts spielte mehr eine Rolle.

»Hi«, sagte ich deshalb, in der Hoffnung, er könnte mich irgendwie hören. Immerhin hatte ich ihm noch so viel zu sagen. Wir kannten uns viel zu kurz. Ein paar Monate reichten nicht für ein ganzes Leben aus. Ich sagte ihm das mit zittriger Stimme, gefolgt von all den wirren Gedanken, die sich unkontrolliert aus meinem Mund kämpften.

Sam wachte nicht auf, während ich mit ihm sprach. Ehrlicherweise hörte ich nur auf, mit ihm zu sprechen, als Connor mich ablöste.

60

Emmie

BACK TO APRIL

Ich hatte das Gefühl, es könnte jeden Moment passieren. Ich durfte das nicht verpassen. Sam für immer verpassen. Das würde ich mir niemals verzeihen. Was war, wenn ich nie wieder mit ihm reden können würde? Wenn unser Gespräch in Dublin das letzte gewesen war? Was hatte ich noch mal als Allerallerallerletztes zu ihm gesagt? *Was?* Das konnte nicht alles gewesen sein. Das *durfte* verflucht noch mal nicht alles gewesen sein.

Und ich hatte Glück.

Es würde nicht alles sein.

Als Blair und ich gegen zehn im Krankenhaus ankamen, waren Rosie und Paul schon da. Ich fragte mich, ob sie überhaupt noch eine einzige Sekunde schliefen. Ihren Gesichtern nach zu urteilen, wohl eher nicht.

»Sam ist wach.« Rosie lächelte mir zittrig zu. »Er hat nach dir gefragt.«

Erleichtert atmete ich meine tonnenschwere Herzensluft in diesen Gang aus, der nur nach sterilem Desinfektionsmittel roch. Keine Minute später betrat ich Sams Zimmer auf wackeligen Beinen. Und tatsächlich, er war wach, selbst wenn er mich schrecklich erschöpft anlächelte. Schief. So als würde es zu viel Kraft kosten, beide Mundwinkel zu heben.

»Emmie.«

Seine Stimme war tief, aber nicht mehr wie ein Hauchen. Mit schwerem Herzen setzte ich mich auf den Stuhl. Wie automatisch fand meine Hand seine, ehe ich eine Spur zu fest zudrückte. So als könnte ich hoffnungsvolle und gleichzeitig hoffnungslose Idiotin ihn damit für immer festhalten.

»Wie geht's dir?«, flüsterte er.

»Wie es mir geht?« Ich versuchte mich an einem Lachen. »Dein Ernst? Das ist *meine* Frage.«

»Aber meine Antwort darauf ist ziemlich eintönig.«

»Ich weiß, aber … wie geht's *dir*?«

»Ganz ehrlich?« Er blinzelte. »Ich bin so verfickt müde.«

Bebend strich ich ihm mit dem Daumen über den Handrücken. »Ich weiß«, flüsterte ich. »Erinnerst du dich an alles, was passiert ist?«

»Du meinst, dass Großbritanniens Filmelite Zeuge davon wurde, wie ich ganz à la Hollywood dramatisch vor ihren Füßen zusammengebrochen bin?« Wieder ein schiefes Lächeln. »Wie könnte ich das vergessen?«

»Ich … ich hatte nur Angst, dass du dich nicht mehr an so viel erinnerst. Die Ärzte meinten, es könnte passieren, dass auch Sachen aus den letzten Monaten weg sein könnten.«

»Ich weiß.« Ganz leicht drückte er nun meine Hand. »Aber ich habe nichts vergessen. Nichts Wichtiges.«

»Gut«, flüsterte ich.

Für zwei lange Atemzüge schwiegen wir. Wir hielten uns fest, während Sam in diesem Krankenhausbett lag und es wiederum eine Ewigkeit zurückzuliegen schien, dass ich ihn in Italien heimlich beim Surfen beobachtet hatte. Nicht nur einige Monate. Alles hatte sich verändert, Sams Haltung allerdings am meisten. Sie war nicht mal mit der von vor zwei Wochen zu vergleichen. Etwas war einfach anders. Grauer, schwerer. Sam passte zum bevorstehenden Wetter, zum Herbst und Winter, zu der Erkenntnis, dass es zu Ende ging.

»Hast du Angst?«, flüsterte ich.

Er schloss die Augen. Antwortete nicht sofort. Atmete nur spürbar durch, während ich versuchte, nicht zur Seite zu blicken und mich nur auf ihn zu fokussieren. Nicht auf die Geräte, die ständig piepten, rauschten und ihn überwachten. Da sah ich mit einem Mal die erste Träne, die ihm über die Wange rann. Ich konnte nicht anders, als auf die Bettkante zu rutschen und dabei darauf zu achten, mich nicht versehentlich auf die Schläuche und Kabel zu setzen. Und dann nahm ich ihn in den Arm.

Und dann hielt ich ihn, während alles in mir zitterte, aber es in ihm bebte und ich mich fragte, woher er die Kraft dafür nahm.

»Ich hab so viel Angst, Emmie«, flüsterte er zurück.

Und da war rein gar nichts, was ich tun konnte. Besser machen konnte. Ich saß nur da und hörte zu, seine Hand in meiner, sein Kopf an meiner Schulter, während ich seine Tränen auf meinen Lippen schmeckte.

»Ich habe Angst, zu gehen. Ich *will* immer noch nicht gehen. Ich habe das Gefühl, da ist noch so viel, was ich tun muss. So viel, was ich noch sagen will. Zu dir. Zu Blair. Zu meinen Eltern. Zu Con. Selbst zu dem verdammten Barista in Cons Lieblingscafé. Ich … ich habe das Gefühl, dass es einfach nicht reicht.«

»Was nicht reicht?«, fragte ich leise und hatte keine Ahnung, woher ich die Stimme dafür fand.

»Mein Leben. Es war genug. Es war so genug, Emmie. Aber es reicht mir trotzdem nicht.«

Riesige Augen, rissige Lippen. Mehr Tränen.

Mehr Schmerz, der nicht nur sichtbar war, sondern sich spürbar im Raum ausbreitete. Ich atmete keine Luft ein, kein beißendes Desinfektionsmittel. Nur Sam. Nur Sams Schmerz und Angst.

Hinter meinen Augen begannen sich Tränen zu sammeln, doch ich blinzelte sie weg. Ich log ihn nicht an. Ich strich ihm bloß über den Rücken und sagte ihm, es sei okay … okay … okay. Dabei weinte er in meine Schulter, während mir zum allerersten Mal so richtig bewusst wurde, wie viel Angst er die ganze Zeit gehabt haben musste. Wie er sie versteckt haben musste, damit er stark für uns sein konnte.

Sam, dachte ich nur, während er schluchzte und ich mir sicher war, es würde vor seinen Augen gleich schwarz werden, wegen all der Anstrengung.

Sam, Sam, Sam.

Ehrlicherweise hatte ich keine Ahnung, wie ich es schaffte, nicht mit ihm zusammenzubrechen. Aber ich war da. Für ihn. Während er laut weinte und mein Herz bloß geräuschlos in Tausende Einzelteile zersprang.

61

Sam

IT'S OKA…

Ich habe fast siebenundzwanzig Jahre gehabt. Ein Bilderbuchleben. Meine Eltern sind preisgekrönte Schauspieler. Ich habe mich auch nicht nur eine einzige Sekunde lang um Geld sorgen müssen. Ich habe nur einmal in meinem Leben Hausarrest bekommen. Ich habe studiert, habe einen Film gedreht. Er wurde weltbekannt und in dreiundzwanzig Sprachen synchronisiert. Ich bin dreizehnmal in verschiedenen Kategorien für Preise nominiert worden und habe vier von ihnen gewonnen. Ich habe noch einen Film gedreht. Ich werde nie wissen, wie er ankommt. Ich war viermal verliebt, aber nur einmal so heftig und alles einnehmend, dass es wirklich zählt. Ich habe Angst vor Spinnen. Ich war komischerweise nie auf einem Festival. Ich war nie in Australien. Ich habe mit neunzehn beim Ausparken eine Macke in den Porsche meines Vaters gefahren und eine Woche lang versucht, es zu vertuschen. Ich mag keine Rosinen. Ich hatte eine Schwäche für schwarze Oliven, bis ich durch eine Dokumentation gelernt habe, dass Letztere eigentlich auch nur grüne Oliven waren und der Stoff, der für die Verfärbung benötigt wurde, vielleicht krebserregend war. Ich habe kurz vor meinem fünfundzwanzigsten Geburtstag die Diagnose bekommen. Ich habe gedacht, es wäre ein Scherz. Es war keiner. Ich habe gelebt, während ich starb. Vielleicht wird mein Leben nie reichen, aber vielleicht war es trotzdem genug? Wenn ich es genau nehme, habe ich eigentlich so viel erlebt, dass es für drei Leben reicht. Also eigentlich hatte ich ein kurzes Leben, das verfickt noch mal trotzdem schön war.

Oder?

Oder …

62

Emmie

I'M SORRY

Die nächsten drei Tage waren wie ein Fiebertraum.

Ich wusste nicht, ob das, was passierte, wirklich passierte. Ich schickte Sprachnachrichten an Leah. Zoe leitete mir einen Artikel von *@londonstories* weiter und fragte mich, ob *das* wirklich wahr war. Ich war so müde. So, so, so müde, aber immer dann hellwach, sobald ich Sams Zimmer betrat und bemerkte, wie müde *er* war. Er schlief immer mehr, lebte immer weniger. Essen war nicht mehr möglich, weil Schlucken unmöglich geworden war. Bald würde er nicht mehr reden, nicht mehr aufrecht sitzen, die Augen nicht mehr öffnen können.

Auch wenn er die meiste Zeit mit den allgegenwärtigen Geräuschen der Monitore schlummerte, spielte ich unser Spiel. Ich erzählte ihm von den Häusern, von den Ländern, von unseren gemeinsamen Projekten. Ich ließ seine Hand dabei nie los. Manchmal wachte er auf und spielte mit mir, wobei ich die meiste Zeit redete und er mich erschöpft anlächelte, bevor er mit seiner unendlich tiefen und angekratzten Stimme sagte, dass das wunderschön klingen würde.

Ja, dachte ich. Klingt es wirklich.

Eines Nachmittags spürte ich, wie er immer weniger verstand, immer weniger zuhörte, schwerer atmete, fast gar nicht mehr da war.

Sie stellten die Geräte auf lautlos und setzten Paul und Rosie darüber in Kenntnis, dass es bald so weit sein würde. Die Werte, sein Zustand. Sie mussten nicht mehr sagen. Es würde alles so verlaufen, wie Sam es sich gewünscht hatte. Keine künstliche Beatmung. Kein gezwungenes Am-Leben-Erhalten.

Ich dachte daran, als Blair tränenüberströmt aus Sams Zimmer trat. Ich hatte uns gerade Heißgetränke geholt und reichte ihr einen Becher, während ich meine Hände an meinem eigenen wärmte.

»Er atmet nur noch sehr schwach …« Sie schüttelte den Kopf, bevor sie schluchzte, und es zerriss mir das Herz. Connor stand neben uns, sagte nichts, blinzelte nur starr in die Leere. Zumindest bis er diesen Typen im Gang entdeckte, der sein Handy hervorholte und die Kamera auf Blair richtete.

»Hey.« Alles an ihm erstarrte. »Warum filmst du sie, Arschloch?«

Connors Nasenflügel blähten sich auf, während der Typ hastig sein Handy wegsteckte. Doch das reichte Connor nicht.

»Lösch das Video!«, verlangte er.

»Hab keins gemacht«, erwiderte der Fremde, was offensichtlich eine Lüge war.

Mit angespanntem Kiefer wollte Connor auf ihn zugehen, da griff Blair nach seiner Hand, er allerdings schüttelte sie ab.

»Hör auf«, flüsterte sie unendlich erschöpft. »Das ist es nicht wert. Wir holen einfach die Security.«

Doch sobald der Typ das Wort *Security* hörte, sprang er auf und rannte weg. Niemand lief ihm hinterher.

»WAS ZUR HÖLLE SOLLTE DAS?«, schrie Blair Connor an. »SEIT WANN BIST DU SO AGGRESSIV?«

»ER HAT EIN VIDEO VON DIR GEMACHT!«

»NA UND? DAS IST KEIN GRUND, AUSZUFLIPPEN!«

»ICH BIN NICHT AUSGEFLIPPT.«

Daraufhin lief Blair schnaubend in Richtung Toiletten davon. Keine fünfzehn Minuten später erschien Elle, um mit Connor spazieren zu gehen. Es war gut, dass die beiden sich nicht begegneten. Ich exte meinen Tee mit einem Schluck, ehe ich Sams Zimmer betrat.

Er schlief.

Ich wusste, dass sich das nicht mehr ändern würde. Blair hatte recht.

Es war besorgniserregend, wie wenig er atmete. Aber alles an Sam war schon so lange besorgniserregend, dass diese schweren, wenigen Atemzüge die einzig mögliche Folge waren. Fast normal waren.

Ich setzte mich auf den Stuhl und fand es kurz komisch, kein Piepen der Monitore zu hören. Da war nur noch das Zischen des Sauerstoffs, den er immer noch durch den Schlauch in der Nase einatmete. Sam sah nicht mehr aus wie der, den ich kennengelernt hatte. Aber irgendwie doch. Das dunkle Haar, die dichten Brauen, das so unperfekt perfekte Gesicht, so interessant und wunderschön zugleich, dass niemand es vergessen konnte. Mit einem Kloß im Hals griff ich nach seiner Hand und war kurz versucht, wieder unser Spiel einzuleiten. Mein Mund öffnete sich sogar, allerdings blieb ich überraschenderweise stumm. Ich sah ihn und wünschte mir so, so, so sehr, dass er aufwachte. Noch einmal da war. Mich *einmal* noch ansah, weil mich noch nie jemand so angesehen hatte wie er und mir die Luft wegblieb bei der Vorstellung, dass er mich nie wieder ansehen würde.

Nur noch einmal, bitte.

Ich wusste nicht, wieso mir das plötzlich so wichtig war. Aber ich wünschte es mir trotzdem. Ich wollte diesen Moment wie in den Filmen, bei denen man sich als Zuschauer sicher war, dass der todkranke Typ nicht mehr aufwachen würde, es aber doch tat. Weil es ein Film mit einem kitschigen Ende war, der uns zufrieden aus den Kinosälen strömen ließ. Ich hasste unrealistische Enden, doch jetzt hätte ich alles dafür gegeben. Für eine plötzliche, völlig unlogische Wunderheilung. Für unsere Luftschlösser, für unsere Häuser, unsere Reisen, unsere Träume. Für ein letztes *Emmie*. Für einen einzigen letzten Blick.

Ich hätte alles dafür gegeben, weil das eben so war, wenn jemand alles und mehr in dir berührte, selbst ohne dich körperlich zu berühren.

Doch natürlich bot mir niemand einen derartigen Deal an.

Mir blieb nichts anderes übrig, als Sams Hand eine Spur fester zu halten und in meinem Kopf zu schreien.

NEIN, DU KANNST NOCH NICHT STERBEN. ICH HABE DICH NOCH

NICHT GENUG GELIEBT. ICH BIN NOCH NICHT FERTIG MIT DEM VER-
LIEBTSEIN, HÖRST DU?

Allerdings waren die Worte nicht das, was ich laut sagte. Was ich wirklich, unter all dem Schmerz und der Liebe sagen wollte, war: *Es ist okay, Sam.*

So viele Gefühle, noch so viel zu sagen, aber ich sagte nur das.

»Es ist okay, Sam.«

Es war okay, dass er die Augen nicht mehr öffnete. Dass wir nie genug Zeit gehabt hatten. Dass er jetzt sterben würde.

»Es ist okay«, wiederholte ich ein letztes Mal, kurz bevor ich aufstehen wollte, weil Sams Eltern sicherlich bald eintreffen würden. Plötzlich jedoch erstarrte ich. Sams Lider flatterten, und er sah mich nicht, doch ich spürte plötzlich, wie seine Hand federleicht meine drückte.

Und ich spürte sie so, wie ich noch nie etwas in meinem Leben gespürt hatte.

63

Sam

IT'S O…

Es ist okay.
 Es ist okay.
 Es ist okay.
 Es ist …

64

Emmie

LONG LIVE

Sam starb um 16:23 Uhr an einem bedeutungslosen Donnerstag Ende September.

Ein Krankenpfleger summte »Lover«, während Blair und ich nach unserem Spaziergang an der frischen Luft wiederkamen. Wir fanden Connor bebend auf dem Gang wieder.

Er nickte.

Wir verstanden sofort.

Sam war nicht mehr da. Weg. Einfach tot.

Ich bekam keine Luft mehr, während Blair neben mir auf den Boden sank.

Ich atmete ein, hatte jedoch das Gefühl, es käme nichts an. Als würde alles in mir überlaufen. Als hätte ich zu viel Meerwasser in Sardinien geschluckt. Als tobte ein Tsunami in mir. Als hätte ich ein Loch. Als befände es sich direkt über meinem Herzen.

Tot.

Weg.

Einfach nicht mehr da.

Ich wusste, was es bedeutete, ohne dass die Worte Sinn in meinem Kopf ergaben. Ich wollte schreien, weinen, das Universum verfluchen, Sam mit Magie wieder zurückholen, aber …

Es ist okay.

Es ist okay.

Es ist okay.
ABER ICH ... ICH WAR NICHT MEHR OKAY.

EINE UNBEDEUTENDE KLEINSTADT IN NIEDERSACHSEN, DIE NIEMAND AUF ENGLISCH AUSSPRECHEN KANN

65

Emmie

MESSAGE ON MY SCREEN

Von: samsonalderidge@gmail.com
An: emmelinebraun@fsol.com

Betreff: Hi

Anhang: FÜR EMMIE_VIDEODATEI

»Hi, Emmie, es tut mir leid für den miserablen Betreff und diesen
wenig spektakulären Anfang, aber ich habe ungelogen eine volle
Stunde lang darüber nachgedacht, wie und womit ich beginnen
soll. Und letztlich habe ich beschlossen, dass ich einfach irgendwie beginne.

Erst einmal: Es tut mir leid. Alles. Auch, dass dieses Video
dich wie aus dem Nichts erreicht. Und glaub mir, ich habe lange
überlegt, ob ich es überhaupt aufnehmen soll. Es ist der Morgen
nach dem Dreh für dein Abschlussprojekt. Du bist gerade bei
Con im Büro, und ich schätze, das hier ist die perfekte Gelegenheit, dieses Video aufzunehmen. Solange ich noch klar im Kopf
bin. Gott, ich hasse es, diesen Satz auszusprechen. Aber okay. Es
ist nicht so, dass ich dir nicht alles gesagt habe, was ich dir sagen wollte. Es ist allerdings auch so, dass ich dir am liebsten jeden
Tag gesagt hätte, wie wahnsinnig verliebt ich in dich bin, obwohl

das ziemlich kitschig klingt. Ich weiß nicht, was genau du gerade fühlst. Aber ich weiß, dass du noch da bist und ich nicht mehr.

Fuck.

Das auszusprechen ist so komisch. Ich will das nicht, Emmie. Ich will nichts hiervon, aber am allermeisten will ich gerade nur da sein. In London. Bei dir. Wobei, vielleicht bist du sogar bei deinen Eltern in Deutschland. Es tut mir leid, wenn ich dir dein Weihnachten versaut habe, aber ich wusste nicht, welches Datum ich genau für diese Mail eintragen sollte, also habe ich das Ende des Jahres genommen. Vielleicht passend? Vielleicht auch eine Scheißentscheidung. Ich hoffe, du kannst mir das verzeihen. Und ich weiß, du hast gesagt, du bereust nichts, aber ich würde auch verstehen, wenn du es doch tust, weil das alles so verdammt wehtut. Ich meine, ich heule, schon seitdem ich deine Mailadresse eingetippt habe. Sorry übrigens dafür, dass ich die von der Filmschule nehmen musste, aber seltsamerweise haben wir so ziemlich alles außer unseren privaten E-Mails ausgetauscht. Irgendwie lustig, nicht wahr? Ich weiß, dass ich gerade nur Müll von mir gebe. Es ist einfach alles so verflucht schwierig. Aber ich reiße mich jetzt zusammen, versprochen. Ich … ich will nicht behaupten, dass ich durch dich erst richtig gelernt habe zu leben, weil das nicht stimmt. Ich meine, theoretisch weiß doch jeder, wie das funktioniert, dieses Richtig-Leben, nicht wahr? Den Moment leben. Jeden Augenblick genießen. Nicht an morgen denken. Auf die Vergangenheit pfeifen. Aber … keine Ahnung. Durch dich hatte ich das Gefühl, ich würde alles ringsum einfach vergessen, sodass es sich wirklich angefühlt hat, als würde ich den Moment leben. *Dich* leben. Mich leben. Ergibt das Sinn? Keine Ahnung. Ich glaube, ich will dir einfach sagen, dass ich keine Ahnung habe, ob ich an Wiedergeburt oder esoterische Welten glaube, ich aber siebentausendmal an einem qualvollen Krebstod verrecken würde, wenn es bedeutet, dass ich dich wiedersehen könnte. Dass ich dich für immer – WIRKLICH FÜR IM-

MER – einfach nur ansehen dürfte. Ich habe immer noch nicht herausgefunden, was der Grund dafür ist, aber es stimmt. Du hast nicht nur etwas mit mir gemacht, du hast ALLES mit mir gemacht. Wenn ich mit dir zusammen war, egal wo, war das Gefühl nicht von dieser Welt. Wenn ich daran denke, *das* loslassen zu müssen, weine ich meistens unter der Dusche. Aber genau hier ist mein Punkt: Loslassen.

Emmie, ich will nicht, dass du in deiner Traurigkeit versinkst, die Welt hasst, weil schreckliche Dinge eben sowohl schrecklichen als auch halbwegs guten Menschen passieren. Ich bin nicht mehr da, aber du schon. Ich will nicht, dass du für mich mitlebst oder so einen Scheiß, aber ich will, dass du für dich lebst, so richtig. In allen Bereichen. Sei traurig und dann sei glücklich, nicht sofort, aber immer ein bisschen mehr, bis das Glücklichsein irgendwann überwiegt. Du musst das tun. Ich könnte es mir nämlich in keinem Universum verzeihen, schuld daran zu sein, dass du dich selbst vergisst, weil du dich nur an mich erinnerst. Das ist mein Ernst. Beende dein Studium, gib den besten Abschlussfilm überhaupt ab, geh auf Reisen, mit dem Rucksack nach Australien oder Südamerika, oder zurück nach Deutschland. Nimm dir Zeit und jobb in einem Café, bis du weißt, was du machen willst. Nimm dir keine Zeit, fang dreizehn Serienskripte an und verwirf sie wieder. Hab Angst, bevor du das vierzehnte absendest, aber sende es trotzdem ab. Such dir ein WG-Zimmer, aus dem du vielleicht drei Wochen später wieder ausziehen wirst, und nimm dir eine Wohnung, die du dir nicht leisten kannst. Küss Fremde in einer Bar, hab Sex, bei dem du nicht kommen wirst, aber hab hoffentlich auch Sex, den du genauso unglaublich gut findest wie ich den mit dir. Verlieb dich – ja, Emmie, verlieb dich –, entlieb dich wieder, verlieb dich neu. Hasse die Tube im Sommer, wünsch dir was bei Schnapszahlen, sag Ginny irgendwann, dass ich für immer in ihrer Schuld stehe, weil wir uns ohne sie gar nicht kennengelernt hätten.

Emmie, mach Filme, verändere die Welt mit deiner Sichtweise, werde mit ihnen für Preise nominiert, gewinn sie, aber gewinn sie vielleicht auch nicht. Mach alles, aber nicht nichts.

Ich weiß, das kommt jetzt abrupt, aber ich muss Schluss machen, weil du gleich rüberkommst. Dieses Video wird übrigens mein einziges bleiben, weil ich dich nicht aus deinem wirklichen Leben rausreißen will. Was ich ganz, ganz, ganz eigentlich sagen will: Ich hoffe, du bist alles, was du sein willst. Ich hoffe, du bekommst alles, was du dir wünschst, und es ist noch besser, als du es dir vorgestellt hast.«

LONDON
März nach Sams Tod

66

Emmie

SO LONG SAM

Mein Kleid war nicht von H&M, aber trotzdem in derselben Preisklasse. Ich fand, es sah nicht danach aus. Blair hatte mir das ebenfalls versichert. Sogar meine Mutter, die die Königin der Entweder-du-kaufst-es-einmal-oder-du-kaufst-es-dreizehnmal-Überzeugung ist.

Sie war hier. Mit Papa. Wir saßen zusammen in einer Reihe. Leah, die Ende September wie jetzt zwischen Songwriting-Camps und Studiosessions wieder für mich nach London gereist war. Blair und Connor. Sogar Paul und Rosie, die ich für meine Thesis sogar interviewt hatte. Alle waren hier, weil es mein Abend und der der anderen Masterabsolventen war. Wir präsentierten unsere Abschlussfilme.

Die Bühne, auf die wir starrten, war nicht besonders groß. Im gesamten Raum saßen vielleicht sechzig Leute, zwanzig davon aus meinem Abschlussjahrgang, auch Maisie und Zoe. Mit Maisie hatte ich mich nie wieder richtig unterhalten. Wir hatten uns nicht ignoriert, aber nie mehr zueinandergefunden. Zoe würde bald nicht mehr meine Mitbewohnerin sein, aber meine Freundin bleiben. Keine Ahnung, wie oft sie mit mir geweint hatte, weil ich wegen Sam geweint hatte, nachdem ich ihr an einem grauen Oktobermontag alles erzählt hatte.

Alle in diesem Raum besaßen dieselben Träume. Ich beobachtete immer wieder, wie meine Kommilitonen und Kommilitoninnen sich erhoben, bevor sie ihren Film anmoderierten.

Connor würde das in einem Monat auch tun, für *BLUE*. Die ganze

Welt würde auf diesen Film schauen. Natürlich würde sie das. Ein äußerst attraktiver sechsundzwanzigjähriger Typ stirbt, während er einen Film über Langlebigkeit dreht. Die Leute waren schockiert, fasziniert und ergriffen zugleich. Am schockiertesten war wahrscheinlich Familie Marchetti. Chiara hatte Connor und mir eine ellenlange Mail geschickt, in der sie schrieb, wie sehr ihre Familie und sie Sams Tod bedauerten, dass sie schockiert war und nicht wusste, was sie sagen sollte.

So ging es mir die meiste Zeit auch.

Im Januar hatte Connor gefragt, ob ich mit ihm auf der Bühne stehen wollte. Ich hatte verneint. Es war sein und Sams Film, von dem ein Großteil gespendet werden würde. So wie Sams verbliebenes Vermögen.

Verbleibendes Vermögen.

Wie sich das anhörte. Worte, die zu alten Leuten in ihren Achtzigern gehörten, nicht zu Sam. Wahrscheinlich wäre ich wieder ziemlich lang an diesem Gedanken hängen geblieben, hätte ich nicht meinen Namen gehört.

»Emmeline Braun«, las Virginia Clark zum allerersten Mal richtig vor.

Connor pfiff und applaudierte als Erster, ehe der Rest des Publikums mit einfiel.

O Gott. Ogottogottogott.

Womöglich erhob ich mich genauso unelegant wie die Personen vor mir und erreichte die Bühne einen Tick zu spät. Doch das war mir egal. Stattdessen achtete ich darauf, nah genug ans Mikrofon zu treten. Anschließend landete mein Blick in der Sitzreihe, wo ich soeben gesessen hatte. Sie waren alle meinetwegen da. Alle, die wichtig waren.

Nur *er* nicht.

Natürlich nicht.

Er fehlte bei allen wichtigen Ereignissen und an jedem stinknormalen Tag in meinem Leben. Wenn ich ihn so sehr vermisste, dass ich dachte, ich bekäme wieder keine Luft mehr, schaute ich mir sein Video an. Wieder und wieder. Am meisten die Stelle, in der er mir sagte, wie wahnsinnig verliebt er in mich gewesen war. Wenn ich mich jedoch am Riemen reißen wollte, sprang ich zu der Stelle fast am Ende.

Mach alles, aber nicht nichts.

Ich versuchte es. *Gott, ich versuche es wirklich, Sam.* Meistens klappte es sogar irgendwie, was nicht bedeutete, dass das Glücklichsein sehr viel stärker als die Trauer war. Es würde dauern, Zeit brauchen, auch wenn ich alles dafür gab.

Doch jetzt, jetzt stand ich hier und konnte nicht anders, als dieses Loch in meiner Brust zu spüren.

Er sollte hier sein. Er sollte den Platz neben meinem haben, klatschen und mich anlächeln, nur um mir gleich ins Ohr zu flüstern, dass er stolz auf mich war.

Sam und ich sollten später in meine Wohnung torkeln. Wir sollten miteinander schlafen, nebeneinander aufwachen – morgen, nächste Woche, am besten immer.

Aber er war nicht hier.

Und es war okay. Irgendwie war es das.

»Ich …«, begann ich, stoppte mich aber selbst.

Eigentlich hatte ich mir das hier genau zurechtgelegt. Zuerst wollte ich meiner Professorin Virginia Clark danken, meiner Hochschule, meinem Stipendium, meiner Familie, meinen Freunden, Sam.

Doch dann sagte ich doch etwas anderes. Und lächelte dabei ein Lächeln, das ich so ernst meinte, dass ich es unter jedem Zentimeter meines Körpers spürte.

»Ich habe mich in *Blickwinkel* – Überraschung! – ziemlich stark mit Blickwinkeln auseinandergesetzt, insbesondere in Bezug auf den weiblichen Körper. Es gibt so viele Menschen, bei denen ich mich bedanken muss und auch werde, aber mein größter Dank gilt Samson Alderidge. Dafür, dass er mir einen ganz besonderen Blickwinkel gezeigt hat. Ohne ihn würde es diesen Film nicht geben. Vielen Dank.«

Als ich verstummte, sah ich ihn ganz genau vor mir. Mit seinen dunklen Haaren und den stechend blauen Augen. Seinem Wellentattoo, das keinen Sinn hatte. Seine Ausstrahlung. Sein Lächeln. Das echte. *Gott.* Sein Lächeln. Wie er *Emmie* sagte. Fünf Buchstaben, britisch und tief ausgesprochen, das erste E fast wie ein A. Ich schwöre, ich hörte es. Sam und seine unverkennbare Stimme mit der Gänsehautgarantie.

Doch dann blinzelte ich. Und er war weg.

Und ich bin wieder hier.

Epilog

»Hey, Sam, ich habe keine Ahnung, wo du bist, was du machst und wie es dir geht. Ich kann mir so viele Clips über Was-nach-dem-Tod-Theorie anschauen, aber habe trotzdem keine Ahnung, ob du mich noch hörst oder nicht. Ich möchte daran glauben, dass es so ist, und deshalb diese Videos starten. Ehrlicherweise habe ich wieder keine Ahnung, was genau ich mit dieser Videoreihe bezwecken will, und ich verspreche auch, dass ich dich nicht jeden Tag zuspammen werde, aber, Gott, ich vermisse dich. So, so, so sehr, du hast keine Ahnung. Ich denke ständig an dich, selbst wenn du nicht mehr da bist. Wenn ich das das Meer im Hintergrund meiner Sardinien-Aufnahmen rauschen höre, zum Beispiel. Als mir letzte Woche ein Job in einer kleinen Londoner Produktionsfirma angeboten wurde, was heißt, dass ich hierbleiben werde, wovon ich dir sofort erzählen wollte. Aber du bist nicht mehr da, selbst wenn ich dich noch sehen und hören kann. In deinen Filmen und den Videos, in der Datenbank bei Connor's Clips und der in meinem Gehirn. Sam, alles in mir ist voll von dir, selbst wenn du nicht mehr da bist, und ich meine das gar nicht auf diese Ich-lebe-für-immer-für-dich-weiter-Art. Ich lebe einfach, aber ich vermisse dich. Wahrscheinlich auf ewig, obwohl es in unseren Leben überhaupt keine Ewigkeit gibt. Aber mit dir hat sich trotzdem alles so unendlich angefühlt, hörst du?«

Emmies Filmempfehlungen

Lady Bird (2017)
Wunderschön (2022)
(500) Days of Summer (2009)
Can a Song Save Your Life? (2012)
Past Lives (2023)
Barbie (2023)
Parachute (2023)
Promising Young Woman (2020)
Her (2013)
Little Women (2019)
Gut gegen Nordwind (2019)
The Perks of Being a Wallflower (2012)
Der schlimmste Mensch der Welt (2021)
Everything Everywhere All at Once (2022)

Danksagung

Emmies und Sams Geschichte ist mein elftes Buch, aber keine meiner bisherigen Geschichten ist wie diese. Ich hatte die Idee vor knapp einem Jahr (ich schreibe diese Danksagung im September) und hatte das Gefühl, diese Geschichte einfach schreiben zu *müssen*. An dieser Stelle möchte ich mich bei den großartigen Menschen bedanken, die ebenfalls an der fertigen Version dieses Buchs mitgewirkt haben.

Vielen Dank an Micha und Klaus Gröner von erzähl:perspektive, die mir so ein schönes Agenturzuhause geben.

Mein unendlicher Dank gilt Margit Schulze, die von Anfang an an dieses Projekt geglaubt hat, mich so herzlich bei Forever willkommen geheißen und am Text mit mir gearbeitet hat! Danke dir für alles, Margit, ohne dich würde es dieses Buch so gar nicht geben!

Vielen Dank an meine tolle Feinlektorin Julia Feldbaum, für ihre klugen Anmerkungen und den Feinschliff am Text.

Vielen Dank natürlich auch an das gesamte Team von Forever/Ullstein, vom Vertrieb bis hin zur Marketingabteilung. Dafür, dass diese Geschichte bei euch ein so großartiges Zuhause gefunden hat!

Vielen, vielen, vielen Dank auch an meine Familie, insbesondere an K (er weiß, wieso).

Vielen Dank an all die Musikkünstler*innen in meiner Playlist. Ohne diese Lieder hätte ich dieses Buch nie zu Ende geschrieben.

Vielen Dank an die Buchhändler*innen für ihre Arbeit und die Weiterempfehlungen.

Mein größter Dank gilt meinen Leser*innen. Vielen, vielen, vielen,

vielen Dank, dass ihr meine Bücher lest und mögt, dass ihr sie auf Social Media besprecht und weiterempfehlt. Dafür, dass ihr auf meine Lesungen kommt und mir nachts Nachrichten schreibt, weil ihr euch in den Protagonist*innen wiederfinden konntet (so wie ich auch, haha). Bitte hört nie damit auf. Ich verdanke euch so unendlich viel und hoffe, wir lesen uns in Blairs Geschichte wieder. Ihr Ende wird uns diesmal nicht brechen, I promise ♡

TRIGGERWARNUNG

Moments So Blue Like Our Love enthält potenziell triggernde Inhalte.

Diese sind:
Tod eines Protagonisten.
Krebserkrankung und Trauerbewältigung.

Ihr solltet das Buch also nur lesen, wenn ihr emotional mit diesen Themen umgehen könnt. Falls es euch mit diesen genannten oder auch anderen Themen nicht gut geht, findet ihr unter der Nummer der Telefonseelsorge rund um die Uhr kostenlose und anonyme Hilfe.

0800–1 110 111/0800–1 110 222
www.telefonseelsorge.de

Leseprobe

Memories So Golden Like Us

Ein Jahr nach Sams Tod …

Soho, London, der erste Septemberfreitag: Eine blonde Frau trifft auf einen hochgewachsenen Typen. Sie hat traurige Augen und er ein schiefes Grinsen. Sie sitzen nah beieinander. Unterhalten sich lachend. Bestellen noch einen Drink. Sie wirken vertraut. Vielleicht waren sie sogar schon miteinander im Bett. Natürlich nur eine Spekulation, denn was genau zwischen Blair Alderidge (24) und Fußballprofi Henry Hall (25) letztes Jahr im Spätsommer gelaufen ist, wissen wir natürlich nicht. Dafür können wir dank verlässlicher Quellen berichten, dass die beiden die geheime Chelsea-Party gemeinsam verlassen haben. Und das, obwohl Henry Hall seit zwei Monaten fest in der Bio von Influencerin-Sternchen Marianne Davies steht, inklusive eines Herzchens. Na ja, *stand*. Seit vier Tagen sind nicht nur sein Name, sondern auch alle gemeinsamen Pärchenbilder von Mariannes Kanal gelöscht. Ein Vögelchen hat uns gezwitschert, dass es zwischen den beiden wohl schon eine Weile gekriselt hat. Er kann seinen ♂ nicht in der Hose behalten. Sie hingegen schien wohl keine Lust mehr zu haben, dass er mit seinem typischen Eigentlich-habe-ich-keine-Lust-auf-diesen-Scheiß-hier-Blick die Fotos für ihren Instagram-Feed zerstört. Aber die Influencerin und der Profifußballspieler wollten die Beziehungskrise eben angehen wie unsere Großeltern früher. Damals, als wir kaputte Dinge noch repariert haben und Frauen sich keine Scheidung leisten konnten. Schade nur, dass unser liebster mürrischer Profisportler dann (zum zweiten Mal) auf Blair getroffen ist und, obwohl er nun vergeben ist (/war?), ihr nicht widerstehen konnte. Angeblich soll sie nichts von der Beziehung gewusst haben. Ist klar, Ms Men-Eater. Wir würden ja auch behaupten, dass diese ganze Situation uns überrascht, aber würdet ihr uns das wirklich abkaufen? 😂 In Sachen Blair Alderidge überrascht uns und euch doch REIN GAR NICHTS mehr. Nach dem Tod ihres älteren Bruders Samson Alderidge (rest in peace, Sam, nein, wirklich, rest in peace, wir respektieren und vermissen dich!) scheint niemand mehr Blair im Zaum halten zu können. Eine durchzechte Partynacht nach der anderen, immer ein Drink in der Hand, immer dieser leere Blick in ihrem Gesicht. Und ein Mann nach dem nächsten in ihrem Bett. Wir wissen, dass jeder mit Verlust und Trauer anders umgeht, aber – jetzt mal ehrlich – ist sich durch ganz London zu vögeln wirklich die Lösung??? Nach Samson Alderidges Tod sind wir davon ausgegangen, dass Blair abtauchen und ihre Trauer vielleicht mit Cocktails an einem exklusiven Luxusstrand auf Bali ertränken würde, bis sie wieder auftauchen und der Presse erklären würde, wie viel Heilung und Inspiration sie barfuß während ihrer Auszeit gesammelt hat. Womöglich hätte sie uns gleich von ihrer neuen Bildreihe erzählt, die sie diesmal in Blau anstelle von ihren typischen Pinktönen gemalt hätte. Blau für Trauer und Blau in Anlehnung an

Samson Alderidges letztes Filmprojekt *BLUE ETERNITY*. Doch Fehlanzeige. Man könnte fast meinen, dass Blair im letzten Jahr nicht nur ihre Würde, sondern auch ihre Kunst aufgegeben hat. Insidern zufolge soll sich zumindest Letzteres nun ändern. Vertrauliche Quellen haben ausgeplaudert, dass Blair von ihren Eltern (und garantiert deren Krisenberater, lol) in die einstige Familienvilla in St Ives verbannt wurde. Angeblich arbeitet sie dort den gesamten Herbst über an einer exklusiven Bildreihe für die Tate St Ives. Was für ein Zufall, dass die Kunstgalerie ausgerechnet sie angefragt hat, nicht wahr? Ob ihre einflussreichen Eltern da nicht auch ihre Finger im Spiel hatten? Apropos Zufälle: Dreimal dürft ihr raten, wer gestern ebenfalls nach St Ives gereist ist. Na? Irgendeine Ahnung? Okay, es ist auch ziemlich schwer zu erraten. Wie soll man auch bitte darauf kommen, dass ausgerechnet niemand Geringeres als der Filmproduzent und beste Freund ihres verstorbenen Bruders Connor Rutherford (27) sich seit gestern ebenfalls in Cornwall befinden soll? 😵 😵 😵 Ist sein Aufenthalt in Cornwall nur ein Zufall? Oder muss seine langjährige Freundin Elle Hastings (24) sich darum sorgen, dass ihr dasselbe wie Marianne Davies widerfahren könnte? #blairsmeneating-era